# 謊言
# 誕生的房間

# WHEN SHE WAS GOOD

MICHAEL ROBOTHAM
邁可・洛勃森——著　江莉芬——譯

此書獻給我的手足，珍、約翰與安德魯。

# 謹謝

正如同我的其他許多小說，《謊言誕生的房間》是以第一人稱現在式書寫而成，反映出發生在真實年代的故事。故事設定在二〇二〇年，寫在新冠肺炎疫情肆虐全球、將我們的生活弄得顛三倒四之前。也因此，內容中並未提及任何關於病毒、封城或保持社交距離的事情。要大量修改故事已太遲了，而且可能還會破壞小說中的許多重要情節的元素，因此希望這麼做不會干擾讀者的閱讀經驗，且能讓您沉浸在一個沒有新冠病毒的世界裡，至少幾個小時也好。

我受到優秀的編輯、出版經紀人、設計師、行銷團隊及出版社的鼎力相助，他們竭盡所能將我的故事帶給讀者，要是沒有他們，我會是個性情乖戾的隱士，身邊圍繞著一堆又一堆尚未完成的手稿。我想感謝瑞貝卡・桑德斯（Rebecca Saunders）、柯林・哈里森（Colin Harrison）、露西・瑪拉歌妮（Lucy Malagoni）、馬克・盧卡斯（Mark Lucas）和理查德・潘恩（Richard Pine），謝謝你們閱讀我最早的手稿，無畏地給了我最真實、熟慮的建議，其中的每一則建議都是忠言逆耳，每一份協助我都萬分珍惜。

如同以往，我要感謝我的幕後支持團隊：我的女兒們——艾蕾克絲、夏綠蒂和貝拉，她們現在分散在世界各地，創造著屬於自己的人生道路。還有我的太太薇薇安，她正在學著接受空巢期，還有和我一起享受孤獨。願神愛她，因為我是如此。

請大家都要健康平安，我們即將再相見。

從前有個小女孩，
她前額的正中央
有一撮捲髮。
聽話時，小女孩非常乖巧。
調皮搗蛋時，可真會把人給嚇壞。

——亨利・沃茲沃斯・朗費羅（一八〇七～一八八二）

世上最重視真相的，莫過於說謊之人。

——阿爾巴尼亞諺語

# 第一章

## 賽勒斯

二〇二〇年五月

時值春末，晨風冷冽，一艘小木船從迷霧中現影，隨著每次掃槳往前滑行。港口裡的水面如鏡，每一圈漣漪向外擴散、延展並在觸及船首後漸漸散去的樣貌都清晰可見。

小船沿著灰石岩壁而行，經過拖網漁船與遊艇，最後抵達狹窄的礫石海灘。船上唯一的乘客跳下船，把船拖往礫石，船像喝醉般側傾，上岸後顯得笨重，優雅盡失。

她卸下防風外套的帽子，露出蓬亂的頭髮，貨真價實的紅髮，豔紅如火焰，也像黎明。她拿起手腕上的一條髮圈，將長髮綁成一束馬尾，垂在後背正中央。

我吐出的氣息讓房間的窗戶起霧了，於是把袖口拉向掌心，擦拭一小塊窗玻璃好讓自己能看得更清楚。她終於來了，我已經等了六天。我走過步道、造訪燈塔，也吃膩了歐尼爾酒吧餐館的菜色。我還讀了早報、三本特價小說，還聽當地的酒鬼向我訴說他們的人生故事。他們大多是漁夫，雙手的指節像薑一般粗糙扭曲，就算沒有刺眼陽光，他們看見光線時依然會瞇起眼睛。

她倚向木船，把防水布翻開，裡面有一些塑膠箱和紙箱，每隔兩週用來採買日用品。她雙手捧著箱子，越過地上的鵝卵石從海邊步上階梯。她沿著海濱步道行走，我的視線一路跟著她，看著她行經拉上鐵門的售貨亭和觀光禮品店，走向一個內部燈火通明的小超市。她越過一綑報紙後敲門，一位鼻子和臉頰紅通通的中年男子拉起百葉窗，向她點頭示意，接著轉動單門鎖，領她進去之前先掃視街道，也許是在尋找我，他知道我在等著。

我趕緊穿上牛仔褲和長袖運動衣，套上靴子後走下酒吧階梯，來到側門。外頭的空氣聞起來有乾海藻和煙燻木柴的氣味，遠方的山丘鑲上了橘邊，神在那裡開啟了一扇爐門，為爐火添了煤塊，迎來新的一天。

門上的搖鈴叮噹響起。店主和女子轉頭看我，他們各握著一個冒著煙的成對馬克杯。女子繃緊神經，彷彿準備好迎接戰鬥或逃跑，不過此時仍按兵不動。她和照片裡的模樣不大相同，個子比較嬌小，臉被風颳傷，雙手長繭，左手大拇指的指甲變黑，應是被堅硬的物體夾到過。

「莎夏．赫普威爾？」我問道。

她伸手到風衣外套的口袋，有那麼一刻，我想像裡面有武器，一把捕魚刀或一罐催淚瓦斯。

「我叫賽勒斯．海文，我是個心理學家，我寫過信給妳。」

「就是他。」店主說。「他就是在打聽妳的人，要我叫羅迪處理他嗎？」

*我不知道羅迪是狗還是人。*

莎夏從我旁邊擠身而過，開始拿取架上的日用品，把推車裝滿雜貨，挑選一袋袋的米和麵粉、一些罐頭蔬菜和燴水果。我跟在她後頭穿越走道，同時她在拿草莓果醬、保久乳和花生醬。

「七年前，妳在北倫敦的一間屋子裡找到一個小孩，她躲在一間密室裡。」

「你認錯人了。」她魯莽地回道。

我從外套口袋裡拿出一張照片。「這是妳。」

她匆匆瞥了一眼那張照片，然後繼續屯購乾貨。

這張照片裡有一位穿黑色緊身褲和深色上衣的年輕志願警察，她抱著一個髒兮兮像野獸的小孩走進醫院大門。小女孩的臉被一頭打結的亂髮遮住，抱著莎夏的樣子宛如一隻無尾熊攀著樹木。

我又從口袋裡拿出另一張照片。

「這是她現在的樣子。」

莎夏忽然停下動作，忍不住望向那張照片。她想知道那個小女孩——天使臉女孩現在變成什麼模樣。那個藏在密室的女孩，當時是個小孩，現在已是青少女了。照片裡的她坐在水泥長椅上，穿著破牛仔褲和寬鬆的套頭毛衣，毛衣其中一手的手肘處有個洞。她把頭髮留長了，染成金色，朝著鏡頭板著一張臉，沒有笑容。

「我還有其他張照片。」我說。

莎夏別開眼，伸手拿我身後架子上的通心麵。

「她的名字是艾薇．寇梅克，現在住在安全的兒童照護之家。」

她繼續推著推車往前走。

「告訴妳這些有可能讓我坐牢，《第39章條例》禁止任何人洩露她的身分、所在的地點或拍攝她的照片。」

我擋住她的去路，但她又往前踏一步避開我，於是我跟著她的步伐移動，就像我們在走道上跳舞一樣。

「艾薇隻字不提她在那間屋子裡發生過什麼事，所以我才來這裡，我想了解她的遭遇。」

莎夏推開我往前走。「去看警察的報告吧。」

「我需要比報告更多的資訊。」

她走到冷藏區，打開掀蓋冷凍櫃後開始在裡面摸找物品。

「你是怎麼找到我的？」她問。

「很不容易。」

「我爸媽有幫你嗎？」

「他們很擔心妳。」

「你讓他們身陷危險。」

「怎麼說？」

莎夏沒回應我，逕自把購物推車停放在結帳櫃檯附近，接著又推了一台。那位紅鼻子男已經不在櫃檯了，不過我聽見他在樓上走動的腳步聲。

「妳不能一直逃跑。」我說。

「誰說我在逃跑了？」

「妳在隱匿行跡，我想幫助妳。」

「你辦不到。」

「那讓我幫助艾薇吧。她很不一樣，與眾不同。」

階梯傳來腳步聲，另一名男子出現在超市後門，比紅鼻子男更年輕健壯、打著赤膊。他穿著運動褲，把褲子穿得很低，讓人幾乎快看到他的陰毛。這位想必就是羅迪。

「就是他。」紅鼻子男說。「他整個禮拜都在村子裡探頭探腦的。」

羅迪伸手到櫃檯下方，拿出一把魚槍，把手是尼龍材質的，還有個不鏽鋼魚叉。我當下的反應是快笑出來，因為這個武器既沒必要又不合時宜。

羅迪怒氣沖沖地說：「莎夏，他在纏著你嗎？」

「我可以處理。」莎夏回道。

羅迪把魚槍擱在肩上，像個參加閱兵隊伍的士兵。

「他是妳的前男友嗎？」

「不是。」

「妳想要我把他扔出去嗎？」

「沒那個必要。」

羅迪顯然對莎夏有好感，是純純的愛，但莎夏對他而言高不可攀。

「我請妳吃早餐。」我說。

「我付得起自己的早餐錢。」她回道。

「我知道。我不是有意要……就給我半小時就好，請讓我說服妳。」

她拿了架上的牙膏和漱口水。「如果我告訴你事情的經過，你能別再來煩我嗎？」

「可以。」

「不打電話，不寫信，也不登門造訪，而且也不能再去打擾我的家人。」

「同意。」

莎夏把她買的東西留在超市裡，告訴店主她很快就回來。

「要我跟妳一起去嗎？」羅迪一邊搔肚臍一邊問。

「不用了，沒關係。」

咖啡廳就在郵局旁邊，位在同一棟低矮的石砌建築裡，可遠眺一座橋和潮溝。桌椅排放在小徑上，上方有個條紋圖案的雨篷飾以聖誕彩燈，黑板上有手寫的菜單。

一名穿圍裙的女子正在把倒過來的椅子扳正，並清理椅子上面的灰塵。

「廚房要七點才開始營業。」她說話有康瓦爾[1]口音。「我可以先幫你們泡茶。」

「謝謝妳。」莎夏回道，選了一張面向門的軟墊長凳，那裡可以一覽小徑和停車場，老習慣。

「我自己來的。」我說。

她不發一語地注視我，坐著時膝蓋併攏，雙手放在大腿上。

「這個村落很美。」我說話時望向漁船和遊艇，看見第一道陽光灑落船桅的頂端。「妳住這裡多久了？」

「這和我們要談的事情無關。」她伸手到口袋裡，拿出一條護唇膏，塗抹在嘴唇上。

「給我看那些照片。」

我拿出其他四張照片，攤開來擺在桌上。這些照片是艾薇現在的模樣，她即將滿十八歲。

「她很常染頭髮。」我說。「會染成不同的顏色。」

「她的眼睛一點也沒變。」莎夏說，用大拇指撫過照片裡艾薇的臉，彷彿在描繪她的輪廓。

「她的雀斑在夏天時長出來了。」我說。「她很討厭雀斑。」

「我超羨慕她的長睫毛。」

莎夏把那些照片並列排在一起，改變順序好讓她方便檢視，或者這是某種無法言喻的設計感。

「他們找到她的父母了嗎？」

「沒有。」

「DNA比對呢？失蹤人口？」

「他們把全世界都搜遍了。」

「她後來發生什麼事？」

「她受到法庭保護，法庭給了她一個新名字，因為沒人知道她真正的姓名。」

「我以為一定會有人來認領她。」

「那就是我來這裡的原因，我在想艾薇可能對妳說過些什麼，給過妳某些線索。」

「你這是在浪費時間。」

「可是妳是找到她的人。」

「僅此而已。」

接著我們又陷入更久的沉默，莎夏雙手插進口袋裡，定住不動。

1　康瓦爾人（Cornish people）為英國康瓦爾的原住族群與民族。

「你知道的有多少？」她問。

「我讀過妳的陳述，足足兩頁。」

擺動門從廚房由內而外敞開，剛才那位女侍者為我們送上兩壺茶。莎夏打開茶壺蓋子，將茶包上下搖動。

「你去過那間屋子嗎？」她問。

「去過。」

「也看過警方的報告？」

我點點頭。

莎夏把茶倒入杯中。

「他們在樓上的前臥室裡找到泰瑞．波蘭德，他被綁在椅子上，嘴巴被塞住，是被折磨至死的。他的耳裡被滴了強酸，眼皮被燒光。」她打了個哆嗦。「那是北倫敦多年來最大宗的謀殺案件。我當時是在巴內特警局擔任志願警察，當時刑案室位在二樓。

「發現時波蘭德已經死兩個月了，也因此警方花了很久的時間辨認他的身分。他們發布一張他臉部的模擬畫像，他的前妻打熱線進來，提及波蘭德的名字時，大家都很驚訝，因為他是個無名小卒，只有過一些像是攻擊和竊盜等輕微的犯罪紀錄。大家原本以為這個案件會和黑幫扯上關係。」

「妳當時有參與調查嗎？」

「當然沒有。志願警察只是雜工，做些狗屁倒灶的工作和負責社區聯繫而已。我那時在樓梯間經過調查這起殺人案的警員旁邊，也在酒吧裡偷聽到他們交談。當他們找不到任何線索時，就開始猜測波蘭德是個惹錯對象的毒販。當地人大可放寬心，因為這是壞人在自相殘殺。」

「妳怎麼看待這件事？」

「我沒資格評斷。」

「妳當時為什麼被派去那間屋子？」

「我不是被派到那間屋子，而是去那條路上調查。那裡的街坊鄰居在抱怨東西不見了，車庫和花棚裡有些零散的東西被偷竊，於是我的長官派我去詢問他們狀況，就當作是公共關係的實作練習。他稱之為『麵包和馬戲』[2]，讓群眾開心。

「我記得當時站在七十九號的門外，我心想這間屋子看起來多普通啊，你知道，被忽視，不被喜愛。但那裡看起來不像是有個男子被酷刑凌虐致死的地方。排水管上鏽跡斑斑，窗戶需要再上漆，花園裡雜草叢生，紫藤在夏天恣意生長，蜿蜒盤繞著前牆，在房子的入口處構成一簾淡紫色的花朵簾幕。」

「妳有藝術家的眼光。」我說。

這是莎夏第一次對我笑。「有個美術老師也這麼告訴過我，她說我的心能欣賞美的事物，眼睛也是，一般人可能只看見二維的畫面，但我卻能看見顏色、深淺和陰影。」

「妳以前想當藝術家嗎？」

「很久以前想過。」

她把一包糖倒入杯中，開始攪拌。

「我在那條街走來走去，敲門詢問關於竊盜的事，可是所有人都只想談論那場謀殺案。他們總會問相同的問題：『你們抓到兇手了嗎？我們需不需要擔心？』每個人都自有一套推論，但沒有人真的熟識泰瑞．波蘭德。他二月份住進那間屋子，但並未進一步和鄰居來往。他會揮手打招呼、遛狗，但多半保持神祕。

「大家對那兩隻狗在意的程度更甚於波蘭德。他死在樓上之後的那幾個星期，他的兩隻德國牧羊

2「麵包和馬戲」（bread and circuses）用來比喻一種只滿足表面需求、實則敷衍的愚民政策。

犬在後院的狗屋裡挨餓。不過其實牠們並沒有餓到，有人一直在餵牠們食物。人們說那些殺手一定回來過，意思是他們比起人類更在乎那些狗。」

女服務生再度步出廚房，這次她的手裡拿著一個黑板，把黑板撐在一張椅子上。

「那些竊盜案件呢？」我問。

「被偷竊的物品中，最值錢的是一件羊毛衣，一位女士用來鋪貓的床。」

「還有呢？」

「蘋果、餅乾、剪刀、早餐麥片、蠟燭、麥芽糖、火柴、雜誌、狗飼料、襪子、撲克牌、綜合口味甘草糖等等，噢對了，還有一個艾菲爾鐵塔的水晶球。我記得那個，是因為那是住在對街一個小男孩的東西。」

「喬治。」

「你和他談過了。」

我點點頭。

莎夏似乎對我透徹的調查感到訝異。

「喬治是唯一看過天使臉女孩的人。他原本以為在樓上窗戶旁看到的是個小男孩。喬治揮揮手，但那小孩並未揮手回應。」

莎夏點了藍莓麥片粥、柳橙汁並加點了茶，我選了全英式早餐和雙份濃縮咖啡。

她已經放鬆心情、脫下外套了，我注意到她的衣著頗為貼身。她把落到臉旁的幾縷髮絲撥到耳後，我努力回想她讓我想起的人，是一位女演員，不是剛出道那種新星，而是凱瑟琳・赫本。我媽喜歡看老電影。

莎夏繼續說下去。「鄰居都無法解釋小偷是怎麼進家門的，可是我懷疑他們可能讓窗子開著，或者門沒上鎖。我打給長官，給了他一張清單。他說是小孩子搞的鬼，要我回家。」

「可是妳沒有就此罷手。」

莎夏搖搖頭，頭髮像在燃燒。「我正要走回車上時，注意到有兩位油漆工人正把東西打包到小貨車上。七十九號正在重新翻修，要準備出售。於是我和那位年輕工人和他的老闆小聊了一下。他們抵達時房子的狀況很糟，牆面上有洞、屋裡有破水管和撕破的地毯。氣味是最糟的一部分。

「年輕工人名叫托比，他說這間房子鬧鬼，因為有東西一直不見，像是無線電和吃了一半的三明治。他的老闆笑稱是托比自己很常忘東忘西的，所以可能是他自己忘了三明治的去向。

「『那天花板上的痕跡又怎麼解釋？』托比說。『我們已經油漆過樓上的浴室三次了，可是浴室的天花板一直有些黑色的汙跡，像是有人點臘燭一樣。』

「『那是因為鬼都喜歡舉辦降神會。』他的老闆開玩笑說。

「我問他們我能不能進去看看，於是他們帶我做了屋子的導覽，木地板已經重新拋光和上過清漆了，階梯也是。我走上樓，輪流去看每個房間，也包括浴室的天花板。」莎夏忽然轉換話題，問我：「為什麼人們要用雙水槽？夫妻真的會並肩站在一起刷牙嗎？」

「這樣他們才不會吵是誰沒蓋上牙膏蓋子的。」我提出揣測。

這是她第二次對我笑。

「那天是星期五下午，油漆工在打包工具準備過週末。我問他們可不可以借用他們的鑰匙，待久一點。」

「『那是警察的命令嗎？』托比故意這麼問，想消遣我。

「『我無法命令別人做任何事。』」我說。「『這比較像是個請求。』

「『妳可不能在這裡辦瘋狂派對。』

「『我是警察耶。』

「『警察還是可以辦瘋狂派對啊。』

「『那是因為你沒見過我朋友的樣子。』」

「托比的老闆給了我鑰匙之後，他們就開著小貨車走了。我上樓巡視每個房間，還記得當時心裡納悶為什麼泰瑞．波蘭德要租這麼大的屋子。四間臥室在北倫敦並不便宜。他預先付了六個月的房租，而且是付現，在租賃合約上用的是假名。

「我在階梯上坐了幾個小時，然後用防塵罩鋪成一張臨時權充的床，讓自己保暖。到了午夜，我真恨不得自己已經回家了，也好希望可以有個枕頭或睡袋。我覺得自己很蠢，如果警局有人發現我為了監視某個空屋子而在裡面待一整晚，我會成為辦公室的笑柄。」

「後來發生什麼事？」

莎夏聳聳肩。「我睡著了，夢到泰瑞．波蘭德的脖子和額頭都被皮帶綁著，強酸滴入他的耳裡。你覺得在腐蝕開始之前，他會先感覺到冰冷的液體嗎？他能聽見自己的尖叫聲嗎？」

莎夏的身子在顫抖，我注意到她的手臂起了雞皮疙瘩。

「我記得我醒來後用拳頭敲敲頭，想努力把強酸敲出耳朵。就在那時，我感覺到有人正在看我。」

「在屋子裡嗎？」

「對。我大叫出聲，可是沒人回應。我把燈打開，把屋子從上到下全部仔細找過一遍，可是屋子裡全無異狀，除了廚房水槽上方的一面窗之外，那面窗開著。」

「而妳之前把它上鎖了。」

「我不能百分之百確定。」

女服務生打斷我們，為我們送上餐點，莎夏每吃一匙都會朝粥吹氣，她看著我排列眼前切成三角形的吐司，這麼一來那些茄汁焗豆就不會沾到蛋，蘑菇也不會碰到培根。這是一場軍事行動，在盤子上管理我的食物。

「你是五歲小孩嗎？」她說。

「不管我幾歲都還是會這麼做。」我難為情地解釋。「這是一種強迫症，輕微的那種。」

「這種症頭有專門的名稱嗎？」

「食物觸碰恐懼症。」

「你自己編的。」

「不是。」

「那你吃中式餐點怎麼辦？」

「如果餐點已經預先攪拌在一起，像是炒的食物和義大利麵，那就可以。但早餐不一樣。」

「那如果你的茄汁焗豆碰到蛋怎麼辦？是會觸霉頭還是會有更糟的事情？」

「我不知道。」

「那為什麼還這麼做？」

「但願我能告訴妳原因。」

莎夏看起來很困惑，笑了出來。她心情變得好一些，卸下防備。

「那間房子裡後來發生什麼事？」我問。

「到了早上我開車回家，沖個澡後躺上床，一覺睡到下午一兩點。我爸媽想知道我在哪裡過夜，我告訴他們我參與一場監視行動，讓這件事聽起來像是重要的警察工作。我騙了他們。

「那天是星期六，我原本那晚要和朋友出去，可是我沒有。我開車去超市，買些爽身粉、手電筒的備用電池、柳橙汁和一包家庭號的巧克力棒。接近午夜時分，我回到荷斯安路，悄悄地打開門。我那時穿的是我上健身房的裝扮，黑色緊身褲、拉鍊外套和運動鞋。

「我從樓上開始把爽身粉撒在地上，沿著樓梯撒下來，經過走廊再到廚房。每個房間我都不放過，在空蕩蕩的地板上撒了薄薄的一層粉，當電燈關著的時候肉眼是看不見那些粉末的。後來我把屋子重新鎖上，回到我的車裡，爬進睡袋，把座椅往後調後就睡著了。

「一位牛奶送貨員在黎明時分把我吵醒，我聽見瓶子在木箱裡碰撞的吭啷聲響。我進到屋裡，用手電筒照著地板。地上有腳印分頭走向兩個方向，上下樓梯與沿著走廊到廚房。腳印停在水槽前面，就在我前一晚發現打開的窗子底下。我沿著腳印走，跟著走上樓，穿過樓梯平臺後走進主臥室。腳印就在衣帽間的衣架子下方消失了，這就好像有人忽然消失無蹤，或被史考提[3]隱形傳送了一樣。

「我仔細研究這個衣櫥，把衣架子撥到一邊，手指沿著踢腳板摸了一遍。我輕敲石膏板時發現裡面的聲音很空洞，所以把摺疊小刀的刀片塞進鑲板邊緣，前後拉動，每拉一次鑲板就移動一些。我用身體的重量推動鑲板，可是有東西似乎在反推回來。最後我直接用手指勾住愈來愈寬的縫隙，用力往後拉。石膏板被我推向一邊，在衣櫥後方竟然有個爬行空間，大約八呎長、五呎寬，在遠處那端有個斜天花板，空間朝遠端愈來愈窄。

「我用手電筒照地上，看到一些食物的包裝紙、空水瓶、雜誌、書本、撲克牌和艾菲爾鐵塔水晶球。『我不會傷害你的。』我說。『我是警察。』

「沒有人回應，所以我用嘴巴咬著手電筒，以跪姿爬進那個洞裡。這空間裡像是空無一人，只有一個木箱子塞在天花板和地面之間。我移近腳步，說：『別害怕，我不會傷害你的。』

「我來到箱子旁邊，用手電筒往箱子裡面照，看到那裡有一綑破布，而且開始蠕動。原先緩慢的動作後來變得急促，接著忽然間，有個東西從我身旁衝出去，我伸手要抓那塊破布，但它還是從我的指尖溜走了。在我來得及反應之前，那生物就不見蹤影了。我必須再往回穿過鑲板回到臥室裡。就在那時，我聽見門把轉動的聲音，和小小的手敲擊樓下窗戶的聲音。我從樓梯欄杆瞥過去，看見一道黑影沿著走廊快速奔向起居室。於是我跟在後頭，看見有一雙腿從煙囪裡伸出來，就像是煙囪清掃工人在試著往上爬一樣。

「嘿！」我說。那人影迅速轉身，朝我低吼。我一開始以為是個小男孩，但後來發現不是男生，而是個小女生。她用一把刀直指著自己的胸腔，就在心臟的位置。

「她的模樣……我永生難忘。她的皮膚好蒼白，讓她臉頰上的灰塵看起來像瘀青。她的睫毛和眉毛都很濃密黝黑，好像洋娃娃一樣。她穿著一件褪色的牛仔褲，膝蓋處有個破洞，上衣是一件胸前有北極熊圖案的套頭毛衣。我以為她七歲，也許八歲，或者可能年紀更小。

「我被她的狀態和那把刀震懾住了。是什麼樣的小孩會威脅要拿刀刺死自己？」

我沒回話。莎夏雙眼緊閉，彷彿在腦海中重現當時的畫面。

「『我不會傷害妳的。』我說。『我叫莎夏，妳叫什麼名字？』她沒回我。當我手伸進口袋，她又把那把刀往自己的胸前刺得更用力。

「『不要，拜託不要。』我說。『妳餓了嗎？』我拿出吃了一半的巧克力棒。她沒有動作，於是我剝下一塊，拋進我的嘴裡。

「『我愛巧克力。這是世界上唯一我永遠不會放棄的東西。每年大齋節，妳知道，我媽都會要我放棄一樣我最愛的事物當作犧牲。我會很樂意放棄臉書、咖啡因或八卦，但我媽說必須放棄巧克力。她真的非常虔誠。』

「我們當時距離彼此十呎遠，她蹲在壁爐旁，我則跪在地上。我問她我可不可以站起來，因為我的膝蓋很痛。然後我慢慢往後退，背倚著牆坐下來。接著我又剝了一塊巧克力，然後把巧克力棒用包裝紙包好，放在地上滑向她。我們就這樣望著彼此，接著她小心翼翼地踏出右腳，把那塊巧克力移近自己。她把包裝紙打開，把所有巧克力一次往嘴裡塞，我好怕她會嗆到。

「我當時有好多疑問，她在那裡多久了？她目睹了那場命案嗎？她藏起來是為了這件事嗎？我記得我比出一個畫十字架的姿勢，她學我做一樣的動作。我心想也許她是天主教徒養大的。」

---

3　為美國科幻影視系列《星艦迷航記》（*Star Trek*）裡的虛構角色，因在企業號上操作傳送系統而創造了一句口頭禪「史考提，把我傳送上去！」（Beam me up, Scotty!）

「檔案裡沒有這個。」我說。

「什麼?」

「檔案裡對於她比出十字架的事情隻字未提。」

「那很重要嗎?」

「是新的資訊。」

我請她繼續說下去。莎夏瞥向窗外，此時太陽已經完全升起，漁船剛回到港口，後面跟了一列海鷗，宛如白色風箏。

「我們在那裡一定坐了超過一小時，全都是我在說話，我告訴她關於爽身粉和廚房窗門的事，她完全沒反應。我拿出我的搜索令，把它舉高，我說這能證明我是志願警察，那幾乎等同於受訓中的警察。我說我能保護她。」

莎夏原本看著空碗，而後她抬起頭。「你知道她做了什麼嗎?」

我搖搖頭。

「她看著我的眼神，讓我覺得自己好糟糕。那眼神裡充滿了絕望，不抱一絲希望。這就好像把一顆石頭丟進黑色的井裡，等著它掉落到底部，但它從來沒掉到井底，而是一直不斷地在墜落。那讓我很害怕。還有她的聲音，刺耳而沙啞。她說:『沒有人能保護我。』」

# 第二章

## 艾薇

二十四個怪老頭和藍頭髮的老太婆聚集在直立式鋼琴前面，聲嘶力竭地唱著〈起來吧，布朗媽媽〉。他們拍著手、用腳打拍子，高聲唱著：

起來吧，起來吧，絕對別讓微風吹起來
起來吧，布朗媽媽

那究竟是什麼意思？也許布朗太太沒穿內褲，也許她裙子底下什麼都沒穿，光是這個念頭就讓我吐了一點在嘴巴裡。

有個膚色比醃洋蔥還黑的老太太朝我一邊跳舞一邊靠近，還想牽我的手，要我加入她，可是我把手抽開，彷彿她的衰老會傳染一樣。

這原本該是我們每週一次可以離開朗弗德感化院的戶外活動，但我們沒去電影院、購物中心或在國家溜冰中心溜冰，反而被帶來養老院探訪一群老不死的人。

「我們要回饋社會。」達薇娜說，今天由她來當我們的監護人。

「我們有從社會得到什麼嗎？」我問。

「沒有。不過我們要對老人展現善意。」

「展現善意是什麼意思？」

「妳應該和他們聊一聊。」

「聊什麼？」

「什麼都好。」

「死亡？」

「別這麼殘酷。」

我皺了皺鼻子。「那是什麼味道？」

「我什麼也沒聞到。」

「結腸瘻袋和西班牙燉肉，老奶奶的香水味。」

達薇娜噗哧笑出來，這讓她很難對我生氣。如果我們是寄宿學校的學生，那她就像我們的舍監，但朗弗德感化院是收容機構，而非學校。人們稱這裡是戒備森嚴的兒童之家，因為這裡充斥著不良青少年、逃家小孩和麻煩人物：自殘者、詐欺犯、縱火犯、藥癮者、反社會分子和神經病、未來的連環殺手，或是公司執行長。

露比也是其中之一，她用手肘推了推我，嘴裡不停換邊咬著泡泡糖。「我們要做什麼？」

「和他們說話。」

「我連跟我自己的奶奶都不聊天了。」

「問他們的童年生活怎麼樣。」達薇娜建議。

「就是他們養恐龍當寵物的時候。」我說。

露比覺得這很好笑。她是我在朗弗德裡最要好、也是唯一的朋友。她十六歲，可是根據她在身上穿洞的數量、和她剃光一半的頭髮看來，她比實際年齡還成熟。只看側面的話，她可以是截然不同的兩個人，一側是光頭，另一側則頭髮茂密及肩。

「嘿！妳看奈森。」她說。

在房間的另一端，奈森跪在一位布丁頭老太太旁邊，她正把編織品放在他的肩膀上，丈量尺寸。彈鋼琴的人又開始彈下一首歌。「開始飲酒狂歡吧，我們會玩得很盡興。」這回所有人都加入，開始抖動他們受損的膝蓋，拍起充滿皺紋的雙手。有些護理師拉著人們站起來跳舞，一位長相可愛的黑人勤務員在和一位熟知所有舞步的老奶奶跳扭扭舞。

一位老先生出現在我面前，他穿著一套寬鬆的西裝，胸前口袋放了一條藍色絲質手帕。

「小女孩，妳叫什麼名字？」

「艾薇。」

「我是鄧肯。艾薇，妳想跳舞嗎？」

「不想。」

「為什麼不想？」

「我不會跳舞。」

「每個人都會跳舞，妳只是需要一位好老師罷了。」

露比把手拱成杯狀，在我的耳邊小聲說：「提防他的手。」她做出摩娑的動作。

達薇娜插口道：「艾薇很樂意跳舞。」

「才不，我不願意。」

「是的，妳願意。」她瞪了我一眼，讓我知道這並非選擇。

露比本來在看笑話，但後來她被一個更老、穿著寬鬆燈芯絨褲子、打著領巾的阿公邀舞。為什麼老男人都沒有屁股？他們的屁股肉跑到哪裡去了？

露比要他閃開，但他沒有回應。後來我注意到他的耳朵裡有個肉色的助聽器。

「妳想拿紅卡嗎？」達薇娜咕噥地說。

「如果他把手放在我的屁股上，我會狠狠揍他。」露比一臉厭惡地說。

鄧肯領著我到房間中央，朝我鞠躬後用左手握起我的右手，把另一手放在我的腰際上方，就停在那裡沒有動。

「當我右腳踏上前，妳就把妳的左腳往後退。」他說。

我們開始移動，與其說是跳舞，不如說是在滑步，因為我一直盯著他的腳，努力不踩到他穿的平底便鞋。我穿的是馬汀鞋的仿冒品，如果踢到他的小腿，可能會把他的小腿踢斷。

「現在我們跳得快一些。」鄧肯說。

他在我的手腕施加一點力道，於是我竟然自動轉身，彷彿他在幫我控制方向。下一秒，他的手放開我的腰，我就在他的手臂下旋轉了起來。他是怎麼辦到的？

「你很會跳舞。」我說。

「我跳很久了。」

他一直望向我身後，面露微笑。下一次他這麼做時，我也跟著轉頭，看到一位坐輪椅的老太太，眼眶泛淚。

「她是誰？」

「我太太，茱恩。」

「為什麼你不跟她一起跳？」

「她已經不能跳了。」他朝茱恩揮揮手，她也揮手示意。

「我們以前很常去跳舞。噢，她以前真是個舞棍。我們就是因此而認識彼此的，在格拉斯哥的巴羅蘭舞廳。那是週六的夜晚，我在對街灌下好幾杯坦南特啤酒，才能鼓起勇氣去邀舞。女孩們都穿漂亮洋裝和有縫線的絲襪。在以前那個年代，髮型愈誇張的就愈美，我們男生則是理成飛機頭或是留亂糟糟的瀏海。我那時穿著一件馬海毛夾克和釦領襯衫，把鞋擦得發亮，亮到我擔心女孩們會誤以為我想偷窺她們的裙底風光。」他不好意思地看著我。「在格拉斯哥，就算你沒錢吃飯，還是會讓自己穿得體面。」

鄧肯彷彿在說一種截然不同的語言，但我可以聽懂他大部分的故事。

「男孩們倚著一邊牆站，女孩們倚著另一邊牆。兩道牆之間恍若無人之境，如果你邀錯女生共舞，你就慘了，因為要走回我們這一邊牆，可是一條又長又孤單的路。

「我以前看過茱恩，可是我從沒鼓起勇氣邀她共舞。她是那裡最美的女孩，耀眼奪目，如果妳問我，我會說她現在還是。」

我快速瞥了茱恩一眼，覺得難以想像。

「她所有的朋友都在跳舞，唯獨茱恩自己一人倚著牆站，彎起一腿，正在照鏡子。於是我對自己說：『就是現在了，再不做就沒機會了。』所以我穿過舞池，直接走向她。

「『妳想跳舞嗎？』我問。

「『你在邀我跳舞嗎？』她回我。

「『對，我在邀請妳。』

「『好，我想跳舞。』

「事情就是這時候發生的。」

「什麼事情？」

「我們愛上了彼此。」

我想噗哧地嘲笑他，可是我沒有這麼做。

「我們跳了一整晚的舞，兩個月後，我請求她的父親讓她嫁給我。那就是以前人會做的事，在求婚之前先徵求女方父親的同意。他認可了，於是我去向茱恩說：『妳可以嫁給我嗎？』

「『你在求婚嗎？』她問。

「『對，我在求婚。』

「『那好，我答應你。』

「我們到九月就結婚五十八年了。」

歌曲奏完，鄧肯鬆開我的手，一手搭在肚子上，另一手揹在背後，向我鞠躬。

「來見見茱恩吧。」他說。「她會喜歡妳的。」

「為什麼？」

「妳和她同年紀的時候很像。」

他往後站，讓我先走。我走向那位坐在輪椅上的老太太，她對我微笑，伸出左手，她的手摸起來好像皺巴巴的紙，而且她一直握著不放。

「這位是艾薇。」鄧肯說。「我剛才告訴她妳有多愛跳舞。」

茱恩沒回話。

「她怎麼了？」我小聲問。

「她去年中風了，半邊癱瘓，不太能說話。我懂她要表達的，但其他人不懂。」

茱恩把我的手翻過來，猶如在看我的掌紋。她的手指輕撫我的滑順皮膚，直到忽然被某個東西分散了注意力。她看著自己的左手，眼眶泛著淚水。

「我做錯什麼了嗎？」

「不是妳，」鄧肯說。「是她找不到結婚戒指。我們到處都找遍了。」

「她是怎麼弄丟的？」

「問題就在這裡，她從來沒把戒指拿下來過。」

「也許滑落了。」

「不可能，她的手指又紅又腫，妳看。」

我更仔細看茱恩的手指，她的一滴眼淚落在我的手背上，我得忍住把那淚水擦去的衝動。

「我可以幫忙找。」我說。

我衝動地脫口而出這句話。我為什麼要自告奮勇？我望向房間另一頭的奈森、露比和達薇娜，他們已經找了張桌子坐下來喝下午茶，像是在蛋糕大會上狼吞虎嚥的胖小孩。

下一刻，我就來到走廊上，鄧肯推著茱恩回房間，我跟在他們身後。他對她說話的樣子彷彿他們在對話，但其實都是鄧肯自己在唱獨角戲。

「自從茱恩中風之後，她就待在高依賴病房。」他解釋道。「我們以前一起住一間房，但現在她要自己住了。」

茱恩的房間有一張單人床、衣櫥和五斗櫃，牆壁上空蕩蕩的，只有一台電視和緊急按鈕。

我開始查看明顯的地方，因為爬到床底下而使我的運動衫沾上塵團。我把她的鞋子拿起來抖一抖、壓了壓枕頭，也在靠著牆的床墊邊緣仔細摸找。

「妳做了什麼事才被罰社區服務啊？」鄧肯問。

「這不算是種懲罰。」我說。「我們是在回饋。」

「妳一定做了什麼事。」

我罵我的社工是胖白癡，但我不會告訴你這件事。

「妳在照護之家待了多久？」他問。

「七年。」

「妳的父母呢？」

「死了。」

「為什麼沒有人領養妳？」

「這是怎樣，十萬個為什麼嗎？」

一位工作人員出現在門口，他想知道我在做什麼。他名叫萊爾，臉看起來像個披薩麵團，眼睛是橄欖、眉毛是鯷魚。

「茱恩的婚戒弄丟了。」鄧肯解釋道。「她從來沒拿下來過，艾薇在幫我們找那枚戒指。」

「但她不該出現在這裡。」萊爾說。

「她只是想幫忙。」鄧肯回道。

「我想是被偷的。」我說。「你看她的手指，都瘀青了。」

「也許是妳偷的。」萊爾說完踏進房間，擋住門口。他想嚇唬我。「也許那就是為什麼妳要來這裡，搶老年人的東西。」

他想利用自己的身材優勢來威嚇我，這讓我察覺事有蹊蹺，他急著想把過錯栽贓在別人身上。

「你拿了她的婚戒嗎？」我詢問的語氣聽起來像在問天氣如何或是蛋的價格這類無關緊要的問題。

不過會有人討論蛋的價格嗎？

萊爾忽然大發雷霆。「妳好大的膽子！我應該報警把妳抓起來。」

就在此時我看見他臉上有某個神情，是陰影、不見光的暗處，讓人可辨認的徵兆、跡象……有時我會在嘴裡嚐到金屬味，像是我在吸湯匙或不小心咬到舌頭時的味道。不過通常我會看見一側嘴角的抽動、額頭上爆出青筋，或眼睛周圍的顫動。

「你在說謊。」我說。「你拿去當掉了嗎？」

「妳滾開！」

「或者戒指還在你身上？」

「快滾。」萊爾用大拇指戳我的胸腔，讓我往後退了一步。我邁步向前、不屈服地把下巴抬高，準備迎來重擊。鄧肯結巴著懇求大家冷靜下來，茱恩的鼻子上掛著鼻涕泡泡。

萊爾攫住我一手的手臂，手指用力掐進我的皮膚。他把頭靠近我的右耳，對我小聲說：「閉上妳的鳥嘴。」

這令我火冒三丈，眼前的視野逐漸縮小、世界被染上了顏色。我抓住萊爾的手腕一把往後扳，他彎下腰，被我的舉動嚇到發出呻吟，同時我抬起右膝撞他的臉，軟骨碎裂，他屈起兩手捧著鼻子，血從他的手指之間流下來。

我繞過他身旁，沿著走廊來到客廳，達薇娜正吃蛋糕吃到一半，胸部上面還有些蛋糕屑。

「妳可能會想報警。」

「為什麼？」

「因為我們應該先發制人。」

# 第三章

## 賽勒斯

服務生已把我們吃完的早餐收拾乾淨，顧客來來去去，包括早起的人、遛狗者、店家老闆、學校小老師、媽媽團體、編織社團和穿著花呢夾克的退休男士。

莎夏．赫普威爾坐在加了襯墊的長椅上，背往後靠，扭一扭肩膀後瞥一眼牆上的時鐘。

「艾薇是怎麼樣的人？」

「個性倔強、受創、聰明、易怒、孤單。」

「你喜歡她嗎？」

「喜歡。」

「她開心嗎？」

「有時候。」我回道，不過這個問題讓我有點意外。我不會把艾薇和開心這種情緒畫上等號，因為她把生活視為一種競賽，每天早晨醒來都像是她的一場小小勝利。

莎夏還有更多問題想問，但我們的目標不同。我想知道更多關於天使臉女孩的事，也就是當時那個頭髮長蝨子、皮膚被菸燙傷的野孩子，而莎夏想了解的是現在的艾薇，她成為怎麼樣的人，還有她未來希望成為的模樣。

我提到關於尋找她家人的事、ＤＮＡ檢測、使用放射性同位素骨骼掃描來檢測她的年紀，還有全世界掀起的關注活動，以及她與社工和心理醫師經歷過無數次的諮商。

「天使臉女孩與任何失蹤人口的資料都不符，而且她拒絕告訴任何人她的真實姓名或年紀，所以法庭後來出手干預。」

「我記得她是怎麼得到天使臉女孩這個名字的。」莎夏說。「醫院的一位護理師幫她擦去臉上的髒汙之後說：『妳的臉像個天使。』於是這個名字就被沿用了。雖然她幾乎不說話，但每個護士都好喜歡她。她只有在想要某些東西，像是食物、水或上廁所時會開口，有時也會問起那兩隻狗。」

「她讓那些狗活下來。」

「不知道為什麼牠們沒把她撕個稀爛。」

「牠們認識她。」

莎夏在把玩套頭毛衣一縷鬆脫的毛線。

「她還說過什麼？」我問。

「沒什麼重要的。我一直編出新的遊戲，想藉此猜出她的真名或誘使她告訴我答案。不過她教我玩她自己的遊戲，其中有個遊戲她稱為『火和水』，和我們在玩的『熱和冷』有點類似。」

「她的檔案裡沒提到這件事。」

「我想這不重要吧。」

莎夏想到另一段回憶時笑了。「她要我們跳一種舞，我和護理師們。我們一個個面朝前站著，手搭在前面一人的屁股上，先朝右邊抖抖右腿，再朝左邊抖抖左腿，然後往後跳跳再往前跳跳。她說那是企鵝舞，超好笑的。」

「心理醫師有看過這個舞嗎？」

「我想沒有。為什麼這麼問？」

我正要回答時，呼叫器響起嗶一聲。

「真老派。」莎夏說。我從屁股口袋拿出小黑盒子，讀取液晶顯示器上面的訊息。

我們需要你。

過了一會兒又傳來第二封訊息。很緊急。

莎夏好奇地看著我。「你沒帶手機。」

「沒有。」

「我可以問原因嗎？」

「作為心理學家，我的工作是聆聽人們說話，並藉由那些話去了解他們。這些東西我無法光靠讀一段文字訊息或推特而得知，一定得要是面對面。」

「不過這樣似乎不是很專業。」

「我有呼叫器，人們與我聯繫，然後我再回電給他們。」

莎夏低沉地「嗯」一聲，我不確定她是否相信我的話。

我再度瞥一眼呼叫器。「我得去打一通電話。」

「潮汐要變了。」

「我只要兩分鐘就好，請等我一下。」

最近的公共電話是在郵局外頭。蘭妮．帕維爾警官接起電話。她人在外面，我聽見柴油引擎和卡車倒車的聲音。

「你在哪裡？」她問。

「康瓦爾。」

「假期結束了。」

「我不是來度假的。」我說，有點被激怒，不過我的反應似乎把她逗樂了。

「主角是我們圈內人。」她解釋道。「退休警官，看起來像自殺。這一點我想再做確認。」

「在哪裡？」

她匆匆說出一個位於坦姆賽德的地址。

「那不是妳的管區。」

「我已經被分到東密德蘭特殊勤務組。」

「全職？」

「在可預見的未來是如此。」

「我離妳那裡要五個小時的車程。」

「我會等你。」

我的出席與否沒得討論，而這就是我最近在做的事，像殯葬業者或反吐麗蠅般在追逐死亡。我選擇當個司法心理學家時，我以為我的職業生涯都會是在研究殺手，而非試圖追捕他們。

對街有個蔬果商正把一箱箱水果和蔬菜擺到人行道上，紅蘿蔔、馬鈴薯、小胡瓜等等。莎夏剛才已經離開咖啡廳，正在把蘋果裝進棕色紙袋裡。我去找她時她正在結帳。

「妳會想和艾薇見面嗎？」我問。

她揚起一側眉毛。「我可以這麼做嗎？」

「她可以見訪客。」

莎夏正在考慮這個提議，她好奇的天性想答應，不過她很謹慎。

「你為什麼來這裡？」她問我，盯著我看的眼神恐怕連最熱情的追求者也會打退堂鼓。「你讀過艾薇的檔案了，她被醫生、輔導員、諮商師和心理醫師諮詢過，但是她誰也不願意傾訴。你為什麼認為她會跟我說？」

「妳是拯救她的人。」

莎夏不以為然地揮揮手。

「這就是我做的事，我要幫人們從創傷中站起來。」我解釋道。

「她還是精神受創嗎？」

「對。問題在於，妳也是嗎？」

莎夏的臉色一沉。「我不需要你幫忙。」

「妳在逃避什麼。」

「逃避像你這樣的人！」她生氣地說，接著轉身往反方向走去，穿越海濱步道，我追了上去。

「我的提議是真心的。我要開車回諾丁罕，歡迎妳和我一起來。」

莎夏並未回應，但有那麼一瞬間，我瞥見她的脆弱。曾經在她心裡的愉悅已然消失殆盡，她已與家人切斷聯繫、試圖遺忘曾發生過的事，而我又讓她重拾往日的回憶。

回到酒吧，我打包好東西，付了帳單。酒吧門口已擠滿成天飲酒的老酒鬼，沉默而堅定地灌黃湯下肚，每人都成了這群悶頭喝酒的癮君子裡的一份子。我穿過停車場，解鎖我的紅色褪色飛雅特，把包包甩到後座。第一次引擎無法啟動，我催了幾次油門後再試一次，聽著啟動馬達在嗡嗡低鳴，啟動時發出劈啪聲響後再度發出低鳴，最後總算成功發動車子。

我打倒檔把車退出停車位，轉向朝出口前進。快到柵欄時，我看到莎夏。她坐在木船上，身子往前彎向船槳又往後伸展，沿著防波堤往前划行。她的日用補給品都用一張帆布蓋著，一頭紅髮塞在她的風衣帽子底下。

我並不覺得失望，反而如釋重負。她現在很安全，而且我知道可以在哪裡找到她。

# 第四章

## 艾薇

「艾薇，妳得把衣服穿上，如果妳半裸著身子，他們沒辦法向妳問話。」

「正合我意。」

卡洛琳．費爾菲斯是我的律師，我的裸體讓她很不自在。我不認為她是在裝淑女，也不覺得她是女同志，不過她是那種乖乖牌的女生，人生中沒做過半點叛逆的事。在學校，我打賭她在每間教室都坐在前排、雙膝併攏、制服筆挺，而且永遠準備要舉手回答問題。現在她年紀三十出頭、新婚，穿黑長褲和成套的外套，理智、一板一眼、乏味無趣。

警察拿走我的鞋帶和皮帶，所以我乾脆脫掉身上的所有衣物，只留內褲（因為是乾淨的）。我坐在拘留室的水泥長凳上，屁股冷得要命，可是我不會讓她知道。

「他們有權逼妳把衣服穿上。」她警告我。

「那就讓他們來試試看啊。」

「他們可以告妳公然猥褻罪。」

「這裡人又不多。」

「妳攻擊了某個人。」

「是他先開始的。」

「妳在耍任性。」

「去妳的！」

有那麼一刻她瞪大眼睛，然後又瞇起雙眼。我想道歉，但我不會輕易說對不起。這三個字總是在我的腦海裡就卡住，從來都到不了嘴邊。

「賽勒斯在哪裡？」我問。

「妳叫我不要打給他。」

「我以為妳還是會打。」

「我沒有。」

我看著她的臉，她說的是真話。我不想讓賽勒斯知道我又惹麻煩了，因為他會用那雙哀傷下垂的眼睛看著我，像隻乞討食物的小狗。

「拜託妳，把衣服穿上吧。」她再度開口。

「狗屁一堆。」我穿上牛仔褲和帽T，告訴她我要上洗手間。一位女性警官陪我穿過走廊，看著我整理滿頭蓬亂的棕髮，這個月的顏色是棕色。真希望我化了妝。這種感覺很奇怪，但沒刷睫毛的感覺對我來說卻比沒穿衣服還赤裸。

十分鐘後我們在偵訊室裡，這裡有一張桌子和四張椅子，沒有窗戶。卡洛琳坐在我旁邊，對面是兩位制服警員，看起來好像在參加電視警察節目的徵選。他們大多數的問題都是陳述，想誘使我接受他們說的話。

其中一人的臉看起來像殯葬員，肩膀上有頭皮屑。他的搭檔比較年輕，一副自鳴得意的樣子，像一隻狗在搔抓跳蚤的模樣。我認出他就是之前在我赤裸上身時，拘留室來的其中一名警員，色瞇瞇地透過觀察窗口看我。他不時會詭祕地笑，彷彿因為看過我的奶子而抓到我的把柄一樣。

從我過去的經驗看來，與其說人們在和我談話，還不如說人們在逼我聽他們說話。他們會向我告誡、說教，或者只聽他們想聽的，可是那都不是我不回答的原因。我不信任真相。真相是說詞，真相是習慣，真相是妥協，真相是受損品，真相很久以前就不存在了。

「我們可以選簡單的方法，還是妳想來硬的？」那位自鳴得意的警員說。

我想笑，因為根本沒有所謂簡單的方法。

「妳拿那枚婚戒做什麼？」

「我的委託人什麼戒指都沒拿。」卡洛琳回道。「她當時是在幫忙找那枚戒指。」

「妳的委託人應該回答我的問題。」

「她否認你的指控。」

「她到底會不會說話？或許她是個啞巴。」

「我只在我有話說的時候才說話。」

那位像殯葬業者的警員將雙手的手肘撐在桌上，下巴靠在手背上。「妳是誰？」

「這話是什麼意思？」

「我試圖查閱妳的少年紀錄，可是檔案全都被封鎖，即使是最基本的資料都被刪減過。沒有出生地，沒有直系親屬，沒有健康紀錄。我們讓妳打一通電話，結果一位大律師就從倫敦遠道而來。這一切都讓我覺得妳是某個重要人物。這是怎樣？證人保護計畫嗎？還是妳是某個政客的白癡小孩？」

卡洛琳．費爾菲斯打斷他的發言。「你對我的委託人有問題嗎？」

「我剛問了她一個問題。」

「你知道她的姓名、年紀和現居地址。」

那位殯葬業警員對卡洛琳視而不見，繼續專心對付我。

「如果我提出申請要求瀏覽妳的完整檔案，我會發現什麼？」

「什麼也沒有。」卡洛琳回道。

「那就是問題所在，不是嗎？她備受保護，為什麼？」

「我是俄國間諜。」我說。

卡洛琳要我別說話，但我不理會。

「我是黑手黨的馬子，我是川普的私生女，我是綠草如茵的小丘上的狙擊手。」

有人敲了門，解救了我的窘境。這兩位警員被叫到外頭，我聽見他們在走廊上咕噥低語，可是聽不清楚他們在說些什麼。

「妳還好嗎？」卡洛琳問。

「我沒事。」

「很快就會結束了。」

「我什麼東西都沒偷。」

「我知道。」

卡洛琳瞥一眼手機，彷彿在等某人傳訊息給她。其中一位警員回到偵訊室，是那位殯葬員。

「妳可以走了。」他說。

「發生了什麼事？」卡洛琳說。

「發現新消息。」

「什麼消息？」

「老人之家的住客表示之前曾經有幾件物品遺失的案例，我們正在偵訊機構裡的一位工作人員。」

「哈！我就知道！」我說，語氣聽來很狂妄。

卡洛琳要我噤聲。

「我就跟妳說他在說謊。」

「艾薇，噓。」

「你們有找到茱恩的婚戒嗎？」我問。

「我不能透露細節。」一臉像殯葬員的警察說。「可是我想妳應該感到幸運。」

幸運！我想尖叫。我這是哪門子幸運？

卡洛琳瞥我一眼，像是在說：什麼話都別說。

我跟著她來到會客室，達薇娜在那裡等我，她的反應正如我預料，用胖胖的雙臂抱緊我，把我的臉悶進她的胸部中間，我都快窒息了。我討厭被人碰觸，但我讓她抱我，而且她從喉嚨冒出那種奇怪的聲音，彷彿我讓她擔心得要命。

因為今天發生的事，我會領到一張紅卡，我是紅卡女王，手中握著同花順，紅心和方塊。下週末我就得待在朗弗德感化院裡掃廁所、除花園的雜草，或清洗塑膠浴缸和刷洗煎鍋。

為什麼？因為我真是天殺的幸運兒。

# 第五章

## 賽勒斯

六輛警車停放在老舊的紅磚工廠外，這座工廠沿著荒涼狹長的黑水而建。泰晤士河根本稱不上是一條河川，與其說是液體，更像是凝固的狀態，被雜草、物品殘骸和懸垂的樹枝所遮蔽。有一條運河與此河交會，被巨大且出現裂縫的金屬閘門分隔開來。再過一千年那些閘門可能會被侵蝕殆盡，油膩的河水最終會流向大海。

在其他地方，類似的狹長形工業區都被整頓過，搖身一變成為價值不菲的不動產，可是也許因為這裡已經受重金屬汙染得太厲害，要補救的費用過於高昂，所以遲遲沒動靜。

我駛過一片荒地，把車停在一處鐵絲網柵欄旁。不遠處有個破舊的超市推車，上面有個標示牌寫著：請歸還至阿斯達超市。

幾個約莫高中年紀的男孩正在一塊空地上踢足球，用膝蓋、雙腳和頭控球，賣弄自己的球技。他們同時在觀察警方作業，我可以感受到他們的活力和興奮。這對他們而言是全新的體驗，是值得分享的新鮮事。他們不時拿出手機，彷彿在確認貼文的狀態。

三位警官在一輛驗屍車旁抽菸，我認得其中兩人，一人是懷特．道爾，另一人是艾倫．艾德格，大家都叫艾倫「坡」，因為他們全都有小名。第三位警官對我而言是生面孔，不過他的皮膚一樣慘白，腰圍也一樣粗，是不良的飲食習慣與缺乏睡眠使然。

一架空拍機在他們的頭頂上方盤旋，拍下這個區域的照片。現代的警方在辦案時，犯罪現場必須優先考量到陪審團，讓他們屆時能感覺到自己正參與電視實境秀或出現在紀實紀錄片裡。

我在犯罪現場日誌上簽名、出示證件後進入這座陰涼的工廠。部分屋頂已經不見了，可能被暴風雨吹落或被專門收購廢金屬的商人撈走了。從屋頂的空洞灑下一道道陽光，光線斜射的模樣宛如上帝從天上顯靈。其中一道光照亮了一輛銀色瑪莎拉蒂總裁跑車，它的前半部用力撞上水泥塊。

蘭妮．帕維爾從一群技術人員的身後出現，他們正把一具裝袋的屍體舉起來搬到推車上。在其他情況下我們可能會擁抱或親一下臉頰，但此時我們只是互擊拳頭。

蘭妮年約四十五，留了一頭短黑髮，穿著她的招牌巴伯爾防風夾克和及膝長靴，看起來像個一本正經的莊園夫人出來溜狗。

蘭妮不是她的本名，她的受洗名為蘭諾兒，而且因為必須順著祖父母的意願與維持傳統而有個過長的中間名。我從十三歲就認識她至今，當時她二十七歲。她是在我的父母和妹妹們被殺害之後找到我的員警。我當時躲在我們家的花園棚屋裡，腳上的襪子沾滿鮮血，手裡還拿著一把鶴嘴鋤。當時我剛練完足球回家，在廚房的地板上發現我媽媽的屍體，旁邊還有一包撒出來的冷凍豆子。我爸死在電視前面，愛思梅和愛波則是在她們樓上共用的房間裡殞命。

當時我躲在棚屋裡，聽著警笛聲逐漸靠近。蘭妮找到了我，她那時還是個穿制服的菜鳥警員，她在那裡陪著我，問我學校的事情，還有我在足球隊裡擔任哪個位置。她請我吃薄荷糖，把糖果搖落在我的手掌上時，握住我顫抖的手。直到今天，每次我聞到薄荷味都還會想起那一刻。

「是誰發現他的？」我瞥了一眼車子問。

「一群小夥子。」

「外面那些人。」

「對。他們在這裡踢足球。我們推測他是昨晚死的。」

「妳說他是警察。」

「哈密許．惠特莫警司。他因為健康問題在六個月前退休了，壓力和焦慮。」

「憂鬱症？」

「我們還在確認中。」

我注意到地板上有一條尼龍繩，其中一端綁在一根金屬柱上，另一端則在那台瑪莎拉蒂的後輪底下。

蘭妮告訴我她的想法。「看起來他從駕駛座這一側的車窗拉繩子進來，綁在他的脖子上。接著他繫好安全帶，踩下油門。」她往車子走去。「等繩子拉到最底，繩套便絞斷了他的頭。車子持續空轉，直到撞到牆才停下來。」

「妳認識他嗎？」

「我們可能在倫敦的生物安全會議見過一次面。他是個好人，行事老派。」

「他住哪裡？」

「曼徹斯特。」

我來到這台車旁邊，這是一輛體面的車，狀態完好如新，昂貴且備受寵愛，不過車裡又是另一回事了，血跡布滿窗戶、座椅和儀表板。這會引發我今晚的噩夢，在夢裡看見爸媽和妹妹們的屍體。我會驚醒，伴隨著從我嘴裡消失的尖叫聲，不確定那聲音是否迴盪在我的腦中，或者讓鄰居的狗又開始狂吠。

我繞著車子走一圈，在敞開的車門前蹲下來，小心不碰到任何物品。我倚身探進駕駛座的門，注意到座位上惠特莫身體佔據的部分是多麼一塵不染。

「鑰匙還插在開關上。」蘭妮說。「引擎持續運轉，直到油用光為止。」

「妳在車裡找到什麼？」

「普通的東西，他的錢包、駕照、車輛登記證、手機。」

「遺書呢？」

「沒有。」

「他有結婚嗎？」

「分居了。」

「有小孩嗎？」

「一個女兒，已經成年了。」

我用敬畏的眼光看這台車。「這可是價值七萬英鎊的好車。」

「他一定混得還不錯。」蘭妮說。

「領警察撫恤金嗎？」

「他有當兼職司機，擔任具有保全經驗的私人司機。他也在倫敦的電影公司做些工作。」

我仔細看駕駛放腳的空間，煞車踏板血跡斑斑，但油門很乾淨。他的腳必定是一直踩著油門，直到最後一刻才滑走，不過這仍無法解釋為什麼油門踏板的右邊有一小塊地毯沒沾上血跡，除非踏在油門上的是別的東西。

我把衛星導航系統點開，蘭妮已經確認過目的地有哪些地方。

「最後一個目的地是一間叫『環球』的酒吧，在離這裡不到兩英里處。」她說。「也許他就是在那裡買啤酒。」

「什麼啤酒？」

「他喝了一手，我們在車底盤找到啤酒空罐，可能是想藉此來壯膽。」

我走回工廠的另一頭，停下腳步檢視這條繩子是如何繞圈和繫在電纜塔上的。眼前的景象並不合理。事情並非如眼前所見，因為我注意到有些小地方違反常理、與事實有出入，不足以下定論。相較於女人，男人選擇自殺的方式通常較為激烈。他們會拔槍自戕，或選擇上吊和燒炭，而女性則比較常以過度用藥或在浴缸割腕來結束性命。斷頭是一種明顯令人震驚的舉措，這不是求救訊號，而是痛苦哀嚎。

即使不認識哈密許・惠特莫，我也能推知他是個有條理的人。我會預期他選擇某個更果斷、乾淨和冷酷的死亡方式。

這台車上沒有一絲刮痕或被石頭砸中的痕跡，每一吋車體都打上蠟並以昂貴的產品拋光。鋁合金輪轂擦拭得晶亮，胎壁漆成了黑色。男人通常在車子上投以的關注比在妻子或女友身上多，因為那給了他們一種支配與自由。不像女人，車子有鑰匙或能以遠端啟動方式發動，而且通常第一時間就能啟動。它不會反對你的意見或要求更多承諾，也不會心生忌妒或心情陰晴不定。一輛車能代表男人的身分，或者男人想成為的身分。富裕、有型、迅速、運動風。一個男人可能永遠無法找到自己的夢中情人，但他可以擁有自己夢想的車款。

「感覺不對。」我走回這台瑪莎拉蒂旁邊說。我指向儀表板，唯一的瑕疵是在方向盤右側皮革上的小小撕裂處。「一個這麼愛護自己車子的男人不會在儀表板上打開啤酒罐，也不會把空罐子丟在車底盤。」

「也許他已經不在乎了。」

「不可能，他愛這輛車。」

「你想表達什麼？」

「我認為他是先死亡才被放到駕駛座上的。」我一邊說一邊指向被推得過遠的駕駛座椅。「那條繩子把他的頭絞斷時，所有一切都覆蓋了血跡，包括方向盤。但手指觸摸的印記呢？」

「也許他在最後一刻放開手了。」蘭妮說。

「或者他的雙手當時擱在大腿上。」

我挺直身子，轉一轉脖子，讓自己不那麼緊繃。

「啤酒罐上有指紋嗎？」

「他戴著手套。」

我的表情已經足以說明一切。蘭妮給了我一個痛苦的神情，然後轉身大步往工廠大門走去。她大聲叫喚警員，那些人正看著哈密許·惠特莫的屍體被抬進等在一旁的驗屍車上。

「叫犯罪現場警官回來這裡，擴大調查範圍。我要大家仔細搜查三百碼之內的所有物品，還有更多團隊去登門調查。」

「報告總督察，請問我們在找什麼？」

「我的理智。」蘭妮說。

# 第六章

## 賽勒斯

煞車燈在我們的前方閃爍，在潮濕的柏油路上映照出油膩的光影。從我們來到曼徹斯特近郊後就一直在下雨，雨滴看起來像一串串不斷墜落的水銀。

蘭妮在開車，不過她的心思還在那座工廠上，思忖著案情的細節。根據衛星導航的紀錄看來，惠特莫去過那間酒吧，但酒吧的工作人員卻找不到他買啤酒的任何紀錄，酒吧的監視器影像也什麼都沒拍到。

「如果他沒進酒吧，那他一定是在停車場遇見某人。」蘭妮對我說，也像是在自言自語。「每當受害者是警察，就會讓人想到很多種可能性。我們這行樹敵無數，逮捕入監的人，還有心懷怨懟的人多的是。」

「妳有敵人嗎？」我問。

「夠多了。」她變換車道。「你去康瓦爾做什麼？」

「追蹤一個案子。」

「警察的案件？」

「不算是。」

蘭妮聽出我不太想談這件事。我們雖然像親人，但各自還是保有祕密。我們每個月聚會一次，通常她會邀我去她家，由她來下廚煮一頓家庭晚餐給她先生尼克和他的兩個兒子吃，蘭妮對那兩個兒子視如己出。

我們抵達哈密許．惠特莫家時大約六點。車道上停了三台車，有訪客。這會讓情況更加複雜。一位年約三十歲的女子來開門，她的眼睛因為哭過而紅腫。她大腹便便，穿著孕婦牛仔褲和寬鬆的白襯衫。一位留著鬍鬚、頭髮蓬亂的年輕男子站到她身旁，手臂環繞她的腰，他的牛仔褲上有些油漆或灰泥的斑點。

「我要找艾琳．惠特莫。」蘭妮說，她的語氣有點遲疑，事情有點不對勁。

「她是我媽。」年輕女子說。「我是蘇西，這位是傑克。」

蘭妮繼續說。「我恐怕有些壞消息。」

「如果是關於爸爸的事，我們已經知道了。」

「怎麼得知的？」

「今天下午一位警官告訴我們的。」

「我知道了。抱歉，我以為……」蘭妮不太確定該怎麼回應。「我可以和妳媽媽談一下嗎？」

她帶我們到起居室，有個年紀較長的女性正站在火爐邊，彷彿在擺姿勢準備照相。她的身材纖細，留著一頭灰白短髮往後梳到耳後。我注意到壁爐臺上面放的家族照片。蘇西還是小寶寶、幼童、青少女，再到結婚的照片。不久前才拍的結婚照片裡有哈密許．惠特莫穿著正式西裝，和艾琳穿開岔到大腿的白色禮服。

惠特莫太太請我們在她指定的位置坐下，她自己則坐在一張扶手椅邊緣，幾乎沒讓椅墊產生皺摺。

「對於您的損失我非常遺憾。」蘭妮說，坐在惠特莫太太的正對面。「他是個很棒的人。」

「謝謝妳。」她輕聲說。「另一位警員說他是自殺的。」

「這會令妳意外嗎？」蘭妮問。

「這讓我非常震驚。」

「可是他因為健康問題退休，其中一個原因是憂鬱症。」

惠特莫太太不以為然地說：「每位警官想以醫療的理由引退時都用這個藉口，找一位心理醫師來診斷憂鬱症或創傷後壓力症候群，就可以提早退休。」她望向我。「無意冒犯。」

「沒關係。」

「妳和哈密許已經分居。」蘭妮觀察到。

「我們分開住。」

「離婚嗎？」

這個問題讓惠特莫太太看來有點不悅。

「妳最後一次看到他是什麼時候？」

「上週末。他來我家修理洗衣間一個壞掉的抽屜。我們一起喝杯茶，聊到蘇西和寶寶。我們都很興奮要成為外公外婆。」

她用手帕輕輕擦拭眼角。

「哈密許住在哪裡？」我問。

「在我們家的客房。」蘇西回答。「他在幫忙傑克準備嬰兒房，粉刷房間。」

「妳最後一次看到他是什麼時候？」

「昨天早上。我們一起吃早餐。他還開玩笑說我的羊水如果提早破，他會怎樣安排警車開道，沿路開警燈和警笛護送我去醫院。」

她悲傷地對媽媽擠出一抹微笑。

「妳介意我詢問為什麼你們分居嗎？」蘭妮問。

惠特莫太太盯著雙手。「哈密許退休之後，原本保證我們會一起旅行、去看看老朋友和整頓花園，可是他後來瘋狂迷上以前的案子，想重新調查。他稱那些案子是他的白熊。」

蘭妮看起來有點困惑。

「是指他無法忘懷的事。」我為她解釋。「這個名詞是從一個關於壓抑機制的知名心理實驗而來。我們愈不希望想起的事情，就將它們稱為白熊，那麼這隻白熊就愈是會在我們的頭腦裡出現。」

蘭妮點點頭，轉頭看惠特莫太太。「那位早先來過的警官，他有說他叫什麼名字嗎？」

「麥克金還是麥甘。」

「他有搜索令嗎？」

「我想是吧。為什麼這麼問？」

「你有看到他的車嗎？」

惠特莫太太望向我和蘭妮。「哪裡有問題嗎？」

「他究竟對你們說了些什麼？」

「他說哈密許死了，是自殺。我告訴他這太荒謬了，他說之後會驗屍。他問哈密許在家有沒有辦公室或電腦，某個他可能會留下遺言紙條的地方。」

「妳怎麼告訴他？」

「我說哈密許搬出去了，和蘇西和傑克一起住。」

蘭妮皺起眉頭，撥弄她的手機。「不好意思，我得打一通電話。」她說完走出起居室，到走廊上。我可以聽見她在問問題，不過聽不見電話那頭的回應。她想知道哪位警員來過這裡，還有是誰授權這次探訪的。

兩分鐘後，她回到起居室，不過沒坐下來。

「這位探訪你們的警員，他長什麼樣子？」

惠特莫太太想了一下，然後說：「快四十歲，身材高挑，金髮，穿著一套高級西裝，我記得他的眼睛是碧藍色的。」

「還有別的特徵嗎？」

她蹙起眉頭。「他的額頭上有個半月形的疤痕。」她指向自己的額頭說。

「他坐在哪裡？」

「這張沙發上。」

「他有碰觸到什麼物品嗎？」

「我幫他泡了一杯茶。」

「那杯子在哪裡？」

「我洗掉了。」她愈來愈惱怒。「到底怎麼了？我做錯什麼了嗎？那個年輕人看起來是好人啊。他問哈密許最近是否在忙些什麼……，問他有沒有什麼檔案，他說現在警局有新政策，他必須把那些檔案收回去。」

我和蘭妮互望一眼。

「哈密許在調查什麼案子？」我問。

「尤金・葛林的案件。」傑克說。

「那個戀童癖？」我問。

「對，哈密許當時協助把他逮捕到案。」

「那是他的職業生涯中辦過最大的案件。」蘇西補充說。

蘭妮看起來有點困惑。「那宗案件已經結案了。葛林在兩個月前死於獄中。」

我記得他的死還登上報紙的頭條新聞，其中一個寫著：**禽獸已死**。

葛林的第一個受害者在北約克沼澤國家公園裡被發現，因此報紙稱他是「惠特比區的禽獸」。他後來又強暴並殺害至少兩名孩童，其中一人是他利用從當地的動物收容所領養的小貓引誘被害者到他的廂型車上。葛林對於這些謀殺罪名認罪了，不過入獄不到一年就死了，是在囚犯運動場上被活活打死。

「為什麼哈密許對葛林的案件那麼熱衷？」我問。

傑克瞥了一眼岳母，彷彿不確定他該說到什麼程度。「哈密許說還有些失落的片段……一些他想不通的事情。」

惠特莫太太發出嗤之以鼻的聲音。「他把書房當成刑案室，裡面有白板和被害孩童的照片。那讓我起雞皮疙瘩，我不想在房子裡看到這些東西，我有跟他說過了。」

「那些檔案現在在哪裡？」我問。

「在我們家。」傑克回道。

「我就是這樣告訴那位警員。」惠特莫太太說。「他說他過幾天會打電話給蘇西，跟她拿那些資料。」

「妳給他我們的地址了？」蘇西問，聽來有點生氣。

蘭妮看了我一眼，我可以看出她在思索的事。「妳住在哪裡？」

「我們在索爾福德有一間公寓。」

「家裡有別人在嗎？」

「有，我朋友，哈利．帕克。」傑克說。「我讓他待在那裡，他在油漆廚房。」

「打給他！」

「有人可以告訴我哪裡出問題了嗎？」惠特莫太太問，語氣裡的焦慮多於憤怒。

蘭妮在她的扶手椅旁蹲下來。「早先來和妳見面的那名男子，我不認為他是警員。」

「可是他有搜索令。」

「妳有仔細看那張搜索令嗎？」

她沒回答。蘭妮握住她的手。「我們不認為妳先生是自殺。」

這句話和其衍生的後果讓大家花了一點時間消化。

與此同時，傑克在講電話。「哈利沒接，他可能已經回家了。」

「我們會需要你們的地址和鑰匙。」蘭妮說。

傑克手伸向口袋，說：「我和你們一起去。」

# 第七章

## 賽勒斯

蘭妮用無線電發號施令，描述那位冒牌警官的特徵：白人男子、將近四十歲、六呎高、金短髮、藍眼睛、額頭上有一道疤。她找了個素描師和艾琳．惠特莫共同勾勒出嫌犯的樣貌。

傑克在後座聆聽這一切。「如果他不是警察，那他怎麼知道艾琳的地址？而且他是怎麼拿到搜索令的？」

「很可能是竊取或偽造的。」蘭妮說完又小聲說：「或是只靠一張借書證。」

我們在索爾福德的街道中穿梭，這裡從前是工廠城鎮，一度以棉紡工藝和絹織聞名，直到併入大曼徹斯特郡後變得沒落，而今較為人所熟知的，是這裡的幫派、種族攻擊事件和後工業化的衰敗。如果說曼徹斯特是座陰沉的城市，那麼索爾福德就更顯灰暗。

當我們靠近席德里公園住宅區時，拉上鐵門的商家逐漸為鐵路和高樓建築所替代。一根磚砌煙囪高高聳立在建物的屋頂上方，像核冬天[4]裡碩果僅存的一棵樹。

「在下一個路口左轉。」傑克說。

我們把車停進一棟紅磚建築外面的停車場，這棟建築是馬蹄形的，中央有個中庭，兩側尾端皆有外部樓梯與走廊相連，站在樓梯上能鳥瞰整個公共空間。

---

4 核冬天（nuclear winter）是關於全球氣候變化的一則理論，預測了大規模核戰爭可能產生的氣候災難。核冬天理論認為使用大量的核武會使煙與煤煙進入地球的大氣層，而導致非常寒冷的天氣。

「哈利一定還在這裡。」傑克指向一輛破舊的白色廂型車說。「我們家在二樓。」

推開入口大門後，我們經過上了鎖鏈的腳踏車和折疊嬰兒車，來到樓梯口開始拾級而上。有人把一張扶手椅扔在樓梯平臺，我們繞過它繼續前進。

「第四扇門就是了。」傑克說。

蘭妮一馬當先，我跟在她後面。我們經過一間公寓時聽見夫妻正在吵架，另一間則把電視轉得好大聲，噪音蓋過了家庭紛爭的爭吵聲。

來到傑克的公寓時門是半掩的，蘭妮用腳輕輕把門踢開，手摸找電燈開關。

「打給你朋友。」她一面說，一面緩緩走向客廳。傑克拿出手機，按下按鈕。電話聲響起，手機鈴聲是綠洲合唱團的〈奇蹟之牆〉。

「他還在這裡。」傑克說完大喊：「嘿，哈利！」

蘭妮阻止他，用手臂擋住門，要他留在那裡。

她看著我。「你可以嗎？」

我點點頭。

蘭妮用手勢示意我去廚房，她則沿著對面的牆邊行走，朝手機鈴聲的方向前進。這間公寓並不大，客廳的燈光撒在廚房的油氈地板上，光線以斜對角映照在一位年輕男子的雙腿上。那位有留山羊鬍的男子坐在椅子上，臉背對著我，手腕和腳踝都被用塑膠繩綁在一起。

「哈利？」我說，從他身邊繞過去。他的頭歪向一邊，眼睛和嘴巴都張著。有那麼一刻，我以為他可能會說點什麼，可是一條鐵絲已經把他的氣管勒斷了。

我喊不出蘭妮的名字，轉過身來看見她就站在門口，她看出我的震驚。

「救護車？」她問。

我搖搖頭。

她走進廚房，把我拉走，舉起手機貼近嘴邊，我只能聽到幾個字。「死亡。男性。謀殺。現場取證。」

哈利的臉不斷閃現我的腦海，尤其是他突出的雙眼和扭曲的嘴。水槽裡有些油漆刷，他正在清洗刷子時，有人敲了門，他去應門。那位訪客有警徽，所以哈利讓他進來，轉過身背對此人。

我到其他房間查看，大部分都剛粉刷好，有些還鋪著防塵罩。最小的房間有一張單人床，衣架上掛著幾件襯衫和長褲。這是哈密許・惠特莫住的地方。角落擠了一張小桌子，上方有一扇單窗。房間抽屜都被拉出來翻找過，馬尼拉紙文件夾散落在地上。筆電的電源線還插在插座上，不過筆電卻已消失無蹤。

惠特莫在書桌上方釘了一面白板，上面以透明膠帶貼著幾張角落有撕痕的照片。手繪的線條將一些已不在白板上的照片連接在一起，有些下方寫著名字。莎曼珊・道爾、艾比・哈波、阿爾詹・庫爾帕，全都是尤金・葛林殺害的對象。其他的名字我不是很熟悉，吉娜・密蘇德和派翠克・康柏。也許是失蹤人口，未結案的犯罪案件。

我掃視白板，恨不得能有某種目錄或清單能解釋白板上的資訊。沒有照片和其他筆記，這些箭頭根本無從對照起也毫無意義可循。就在這時我注意到一個後來才寫上的名字，就寫在左下方的角落，以一條紅線連接，上面的字寫著：

天使臉女孩。

倫敦。

二〇一三年。

# 第八章

## 賽勒斯

警車儀表板上的時鐘顯示時間已過了午夜，藍色的手電筒燈光閃爍掃視著周圍的庭院和停放的車輛。傑克坐在後座，雙手抱頭。

「我們從小學就認識了，我們家就只有隔兩條街，是一起長大的。我們一起喝第一瓶啤酒、一起看第一場演唱會……」

「哈利結婚了嗎？」我問。

「還沒。」他哽咽地說。「他和他的女友妮可下個月本來要去斯里蘭卡度假，他原本打算在夕陽西下的希卡杜瓦海灘向她求婚，他還給我看過戒指。」傑克低下頭。「噢，天殺的！該死！誰來告訴她啊？」他打開車門，往水溝吐了一口口水，再用手背上的袖子擦嘴。

蘭妮走出公寓大樓，雙手深深插進口袋，小跑步過馬路。

「我還要一會兒。」她對我說。「我會派人送你去牽車。」

「那我呢？」傑克問。

「你應該回惠特莫的家，和你太太在一起。」

我下了車，把蘭妮拉離車子旁邊。她的表情很僵，彷彿被突然改變的風向定住了。雙重謀殺案，所有特徵都指向職業手法，麻煩大了。

「那些檔案裡有什麼？」我問。「惠特莫一定偶然發現了什麼。」

「到了早上這就會是別人的案子了。」她說。「上級會想接手，最可能是肅清槍枝幫派部門。」

「要是這個案子和幫派沒關係呢？」

「很少在曼徹斯特的案件是幫派不知情或沒干涉的。」

「妳也看到白板了，他在調查尤金．葛林的案子。」

「那個案子已經結案了。」

「為什麼一位退休警員會對一個已經被判刑、在這世上一個朋友都沒有的戀童癖感興趣？」

蘭妮不為所動。通常她會欣賞對案件的不同視角，而且是由非警察或律師所提出的論點，不過這次她不希望我參與其中。

「他的老同事不會想看到他做這件事。」我說。

「這件兇殺案不是警察幹的。」

「他有搜索令。」

「也許吧。」她嘟噥著說，聲音裡透露一股嚴厲。我發現每當我質疑警察的正直或行為時，她都會這麼說話。她會和警察站在同一陣線，為自己人辯護。

我想談一談白板上寫的名字，那六個小孩。其中三人已知是尤金．葛林傷害的對象，另外兩個名字我不認得，不過很可能是失蹤兒童；最後一個名字是天使臉女孩。我讀過艾薇．寇梅克的檔案，但那幾本資料裡面完全沒提過尤金．葛林這個名字。

蘭妮向一位年輕的制服警員示意，要他帶我們回到艾琳．惠特莫的家，然後載我去開車，因為我的車還停在哈密許．惠特莫死亡的工廠旁。

一路上我和傑克都沉默不語，直到我們抵達惠特莫的家。樓下的燈還亮著，當警車緩緩接近時，窗簾打開了，凸窗的燈光映照出孕婦的剪影。

「我就知道她還醒著。」傑克說。

「她什麼時候會生？」

「隨時都有可能。」他打開車門之前遲疑了一陣。「我要怎麼跟她說？」

「說真話，反正她遲早會知道。」

「哈密許有提過尤金．葛林嗎？他為什麼會有疑慮？」

「他說這就像必須解開的謎團，與其說是拼圖，更像是俄羅斯方塊，你知道，必須不斷翻轉、嘗試各種組合，直到最後顏色都一致為止。」

「是他把葛林逮捕到案的。」

「那是他的職涯裡處理過最大的案子，可是他不願意放掉。葛林死後，哈密許有去參加葬禮。除了葛林的媽媽還有她的同居人之外，沒有其他人出席。哈密許在葬禮結束後有和他媽媽聊了一下。她並不生氣，因為她知道尤金做了可怕的事情，可是她說是有人扭曲了她兒子的心智，操控他。」

「每個媽媽都會為孩子編造藉口。」

「哈密許也是這麼想，可是她懇求他去一趟家裡，後來他拿了一盒東西回來，而且深信自己遺漏了某樣東西。」

「什麼東西？」

傑克聳聳肩。「不管那是什麼，哈密許說那對他來說難以駕馭，有太多碎片要拼湊，涉及的人太廣。每次他往一個方向調查，那個方向總會再分支成六個不同的方向。」

屋子大門打開了，蘇西站在門口，一手撐著臀部，一手搭在肚子上。

「他確實提過一個地名。」傑克開車門時說。「一個在威爾斯的兒童之家。」

「為什麼特別提那裡？」

「他說尤金．葛林去過那裡。」

我遞給他我的名片，上面寫著我的呼叫器號碼。他看著這張小小的方形紙卡，用大拇指撫摸邊緣。「原本那可能是我，你知道，在公寓裡的人可能是我，不是哈利。」

那一刻他看著我的樣子，彷彿他什麼都無法相信了。「你會逮到他吧？請讓我對妮可有個交代。」

# 第九章

## 艾薇

通常如果賽勒斯要來朗弗德感化院看我，我都會提前接到通知。他會傳訊息，或是達薇娜會在走廊上大喊，開玩笑說我的男朋友來了這類的話。可是今天他竟然直接出現，沒敲門就這麼大搖大擺走進我房間。

「你不能就這樣突然進來。」我生氣地說。「我可能沒穿衣服。」

「門是開的。」

「我可能在做某些私事。」

「例如？」

「我不知道。自慰之類的。」

「妳剛才在自慰嗎？」

「噁！才不是！」

「我可以等妳結束之後再回來。」

「不要那麼噁心好不好，我沒化妝。」

「妳在我面前不需要化妝，這我跟妳說過。」

我感覺到自己臉頰漲紅，真討厭這種感覺。蠢女孩，我是個笨蛋。

賽勒斯笑了，這又讓我覺得更糗。「妳在警局就不擔心自己沒穿衣服。」

「那賤人告訴你了！」

「卡洛琳打電話來說他們把妳逮捕，不過是他們搞錯，事情已經解決了。」

「警察都是豬。」

「我替警察工作。」

「對，那更可以理解。」

他像個失望的家長看著我，不過他不是我爸，也不是我的寄養監護人。他曾經是，但我們搞砸了。

「你有帶小波來嗎？」我問。

「妳覺得呢？」

我快速抓了一件帽T。

「穿上鞋子吧。」他說。

「我不用。」

我光腳奔向走廊，一路跑到職員室，敲了敲玻璃。達薇娜原本在看電腦，她抬起頭看我。我用口語說「拜託」，然後指向外面的門。賽勒斯跟上我的腳步，達薇娜對他笑了一下。她喜歡賽勒斯，這點明顯到不行，而她家裡明明就還有老公和幼小的兒子。

她遙控打開門鎖。我那隻美麗的黑色拉不拉多看到我時簡直瘋了，她狂搖尾巴，尾巴好像快斷成兩截一樣。她跳進我的懷裡，把我往後撲倒，舔我的臉讓我笑個不停。小波是我保持理智的原因，她無條件地愛我，她是我的家人。

「妳過得好嗎？」等我總算坐到賽勒斯身旁的長凳上，他問我。

「老樣子。」

「妳有睡覺嗎？」

「你有嗎？」

我們每次的對話開頭都是如此，賽勒斯就是忍不住擺出心理醫師的樣子，即使他努力表現得正常也還是一樣。從這個角度看來，朗弗德感化院就像是三星級的汽車旅館，或者讓癡呆症患者光顧的護理之家。我扔出一根棍子，小波去追。

「妳見過一個叫尤金．葛林的人嗎？」賽勒斯忽然拋出這個問題，彷彿我們在往池子裡扔石頭。

「他是誰？」

他拿出一張照片，照片裡的男人臉胖胖的、鋼絲頭、臉頰紅潤、嘴角下垂，這是那種嫌犯被逮捕時警察拍的檔案照，旁邊還有身高尺。

「認得他嗎？」

「不認得。」

他還有其他照片，要我每一張都看。

「你為什麼要給我看這些？」

他又拿了另一張給我。我倒吸一口氣，別開視線閉起雙眼。當我再度睜開時，眼前還是同一張照片：一個小男孩站在水泥斜坡上，一腳踏著滑板。他穿著牛仔褲和顏色鮮艷的球鞋，兩隻鞋的鞋帶顏色不一樣。

「妳看過他。」我可以聽出賽勒斯聲音裡的雀躍。

我搖搖頭。

「艾薇，可是妳有反應。」

「沒有。」

他碰了一下我的手臂，我把手抽走。

「他的名字是派翠克．康柏，他在七年前失蹤，警方懷疑是尤金．葛林綁架他。」

「為什麼你不乾脆問尤金．葛林？」

「如果可以我會這麼做，可是他死了。」

我瑟縮了一下。

「妳在哪裡看過這個男孩？」他問。

「我沒看過。」

「妳說謊。」

「你他媽的又怎麼知道了？」我突然發飆。「看得出別人說謊的人是我，記得嗎？」

他不理會我的失控。「派翠克有家人……有愛他的人。」

「家人」這個詞令我作嘔。我想對他大吼，叫他不要來煩我，不要再分析我，也不要再打聽我的過去了。我不希望他發現關於我的真相，不希望他知道那些人對我做過的事，還有我變成了什麼樣的人。人們以為泰瑞．波蘭德是把我關在密室的禽獸，他們說他是邪惡的變態，強暴我、又用香菸燙我。可是這些都不是真的。他們不知道事情的全貌，真相是什麼，還有一切是怎麼開始的……

我第一次遇到泰瑞時還以為他是個巨人，他是我遇過最高大的人，手臂粗得像整隻的火腿，上面還有已經褪色的刺青，圖案溶混成一團斑駁的藍色糊狀物。他的鼻子歪斜、眉毛濃密，頭髮剪得很短，像硬毛刷那樣豎立著。

泰瑞開賓士車時要穿西裝外套、打領帶，就像富豪的私人司機那樣，可是每次我們一離開那棟大房子，他就會脫下西裝外套、拉鬆領帶，把襯衫最上面的釦子解開。他戴著一條項鍊，上面有個小小的銀色獎章。他後來告訴我那是聖安多尼的紀念章，他是遺失物的守護神。「當人們遺失汽車鑰匙、皮夾或手機時，都可以向祂祈求，祂會幫大家找到那些東西。」

我想問聖安多尼是否也能尋找遺失的家人，可是我有很長一段時間都沒跟泰瑞講過話，甚至連看他一眼都沒有。我總是在汽車後座蜷著身體，遮住我的臉。泰瑞似乎對此不以為意，他說話的樣子彷佛我們在進行一段正常的對話，談論著天氣、景色或隨口閒聊，像是有一次我打噴嚏，泰瑞就說「上帝保佑你」，然後告訴我如果有人硬是睜著眼睛打噴嚏，他們的眼球就會彈出來。到底是誰發現這種事情的？

我開始在他開車時從後照鏡偷看他，有時被他發現我在看，我就會假裝我在清理指甲。他的眼神很溫柔，不像其他男人，眼裡透著嚴厲或飢渴。

有一天我在泰瑞來接我之前睡著了，他把我抱上賓士。我聞到他的氣味，汗味、汽油和薄荷味。我把臉埋進他的襯衫裡，這些味道充斥我的鼻腔。

泰瑞沒開賓士時會騎摩托車，我會聽見他把摩托車停在廚房旁邊的院子裡，就在一棵大樹下，然後他會在那裡脫下安全帽，解開皮夾克。在他換衣服時，我會在樓下等著，打扮著裝、穿得漂漂亮亮的。有時我會穿無袖連身裙，有時是束腰連衣裙或學校制服。昆恩太太會幫我把頭髮綁成馬尾、紮上緞帶，或紮一條辮子垂在背後。

昆恩太太是管家，她負責幫我做餐點，可是我吃得不多，食物都不會在我的胃裡留下來。泰瑞有時會進廚房喝杯咖啡或烤吐司，屋子的其他地方不允許他進入。

「哈囉，絲考特。」他會說。「妳準備好了嗎？」

他叫我絲考特，因為他說這是他最喜歡的一本書裡一個小女生的名字，那本書是關於一隻知更鳥死掉的故事。

泰瑞經常一邊開車一邊說話，他會說：「嘿，絲考特，你看那些牛！」好像我從來沒見過牛一樣。或者他會說：「嘿，絲考特，你看有風力發電廠。」

我都不會搭理他。方向盤在他的手裡看起來好小，他在小指頭上戴一枚戒指，上面有個小小的銀色骷顱頭，還有紅色的寶石當眼睛。

當我們抵達目的地時，泰瑞會跳下車，幫我打開車門，彷彿我是紅毯上的電影明星一樣。他會提著我的過夜行李，去按門鈴。

「我明天會來這裡接妳。」門打開時他會這麼說，然後確保我來對房子。隔天早上他會站在門階上，幫我提行李，從不過問裡面發生過什麼事。

有一天我們在回家的路上停車買漢堡和薯條，泰瑞邊吃邊開車，把薯條的袋子放在大腿上，大口把薯條往嘴裡塞。我的食物冷掉了，因為我太害怕而食不下嚥。

「也許妳比較喜歡把食物放在盤子上吃。」他這麼對我說。「像個真正的公主一樣。」

下次他接我時，他從置物箱裡拿出盤子和刀叉，幫我把漢堡和薯條放在盤子上，然後一直從後照鏡偷看我，希望我會吃點東西，可是我還是沒碰食物。

泰瑞沒生氣，而且他還是繼續講個不停。他告訴我他以前在脫衣舞俱樂部當過保鑣，阻止那些嫖客來對女孩們「上下其手」。

「什麼是脫衣舞俱樂部？」我問他。這是我第一次和他說話。

他看起來很尷尬，說：「是女生跳舞的地方。」

「誰是嫖客？」

「是客人的意思。」

「他們會去摸那些跳舞的人嗎？」

他瞥了一眼後照鏡。「不是，這不是……這……很複雜。」

還有一天，我們停在一座公園前面，有小孩子在玩盪鞦韆，攀爬色彩繽紛、金字塔形狀的金屬攀爬架。

「妳想去爬嗎？」他問。

「我穿裙子。」

「噢，對。」

「而且我這年紀去遊樂場玩好像太大了。」

「對，好，抱歉，我應該想到這點的。我有兩個兒子，喬諾和狄恩，他們現在九歲和七歲。」

「他們住在哪裡？」

「和他們的媽媽一起住。」

泰瑞把他們說得好像是完美無缺的小孩，守規矩而且在學校表現得很好。「完全和我不同。」他說。「我不笨，我只是沒在聽。」

每次我們經過某個摩托車騎士，他一定會告訴我那輛車的車款、型號、引擎大小和能跑多快。

我問他那要怎麼樣才能一直站著。

「什麼意思？」

「為什麼它不會倒下來？」

「你得讓它平衡。妳以前騎過腳踏車吧。」

「沒有。」

「妳在跟我開玩笑。」

「我在這後面要怎麼扯你的腿？[5]」

他笑了，而那讓我覺得自己很蠢。我生氣了，接下來的回家路程我都不跟他說話，等我們抵達大屋子時，我逕自進屋裡，沒跟他說再見。

下次泰瑞來接我時，我沒等他幫忙就自己打開車門，坐進他後方的座位，這樣他才不會從後照鏡看到我。我不回應他的任何問題，他講那些蠢笑話時我也不笑。而且我不讓自己睡著，這樣就不會在回家時間時讓他抱我上車。

---

5 原文為pull (one's) leg的用法，直譯為「扯（某人的）腿」，引申為「和某人開玩笑」的意思。

在那次之後，我坐進賓士車裡時，看見座椅上有個閃亮的塑膠安全帽。我們的車在行駛的時候，我不發一語地手指輕輕摸那頂安全帽。他看見我這麼做，不過什麼都沒說。

「我們要去哪裡？」我問道。

「這是驚喜，不過妳得換衣服才行。」

「為什麼？」

「妳不能穿成這樣騎腳踏車。」

他把一個包包丟到後座，裡面有一件牛仔褲、一件套頭毛衣、襪子和運動鞋。

「我不會看。」他說完把鏡子傾斜。

我換了衣服，然後再坐直身子。我們來到一座小鎮上的腳踏車店，那座小鎮裡有一條河，河上有座石橋。

「這是你的女兒嗎？」櫃臺後方的女子問道。「多漂亮的頭髮啊！」她伸手想摸我的頭。

泰瑞擋住她，因為他知道我不喜歡別人碰我。「我們要租兩台腳踏車。」

她領我們走到外面，那裡有好多腳踏車架在立車架上，有的則是前輪掛在車架上。她用身高尺幫我量身高，然後調整一輛紫色腳踏車的座椅和把手，這輛車前面有個白色的籃子。她又花了更多時間幫泰瑞找一輛腳踏車，因為他的體型實在太壯碩了。她幫輪胎多打一點氣，不過當他屁股一坐上椅墊，輪胎似乎有點下陷。

女士給我們看一張地圖，上面有幾條沿著運河而行的自行車步道，也有環繞一座城堡的路線。泰瑞把那張地圖摺起來放進牛仔褲的口袋裡，接著我們牽著車往曳船道的方向走。

他把他的腳踏車倚著一棵樹，然後牽起我的腳踏車，抬起後輪、轉動腳踏板，讓兩個腳踏板同高。

「這是剎車，知道嗎？不過祕訣是不要停下來，妳得一直不停地踩，如果妳慢下來，就會開始搖晃、重心不穩。騎得愈快，就愈好騎。」

「那要是我跌倒呢？」

「往水裡跌。」

我睜大雙眼。

「我開玩笑的啦，我不會讓妳跌倒。」

我坐上椅墊，泰瑞一手握著把手，另一手抓住我的牛仔褲後方。

「準備好了沒？」

「還沒。」

「一……二……三……」

他推了我一把，讓我身子往前傾，顛簸不穩地往前進。他幫我穩住陣腳，沿路為我指引方向。

「踩踏板……踩……快一點。」

他跑在我旁邊，手握住椅墊，偶爾碰一下把手讓我能直直往前騎。我大概騎了五十碼，輪胎越過水坑濺起水花，然後泰瑞絆了一跤，手放開，於是我跌進樹叢，膝蓋擦破皮。

「妳還好嗎？」

「還好。」

「要停下來嗎？」

「不要。」

我們又試一次。我踩踏板，泰瑞在我旁邊跟著跑，氣喘吁吁、汗流浹背。當我愈騎愈快，他的速度就愈變愈慢，後來我發現他沒在扶我了。我往後看，幾乎快騎進運河裡，還好及時矯正方向。

「繼續騎。」他大喊。「不要停下來。」

我繼續踩著踏板，感覺就像從地面飄起來一樣，樹木、灌木叢、籬笆和運河上的船都從我的身邊呼嘯而過。此刻我好自由，我想繼續一直這麼騎，騎到我的未來，遠離昆恩太太、叔叔阿姨和那些「特別的朋友」。

我聽見泰瑞的聲音，他就在我身後，愈來愈近。接著他加速超越我，還發出轟轟的聲音，彷彿他在騎的是摩托車。他的屁股懸空、離開坐墊，而且踩踏板時膝蓋往外開成奇怪的角度。我笑了，因為他看起來就像個騎在三輪腳踏車上的馬戲團小丑。

我們沿著曳船道繼續騎了好久，直到我們癱倒在一棵樹下，也不管草地很濕。我們一起仰望天空。

「妳真正的名字是什麼？」他問。

「你想要它是什麼就是什麼。」

「妳不必對我那樣講話，我和那些男人不一樣。」

他用溫柔的眼神看著我，可是我不相信他，還不相信。

# 第十章

## 賽勒斯

我寒毛直豎，皮膚在吶喊、流血。針戳刺的每一下都帶來一種奇異的感覺，腦內啡傳送訊號到我的大腦，那是愉悅與疼痛交織的感受。有時如果我夠專注，我會想像自己能感受到墨水在皮膚表皮底下擴散開來，從裡到外都為我上色。不知道從身體裡看刺青，它會是什麼模樣。會是鏡像的畫面嗎？或者是否會像一棵樹，在皮膚底下生了根，活生生在滋長著？

巴杰正在刺我右臂內側的蜂鳥。我是從圖書館找到的一本書描摹出這隻鳥的輪廓。我不知道這有什麼涵意，也許可以找到一些象徵意義，但那不是我的行事風格。

我從十七歲就認識巴杰了。巴杰並非他的本名，我猜他可能叫約翰·史密斯之類的，總之就是正常到不行的名字。巴杰不落俗套，他是個純粹主義者，一位藝術家。他刺青不用機器，而是使用一根包著紗布的針，握針的模樣就像在握畫筆，他會把針沾上墨水之後身體往前傾，就這麼徒手作畫，穩定地在我的皮膚上戳刺著。

他留著綁成辮子的落腮鬍，有一雙銳利的藍眼睛和光頭，樣貌宛如一位維京戰士。他的雙手手臂和脖子上都有刺青，有些精緻得像蕾絲工藝品，會讓人以為他在緊身T恤底下又穿了一件衣服。

在我父母死後，祖父母盡力讓我覺得自己被愛著、被保護著，但他們無法讓我免於倖存者的內疚感。我後來會拿東西切或鑿自己的身體，用刀片、小刀、美工刀和量角器在皮膚刻下侮辱的話語。

懦夫

叛徒
騙子
偽君子

我全都用大寫，而且只刻在衣服能遮蔽的地方。

虛偽
假貨
無能

這些我自製的刺青很難看，直到巴杰找到一個方法能藏起我那混沌少年的證據，以真正的藝術覆蓋過去。我知道大家對於刺青有許多想法，但我的刺青並非要強化個人特色、帶來自省、盛讚某個核心信仰或讓我與眾不同。我並非把刺青視為叛逆或對立的勳章，也不把它當成尋求關注或另類生活方式的途徑，對我而言，刺青莫過於自尊心低下或受虐狂的象徵。我不企求歸屬、反抗或成為某種文化的一部分，而我的身體也不是大型廣告看板或某種訊息。刺青的針是我的逃脫與救贖，它將藝術化為受苦，讓受苦成為藝術，而且除了我之外不對任何人訴說。

我正在諾丁罕花邊市場區，在巴杰的工作室裡。梅佛林克曾是髮廊和牙醫診所，裡頭有幾張傾斜的皮革座椅和消毒櫃。這裡和從前唯一的不同之處在於那些軟木板，上面釘滿了圖畫和照片，包含近期和以往的設計圖樣。

巴杰的住家公寓在樓上，他和太太媞爾妲同住。媞爾妲的皮膚完美無瑕，沒有任何記號，也並未留下汗跡與墨水的印記。媞爾妲從來不會想刺青，但她愛巴杰對一件事情的執著與熱情。她的祖父是托利黨議員兼前任部長，他曾指控巴杰綁架並玷汙了他唯一的孫女。這不難理解為什麼這間工作室曾兩度被警察突襲，搜索毒品或失竊的贓物。然而對此巴杰不怪任何人，也不因此心生怨懟。只是時間的問題，他會這麼說，總有一天媞爾妲的家人會接納他。

他把椅凳往後推。「想休息一下嗎？」

「我還可以。」

「是我需要休息。」

我瞥向手臂，看見一隻飛行鳥的鮮血輪廓，它就在我的二頭肌底下盤旋。

「媞爾妲好嗎？」我問。

「她想要小孩。」

「那不算壞事吧？」

「但我是反生育主義者。」

「是什麼？」

「我相信我們應該避免把小孩帶到這個世界上，因為所有人類的生命不外乎受難與死亡。」

「可是就是有了生育，你我才會來到這個世界上。」

「對，那是生物學的悖論。」巴杰一邊擦拭針頭一邊說。「我們是唯一進化到擁有意識的生物，這表示我們能夠分析自己的命運。我們想活著，但卻又知道人註定會死，任何其他的結果都是自欺欺人，所以唯一能避免讓其他人承受這種命運的方法就是節育。」

我看不出來他是不是在開玩笑。

「你不想要有個小巴杰在這裡跑來跑去的嗎？」

「康德說人不該被當成達到目的的手段，而總是要將自己視為目標。」

「媞爾妲怎麼說？」

「她認為我在胡說八道。」

「你很幸運有她這個老婆。」

「真的是如此。」

巴杰仔細檢視自己的作品。「今天就到此為止吧，我下次會開始上色。」他在刺青上貼了一張方形大紗布，把邊緣貼緊。「避免直曬陽光，盡量保持乾燥。紗布要每天更換。」

我小心翼翼地把襯衫衣袖穿過手臂、拉上肩膀。

「這位紳士週末需要點什麼嗎？[6]」巴杰問，在模仿理髮師的慣用問話。

「你可以幫我找個人。」我說。

「女朋友？」

「不是。某個人。」

他皺了皺眉頭。「我現在不做那種事了。」

「這件事不犯法。」

巴杰二十出頭時曾參加一個名為「匿名者」的數位激進駭客團體，該組織後來以蓋．福克斯的面具和網路上的變聲貼文而聞名。這個由電腦玩家和駭客組成的自由組織會對政府、公司行號、機構和山達基教會發動網路攻擊，表達與日漸增的不滿之處。那就是巴杰退出的原因，他說他們的目標從不明確，有些是要對抗資本主義、貪婪企業、經濟不平等、制度性宗教、民主政體或審查制度等等，有些則是徹底的無政府主義者，想放把火燒了這個世界，看看會發生什麼事。

「你想找的人是誰？」他問。

「兩個人。」我說，想碰碰運氣。「你記得尤金．葛林嗎？」

「那個戀童癖？」

「我在找他的媽媽。他的案子在受審的期間，他媽媽住在約克郡。她每天都出庭，坐旁聽席，可是我找不到她的電話或地址。」

「另一個名字呢？」

「泰瑞．波蘭德七年前在倫敦被殺害，我在找他的前妻，安琪拉．波蘭德，從他們結婚後她就一直住在伊普斯威奇。」

「為什麼警察不能幫你找？」

「這是私人的要求。」

巴杰聽出這句話的弦外之音。

「我會付你費用。」我補充說。

「我什麼時候要求要錢的？」他不以為然地說。「你星期六可以來吃晚餐，媞爾妲在問，她很喜歡你。」他故意擺出一副這件事很令人驚訝的樣子。「她很可能會幫你介紹對象，她的朋友人都很好，有幾個是瘋婆娘，但你一定可以搞定她們。」

媞爾妲在樓梯上大喊。「我的朋友才不是瘋婆娘。」

「請不要偷聽好嗎。」巴杰大喊。

「他要來嗎？」她問。

「要。」

「那好。」

---

6 從前由於英國的商家在週日不營業，而因為男性時常會在約會前到理髮店整頓儀容，因此這句話是委婉地詢問男性客人是否要買保險套的意思。

# 第十一章

## 艾薇

蔬菜已經煮到糊了，加上神祕的灰色肉類，和看起來像隔夜粥的馬鈴薯泥，我敢說實驗室裡的白老鼠都吃得比我們好。

露比幫我留了位子，正大口把食物掃進嘴裡。

「妳怎麼吃得下這些噁心的東西？」

「妳還沒吃過我媽煮的咧。」

達薇娜看著我完全沒動過的餐盤。「艾薇，妳得吃點東西。」

「我中午吃很飽。」

「至少吃顆蘋果。」

「我可以吃優格嗎？」

她從早餐推車偷拿一個優格。

「妳對我真的太好了。」我送她一個飛吻。一顆蘋果和一個優格，我今晚的菜色很豐盛了。

晚餐後我們得在圖書室待一個小時寫作業，與其說是圖書室，這裡更像是堆滿畫架和桌遊而非書籍的喜憨兒工廠。拼圖有太多片不見了，所以我們玩的遊戲叫做：「這到底是什麼鬼東西？」遊戲。

露比在閱讀時間坐在我旁邊，她是個好人，在這個地方能讓人這麼說並不容易。我認為露比長得比我漂亮，可是她似乎不是很在意外表，也懶得化妝或洗頭。她認為賽勒斯想跟我結婚，但這實在很可笑，沒人會想娶我。

以搞砸指數看來，露比將近滿分，可是她的個性並不殘酷，也不會霸凌別人。她小時候吸很多大麻，也因此有記憶力喪失、情緒不穩，還有她稱為「黑狗」的問題。沒人知道她為什麼會沉淪，可是她通常傷害的是自己，而非他人。我看過她手腕上的疤痕，而且我知道她在外套的內襯裡藏了一把小刀。我想我應該告訴達薇娜那把刀子的事，可是這麼一來露比就再也不會跟我說話了，而且她向我保證以後用那把刀之前都會告訴我。

她被送到朗弗德感化院，是因為她放火燒學校，而且在那之前，她還撞爛繼父的車，和被發現持有一瓶奧施康定止痛藥。那是從她媽媽那裡偷來的，因為她媽媽使用那款藥物成癮。

「為什麼妳不把那些藥丸沖到馬桶裡？」我問她。

露比聽了很驚訝，可能她從來沒想過這個念頭。

有些晚上她會做惡夢，夢境可怕到我看過她從床上跳起來，整個身體往上拱起，尖叫聲卡在嘴裡出不來。那就好像她被電擊了，或者她是電影《大法師》裡那個頭會翻轉的女孩。

所以我偶爾會讓她進我的房裡睡，即使規則並不允許。她會在門關上的前一刻溜進來，挨著牆邊睡，這樣別人若從觀察窗口看，只會看到我的床上有一個人。我們不是同志或那類的關係，不過我並不覺得女女、男男或多人關係有什麼不對，人們愛做什麼都可以。

閱讀時間過後，我們可以趁熄燈前待在房裡看幾個小時電視。

「我可以睡在妳的床上嗎？」露比問。

「我們會被逮到。」

「如果我們小心一點就不會。」

「但不可以貼著我。」我說。「而且熄燈之前妳都得待在浴室裡。」

九點四十五分，房間的燈暗下來了，露比溜回床上，睡在我旁邊，盡量往牆邊靠，不過雙手環抱著我。

「我說不要貼著我。」

「這不是貼著，是擁抱。」

整個夏天和秋天，泰瑞都負責載我到昆恩太太所謂的「過夜處」。那些早晨她會叫醒我，把窗簾拉開，讓房間裡充斥陽光。「妳今天要出門。」她會這麼說，接著打開我的衣櫃，在橫桿上滑動一件件洋裝，挑選我要穿的衣服。有時我得穿得年輕一點，有時老一點，有時又符合我的年紀。

當我不必在外過夜的時候，昆恩太太會給我書看、讓我看電視，或考我數學和拼字。

「叔叔今天會來嗎？」我會問。我要稱呼讓我住這間房子的人為叔叔，我覺得這聽起來很可笑，因為爸爸以前說：「在物資匱乏的時代，人們都叫豬是叔叔。」但這件事我從沒跟任何人說。

「到時候會讓妳知道。」昆恩太太說。

當泰瑞沒有當我的接送司機時，他會負責採買日用品。昆恩太太會給他一張清單，而泰瑞總是忘東忘西的，或是因為買錯品牌而惹上麻煩。

我會聽見車子接近的聲音，然後在他提著日用品進屋裡時從窗戶看他。他會對我揮手，我也揮手。我們祕密地打招呼，不能讓別人知道。昆恩太太讓他進門，要他把靴子擦一下。接著她會檢視購物清單、數算零錢，確保他沒「框」她。

這時我會躡手躡腳下樓，從門縫後面偷看他們。泰瑞會說些話想逗昆恩太太笑，戲弄她。然後昆恩太太會把日用品收起來，泰瑞則坐在桌前吃昨晚的剩菜。不知為什麼，我想擁抱他，我想把臉埋進他的上衣裡，聞一聞他的味道。

有一天早晨，他不知道我在偷聽，我聽見他問：「她是從哪裡來的？」

昆恩太太要他「閉上你的鳥嘴」。

「我只是好奇。」他說。

「你在問的是禁忌的話題。你不該問關於她的事，不該碰觸到她，也不該和她說話。聽懂了沒？」

「那要是她睡著呢？總得有人把她抱進門。」

昆恩太太發出不耐煩的哼聲。

「她是他的女兒嗎？」泰瑞問。

「他姪女。」

「真的嗎？」

昆恩太太用氣音厲聲說：「你是聾子嗎！」然後她看著些微敞開的門，好像怕這段對話被別人聽到。接著她朝我的方向走來，手伸向門把。如果她把門打開就會發現我，但她只是把門牢牢關緊，於是我聽不見他們說話了。

回到我的房間，我拿出媽媽外套上的鈕扣和我收集的彩色玻璃珠，把它們一個一個排在窗臺上。我把鈕扣緊緊握在手心，努力回想她的模樣和聲音，可是腦海裡的畫面卻是一片模糊。

後來昆恩太太叫我吃晚餐時，泰瑞已經走了。他的摩托車還在靠近車庫的地方，所以他一定是開車走了。為什麼他沒帶我走？

昆恩太太烤了杯子蛋糕，上面有粉紅色和藍色的糖霜，最上面還有個雷根糖。我吃了兩個，另外藏了一個在口袋裡，我想留給泰瑞吃，他喜歡蛋糕。他說他有甜牙齒，我問他是哪一顆的時候，他笑著說：「那意思是我喜歡像妳這樣甜甜的東西。」

*我不甜，我心想。我骯髒又噁心，可是我什麼也沒說。*

# 第十二章

## 賽勒斯

沒作夢的夜晚是奢侈享受，現在我很清醒，沖好澡也刮了鬍子，早早出門開車前往曼徹斯特，穿越農地與衛星市鎮，濃霧像下沉的雲朵般覆蓋在更深的山谷裡。

我照著昨晚列印的地圖路線走，但迷路兩次，最後向一位農民問路才找到方向。鄉村屋舍逐漸轉變為開闊的原野，有兩匹馬背上披著冬毯、倚向藩籬，慵懶不屑地打量我。

一位女子來應門，她年約三、四十歲，身材魁梧、眼睛周圍有皺紋，身穿藍色護理服，領口斜戴著翻領錶，讓她往下一瞥就能看到時間。

「希望你沒把我的車堵住。」她說完視線越過我，望向我的車。

「沒有，女士。」

「這是禮貌的稱呼嗎？」她問，眼神閃爍光芒。「這個字可以用來指開妓院的女老闆，也可以指愛使喚人的小女孩。我希望你不是意有所指。」

「當然不是。」我說，看起來像被責罵的孩子。

「我可以稱呼妳為曼肯太太嗎？」我問。

「我不是曼肯太太，因為我們沒結婚。這是我的決定，不是他的。我們在一起三十年了，養育三個小孩，這些不需要一張紙也能做到。」

「有孫子孫女了嗎？」

「別傻了，我當祖母還太年輕了。」

她的反應讓我笑了出來。

「我是瑪西。你是？」

「賽勒斯．海文。請問妳先生在嗎？我的意思是，妳的伴侶，呃，曼肯督察……」

她往後瞥，說：「那位大人知道你要來嗎？」

「不知道。」

「那你還真有勇氣，他假日不喜歡被打擾。」她拿起車鑰匙。「我等一下不在家，他在外面自己的小天地製造鋸末。」

「請再說一次？」

「他在把完美的木材改造成家具，你帶一點走吧，我們家已經放不下了。」

她從我身旁經過，肩上掛著包包，低頭瞥一眼翻領錶後喃喃地說：「又遲到了。」

她走之後，我循著從後院傳來的機械聲走去，敲了敲棚屋的門。沒人應門，於是我把門推開。鮑伯．曼肯穿著一件藍色連身工作服，看起來像警用服裝，戴著一副護目鏡。他握著一把鑿子在一塊旋轉的原木上雕琢，木屑以弧形曲線噴到棚屋各處。我看到角落有個餐桌的半成品，還缺第四支桌腳。

曼肯注意到我，讓車床閒置，摘下護目鏡，吐出嘴裡的幾口木屑。「這事最好很重要。」

「是有關哈密許．惠特莫的事。」我說完遞給他一張名片。「我知道他是您的朋友，我很遺憾。」

他看著名片。「心理醫師！我不需要心理醫師。」

「我不是來幫你做心理諮商的，我是想問你有關哈密許一直在進行的事。」

曼肯不發一語地盯著我，關掉機器後，機器慢了下來，漸漸停止。

「你是什麼時候聽說這個消息的？」我問。

「兩位警員昨天早上來過，他們給我看某個男子的模擬畫像，那人假冒成警察，跟艾琳．惠特莫說哈密許自殺了。是哪個變態的混帳會做這種事？」

他並不期待我回答。

「為什麼哈密許・惠特莫對尤金・葛林的判決有疑慮？」

「那是胡扯。」

可是不令人意外。

曼肯的粗眉毛垂下來遮到眼睛。「判決是證據確鑿的，葛林罪有應得。」

「他是被打死的。」

「監獄庭院的正義，和警察無關。」

「那位假警員偷走哈密許的檔案，他在找什麼？」

「你為什麼以為我知道？」

「你們以前是搭檔。」

「哈密許退休了。」

「六個月前才退休。」

曼肯盯著我看了半晌，然後吐了一口氣，把一個桶子拉近坐了下來。他指向一張最近剛完工的椅子，示意我坐下，椅子已用砂紙拋光，但還沒上清漆。我坐下後他開始說：「我和哈密許花了八年的時間尋找尤金・葛林，我們沒日沒夜的工作，週末也不休息，一直到我們逮到那個混帳才罷休。對哈密許來說，這是場聖戰，就像他的未竟之事。你記得警察是怎麼逮到他的嗎？」

「不記得。」

「葛林那時正在普雷斯頓的洗車坊清洗他的廂型車，那是二〇一八年十月。他注意到有個女孩從學校放學正走路回家，凱西・麥葛雷，十一歲。她的父母都在上班，你知道，就是那種鑰匙兒童。」

我點點頭。

「葛林跟蹤她回家，敲她家的門。他說他有些包裹要送，問她能否幫忙他搬運。就在凱西走到小貨車旁時，葛林匆匆把她推進車裡，把一塊用氯仿浸濕的布塞進她的嘴裡。一位住在對街的女士目睹這一切後報警，不到十五分鐘，我們在整座村莊都設下路障。我們封鎖他的去路，在路上放輪胎穿刺裝置。他們在後車箱找到被綑綁的凱西，幾乎沒了呼吸。」

「你是怎麼連結葛林和其他謀殺案的？」

「信用卡收據和攝錄影像，可以看到方圓五英里內每一件誘拐案都有他的身影。」

「那ＤＮＡ呢？」

「我們在他的廂型車腳踏墊上發現一根莎曼珊．道爾的頭髮，還有在他車子後方的毛毯上找到她學校制服的衣服纖維。那在當時都不重要了，因為他認罪了。」

「哈密許．惠特莫的女婿傑克．波登說可能有些沒被拼湊的線索。」

「就我所知是沒有。」

「哈密許的房間裡有一面白板，上面提及另外兩個小孩：吉娜．密蘇德和派翠克．康柏。」

「他們可能是受害者，但我們無從證明。吉娜二〇一四年在布萊頓一間超市的停車場失蹤，派翠克．康柏最後一次是在麥都豪爾被看見，一間雪菲爾德的室內購物中心，時間是二〇一二年十一月二十九日，攝錄影像拍到他在停車場和一名男子交談。我們追蹤每一輛通過柵門的車輛，但就是找不到派翠克。」

「為什麼葛林坦承其他三件謀殺案，卻不承認這兩件？」

麥肯漫不經心地聳聳肩。「我們積極問訊，但他矢口否認。」

「你相信他嗎？」

「吉娜．密蘇德在布萊頓失蹤，那比葛林通常犯案的地方偏南邊很多。」

「那派翠克．康柏呢？」

「但願我能告訴你。」他望向敞開的門，看著花園。「尤金很奇怪，有時他會把細節全盤托出，告訴我們他究竟是怎麼綁架受害者、對受害者說些什麼，還有他如何誘騙他們進入他的廂型車裡。可是他不說對那些人做了什麼，把他們帶到哪裡，還有他們是怎麼死的。」

「這讓你很在意嗎？」

「哈密許很在意，他很想查出不連貫的那幾個星期。」

「什麼不連貫的幾個星期？」

曼肯站起來走到棚屋的另一頭，伸手到放滿油漆罐的架子上，搖了搖其中一個罐子，往裡看之後拿出一盒破舊的香菸。

「瑪西不喜歡我抽菸。」他解釋道。「她在腫瘤科任職。」

曼肯再度坐下，點燃香菸後從嘴角抽菸，讓煙從鼻子傾洩而出。

「第一位受害者是愛比・哈波，她在八月四日失蹤，屍體在十月中尋獲，被丟在汙水處理廠旁的排水溝裡，讓昆蟲和動物們蠶食。我們找到她時，她已經死一個月了，那表示距離她被綁架到死亡之間，還有五到六週的時間。」

「葛林必定把她關在某處。」

「沒錯，可是尤金・葛林的租屋處是在里茲一間臥室兼起居室的小房子，我們在那裡找不到愛比的任何證據。同時，葛林一直都有工作，在英國和歐洲地區往來送貨。」

「他說了些什麼？」

「什麼也沒說。我們把他帶回每個犯罪現場，排水溝、普雷斯頓附近的停車區、紐卡索外面的陰溝……但他什麼也沒說，沒指出任何地點，也沒解釋他是怎麼棄屍的，感覺反倒像是我們在告訴他，他做了什麼。」

「哈密許認為他有共犯。」

「這能解釋一些事情，但不是全部。」

「你怎麼看？」

「我要他別再管這件事。」

「可是如果葛林真的有共犯……」

「那人不是死了就是在牢裡。」

「你怎麼能確定？」

「你是心理學家，你知道戀童癖不會忽然改過自新，停止犯案。一日強姦犯，終生強姦犯。如果尤金．葛林有同夥，我們早就能查到證據了。一定會有更多失蹤兒童，更多屍體浮上檯面。」

這位警察盯著香菸的樣子，像是儘管對自己感到厭倦，但仍要繼續抽菸。

「你最後一次看見哈密許是什麼時候？」

「三週前。他要我用PNC查幾個名字。」全國警察情報系統。

「哪些名字？」

「我連瑪西的生日都想不起來，怎麼可能記得隨便幾個名字？」

「你有幫他查嗎？」

我看到他的眼角閃爍微光，接著他清了清喉嚨，看似即將揭露一則祕密，但卻又什麼都沒說，只是嘆了一口氣。

「我告訴哈密許，我不會為了幫助他追尋某個無解的事物而危害到我的工作，他在質疑的是一個既定的判決。而且他把每個層級的人都惹毛了，前同事、前任上司、皇家檢控署、法官、陪審團。我叫他停止這齣鬧劇，好好享受他的退休生活。打打高爾夫、修剪玫瑰花、花時間陪陪艾琳……」

他用靴子的腳跟用力把菸捻熄，撿起菸屁股後扔到另一個罐子裡。

「我能說的就這麼多。」

他戴上手套，再把護目鏡戴好，打開開關，讓車床開始運作。在我快到門口時，我轉身再問。

「你們偵訊葛林的時候，有沒有想過天使臉女孩可能和他有關聯？」

「躲在箱子的那個女孩？」

「對。」

「沒有。怎麼了？」

「只是忽然想到。」

我看著他的臉，想試著判斷他告訴我的是不是真話。但願艾薇在這裡，她會能判讀出徵兆。

曼肯皺起眉頭。「我一直在想那女孩發生了什麼事，你有見過她嗎？」

「為什麼這麼問？」

「是你提起她的，不是我。」

我們又對視了半晌，接著他拿起一把削尖的鑿子，握著它穿過金屬護欄。鑿子碰到木材，製造出好多木屑，像五彩碎紙一樣飄散在空中，將一世紀的陽光與光合作用化為一張餐桌的桌腳。

# 第十三章

## 艾薇

「刷不下來。」我一邊說，一邊用清潔刷和肥皂水刷洗磚牆，肥皂水從水桶裡噴濺了出來，弄濕了我的帆布鞋。

「那是因為妳沒認真刷。」達薇娜說，她坐在一張摺疊躺椅上，監督我們做事。

我們三人獲准離開朗弗德感化院，是因為有人在面向街道的外牆上塗鴉。有些當地人不喜歡社區裡有個少年感化院，因為會拉低他們的房價。他們已經用紅色顏料傳達訊息給我們了，稱我們是混蛋、罪犯和不「亮」少年[7]。

*至少我會拼字。*

「你們不覺得這很諷刺嗎？」我說，拿著刷子來回刷洗。「我們是因為反社會行為而在這裡，但人們卻來做這件事。」

「什麼是諷刺？」在我旁邊的露比問。

「意思是蠢斃了。」

「什麼是反社會行為？」

「罪犯會做的鳥事。」

「我沒犯罪。」

---

7「不良少年」的英文應為delinquent，但牆上的塗鴉拼成delinkwent，為錯誤的拼法。

「妳放火燒了妳的學校。」

「沒有，我是點火燒我的頭髮，然後導致廁所隔間失火，火勢有點蔓延出去。」

「不要磨蹭了。」達薇娜的視線從手機移到我們身上。

「為什麼我們不乾脆重新油漆算了？」我提議。「或者我們可以畫一幅真正的壁畫，像班克西那樣。」

「誰？」卡爾問，他來幫忙我們。

「班克西，那個街頭畫家。他的一幅畫作在蘇富比拍賣會上以一百萬英鎊賣出，然後他在拍賣室把那幅畫銷毀。」

「為什麼？」露比問。

「他說破壞也是創作慾之一。」

「他是個白癡。」卡爾說，此時他正躺在草地上，沒在幫忙。「要是我的話，我會收下那一百萬。」

「然後做什麼？」露比問。

「買點爛東西然後把它炸掉。」他撇嘴笑著說。卡爾被送到朗弗德感化院，是因為他自製一枚炸彈，把曼徹斯特城市足球場外的餡餅餐車炸掉。

「你來這裡是要幫忙的。」達薇娜說。

他舉起一根手指，說：「我踩到木頭碎片。」

「別只坐在那裡不動。」

「為什麼這是我們的工作？這件事又不是我們做的。」

「我們要讓那些人知道我們比他們有格調。」

「可是我們沒有。」露比說。「他們認為我們是敗類。」

「你們不是敗類。」達薇娜說。

「我對於當敗類倒是很引以為傲。」卡爾說。「我是人渣。」

害怕。

我用腳推動水桶，水濺起來撒到他的胯下。他跳起來想打我，可是接著又改變主意，因為我讓他

「女士，我的褲子溼了，我得把牛仔褲換掉。」

「他尿褲子了。」露比說。

「滾開！」

遠方街道傳來的笑聲令我分心，兩名年輕人身子倚著兩輛輪胎滿是泥濘的越野摩托車，正在看著我們工作，覺得可笑。我把刷子丟進水桶，朝他們走去。達薇娜沒發現，一直到我走到半路她才喊我的名字，可是我不理她。自從她懷孕而且可以吃下重量相當於自己體重的榛果可可醬之後，她的動作就不太俐落。

男孩們看到我過來，擺起了姿勢。

「你們在做什麼？」我問。

「我們在欣賞風景啊。」體型較瘦的男子說，他說話有點大舌頭。

他在覬覦露比，因為露比脫下牛仔外套，裡面的棉質上衣因為濕了而緊貼在胸前。

「妳的朋友是誰？」個子較高的男生說。「妳應該帶她過來，我們載妳們兩個去兜風。」

「你們知道是誰在牆上塗鴉的嗎？」我問。

「不知道。」大舌頭的男生說。

「是你們嗎？」

他作勢用一把想像的刀刺向心臟，假裝我在道德上傷害了他。

「哪一種智障會在故意破壞一面牆之後，還回到現場幸災樂禍的？」我說。

「不過必須把牆清乾淨的笨蛋不是我們。」他的同伴說。

「不良少年怎麼拼？」

兩人都皺起眉頭。

「我來幫你們吧。d…e…l…i…n…」

他們一臉茫然地看著我。

達薇娜追上我了，氣喘吁吁地說：「艾薇，不要找那些男孩的麻煩。」

「他們蓄意破壞我們的牆。」我說完指向他們的靴子。

達薇娜看見他們的靴子上濺到一些紅色顏料，但她不想把事情鬧大。

「抱歉打擾你們。」她說完拉著我的手臂。

我激動地把手抽走。

「噢——」較瘦的男子說。「她真是有活力。」

我感覺到自己的視野變狹窄，周遭光線暗了下來，彷彿有人使用了亮度調節器。

「你是處男嗎？」我問。

他張大眼睛。「什麼？不是！」

「也許你是同志，你喜歡你這位朋友。他長得不帥，可是他可能會讓你幫他口交。」

他們要我滾開。

「噢，好兇喔。」我學他剛才的語氣說。「聽起來你們在一起時比吸笑氣還開心。如果你暗戀你朋友，你應該告訴他啊，不要隱藏自己的感受，他可能也有同感呢，喜歡男生又沒有錯。」

較瘦的男生朝我揮拳，我看見拳頭朝我而來，我總是能看得一清二楚，清楚到我可以躲開，但那不是重點。我感覺到他的拳頭觸及我的臉時，一股疼痛襲來，也嚐到嘴角有鮮血的味道。

「我要報警。」達薇娜一邊說，一邊推著我離開。

我對他們笑了笑，唇齒間還染著粉紅色，回頭大喊：「現在你們和我們沒兩樣了，你們也是天殺的不良少年。」

# 第十四章

## 賽勒斯

朗普頓安全醫院的探視時間是週一到週五下午兩點到四點，專業人士可以在上班時間造訪，但因對象是我哥哥，我一向只會以家人的身分來訪。

朗普頓是一間高度戒護精神病院，全英國僅有三家這類的醫院，朗普頓即是其一。這裡住著最危險的病患：殺手、強暴犯、縱火犯、綁架犯等，有些在他們的幻想成真之前就被逮捕，但許多是已經犯下令社會嘩然的可怕罪刑。

我走進接待區，經過告示牌上寫著一排字：「歡迎蒞臨朗普頓醫院，祝您探訪愉快。」下方有一張黛安娜王妃在皇家訪問時所拍的照片。

我在獲准探訪的名單上，但必須證明我的身分和在一疊文件上簽名，隨身物品也要經過X光機掃描，不能帶大包包和旅行箱入內，也不能攜帶手機、無線電掃描器、USB隨身碟、光碟、打火機、火柴、食物、口香糖、糖果、安全別針、藥物、菸草或尖銳物品。

二十分鐘後，我的護送員來了，他叫奈吉爾，我們之前見過面。我跟在他後頭，沿著一條有遮棚的走道行走，兩旁有許多病房，總共有二十九間，多數有著深紅色的磚砌圍牆，有些是從占地六十八公頃中獨立出來的「別墅」。

埃利亞斯剛來這裡時被安置在頂峰區，這是專為有嚴重性格障礙的人設置的單位。他因為暴力行為而有十一個月都被單獨隔離，後來才轉移到管制較鬆的區域。儘管如此，他在醫院裡走動時，仍須至少四名工作人員陪同。

我被帶到一間小房間，裡面有兩張沙發面對面擺放，沙發中間有個小咖啡桌，拴上螺絲所以無法搬動。

「很快就到。」奈吉爾說。

我坐在沙發最邊緣，望著窗外環繞醫院的鐵絲網。上一次有人從朗普頓脫逃是在一九九四年，那人用一把自製的梯子攀越藩籬。在那之後，醫院就增設了第二道屏障，並加裝超過九百台攝錄影機。其中一台現在就看著我，圓胖的攝影機緊挨在天花板的角落。

每次來看埃利亞斯都觸動很複雜的情緒，我不再是那個崇拜哥哥的小男孩。以前我總會跟在哥哥的屁股後面，為了穿他穿過的衣服感到驕傲。現在我則是個探視者，唯一倖存的人，在殘暴的一小時內痛失家人的男孩。

哥哥被診斷出思覺失調症之前，我們曾有過比那快樂的回憶。我記得我們在花園裡踢足球，還有他會騎腳踏車載我上學。有一次他還帶我去城市足球場看曼聯對上諾丁罕森林的比賽。我支持諾丁罕森林，但我們以八比一輸了比賽。我很想哭，但埃利亞斯告訴我這只是一場比賽，而我也相信他的話。

中學時，他開創自己的除草事業來賺錢，他會用檯式磨床和磨刀石把車庫裡的除草機刀片磨得銳利，後來還開始幫左鄰右舍磨斧頭和餐刀，對於能把那些器具磨得銳利無比而得意洋洋。

埃利亞斯還不到十六歲就賺了不少錢，也有很多女生想吸引他注意。可是漸漸地，他開始不再與我們交流、遠離我們。過了幾個月，他變得神祕兮兮又孤僻，總是待在自己的房裡自言自語，也會和自己爭辯。我原本以為他在講電話，後來才發現電話根本還在客廳裡。

他不再除草和幫人磨刀了，而是好幾個週末都在睡覺、打電玩和在房裡看電影。等到他好不容易出了房門，卻會對很多事情發表奇怪的評論，像是指控媽媽想毒死他，或告訴我政府正在監視他。他說他有特殊的力量可以掌控星球，如果沒有他，月球會撞上地球，製造出讓人類滅絕的悲劇，就像恐龍的遭遇一樣。

診斷後讓我爸媽鬆了一口氣，因為有個答案總比混沌不明的情況好，不過醫生仍花了好幾個月才找到適合他的藥，埃利亞斯稱之為「殭屍藥丸」。他的成績一落千丈，已經無法再參加考試。爸媽讓他休學，幫他在爸爸從事房產開發的事業夥伴的店裡找到一份園丁的工作。有一段時間，以前的埃利亞斯回來了，他又重拾另類的幽默感和瘋狂的大笑聲。他會和家人一起吃晚餐，用雙胞胎妹妹的卡拉OK機大唱歌，還會和媽媽在廚房裡共舞，直到媽媽威脅他再不停下來，她就要尿在褲子上了。

他開始沉迷於運動，幫自己用木板條和舊的鋸木架做成一個健身臺，把油漆罐裡放滿石頭當成舉重的砝碼，然後在掃帚的把手兩端各掛一個油漆罐，或者他也會用塑膠牛奶罐裝滿沙子，手臂彎起直到前臂的肌肉鼓起。

然而好日子為時不久，埃利亞斯丟了工作，先是有工具不見了……再來是錢。沒人能證明是埃利亞斯拿的，但他還是被解雇了。在那之後，他又退回自己的房間，整天上網、看恐怖片和色情片。

爸把他的電視拿走時，他把牆打出一個又一個凹洞。他把媽媽甩得好用力，扭傷了她的手腕。媽媽在哭，抱著手臂懇求他。「拜託，埃利亞斯，告訴我哪裡出了問題。」

他表情空洞地望著她。「他們不讓我跟妳說話。」

「誰？」

「那些聲音。」

我們就這樣過了快兩年，情況時好時壞，有幾週過得不錯，而後幾週又過得很糟，我們從來都不知道接下來會迎來些什麼。和一個思覺失調症的人共處在同一個屋簷下宛如伴著一顆定時炸彈，你可以聽見炸彈在滴答作響，有時快、有時慢，但從沒停止過。

埃利亞斯來了，他們幫他做最後一次搜身才准許他進入交誼廳。他溫暖地對我咧嘴一笑，接著像隻精力旺盛的愛爾蘭紅獵犬一樣跳來跳去，像是還無法完全掌控自己的四肢。

接著他突然停下來，不確定該擁抱我還是和我握手。我們握了手，他很緊張。

「你來了。」

「當然。生日快樂。」

「他們做了一個蛋糕給我，可是要等晚餐時間才會好，你會錯過。」

「沒關係。」

「是巧克力口味的。」

「你的最愛。」

我從背後拿出一個禮物。包裝紙已經被撕掉了，因為安檢人員必須檢查裡面的內容物。我原本想買一台iPod，在裡面放幾首他最喜歡的音樂，可是這裡不容許使用電子產品，所以我後來選了一件厚磅毛衣，也許對他來說太厚了，因為他不太常到戶外去，從未離開過這個場域。我也送他一堆漫畫，我知道他喜歡那些。《黑豹》、《蜘蛛人》、《猛毒》、《死侍》、《泰坦》，很容易讓人忘記埃利亞斯已經要滿三十六歲了，因為他的行為還像個大孩子一樣。

「坐下，坐下。」他說。「不是那裡，這裡，這張椅子。」

他的腦海中自有這個場景該有的樣子。

「要我幫你拿外套嗎？你會冷嗎？還是太熱？我可以請他們調整暖氣。」

「我很好。」

「我幫我們訂了茶和紅蘿蔔蛋糕，上面有奶油起司糖霜，那很好吃。大家總是抱怨這裡的食物，可是這裡的點心明明就超級美味。」

他的聲音很好聽，像個層次豐富的男中音歌手，而且他一緊張起來變得話很多，不時會用雙手摩擦大腿，這是服藥的副作用。他坐在我對面，身子倚向前，臉部表情讓人一覽無遺，笑開懷、急於想討好。他比我上次看到時還胖了一些，而且需要理髮了。

奈吉爾還在這裡，從會客室的遠處看著我們，旁邊還有另一位護衛正在擺西洋棋，另外兩位勤務員在走廊上等著。

「你好嗎？」我問。

「我愈來愈好了。」

「我看得出來。」

「他們隨時都會讓我走。」

「那很好。」

埃利亞斯皺起眉頭，彷彿覺得我是在安撫他。嚴格說來，他說的沒錯，只是這十七年來，我從沒聽過任何人認真考慮要放他走。

埃利亞斯獲判殺人罪，被判定為限制行為能力者，基於精神衛生法第三十七條而需住院治療。這意味著若未徵得內政部的同意，他不能搬離或獲釋。此決策由精神衛生特別法庭照管，他們每隔幾年就會審視一次埃利亞斯的案子。每次聽證會上，埃利亞斯都會說他的思覺失調症已受到控制，並表達懊悔之情，那可能是出自真心，也可能是後來習得的。

一輛放著茶點的推車推了過來，埃利亞斯跳了起來，檢視裡面的餐點，像在清點存貨一樣盤點每樣物品，杯子、茶碟、牛奶、糖。

「早餐茶呢？」他問。

「我們用完了。」一位穿著花朵圖樣襯衫和黑長褲的女士說。「我帶來了一些伯爵茶。」

「可是我要求的是早餐茶。」

「我很樂意喝伯爵茶。」我說。

「可是你說過伯爵茶喝起來像乾燥花。」他爭論道。「只有觀光客和美國人會喝伯爵茶，這是你說的。」

他怎麼會記得這種事？

「我只是在開玩笑。」

他全身發抖，身體左右搖晃。

「埃利亞斯，冷靜下來。」奈吉爾說。「記得你做的練習。深呼吸。」

埃利亞斯用鼻子吸氣，把氣憋在胸腔裡，然後慢慢吐氣，像在數算著心跳，與情緒搏鬥。有那麼一瞬間，以前的埃利亞斯又回來了，那個令我害怕、使每個人都畏懼的埃利亞斯。

他的呼吸慢慢趨於正常。

「謝謝妳帶紅蘿蔔蛋糕來。」他向送茶點的女士說，並微微地鞠躬，猶如在謁見皇后一樣。茶點女士也對他行屈膝禮，並報以微笑。她倒茶、加入牛奶和糖。

奈吉爾依然站在埃利亞斯身旁。「你何不告訴賽勒斯你最近在唸什麼？」

埃利亞斯噓了他一聲。

「你在唸什麼？」我問。

「你會笑我。」

「為什麼？」

「真的沒什麼。」

「那就告訴我吧。」

「埃利亞斯在唸律師的課程。」奈吉爾說。「曼徹斯特法學院有線上法學課程，選修課。」

我望向埃利亞斯，尋求確認。他的臉頰漲紅。

「圖書館幾乎無法滿足他學習的速度。」奈吉爾說。「你現在在讀什麼？」

「人權法。」埃利亞斯說，顯得更有自信了些。「我以後要當事務律師，或者是出庭律師。」

「那太棒了。」我一邊說，一邊努力消化這個消息。一位思覺失調症患者當然不可能成為一位律師……至少，一位殺了自己全家人的患者不行。

「課程時間是多久？」我問。

「四年，我現在在讀第二年。」

「你以前怎麼沒跟我提過這件事？」

「我覺得你可能會笑我。」

「我不會。」

他現在很興奮。「我離開這裡之後得賺錢養活自己，我想幫助像我這樣的人，替他們發聲。」

「這樣很偉大。」我說完才驚覺自己聽起來有多麼不誠懇。「你以前在學校很討厭讀書。」

「這不一樣，我現在在學的是重要的事情，不是莎士比亞或奧登。」他學上流人士的腔調說：「生存還是毀滅。讓所有時鐘停擺、切斷電話。」他笑著說：「誰在乎這些啊？但現在這件事很重要，而且我愈做愈好了。」

我無言以對，只是讓埃利亞斯繼續說下去，展現他所學到的淵博新知，說話時引用判例法，彷彿這是他學會的新語言。埃利亞斯的記憶力一向都很好，可是他求學時期成績並不好。而一直到現在，朗普頓似乎都把他當小孩子看待，而非教育他。

他觸碰我的手臂，這樣的肢體接觸令我訝異。奈吉爾謹慎地在一旁觀看。

「自從我來到朗普頓，醫生就說我有進步。」埃利亞斯說。「他們說有些途徑能讓我變好。這就是我的途徑，我會成為一名律師，離開這裡。」

# 第十五章

## 艾薇

這位年輕醫生看起來像哈利・斯泰爾斯，如果哈利・斯泰爾斯是西班牙人，而且下巴有個淺窩的話。我在急診室，因為達薇娜堅持要我來接受檢查。

「跟著我的手指。」年輕帥醫生說。

「為什麼？你要把手指放在哪裡？」

「別那麼噁心。」達薇娜說。

「我說了什麼嗎？沒有啊。是妳自己心術不正。」

帥醫生緊張地笑了一下，然後手指從左移到右，從上移到下。

「在我看來沒有腦震盪的跡象，妳的嘴唇也不需要縫針，所以妳會沒事的。」他拿給我一個用毛巾包著的冰袋。「繼續冰敷，直到腫起來的地方消腫就行了。」

我知道我不需要縫針，可是達薇娜希望警察抵達朗弗德感化院時，我不在現場。可能是如此，或者她希望走訪一趟醫院有助於讓人覺得我是一場殘暴攻擊的無辜受害者，諸如此類的原因。

「還有什麼需要幫助的嗎？」醫生問。

「你不該問這種問題。」

「艾薇，別說了。」達薇娜說。「謝謝你，醫生。我們這樣就可以了。」

我們走向達薇娜的車，那是一台寶馬迷你，以她的個頭來說開這台車很不搭調。

「妳讓那個年輕人很尷尬。」她說。

「我？」

「妳在調侃他，這點妳應該小心一點，不是所有男人都喜歡太明目張膽的女人。」

「什麼是明目張膽？」

「放蕩。」

「妳覺得我很放蕩？」

「不是，艾薇．寇梅克，我認為妳只會出一張嘴而已。妳裝作一副目中無人又自信滿滿的樣子，可是如果有男生想要親妳，我賭妳一定會跑到一英里遠外。」

「我想那要看我把他綁得多緊吧。」我說，這話逗得她哈哈大笑。

我們一路聽著音樂，開車回朗弗德感化院。我望向街燈、巴士上和公車亭候車的人群，心想他們不知道我是誰，或者我做了什麼，他們完全不知道……

每次叔叔回到家，昆恩太太都會假裝很驚訝，好像這出乎她意料一樣，可是她明明從頭到尾都知道他要來，因為她會要我洗澡洗頭，穿上新洋裝。

「記得叫他叔叔。」她說。

我沒回應。

「妳有在聽嗎？」

「可是他不是我的叔叔。」

「他照顧妳。」

叔叔總是很晚到家。「妳看起來真漂亮。」他說完把我擁入懷中，聞我的頭髮。接著他的手指滑下我的臉頰，再到我的下巴，要我抬頭看他的眼睛。「妳有乖嗎？」

「有的，叔叔。」

「抱歉我很常不在家，妳有想我嗎？」

「有的，叔叔。」

「那洋裝真好看，誰買給妳的？」

「你買的。」

「轉一圈來看看。就是這樣。」

昆恩太太變得很煩躁，因為叔叔的注意力全在我身上。

「晚餐準備好了。」她宣布。「我為你煮了燉小牛膝。」

「啊，昆妮，妳對我太好了。」他說完用手腕一翻，把餐巾紙展開。接著他把我的椅子拉近一些，說：「坐在我旁邊。」

昆恩太太幫我們上菜。

我沒吃，食不下嚥。有一段時間都沒有人說話，叔叔不斷把食物送進嘴裡。蔬菜、玉米粥。

「吃妳的晚餐。」他說。

「我不餓。」

「昆恩太太為妳做了很美味的菜。」

「她是為你做的。」

他瞄了我一眼，像是某種警告。我拿起叉子，把一團玉米粥移開，遠離肉和肉汁。我想向他傳遞一則訊息，那就是：不要看我。

他在我的盤子旁邊用力拍桌。「該死，快點吃飯！」

我把叉子握在手裡，好想用它劃過他的雙眼，但我沒有，只是把叉子放下。

「妳聽到了沒？」他大吼，臉部扭曲，口沫橫飛。他拿起湯匙，舀起玉米粥、肉汁和蔬菜就往我的嘴裡送。我把臉別開，食物抹在我的臉頰上到處都是，也掉在我的大腿上，弄髒了我的新洋裝。

他又舀起更多。我緊咬著牙，湯匙重擊我的嘴唇。我想大叫，可是那就得把嘴巴張開。

「她餓了就會吃了。」昆恩太太說。

叔叔放開我，轉頭對她說：「妳說什麼？」

昆恩太太漲紅了臉。「沒有。」

「妳是在我自己的家裡教我怎麼管教我的姪女嗎？」

「不是的，先生，可是……」

「可是什麼？」

「我不是故意要……」

叔叔把他的盤子推開。「這太鹹了，妳每道菜都調味太重了。」

「很抱歉。」

昆恩太太開始清理桌面。叔叔把他的酒喝完，接著又倒了一杯。

「今天吃什麼布丁？」

「噢，我沒做布丁。你通常不會想……我可以現在做點什麼。」

他對我眨眨眼，笑說：「昆妮，別那麼敏感，我是開玩笑的。」

他點起一根雪茄，又喝了更多酒。盤子都清理乾淨了。

那晚他來找我。我還醒著，聽到他的腳步聲。門打開了，月光把他的身影倒映在地上。我感覺到他的雙手滑到我的身體下，把我抱到他的床上，小聲喚著我真正的名字。

我從沒告訴別人我經歷過什麼……他們對我做過什麼事。叔叔和那個牙齒歪七扭八的男人、雙眼灰白的男子、有兩隻臘腸狗的胖男人，還有要我穿成小男孩模樣的女人。那些阿姨、叔叔、爸爸、老師們，那些碰我的人。

# 第十六章

## 賽勒斯

開車回諾丁罕的途中，路過的景物變得模糊。我不斷告訴自己，我愛埃利亞斯，我希望他獲得最好的結果，可是那並不代表我就希望他重獲自由。我知道我應該把他個人和行為分開，憎恨罪刑，但原諒犯罪者。我努力試過這麼做，但就是辦不到。一個更好的我、更慈悲為懷的靈魂、讀心者或聖人，能給予埃利亞斯尋求的寬恕，但我就是不能。

小波聽到我開門，開始在洗衣間裡吠叫。我讓她進屋時，她從我的雙腿擠身而過，跑過每個房間，尋找艾薇。她每天都這麼做，希望也許艾薇會回來和我住。

那場大火過後，這間房子一樓大部分的區域都已重建並重新裝潢過，我有了新的廚房、書房和起居室。有幾件家具從火災中拯救並修復，包括我的古董書桌和爺爺奶奶的切斯特菲爾德沙發。這裡原本是他們的房子，不過他們退休搬到南部海岸居住後，就把這房子留給我了。

只有三張照片從大火中倖存，包括我最不喜歡的一張，那是在諾丁罕的攝影棚裡拍的制式家庭照。我媽堅持要全家人穿類似的格紋毛衣，這讓我們看起來像瀰市狂飆者合唱團。

當時雙胞胎七歲，我九歲，埃利亞斯剛滿十五歲。爸的笑容好似畫在臉上，而且看起來更像是在扮鬼臉；媽在碎念著威脅我們如果不停止胡鬧，她會取消法國之旅。壓下按鈕、快門一閃，這一刻就被捕捉起來流傳後世。四年後，照片裡的每個人都死了，只剩下埃利亞斯和我。有些照片訴說永遠不該被提及的故事，就連小聲窸窣也不行。

星期五晚上，意思是一手啤酒和外帶咖哩之夜。我向在地的印度料理店畢斯頓泰姬餐館用電腦線上訂餐：奶油咖哩雞、什錦蔬菜奶油浸肉、香料飯、烤餅和優格醬。我趁等餐的時間買了啤酒，絕對不能超過六瓶。我對未來的酗酒行為嚴格控管，不過想慢慢來就好。

門鈴響了，這時我正把咖哩從箔紙包裝盒裡舀到盤子上，不小心把醬汁灑到新的松木餐桌上，罵了髒話後隨即擦掉，希望薑黃不會在木桌上留下痕跡。

我從窺視孔望出去，可是門階上沒人。我開了門，看到有一人正要把大門的門閂提起，準備離開。

「請問是哪位？」我問。

那人轉過身來，脫下兜帽。

「我以為沒人在。」莎夏．赫普威爾說。

「妳沒等多久就走了。」

她回頭望一眼門前小徑，說：「我改變主意了。」

「我可以讓妳再改回來嗎？」

她猶豫一陣。

「拜託，請進吧。」

她肩上揹著一個小帆布袋，再思索一會兒後沿著小徑走上門階。我撐著門讓她經過。她穿著牛仔連身長褲，搭配天伯倫靴子和防水風衣。

她注意到我家的新地板，準備要把靴子脫掉。我告訴她不必這麼做，但她還是脫了鞋。

「你很有錢嗎？」她抬頭望向樓梯，問道。

「這是我祖父母的家。」

她嗅了嗅空氣。「你重新裝潢過房子。」

「這裡發生過火災。」

莎夏在一樓四處走動，參觀每個房間。有些人進到陌生人的房裡時，會表現得好像他們在逛博物館或教堂，小聲說話，而且不碰觸任何物品。但莎夏不是這樣，她會拿起東西又放下，翻閱書籍、打開我的唱盤，看看我收集的唱片。

她把一頭紅髮紮起辮子，在後腦杓高高盤起，像芭蕾舞者梳的包頭，不過是巨大版的。一縷髮絲掉下來，她把它塞到耳後。

「妳是怎麼來這裡的？」我問。

「兩班巴士。」

「妳一定坐了一整天的車。」

她沒回應，注意到我的外帶餐盒。

「妳餓了嗎？吃一點吧。我每次都點太多，眼大肚小，看到什麼都想吃。」

「我媽以前也會這麼說。」她說。

我拉開一張椅子，再拿一個盤子，把咖哩舀給她，因為我知道如果讓她自己舀，她會舀得太少。

「妳想喝啤酒嗎？」

「不了。」

她把外套脫下來掛在椅背上，不過包包還擱在腳邊，彷彿她隨時都準備離開。

我和她閒聊幾句，詢問她的父母好不好，問她以前有沒有來過諾丁罕，或有沒有兄弟姊妹。她的回答都只有是或不是，沒多說什麼，因為她還不信任我。

「妳在康瓦爾是做什麼的？」我問。

「這重要嗎？」她問得很犀利。

「抱歉……我只是想……我不是故意要探人隱私。」

叉子在盤子上發出刮擦聲，讓靜默更加明顯了。

莎夏嘆了一口氣。「我在當地一間小學兼職當助教，我也是志願的海岸警衛隊隊員，我們會在海邊和懸崖邊救人。」

「那可能很危險。」

她聳聳肩，我們陷入更長一陣沉默。她接下來的言論出乎我意料。

「我剛帶艾薇去醫院時，她不讓任何人碰她。她把兩名護士抓傷，還踢了一位醫師的小腿。我們需要她的衣服去做鑑定，我花了好長一段時間才讓她把衣服脫掉。她就像飢荒報導裡的孩子，肋骨突出。她不喜歡醫院的病人服，所以我們幫她找了一件牛仔褲和一件過大的上衣，不過她還是穿了。做每件事情都要經過一番折騰。幫她做檢查、讓她開口說話。她前三天唯一吃的食物就只有巧克力。

「每次她看見某個第一次見面的人，像是社工或心理醫師，她都會用一種深不可測的眼神看他們，彷彿她可以看穿那些人的靈魂。這曾經讓那些護理師很沮喪，因為她們費了好一番功夫想贏得她的信任。她們想獲得擁抱和微笑，可是艾薇什麼也沒給她們。

「其中一人帶來一隻填充娃娃送給艾薇，是一隻耳朵毛茸茸的兔子。『我們該幫她取什麼名字？』我問她，希望她可能會透露出自己的名字。

「『艾格妮莎。』她說。

「『那名字真美。妳有認識的人叫艾格妮莎嗎？』

「艾薇搖搖頭。我把那隻兔子塞到她身旁的床上，可是隔天早上，我發現它在地上。再隔一天早上，它就在床底下和灰塵作伴了。後來我在垃圾桶發現它，最後它完全消失無蹤了。」

她又吃了一口食物。

「我從來沒看過像艾薇這麼安靜的人。我睡在和她同一間房間裡的折疊床上，有時還會擔心她沒了呼吸。那時我會下床、頭貼近她的胸口，確認她還活著。有時她會把棉被踢掉，我擔心她太冷，或者我會發現她睡在靠近門邊的地上，離逃跑的地方比較近。

「有時我以為她睡著了，我會想偷溜出去，因為要回家拿乾淨的換洗衣物，或向主管呈報情況，但艾薇都會瞬間在床上坐直身子，然後開始全身發抖，彷彿她極度害怕自己一人落單。」

我又開一瓶啤酒。

「我改變主意了。」莎夏說。

我把啤酒滑過桌子到另一端給她，她簡直用灌的，發出一聲難堪的飽嗝，笑了。

「有些日子，艾薇完全拒絕說話，治療師還以為她發展遲緩，你知道，就是以為她有學習障礙。於是他們和她說話的時候，開始使用圖畫書和洋娃娃作為輔助，可是我看過艾薇偷聽他們的對話，我看得出來她是在收集資訊、儲存訊息。

「有一天，我帶了一些閃卡，那種用來教小孩字母、數字和形狀的卡片。我開始一個一個字母念，A是蘋果、B是熊。艾薇嘆了一口氣，翻了個白眼，然後指向門後的標牌，逐字唸出來：『緊急疏散措施。如遇火災或其他緊急事故，請跟著出口指示離開大樓……』她一字不差地唸出整段文字。隔天我帶了一些像樣的書本來，包括一些數學題和謎語，讓她能解謎。

「最後，他們讓艾薇出院，把她安置在安全的住所。有人說她被寄養，可是警察仍需要有關泰瑞．波蘭德被謀害的資訊。」

「她有目睹泰瑞被殺害的過程嗎？」

「她不肯說，隻字未提。」

我把盤子推開，用紙巾擦嘴後折成正方形。「妳提過曾和艾薇玩一種遊戲。」

「火與水。」莎夏說，現在的她顯得更有興致了些。「其中一人會到房間外面，其他人要把某個東西藏起來，然後外面那個人回來並開始尋找那件物品，如果此人距離那物品愈來愈遠，其他人要喊『水，水。』而當此人愈來愈靠近那物品，大家就喊『火，火。』就像我們的『熱與冷』遊戲。」

「我查過資料，『火與水』這個遊戲在巴爾幹半島和希臘是很受歡迎的兒童遊戲。」

我打開放在廚房餐桌上的筆電，點出一個畫質很差的模糊影片，影片裡有一群人們魚貫排在一間擁擠的房間裡，在桌子之間來回穿梭。

「企鵝舞！」莎夏驚呼。

「這是在阿爾巴尼亞的一場婚禮上拍攝的，不過這種舞在羅馬尼亞、科索沃、保加利亞、摩爾多瓦和馬其頓也都很受歡迎……」

「你認為她是被販運進入英國的。」

「她可能是和家人一起來的，羅馬尼亞在二〇〇七年加入歐盟。」

我收拾盤子，把盤子一一放進洗碗機裡，洗碗機是廚房的新成員。

「艾薇有跟你提過泰瑞．波蘭德的事嗎？」莎夏問道。

「他沒有虐待她。」

「可是報導說……」

「他是因為想保護她而死的。」

「保護她不被誰傷害？」

「這正是問題所在。」

# 第十七章

## 賽勒斯

我很早醒來，街道仍靜悄悄的，草地上有露水還很潮濕。我穿上慢跑裝扮，在後院臺階上綁運動鞋的鞋帶，小波在我身旁活蹦亂跳。我幫她扣上牽繩，打開側門，開始沿著帕克賽德路慢跑，再轉彎進入沃勒頓公園。當我慢跑時，小波會配合我的速度，她已經學會不擋到我的路，也不會用牽繩把我纏住，她會在下坡時邁大步跑，任由舌頭左右擺動。

莎夏昨晚睡在艾薇以前位在樓梯頂的房間，我用艾薇教我的方式幫莎夏鋪床，也就是「醫院床單折角法」，讓床單撐得比一面鼓還緊。根據艾薇所說，如果你找對角度溜進床裡，那感覺就像有人幫你蓋好被子一樣。我記得聽她這麼說時有點沮喪。

屋子裡有別人在的感覺很奇怪，這是繼艾薇之後第一次有別人和我共處一室。我有過幾個女朋友和幾次一夜情，也有朋友喝多了無法開車回家而留宿，不過我已經習慣獨居生活，習慣和自己單方面的對話和爭論，而且就算是和自己爭辯，我還是會輸。

今天我慢跑的目的不是為了呼吸新鮮空氣或運動，而是為了移除自己對埃利亞斯的負面想法。我舉重和刺青也是為了相同的理由，從前在皮肉刻下侮辱的字眼也是如此。我想把腦袋排空，除掉身體裡的毒。

一小時後，我轉彎回到家前面那條街，看見家門前停了一輛勞斯萊斯銀影。我知道這輛車是誰的，只是不知所為何來。吉米・維比奇通常不會那麼早起，他曾擔任諾丁罕的市長，現在是市議員、生意人、企業家、慈善家和時尚達人。他是我在這座城市裡少數認識的名人，也是我總能仰賴的朋友。

車門打開了，兩名男子下車，吉米不在其中。這兩人的身型活像是落錘包在被撐得變形的西裝裡，模樣就像蓋．瑞奇電影裡的黑幫。

「維比奇先生想要見你。」年紀較大的男子說，他的平頭有些灰白的頭髮。我記得他的名字：史戴普托。

小波發出低吼聲，拉扯著牽繩，我把她拉回來。

「維比奇議員是要邀請我過去，或者這是命令？」我問。

史戴普托不懂這有什麼差別。

莎夏站在敞開的門邊看我們。

「他們已經在這裡二十分鐘了。」我經過她身邊時，她小聲說。「他們想要什麼？」

「沒關係的，這是生意上的會面。」

她蹙起眉頭。「是哪一種生意？」

「家族的事。」

十分鐘後，我沖了澡、換好衣服，坐上勞斯萊斯後座，車子開始穿梭在諾丁罕的街道中。我望向窗外，注意到人們在我們經過時注視的眼神，有些帶著羨慕，有些充滿探詢，彷彿期待在暗色玻璃的後方，正坐著一位電影明星或好萊塢大亨。

最後，我們的車行駛越過一個鄉村俱樂部的兩側石柱，沿著有行道樹的蜿蜒道路前進，兩旁球道不時出現沙坑和小湖。這個仿都鐸式建築的俱樂部位居高地，能俯瞰整個高爾夫球場。我想到格魯喬．馬克思曾說的一句名言，他說絕不加入任何願意接受他當會員的俱樂部。

車停了下來，史戴普托幫我開車門，並護送我前進。我們經過高爾夫專賣店後來到練習區，吉米．維比奇正在和一位俱樂部裡的教練練習揮桿，那位女教練穿著天藍色上衣和白色高爾夫短裙。

她站在吉米背後，手扶著他的臀部，教他如何轉動身體。吉米穿著米色長褲和方格毛衣，頭髮往後梳成油頭，皮膚像蛋殼一樣滑順。

教練調整到滿意的姿勢後往後站一步，吉米不費吹灰之力就把球擊入空中，球像火箭推進一樣向上飛，而且似乎還在較低的雲層上彈跳。

吉米注意到我，對我露齒而笑。他的牙齒完美無瑕，簡直比未拆封的高爾夫球還白。

「你來了。」

「我有選擇嗎？」

他以皺眉譴責史戴普托，然後擁抱我，雙手搭著我的肩膀。「你好嗎？」

「很好，謝謝你。」

「你吃過早餐了嗎？」

「沒有。」

「來吧，我請客。」

他親了親潔西卡的臉頰，向她表達感謝，並預約下週的同一時間。接著他大步邁向一輛高球車，要我跟著他走。我坐在他旁邊，他開車沿著一條有花朵點綴的小路行駛，經過高起的開球區和一群又一群的高爾夫玩家。他問我工作和屋子整修的狀況，一些打發時間的閒聊。「你有和埃利亞斯見面嗎？」

「昨天。」

「昨天是他的生日。」

「我知道。」

我想叫他管好自己的事，可是我知道吉米是出自善意。自從我失去家人後，每次提起埃利亞斯，他就自認為有責任喚起我的良知。

吉米在我家人遇害之後走入我的人生。他當時是諾丁罕的市長，正值三屆任期的第一屆，是他安排了葬禮，他和我或我的家人素昧平生，但仍選擇當我的守護者與贊助人，照看著我的童年時光。他替我籌措教育基金，出席我在學校的戲劇演出、親師座談、授獎演講日和大學的畢業典禮。我可以稱他是我的守護天使，但他一直以來扮演的角色更像是坑洞的填補者，幫我把人生旅途中的每個顛簸處鋪平。

雖然吉米從市長卸任了，但他仍是市議員和諾丁罕郡長，那較像是某種形式上的身分，而非真正掌管法律與秩序。他與觀光客打招呼、擺姿勢照相，也會推廣羅賓漢的傳奇故事。

我們進入俱樂部時，他向其他會員熱絡寒暄，詢問關於他們妻小的事，直呼他們的名字。這些拘泥形式的作為逐漸令我厭倦。

「議員，請問這是怎麼一回事？」

他的笑容逐漸消散，帶我到一張能鳥瞰這座十八洞球場的桌位，有人正在沙坑裡施展動作。一位女侍前來幫我們點餐。我已經不餓了，所以只要求一杯咖啡和水，吉米看起來有點失望，他小聲地清了清喉嚨。

「我的一位舊識這星期過世了，哈密許．惠特莫。」

「你認識他？」

「幾年前，他幫了我一個大忙。我家裡有些東西被偷，雖然不是太有價值的東西，但還是令我有點感傷，我非常感激他幫我找回那些東西。在那之後，我們就一直保持聯繫，而且在警察事務上能有人讓我尋求建議，這對我來說非常有幫助。」

「可是你明明可以快速聯繫到警察局長。」

「他是朋友，不是人脈。而且就我的經驗看來，負責掌管官僚組織的上位者很少知道採煤處的真正狀況。」吉米伸舌頭舔了舔上嘴唇。

「你上一次看到哈密許．惠特莫是什麼時候？」我問。

「我去年十月出席他的退休晚宴。你在調查這個案子嗎？」

這個問題問得很隨興，彷彿我們正在討論天氣一樣。

「蘭妮．帕維爾要我在謀殺現場看一下狀況。」

「你確定這是謀殺？」

「確定。」

「知道原因了嗎？」

「還不清楚。」

「不過你有推論。」

我停頓半晌，思索該告訴吉米多少細節，或者為什麼這件事讓他感興趣。

「哈密許生前在調查他經手過的其中一個案件，想看看是否遺漏了什麼。」

「有特別是哪一個案件嗎？」

「尤金．葛林。」

「那個戀童癖！我以為他死了。」

「哈密許認為葛林也許有共犯，他認為這能解釋時間軸上的落差。」

「有其他受害者嗎？」

「有些失蹤兒童。」

吉米微微點頭，幾乎讓人無法察覺，不過我感覺到我所說的每件事，他其實都已經知道了。

我們陷入沉默，這段沉默有點過久。

「我想幫忙。」終於他開口說。「我不認識惠特莫太太，不過我想確認她有得到妥善照顧，也許你可以幫我們引薦一下……」

「你在退休晚宴上不就見過她了嗎？」

「當時有兩百人吧，哈密許人緣很好。」

我告訴吉米我會傳達他的要求，並在侍者為我送上咖啡和水時站起來。

「尤金．葛林有同謀嗎？」吉米問。

「我不知道。」

「我感覺你調查這個案子有自己的目的。」

「會有什麼目的？」

「天使臉女孩。」

吉米怎麼可能知道這件事？

我們對視的時間有點過久。他笑了，一手搭在我的手臂上。「賽勒斯，放輕鬆，我已經當議員當十二年了，知道其他人不知情的事是我的工作，而那包括我的競爭者、政治敵人，和甚至我的朋友發生什麼事。」

「她的身分是機密。」我說。

「當然是了。」他回道。「我知道天使臉女孩被送到諾丁罕的兒童照護之家。我不知道她的新身分，但以她的年紀看來，我猜想她仍受到監護。」

「為什麼把她和我聯想在一起？」

他聳聳肩。「一種直覺、亂猜的吧。你曾經是受挫的孩子，那就是為什麼你成了心理醫師。如果有人會碰巧遇見天使臉女孩，我猜那人可能是你。」

他的表情很坦然，但卻也神祕難測。但願艾薇在場，她能指出我遺漏了什麼。但在這同時，我從來都沒有理由質疑吉米的真誠或動機。

「我得走了。」我說。

「可是早餐還沒吃。」

「下次吧。」

他張開雙臂，期望我上前擁抱他，像父子那樣。

「你會和艾琳・惠特莫說一聲？」

「我會的。」

# 第十八章

## 艾薇

我以前會告訴別人，我是被裝在鞋盒的棄嬰、遺留在火車站的郵件分發室。也有些時候，我會說是在慈善舊衣回收箱或希斯洛機場的一個行李置物櫃裡。我告訴別人我的家人是吉普賽人、馬戲團的特技演員、潛水採珠者、大型動物獵人或詐欺犯，任何故事都不嫌太牽強或怪誕。

賽勒斯說我之所以說謊，是因為我希望別人喜歡我。他說我在扮演成某個有趣的人，但其實我根本不在乎是否被相信或受人喜愛。掰出來的故事聽起來會比較精彩，甚至更有可信度。

我聽到走廊上有腳步聲，於是整理一下儀容，摸了摸頭髮。賽勒斯來了。

「妳的嘴唇怎麼了？」他問。我的嘴唇現在不腫了，但瘀青還在。

「我親太多屁股了。」我說。

他完全沒笑，枉費我祭出這句必勝台詞。

有人和他一起來，一個女生站在後面，好像在等待我允許她進我的房間。我一開始沒認出她，後來才猛然想起，這讓我如鯁在喉，而且每次我想吞口水時，就愈發難受。

她對我微笑。

「哈囉，艾薇。」

我不知道她期望我說什麼或做什麼，她也不確定。她伸出手，但我不想被碰觸或擁抱。

「妳在這裡做什麼？」我聲音沙啞地問。

「我來看妳。」

「妳不應該知道我的新名字。」

「沒關係的。」賽勒斯說。「妳可以信任她。」

你又怎麼知道？我很想這麼說。我曾經信任過她，可是她拋棄了我。他們全都是如此。

莎夏看著我的樣子，彷彿我是坐在輪椅上的瘸子。

「妳現在已經是少女了。」她點出這個再明顯不過的事實。「我發現妳的時候，差不多就是妳現在的年紀。」

我想吐。

她的頭髮留長了，變老了一些，可是還是很漂亮，而且就算沒笑的時候也還是看得到酒窩。我們第一次見面時，我本來想拿刀刺她的眼睛，然後再刺死自己。是她說服我放下刀子，給了我巧克力，把我抱起來，帶我走出那間房子，坐上救護車。那是我好幾個月以來第一次與人接觸。

現在她又在這裡，一副好像什麼事情都沒變過，聊著企鵝舞和我們玩過的遊戲，說我們以前有過的趣事，那些茶、煎餅和好多薑汁汽水。狗屁！她離開我了。她棄我而去。

「他們沒找到妳的家人。」莎夏說。「我很遺憾。」

她想要我怎麼回應？

她再度開口。「賽勒斯告訴我妳就快要滿十八歲了。」

寂靜令人難受。

最後，我轉向賽勒斯。「為什麼她在這裡？」

「她想再見妳一面。」

「狗屁！」

我的憤怒令大家很不自在。

「也許我們該喝杯茶。」他說。

「我不想喝茶。」

「不如去餐廳吧，我們可以坐下來，妳可以告訴莎夏過去這幾年來發生了什麼事。」

「你是說在她遺棄我之後。」

「我沒有遺棄妳。」莎夏說，看來很受傷。「他們叫我離開妳，說我只會讓事情更糟。他們說妳變得太依賴我……那會讓妳很難繼續過往後的生活。」

「噢，結果我在這裡。」我張開雙臂說。「我想這就是最好的結果。」

我充滿諷刺的言語令他們措手不及，我感覺到房間像是縮小了，同時我的憤怒填滿房間的每個角落與空白。我無法解釋自己為何會暴怒，可是見到莎夏讓所有回憶都湧現，那些景象、聲音和死亡與腐爛的味道。那些我不願承受的碰觸、無臉的男人們。為什麼她要來？賽勒斯答應我他不會探詢我的過去。他們會殺了他的，就像他們殺泰瑞一樣。

「我要妳離開。」我雙手握拳，說話的聲音在顫抖。

「噢，艾薇，拜託，別這樣。」賽勒斯說。「這樣不公平。」

「公平！」我想大叫。公平的意思是平等，平等意指沒有差別，你我兩人都得到相同的事物，機會均等。可是公平何時在我身上應驗了？

我專心對付莎夏。「妳留下牙刷，所以我以為妳會回來。那天晚上我尖叫著醒來，可是妳不在。」

「他們不要我跟妳道別。」她說話的時候明顯在發抖。「他們不希望讓妳難過，可是我從沒停止想著妳在哪裡，或發生過什麼事。」

「妳恨不得早點擺脫我。」

「不是那樣的。」

「妳隨時都能故技重施，門在那裡，出去時小心不要撞到屁股。」

「我當時別無選擇。」

「騙子！」

她用可悲的眼神看我。「艾薇，對不起。如果我可以回到……」

「那妳會怎樣？妳會領養我。妳會照顧我。」

賽勒斯試圖打斷我們的對話。「要不要喝杯茶？」

「不要！我要你們兩個都離開。」

「莎夏大老遠來這裡。」

「對，花了她七年的時間才到。」

莎夏站起來。「我會離開。」

賽勒斯想反對，幾乎要再度脫口而出「公平」這個字，可是及時打住。

「我知道你在做什麼。」我說。「你想查出我是誰。你答應過我，說你不會去查的，可是你就是忍不住。你以為如果你可以查出夠多我的過去，你就能把我拼湊完整。可是賽勒斯，我並沒有破碎。」

他靠近我的床，碰到我腳踝的牛仔褲翻邊。

「艾薇，這件事不只與妳有關，還有其他人。」

我希望他閉嘴。

「和我談談派翠克．康柏吧。」

拜託別再說了。

「妳不是第一個，也不是最後一個。」

你怎麼敢這樣對我。你沒有權利這麼做。

# 第十九章

## 賽勒斯

從我們離開朗弗德感化院之後，莎夏就不發一語。她走路低著頭，立起衣領，用手掌內側抹了抹眼睛。

「艾薇說那些話是無心的。」我說。

一陣沉默。

「我應該事先跟她說妳要來的。」

我們走到車旁邊，莎夏不等我幫她開車門就自己開了，然後她坐上車、把門關上，雙眼直勾勾地望著擋風玻璃。我坐到駕駛座，發動車子，不確定接下來我們該去哪裡。

莎夏深吸一口氣，然後小聲說：「我是騙子沒錯。」

「什麼？」

「我告訴她，我當時別無選擇，只能離開她，可是這不是事實。治療天使臉女孩的精神科醫師希望我繼續待著，但我仍選擇離開，因為我害怕和她太接近。關於我的事，艾薇都說對了。」

莎夏轉頭看我。「她怎麼知道我在說謊？」

「這個嘛。」我說，試著修飾我的答案。「艾薇和其他人不一樣。」

「什麼意思？」

「她能看出別人是否在說謊。」

莎夏狐疑地看著我。

「我不知道她是怎麼辦到的，可能是視覺或聽覺上的，也許她會讀肢體語言，或者她能聽出聲音裡的端倪。就我所知，她的確能嗅到謊言，或者是有與生俱來的謊言偵測能力。」

「真的會有這種事嗎？」

「我攻讀博士學位時，寫過一篇論文探討真正的測謊奇才。他們十分罕見，但確實存在。約五百人就有一人能以百分之八十的準確率挑出話語中的錯誤。艾薇有別於一般情況，她是萬中選一，幾乎沒錯判過，至少當對方出現在她面前時，她的判斷能達到百分之百準確。」

「可是如果你說的是真的……如果她可以……」

「我不能讓其他人知道這件事。萬一有人發現她的能耐，他們絕對不會放過她的。」

「我不是在說這件事。」莎夏皺起眉頭說。「如果你說的是真的……」

「*確實*是真的。」

莎夏陷入沉默，可能在想著艾薇會是什麼感覺，總是能聽出別人在說謊，或者她在心裡默數著人們、我、她的父母、她的朋友們對她說過的謊……

我的呼叫器在震動，我從皮帶拿下來讀取訊息。巴杰查到一個地址，那是泰瑞．波蘭德前妻的住處，她還住在伊普斯威奇，距離這裡開車大約三小時。

莎夏的行李放在後座。

「我可以載妳去火車站。」我說。「或者妳可以……」

我沒把話說完。

「可以怎樣？」她問。

「和我一起去。波蘭德的前妻可能會有些沒被發現的線索，而妳對這個案子比我更熟悉。」

「才不是這樣。」

「和我去一趟吧，在那之後我會開車載妳回康瓦爾。」

莎夏用眼角餘光瞥我一眼。「你沒有工作要做嗎？沒有病人要看？」

「現在是週末。」

過了好一會兒，她繫上安全帶。「你知道『徒勞之舉』這句成語的由來嗎？莎士比亞在《羅密歐與茱麗葉》裡用到這個成語，專門用來形容追求無法實現或不存在的事物，徒勞無功的努力。」

「我一向都做徒勞無功的事。」

開車到伊普斯威奇的沿途，我們橫越英格蘭中部地區，穿過彼得伯勒和劍橋。莎夏喜歡坐車時開著窗，任由頭髮吹打在臉上。我們在這段期間談論泰瑞．波蘭德，在呼呼吹拂的風中扯著嗓子講話，互相交換彼此知道與不知道的訊息。他的屍體在莎夏找到艾薇的六週前就已嚴重腐爛，無論兇手是誰，對方都把屋子徹底清洗過，在地板噴灑液體，也用漂白劑刷洗廚房的工作檯，去除所有曾經存在的痕跡。

警方使用臉部辨識科技來製作波蘭德的影像，這使他的前妻打電話來。一旦他們查出姓名，就能拼湊出前因後果。波蘭德在沃特福德出生，因為父母在一場迎面撞上的事故中喪生，使他在八歲時成了孤兒。他曾多次進出寄養家庭，十六歲時兩度因竊車而被逮捕。後來他在北海油田鑽塔工作，也做過一些像是外送員、酒保和保鑣的短期工作，曾居住在伊普斯威奇和格拉斯哥。

泰瑞二十六歲和安琪拉．哈利斯結婚，安琪拉的爸爸是一間酒館的老闆。波蘭德和安琪拉育有兩子，結婚八年後離婚，並未提及離婚的理由。他的第二任太太是格拉斯哥的一位美容師，後來和她在當地健身房的教練跑了，不僅領光他們共同帳戶的錢，還把他的車也開走了。波蘭德找到她、搶回車子，而且還用拆卸輪胎的鐵撬把她的新歡打個半死。他被控惡意傷人，判刑兩年，最後處以八個月徒刑。

沒人知道他是怎麼認識艾薇．寇梅克的，可是他於二〇一三年二月在北倫敦租了一間房子，而且預付前六個月的租金。他使用拋棄式手機，開一台十年的佛賀艾斯特拉，那是他看當地的登報廣告買的二手車。

一開始警察推測泰瑞被折磨至死是因為黑社會的幫派恩怨，後來天使臉女孩在藏匿處被找到，因此警察推論他是被正義使者殺害的，因為那些人發現了泰瑞對兒童的癖好。人們對於這兩種推測並無意見，不過有謠言說在他家裡的硬碟裡發現幼童色情片。

巴杰給的地址在伊普斯威奇的亞歷山卓公園附近，位在排屋的街道轉角，建築廢料桶佔據路邊的停車格，隔壁的屋子被鷹架所遮蓋。

我按下舊式門鈴，屋裡響起鈴聲，我們耐心等著。

「也許沒人在。」莎夏說。

腳步聲朝我們逐漸接近。

門打開了，一位年邁的女士手撐著助行架站在門後。

「你們想怎樣？」她喊道。

「波蘭德太太在家嗎？」我問。

「誰？」

我注意到她戴著助聽器，於是我講大聲一些。

「波蘭德太太。」

「她是安琪，好幾年前就和那個混蛋離婚了。」

老太太瞪著我們，好像要和我們決鬥一樣。後方有嘈雜的電視聲音，是一個比賽節目。

「您是她的母親嗎？」莎夏問道，有禮貌地對她笑。

「我是她的祖母。」她望向我們身後的路上。「你們是他們那一夥的嗎？」

「誰？」我問。

「一直跟蹤她的那些傢伙。」

「我們從沒見過安琪。」

「好，那她不在這裡，而且她不會跟你們說話。」

在她身後的走廊上，我注意到有個電話桌，牆上有個軟木小黑板，上方釘著一個有日期被劃掉的日曆，還有一張明信片，上面寫著尼爾森勳爵酒吧。

「安琪還在做酒保的工作嗎？」我問。

「不關你的事。」老太太說。「現在別煩我，我快錯過節目了。」

門用力關上，撼動兩旁的窗戶。

莎夏揚起一側眉毛。「真是親和力十足的老太太。」

「童話故事裡的奶奶。」

「我真替大野狼感到難過。」

我們回到我的車上，我拿出一張街道指南。

「你在找什麼？」

「一間酒吧。」

「為什麼？」

「安琪的爸爸開了一間酒吧，也許還在營業。」

尼爾森勳爵酒吧距離伊普斯威奇濱水區有一個街區遠，是一棟都鐸風格的木骨架建築，一樓有上釉的磚牆，窗玻璃以鉛框固定，邊緣為黑色蝕刻。從石板瓦屋頂上方可望見聖克萊蒙教堂的鐘塔，屋頂的中央似乎有點下陷。

酒吧的主體很有特色，不過人不多，現在時間還太早，晚上的人潮還沒出籠，只有一些中午的酒客流連於此。一位女子在餐廳裡排放桌子，她的年紀相當，留著一大團濃密染色的棕髮，動作務實而嚴肅，時而柔軟時而有力。

「安琪？」我問。

她轉身，面露微笑。「馬上就好。」她再擺好一副刀叉。「需要什麼嗎？」

「我們需要和妳聊聊泰瑞的事。」

她的笑容消失了，低下頭說：「我很忙。」

「不會很久。」

「我什麼人都沒說。」她說話的樣子顯然很惱怒。「我照你們說的做了，我什麼也沒說。」

「是誰要妳做這麼做的？」

「什麼？」她發現自己搞錯了。「你們得離開，我不會說什麼的。」

「我要點一品脫苦啤酒。」我說完在一個高腳椅坐了下來，莎夏也跟著照做。「請給我一杯白葡萄酒，妳有推薦的乾葡萄酒嗎？」我們在吧台前並肩而坐。

「我是賽勒斯．海文。」我說。「這位是莎夏．赫普威爾。」

「我不管你們是誰，我不會和你們談的。」她氣呼呼地倒一杯啤酒給我，握著木把手的樣子彷彿它是一扇活板門的把手，能讓我們猛然墜落到地底下。

她打開冰箱，拿出一瓶酒，倒在玻璃杯裡時濺灑了一些。她低聲咒罵，把那杯酒放到莎夏面前，停頓半晌，認出她的身分。

「妳就是找到她的人。」她說。「那個小女孩。」

莎夏點點頭。

意會到這件事改變了安琪的態度。

「妳是不是知道她現在在哪裡？他們有找到她的家人了嗎？」

「是也不是。」莎夏說。

安琪皺起眉頭。「至少妳會知道些什麼吧。有人一直在問我那個小女孩到底發生了什麼事，可是我完全不知道。」

「是誰問妳？」

安琪嘆了一口氣，彷彿這是個愚蠢的問題。「我不知道他們叫什麼名字。他們會來這裡，坐在酒吧裡看我，也會跟蹤我回家，把車停在我家外面。」

「有多常來？」我問。

「以前每天都來，後來是每週來，現在比較少了。沒看到他們的時候，我還會一直猜想他們還在某處，躲在門後或從車上監視我。有時是一個男人，有時是兩個。」

「其中一人是不是額頭上有個新月形的疤？」我問，手指向我右眼上方的位置。

我問這個問題時，聽見莎夏倒抽了一口氣，不過安琪沒發現。

「對，他每次都穿得很體面，昂貴的西裝和領帶，而且他的眼睛是淺藍色的，你知道，就好像你正看著冰山的中心一樣。」

「妳上次看到他是什麼時候？」

「大約一個月前。」她一邊說話一邊擦拭吧台。「我告訴他的就如同我和警方說的一樣，我和泰瑞幾年前分開了，那時我們的兒子們都還小。對，我們是有保持聯絡，可是我對他的工作或天使臉女孩的事情一無所知。不過有一件事是我可以確定的，泰瑞不是戀童癖。他是很糟糕的先生，可是他從不會碰我們的孩子，他甚至不會在他們做錯事時動手打他們。這事很奇怪，因為泰瑞也許會很樂意把某個混帳酒鬼拖到外面去打一頓，可是他絕對不會對小孩毛手毛腳。那就是為什麼我完全不信他們在他死後寫的那些東西，說他們在他家發現孩童色情片，還說泰瑞綁架了那女孩，把她當性奴隸。這不是他。他絕對不會……」她沒把話說完。

「你們為什麼離婚呢？」莎夏問。

安琪甩了甩頭。「就是老套的故事，泰瑞開始出軌，和我最好的朋友上床，我以前的好朋友。我把他趕出去，從樓上的窗戶把他的東西扔下樓，鄰居全都在看，有些還拍手叫好。」

「妳最後一次和他聯繫是什麼時候？」我問。

「大約是我在報紙上看到他照片的四個月前。」她沒等我要求又幫我倒了一杯啤酒。「他從某間路邊的咖啡店打電話給我，我能從電話裡聽到有卡車呼嘯而過的聲音。後來，我會想也許當時那個女孩跟他在一起，天使臉女孩。她會不會在旁邊等著他打完電話？」

「他當時說了些什麼？」

「奇怪的就在這裡，他問孩子們好不好，想和他們說說話，可是他們都在上學。我感覺有點不對勁，問他還好嗎，他笑著說：『妳知道的，我總是能逢凶化吉。』」

這時酒吧的門打開了，安琪驚恐地轉頭，看到一對情侶走進來，是當地人。她鬆了一口氣，幫她們倒飲料，閒聊著天氣和某天的教堂義賣會。

她有些不甘願地回到我們旁邊。

「如果泰瑞遇到麻煩，或需要錢，他可能會去哪裡？」我問。

「他可能會去偷車，或做出同樣愚蠢的事。」

「他有家人嗎？」

「他的父母在他八歲時都死了，出車禍。泰瑞和妹妹被安置到寄養家庭。有個住費力克斯托的家庭想領養一個小女孩，不想領養泰瑞。」

「他妹妹現在在哪裡？」

「她有來參加泰瑞的葬禮，讓我嚇一跳。」

「為什麼？」

「她和泰瑞很不一樣，泰瑞身無分文，可是露易絲卻一身正式套裝，腳踏高跟鞋。她是一位成功的律師，在劍橋工作。」

「妳有她的電話嗎？」

安琪到吧台後方拿她的皮包，在分隔層裡翻找，找到一張名片。是有浮凸花紋的名片，價格不菲。

「她給我的，我不知道為什麼。我永遠請不起像她這樣的律師。」

莎夏到目前為止都沒說什麼話，不過現在問起了那位額頭有疤的男人。

「那個人第一次出現是什麼時候？」

「就在泰瑞打電話給我之後不久。我看到酒吧前面停著一輛昂貴的車，他都坐在那裡。」她指向一個角落的桌位。「他會在那裡好幾個小時，喝著同一杯飲料，觀察著。最後他會來找我，開始跟我閒聊幾句。他說有朋友告訴他尼爾森勳爵的事情，他也提到泰瑞的名字，問我有沒有看到他，我說沒有，然後他開始滔滔不絕地講些荒唐的事，說他欠泰瑞錢，不知道怎麼找到他。我一個字都不信。」

「然後他又出現了。」莎夏說。

「一直來。」

「那在泰瑞死後呢？」

「對，就是那時候他問我天使臉女孩的事，不是他就是另一個人。」

「妳有報警嗎？」

「警察對這件事沒興趣，因為那些男人並沒有犯法。」

酒吧漸漸變得繁忙熱絡，安琪得去招呼客人。後來她回來再跟我們說最後一件事。

「我知道是我把泰瑞趕出去又和他離婚，可是我從沒想過會失去他。他就像那種人們在浴缸裡放的橡膠鴨子，不會沉下去，你可以把他壓到水面下一會兒，可是他最後總會浮出水面……直到有天他無法這麼做為止。」

我們回到車上，一邊吃著用蠟紙包著的炸魚薯條，一邊眺望海王星碼頭，那兒有遊艇和汽艇沿著浮筒停泊，航行燈在海面上閃爍著。

周圍有些傍晚出來覓食的人漫步在鵝卵石路上，準備前往餐廳和酒吧。四個年輕人經過我們的車，邊笑邊推擠對方。他們停下來拍一張自拍照，四人把頭湊在一起，其中一人伸長手臂舉起手機，男孩們咧嘴笑，女孩噘嘴。女孩在拍完後查看照片，覺得不滿意還想再拍一次，不過男孩們已經往前走了。

「你沒告訴過我額頭有疤的那個男人。」莎夏說話時頭髮掉到臉的一側，遮住了眼睛。

「妳看過他。」我說。

她點點頭，我努力抑制想追問的衝動，因為我知道她不喜歡別人探詢她的過去。

我剛開始尋找莎夏時，追蹤到她父母在北倫敦的地址。起初他們不願意和我交談，指控我在騷擾莎夏，逼得她必須逃離。後來他們勉為其難地同意配合我，告訴我莎夏以前不斷被跟蹤，記者、真實犯罪事件狂熱者，和那些在網路上搜尋天使臉女孩訊息的網路酸民。

就是因為這樣她才逃離倫敦，拋下她的警察夢，我以為這可能是創傷後壓力症候群，我治療過很多警察都在目睹可怕的事件後罹患情緒障礙。通常一件無足輕重的小事就能成為導火線，例如受害者的年齡、受害者遇害時穿的衣物，或一段回想起來的對話。

「妳找到艾薇之後發生了什麼事？」我問。

「我告訴過你了。」

「不是全部。」

她抬起雙腳，雙手抱膝，眼睛望向擋風玻璃外，目光無神。

「當時我有一段期間變得很有名。」她小聲說。「很多記者想採訪我，我也接到電視脫口秀的邀約，有位經紀人主動來找我，說要寫一本關於艾薇的書，他還談到電影版權的事。這件事在警局造成不小的風波，有人在背後說我的閒話，指控我嘩眾取寵，更何況我還讓他們難堪。」

「怎麼說？」

「大家開始問，為什麼是一個特別警察找到天使臉女孩。我無意中就讓整個偵查小組的人顯得無能。」

她深呼吸，停頓了一會兒、憋住氣息。我給她時間思考要怎麼說下去。

「當天使臉女孩，也就是艾薇離開醫院時，她被帶到一間安全避難屋，就在倫敦市外的某處。我離開她，可是那麼做無法阻止人們的來電和造訪，一整天都有人來敲我爸媽的家門，有時是記者，但並非全都是。那些人佔據了我們的電話線路，打個不停。等我爸媽接起電話時，他們卻又時常掛斷電話。如果是我接，對方會繼續在聽筒那頭大聲呼吸，或從十開始倒數，說：『滴答，滴答。』我變更我們的電話號碼，關閉我的臉書帳號，後來甚至開始從後院的籬笆溜出去，以免那人跟蹤我。」

「額頭上有疤的男人？」

「我媽稱他是藍眼珠。他很像《權力遊戲》裡的異鬼，金髮、膚色蒼白、藍眼珠。」

「妳有和他交談過嗎？」

「有一天我在回家路上去了超市一趟，遇到他後我大聲尖叫要他離我遠一點。一位警衛來了，我說我被跟蹤，於是他叫藍眼珠離開。他走開時還回頭對我笑，說：『滴答，滴答。』」

「妳有告訴警方。」

「當然有。我記下車牌號碼，在牌照局裡搜查，結果都是一些企業租用或是租車公司的車，除了某個在曼島有郵政信箱的空殼公司以外，根本追查不到任何姓名或地址。」

「可是有警方的資源，一定……」

「巡佐說我只是在疑神疑鬼而已，我的同事則認為這都是我想『引人注意』的手段。」她說那段話時用手指比出引號的樣子。「所以我才逃走，我以為如果我失蹤幾個星期，等這個事件退燒，他們也許就會還我清靜，可是非但沒有，情況還變得更糟。我爸的車被蓄意破壞，有人闖進我們家，偷走我爸媽的電腦和電話。他們的信件被打開，而且還被跟蹤。」

她再度陷入沉默，咬著下嘴唇。「我會害怕是有道理的，不是嗎？」

「沒錯。」

「她是誰？我是說艾薇。為什麼那些人那麼想找到她？」

「我不知道。」

擋風玻璃漸漸起霧，把海水和遊艇變得模糊。

「你要去找他妹妹，對吧？」她問。

「對。」

「明天是星期天，而你只有辦公室的地址。」

「我會星期一再去找她。妳可以跟我一起來。」我滿懷希望地說。「或者我明天可以載妳回康瓦爾。」

莎夏似乎在衡量這句話。「那今晚呢？」

「我們可以找個地方下榻。」

「我付不起飯店的錢。」

「我來付。」我說完又笨拙地補充：「當然是分開的房間。」這句話讓事情聽起來更糟了，好像我一直在想著要和她共享一張床一樣。

莎夏在憋笑，我覺得自己更蠢了。

前往伊普斯威奇的路上，我們開車經過一間廉價旅館，他們有一晚二十五鎊的房間。我說要去找更舒適的地方，但莎夏堅持這裡就很好了。「我哪裡都睡得著，我好累。」

我們的房間就在隔壁，我站在走廊上，不確定一般程序是怎樣，不知我們是否有熟到要擁抱、親臉頰、握手或揮手道晚安。最後我們只是簡單說了聲「晚安」道別。

一進房，我就把外套扔到床上，這才發現我沒帶到牙刷和盥洗用品，因為原本沒想到要外宿。於是我又出門，詢問飯店接待人員超市或藥房的位置。走了兩個街區後，我來到特易購超市亮晃晃的走道，買些日用品。入口處附近有個公用電話，我打給蘭妮，她接起電話時把電視轉成靜音。

「賽勒斯，你最近在忙什麼？」她問道，聲音聽起來是猜疑，而非好奇。

「有需要我的地方嗎？」

「我接到一通局長的電話，告訴我一件機密。」

「關於？」

「有人用你的登入密碼進入警方刑事情報系統，搜尋關於泰瑞．波蘭德未偵破案件的相關訊息。」

「那有問題嗎？」

「除非那人是想找天使臉女孩，那個在泰瑞死時藏匿在房子裡的女孩。法庭裁定要保護她的身分。」

「我知道那件事。」我說。

隨後有一會兒我們停止交談。我可以想像蘭妮把眼鏡推上鼻樑的樣子，每次她在思考時都會這麼做。

「賽勒斯，你在追什麼？」

「我在找泰瑞．波蘭德和尤金．葛林之間的連結。」

「因為哈密許．惠特莫的關係？」

「對。」

「答應我你不是在找天使臉女孩。」

「我不是，我保證。」

# 第二十章

## 艾薇

星期一早晨，我的社工亞當・格斯里想見我。我在他的辦公室外面等他做完一場輔導諮詢。我很無聊，翻閱他那些過期雜誌，用原子筆在照片上胡亂塗鴉，這裡畫一根陰莖，那裡加一道八字鬍。

格斯里是個有雙下巴和酒渣鼻的胖子，他最近和太太剛分開，他太太和頂頭上司在萊斯銀行的電話客服中心發生性關係。格斯里把這件事怪罪於我，因為他寧可怪罪帶來壞消息的傳信者，也不願面對問題。

我是怎麼得知他太太外遇的？我是猜的。我在他的腦中種下種子，讓他困惑。格斯里的太太是烏克蘭人，看起來像模特兒或A片演員。她有大學雙學位，會說四種語言，所以不管怎樣她遲早會打包行李走人，或者在格斯里的粥裡下毒。

輪到我了，我被帶進他的辦公室，他要我坐下來。他把燈芯絨長褲提起來，這件褲子看起來很大件，因為他沒有屁股可以撐起褲子。他倚著桌子的邊緣。

「所以，艾薇，一週兩次警察偵訊，一定破紀錄了。」

「我在街上被攻擊。」

「我聽說是妳引起的。」

「男生原本就不該打女生。」

格斯里疲倦地嘆了一口氣。「這可能是最後一根稻草。」

最後一根稻草是什麼意思，是指你想逮住這個機會？還是這稻草根本是你畫的？還是這是把駱駝壓倒的稻草？短稻草還是長稻草？

格斯里繼續說下去。

「管理階層召開了審核專案小組，他們會決定妳是否該被移送到少年犯管教所。」他的意思是監獄。

「我沒做錯事。」

「妳失控了。」

「我被人揍了。」

「妳說他是同性戀。」

「那不是侮辱。」

格斯里停下來，不願和我爭執。他不喜歡我，因為他知道我可以揭穿他的謊言。這是我的特殊能力，也是我的詛咒。我不記得第一次發生的情形——我發現的第一個謊言，原罪，可是這就是為什麼那麼多寄宿家庭會把我送回來，也是除了露比之外沒人想跟我當朋友的原因。讓人一眼看穿的露比，小蠢蛋露比，她就像池塘裡一隻受傷的鴨子，而池子裡充斥著獵鴨的人。

格斯里看著他的手錶。「我們走吧。」

「去哪裡？」

「去決定妳的命運。」

他們在麥卡錫女士的辦公室開會。她是核心管理者，或稱女校長或指揮官，是那種會過分熱情地衝著人笑，而且說話時像把每個人都當成幼兒園孩童一樣看待的人。大家都叫她瑪奇，不過只在她背後這麼稱呼。

格斯里陪我穿越一條條走廊，然後他指向瑪奇辦公室外頭的長椅，我得等著。同時，他進入漆成綠色的門，門沒有完全關緊。我聽見有人說：「我們不該把她送走，她需要我們的幫助。」

我挪到長椅的一端，好讓自己能聽得更清楚。

「我們必須顧及其他孩子們的權益。」格斯里說。「她會引起混亂、危險和挾怨報復。」

「那不是艾薇的錯。」達薇娜爭論道。

「妳說她去激怒那兩個男生。」格斯里說。

「他們蓄意破壞我們的房舍。」

「是涉嫌這麼做。」

達薇娜不放棄。「如果我們現在拋下艾薇，如果我們和她切斷關係，那麼她會向下沉淪。那女孩很特別。」

「她是反社會者。」格斯里說。

「她不一樣。」

麥卡錫女士要他們都先安靜，她講話很小聲，我很難聽見她在說什麼。我想再靠近門一點，可是櫃檯接待員潔若汀在監視我，還清了清喉嚨。

「妳在偷聽嗎？」她問。

我搖搖頭。她指向離門最遠的椅子，我對她做了個鬼臉，她對我吐舌頭，我們都笑了。

泰瑞以前會這樣，我們開車到目的地的路上，他會從後照鏡對我做鬼臉。我記得這類的小事，好的回憶。他的下嘴唇有雀斑，看起來就像巧克力抹到嘴巴上了，雖然那只是雀斑，但我每次都想幫他擦嘴巴。他說話有點咬字不清，因為他有一次騎摩托車出了意外，撞斷門牙，於是得裝假牙。到了晚上他會把假牙拿出來，泡在床邊的一杯水裡，口渴時會把那杯水喝掉，我覺得這樣很噁心，不過我也不知道為什麼。

我住大房子的時候不能去花園，除非有人陪同。我猜想他們可能怕我會試圖逃跑，可是圍牆有八呎高，更何況我還能去哪裡？

泰瑞有時在洗車或修理摩托車時會讓我去車庫，可是我只能穿舊衣服去，或者他會在椅子上放一塊布，確保我沒弄髒洋裝。

「昆恩太太知道妳在這裡嗎？」

「知道。」我會說謊。

泰瑞一邊焊補車子時會一邊說話，解釋引擎是怎麼運作的。我喜歡他的聲音。

「你哪天會帶我去兜風嗎？」有一次我這麼問。

「我不認為這是好主意。」

「為什麼？」

「讓妳受傷我可承受不起。」

我聽見昆恩太太在叫我，等泰瑞聽見已經來不及了，門把在轉動。我趕緊躲到工作凳下方，就在泰瑞的兩腿膝蓋中間。

門打開了，可是不是昆恩太太。

「你有看到我姪女嗎？」叔叔說。「她又在躲我了，有時我真的覺得她是不是喜歡被懲罰。」

「你不必懲罰她。」

「你說什麼？」

「沒有。」泰瑞喃喃地說。

「什麼？」

「沒有，先生。」

泰瑞背倚著工作凳，讓我躲好，拿一條抹布擦拭雙手。我可以聽出叔叔聲音裡的憤怒。

「泰瑞，我僱用你的時候，當我把你從廢物堆裡救出來、讓你免於牢獄之災的時候，我就告訴過你非常嚴格的規定。」

「是的，先生。」

「你什麼也沒看到、沒聽到，而且誰也不說。」

「是的，先生。」

「不能用手機，也不能有手寫的資訊，你得記住所有事情。」

「對。」

「昆恩太太一直在注意你，她說你比預期還晚到家。她知道開車到我姪女的每個會面地點要花多少時間，她知道他們幾點結束。我的小女孩，她是很珍貴的，我希望你沒有帶她做出踰矩的事。」

我不知道什麼是「踰矩」，可是這個詞似乎點燃了泰瑞心中的怒火，因為他挺直身子、轉頭面向叔叔，雙腳張開站穩做好準備。

「我們去公園。」他說。

「什麼？」

「我帶她去公園，玩盪鞦韆。」

「你為什麼要這樣？」

「她還是個小女孩。」

叔叔笑了。「要玩盪鞦韆，她的年紀太大了，你這個白癡。」

泰瑞往前站一步，我以為他可能要打叔叔，所以我碰了碰他的後腿，就在他的牛仔褲布滿油汙的膝蓋下方。我想讓他知道沒關係，他不必為了我受傷。

叔叔用食指戳泰瑞的胸膛，說：「你不能和她說話，你不准看他。你接她回來，載她過去，帶她回家。懂不懂？」

「是的，先生。」

「現在幫我找那個不知感激的小賤貨，她一定躲在這間房子某處。」

# 第二十一章

## 艾薇

「艾薇，請進。」麥卡錫女士撐著門說，她想在我經過時碰觸我的肩膀，可是我躲開了，避免肢體接觸。

辦公室裡除了格斯里和達薇娜之外還有一個人，是我之前見過的事務律師。他是市議會代表，模樣像隻貓頭鷹，有濃密的黑眉，戴著一副厚眼鏡。

我坐下來，筆挺地坐著，雙膝併攏。

麥卡錫女士問我好不好，她總是給我溫文儒雅的印象，由有教養的父母教會她禮節。關於她的一切都很優雅，從酒紅色鮑伯頭、整齊的裙子和相襯的外套就看得出來。她也許養育著優秀的孩子，有個好老公和一棟賞心悅目的房子。

「我很好，謝謝妳。」我回道，努力表現得彬彬有禮。

「艾薇，妳知道妳為什麼在這裡嗎？」

「不知道。」我瞥了一眼格斯里。

「我們發現妳現在過得不太好，這說法正確嗎？」

「不是這樣。」

格斯里嘟噥著說：「妳連說天空是藍色的，她都可以反駁。」

「亞當，讓我來。」麥卡錫女士說。

她再度開口，和我說話的模樣彷彿我是隻小狗，剛在她的地毯上大便了，所以得被教訓一番。

「艾薇，自從妳來朗弗德感化院，我們就竭盡所能地幫妳準備好應付外面的世界，可是我們現在感覺到，妳也許更適合另一個環境，一個嶄新的地方。」

「妳不能把我送去坐牢，我還沒滿十八歲。」

格斯里聽了覺得好笑。「妳過去這一年都處心積慮想離開這裡。」

「不是這樣。」

「艾薇，妳不適合這裡，妳在這裡幾乎沒有朋友。」麥卡錫女士說。

「我有露比。」

「而妳並非她的最佳榜樣，她還有機會讓生活步入正軌。」

「而我的未來大概沒指望了。」

「沒有人這樣想。」

「我要和賽勒斯談。」

「海文醫師對這件事沒有決定權。」

「那我要找律師。」

「我就是妳的律師。」那名像貓頭鷹的男子現在才開口說話。

「我要找卡洛琳．費爾菲斯。她是我的律師。」

他們面面相覷。

「妳不能逼我們留著妳。」格斯里說。

「如果你們想送我走，我會積極反抗。我會搬出禁令，聯絡兒童監察使。我有權利，妳知道的。」

麥卡錫女士想掌控住局面。「艾薇，事情還沒定案，也許如果妳對於我們的顧慮表現得更配合……」

你們的顧慮！那我的顧慮呢？我想尖叫，可是這些話只停留在我的腦海。我在這裡的時間比任何一位工作人員還久，也包括瑪奇。我不需要被移送到哪裡去，我也不需要特殊照護或額外輔導。

不過這些話我一個字也沒說，我就只是僵硬地坐在那裡，雙手緊握在大腿之間。

麥卡錫女士再度開口。

「我已經提出要求，將妳轉送到另一個高機密機構，也許是紐卡索的艾林伍德。」

「那是間瘋人院。」

「那是特殊心理照護中心。」

「對，瘋人院。」

她不理會我的反應。「艾薇，我想再給妳一次機會，可是我會需要妳向我保證一些事情。我希望別再有暴力、辱罵、說髒話或不服從行為，還有不能再說謊。」

「妳犯了一個錯。」格斯里說。

「他媽的滾。」我咕噥說。

「妳聽見了嗎？」格斯里說。「這就是她的真面目。」

「艾薇，到外頭等。」麥卡錫女士說。

「我們應該立刻把她送走。」格斯里說。

「決定權不在你。」

「我是她的專任社工。」

「你是混蛋。」我喃喃說。

大家開始互相大聲咆哮，逼得麥卡錫女士得用力拍桌，連她自己也被拍桌的聲音嚇到。大家恢復秩序後，她指向門，於是我又回到走廊上那個熟悉的位置。

我這輩子的大多數時間似乎都在等著別人幫我做決定：心理醫生、幫倒忙的人，和那些戴著假髮、給我新名字，又逼我「受法庭監護」的人。現在他們又在故技重施了，以投票表決來決定我的命運，就像無知的聯合國一樣。

我無精打采地坐著，擠著鼻子上的黑頭粉刺、搖晃雙腳，手向著光高舉，觀察手指之間的粉紅色皮膚。

在一段寧靜時光後，電鈴響起，一位訪客按下對講機，潔若汀回應後讓他進來。我和潔若汀以一片上半部是玻璃的隔板相隔，我可以看到潔若汀的臉，不過只能看到訪客的後背。

「妳好。」一名男子說。「妳今天過得好嗎？」

這個問題出奇不意，讓潔若汀有點措手不及。

「還好。」她回道。「請問有什麼要幫忙的嗎？」

「可以先從一個笑容開始。」

我看到潔若汀不自然地張嘴笑，露出牙齒。

「真好看。」他回道。「我在找一個人，一個快二十歲的女孩。她認識我的一個朋友，一位叫賽勒斯・海文的心理醫師。」

那男子的聲音讓我背脊發涼，像是一顆冰塊磨擦我的每一節脊椎，令我起雞皮疙瘩。我以前聽過他的聲音，那聲音在我的夢裡揮之不去，曾尋找我藏匿的蹤跡。

「妳是說艾薇嗎？」潔若汀說。

「對，就是她。」男子打著響指說，彷彿他忘了我姓什麼的樣子。

「寇梅克。」潔若汀回道，想幫忙他。

「對，艾薇・寇梅克。她在這裡嗎？」

「你是家屬嗎？」

「不是。」

「訪客必須事先安排來訪，除非你是她的家人或醫療專業人士。」

我往旁邊挪動身體，試圖看到他的長相。從背後看來，他個子高挑，穿著合身的西裝，在西裝外套底下可以看到他褲子的後口袋有個突起的皮夾，或者也許那不是皮夾。

「這裡是什麼地方？」他問。

「朗弗德感化院是一間兒童照護之家。」

他伸手從櫃檯的碗裡拿一顆薄荷糖，拉緊兩端來打開包裝紙。

「這些是要捐錢才能拿的。」潔若汀說。

他把那顆糖丟進嘴裡，手伸向錢包，拿出一張十英鎊鈔票。

「硬幣就夠了。」

「我是慷慨的人。」他回道。「現在，回到艾薇．寇梅克的事情，她在這裡待多久了？」

「你為什麼要知道？」

「確保我找對人了。」他說話的樣子好像這是完全正常的問題。

「我不能談論這裡的住客。」她說完朝走廊瞥了一眼，我們視線交錯，她看出我的恐懼。我搖搖頭。

「請問你來這裡做什麼？」她問。

他不理會這個問題。「艾薇有專門負責的社工嗎？」

「亞當．格斯里。」

「我要上哪兒聯繫他？」

「他目前有事在忙，你可以留言給他。」她把一本便條簿和一支筆滑到櫃檯的另一端給他。

他拿起筆，仔細端詳後在手指的指節上轉筆，似乎在思索要寫些什麼。潔若汀又瞥了我一眼，他循著目光看過來。我趕緊彎下身子，躲到隔板下方，驚慌到停止呼吸。

他按了一下筆，把筆關起來。

「我想了一下，還是晚一點再和亞當聯繫好了。」

「我要告訴他你來過嗎？」

「不用麻煩了。」

「我可以拿回我的筆嗎？」她問。

男子看著那支筆。「妳是說這支嗎？」

她遲疑地點點頭。

「妳確定這是妳的筆嗎？」

「我剛把它拿給你。」

「可是我走進來的時候就帶著這支筆。」

「不是這樣。」

「妳是說我是騙子囉？」

「不是，我……我不想……我只是……」

「妳是想把這支筆從我身上拿走？」

「不是。」

他的聲音變溫和、身子倚向潔若汀，雙手把那支筆捧在掌心，彷彿在拿供品一樣。

「如果這對妳來說這麼重要，請拿去吧。」他說。

潔若汀伸手要拿那支筆，她的手在顫抖，用大拇指和食指捏住那支筆，緩緩拿起後放進一個色彩繽紛的陶瓷馬克杯裡，和其他的筆擺在一起。

「嘿，那是我給妳的禮物，我的特別原子筆，而妳把它扔到一邊了。」

潔若汀說不出話來。

「把那支筆拿起來。」他下令。

「什麼？」

「拿起來。」

潔若汀照做。

「從現在開始，我要妳把那支筆放在身上。」他說。「我認為妳應該把它放在那裡，妳胸前的口袋裡，就在妳的心上。」他從她手中接過那支筆，放進她胸前的口袋，手指輕輕拂過衣料。

「這樣好多了。」他說。「祝妳有美好的一天。」

自動門打開又關上，潔若汀一動也不動，目光茫然地呆望著遠方。

我已經掉頭往走廊的反方向走，她叫我回來，可是我已經在前往房間的路上，然後我會直奔上床、用枕頭壓著臉，朝著柔軟的枕心尖叫。

我被找到了。我不知所措。

笨蛋，蠢蛋，白癡，醜八怪。

# 第二十二章

## 賽勒斯

這間法律事務所的磚牆上嵌著一塊黃銅牌匾，上方和下方也各有類似的牌匾。建築的正面是維多利亞時代晚期的風格，但內裝已打掉重建，有著以玻璃、鋁合金及鋼材打造的天窗，放著室內植物和「工作艙」。

接待員仔細端詳我的名片，彷彿它是用盲人點字法印刷而成。「你是司法心理學家？」

「對。」

「專家證人？」

「諸如此類的。」

「你有預約嗎？」

「沒有。」

她打了幾通電話，又問了更多問題，像是我們來訪的用意為何？此事與法律相關嗎？和警方是否有關連？

「我們看起來不是很專業。」莎夏小聲說，她發現自己穿著牛仔褲和毛衣。

最後我們能到樓上，原姓波蘭德的露易絲．黑沃德在電梯門口和我們會面，手指向旁邊的沙發示意我們落坐。

「如果你們是要問泰瑞的事，我之前就說過了，我和我哥哥很陌生，我們從小就分開了，二十年來見面的次數不到六次。」

這句話說得斬釘截鐵，像是結語，我以為她會起身走人，可是她沒有，她在等著，目光注視著一直靜靜聆聽的莎夏。

「妳是找到她，那個小女孩的人。」

「對。」

露易絲的眼裡燃起一絲興趣。「他們有發現她的身分了嗎？」

「沒有。」

「可是她的家人一定……」她悲傷地皺著眉頭，不過後來似乎放寬心、投注更多注意力在莎夏而非我身上。「我哥哥被折磨至死也沒人在乎，警察不在乎，通俗小報不在乎，社會大眾也不在意。對他們而言，他是個卑鄙小人，死是他罪有應得。一個戀童癖和猥褻兒童的罪犯。」

「他不是戀童癖。」我說。

我的肯定語氣令她訝異，她不再反駁。

「我和天使臉女孩談過，她告訴我泰瑞救了她的命，他保護了她。」

「誰要傷害她？」

「這正是我們想查出來的。」

露易絲似乎在猶豫是否該信任我們，或者她要冒著讓自己失望的風險繼續談話。

「上一個人也是這麼說。」

「誰？」

「惠特莫警官。」

「妳什麼時候和惠特莫警官談過話？」

「幾星期前，他說他有關於泰瑞的新消息，而且開始問我關於尤金．葛林的事情，那個殺害很多小孩的變態。他說泰瑞和葛林彼此認識，我請他出去。」

「惠特莫警官過世了。」我說。

「我看到新聞了。」她回道，聲音裡聽不出一絲難過。

莎夏改變話題。「泰瑞是怎樣的一個人？」

露易絲猶豫了一陣，彷彿在尋找答案。

「他心腸好，但很笨。」她說。「小時候他的塊頭一向比同齡的人高大，身材魁梧，你知道，肩膀很寬，手很大。有時這會讓他避掉一些麻煩，不過有時也會有人想挑戰他，因為他是遊樂場裡個頭最高大的小孩。」

「他是容易受影響的人嗎？」

「也許是吧。」

「你們小時候為什麼會分開？」莎夏問。

「我們的父母在我四歲、泰瑞八歲的時候過世了。酒駕肇禍，在某個下雨的晚上，就是常會聽到的那種情況。我們被人領養，可是很遺憾，那一家人只想要一個小孩，一個女孩，不過郡政府堅持要他們也收養泰瑞。我的新爸媽是好人，他們很愛我，可是從各種小事可以看出，他們並不想收養泰瑞。」

她停頓半晌，嘆了一口氣之後繼續說下去。

「有段時間情況還可以，可是到後來泰瑞開始搗蛋。他打架、翹課，到處惹麻煩。我爸媽說他不受控，要領養機構把他送回去。在那之後泰瑞就受困其中，他年紀太大而無法被人領養，但要離開機構獨立生活卻還太年輕。他們把他送去威爾斯的兒童之家。」

「希爾斯達爾照護之家。」

「你怎麼知道？」

「哈密許·惠特莫也把尤金·葛林連結到相同的地方。」

「我不管別人怎麼說，但泰瑞和那個禽獸不同。」

「我相信妳。」

「妳和哥哥有保持聯絡嗎？」莎夏問。

「我們有一段時間會寫信和寄電子郵件，可是隨著時間過去，我們漸行漸遠了。」她的聲音裡透著懊悔。「我去參加泰瑞的婚禮，但他卻沒來我的。上一次我們見面時，還吵了一架。」她更正說法。「不是上一次，應該是上上一次。」

「發生什麼事？」我問。

「有一天晚上，我忽然接到他打的一通電話，他當時在曼徹斯特的警局裡。他被逮捕，被指控持械搶劫。一幫搶匪搶劫斯托克波克的銀行，泰瑞被指控擔任贓車司機。『我這次真的完了。』他當時這麼說，求我去保他出來。那天是他大兒子的生日，他保證會去慶生。」

「妳保他出來了？」

「我不必這麼做，指控就撤銷了。」

「可是妳說……」

「我知道，我也看過證據摘要，他們有拍到泰瑞開貨車的攝錄影像，還在其中一張竊取的紙鈔上找到他的指紋。其他兩名嫌犯被判服刑八年，但泰瑞逃過一劫。」

「怎麼會？」

她吐了一口氣，聳聳肩。「我大老遠從曼徹斯特開車過去，準備要保他出來，可是已經有人協商要放了他，一位頂尖的皇家律師。泰瑞不可能請得起大律師。」

「那他是怎麼辦到的？」

「我還是不知道。我到警局時，泰瑞正好要離開。他直接從我身邊經過，好像我是一塊玻璃一樣。我本來期望會有一個擁抱或說聲謝謝，但他就只是對我視而不見。當時有兩個男生坐在黑色的荒原路華等他，泰瑞坐進後座後，他們就把車開走了。」

「所以你們吵架了。」莎夏說。

露易絲點點頭。「泰瑞過幾天打電話給我，但我掛他電話。他繼續打個不停，我要他滾開別煩我。」

「妳還記得那是哪一年哪個月份嗎？」

「我清楚記得時間，那是八年前的十月。泰瑞的大兒子喬諾剛滿九歲的時候。」

「妳有再和泰瑞見過面嗎？」

「大約四個月過後，他有一天出現在我家，聽起來走投無路、向我借錢。我告訴他我再也不想見到他，然後當著他的面把門甩上。」她說話的樣子變得不太確定。「他當時必定是在躲那些人，殺了他的人。」她有些哽咽。「過了幾天，有兩個男人來找我，我當時正要帶孩子們上學，他們突然就不知道從哪裡蹦出來，站在我家的車道上。我那時要倒車，但他們不願意站到一旁。他們看起來像討債的，或遞送傳票的司法人員。我當時猜想泰瑞一定是欠人家錢。」

「妳跟他們說了什麼？」

「就和我告訴你們的一樣，我不想和我哥哥有瓜葛。其中一人想恐嚇我，說如果我說謊，他會再來。我威脅要報警，他卻笑了。」

「結果妳有報警嗎？」我問。

「沒有。」

我瞥了莎夏一眼，看見她的眼裡閃過一層陰霾。

「他們之中有沒有一個是額頭上有疤的？」她問。

「有，就在他的右眼上方。」露易絲回想著說。「我從來沒告訴過別人這件事，我也不知道，也許是因為……」

「妳害怕。」莎夏說。

露易絲點點頭。

我掛在皮帶上的呼叫器響起，是朗弗德感化院傳來的訊息。

艾薇・寇梅克把自己關在儲藏室裡。她要求要見你。

# 第二十三章

## 艾薇

我很習慣狹窄的地方，在床下、牆壁後方、樓梯底下。我就像章魚一樣可以擠進任何罐子裡，把身體扭曲成奇怪的形狀，像水一樣填滿空間。朗弗德感化院把儲藏室用來放掃帚、清潔用品和大台的地板打蠟機。這裡沒有防止上鎖的門，因為誰也想不到會有人把放掃帚的櫥櫃當成堡壘。

我已經把一條布撕成條狀，編在一起形成一條繩子，繞住門把並綁在兩支掃帚上，我把那兩支掃帚橫向固定在門上，把門關得緊緊的。

瑪奇在門的另一頭，要我出去。

「艾薇，妳答應我不會再犯的。」

「我想和賽勒斯說話。」

「海文醫生不是妳的社工，他幫不了妳。」

「妳不懂，他們找到我了。」

「誰找到妳了？」

我不能告訴她，我誰都不能說。我的雙手在顫抖，我把雙手夾在大腿間緊緊捏著，阻止它們發抖。

我聽見格斯里的聲音。「這就是我說的，她得要強制入院，找醫生來。」

「請安靜。」瑪奇厲聲說，然後朝向我說話：「艾薇，我感覺得到妳很難過，可以告訴我原因嗎？」

「叫賽勒斯來。」我回道。

達薇娜也嘗試哄我，她們兩人用盡方法，不管是賄賂、討好或要脅都無濟於事，我不會出去的。以前在大房子裡也有像這樣的掃帚櫥櫃，我以前稱它是「臭櫥子」，因為裡面放了松節油、漂白水和地板清潔劑。後來每當我知道叔叔要來住，我都會躲在臭櫥子裡，我會擠到金屬架後方，蹲下來坐在腳跟上，把自己縮小。

最後他們會找到我，總是如此，然後昆恩太太會懲罰我，拿走我的毛毯，罰我不能吃晚餐就睡覺。

「妳不知道妳有多幸運。」她說。「妳有很舒適的房間、漂亮的衣服，還有個愛妳的叔叔。」

「他不是我的叔叔。」

「噓！妳會傷了他的心。」

她不懂，也不想看清事實。

泰瑞也是如此，不壞心也不殘忍，但很盲目。他開車送我到不同的屋子時不會問我發生了什麼事，在那之後也不會問：「妳過得開心嗎？」或是「妳今天做了什麼？」

他就只是盡量做些對我好的事，帶我去騎腳踏車、看電影，有一次還帶我去農場，因為他說我得知道牛奶是怎麼來的。

「我知道牛奶是從哪裡來的。」我說。「超市。」

他花了好一陣子才知道我是開玩笑的。

「那是妳對我說的第一個笑話。」他說，好像我通過了某種測試一樣。

我開始坐在前座，這樣比較方便講話，可是我們得注意相處的時間，因為昆恩太太就像個「時間掌門人」，她會監督我們到家的時間。

泰瑞以前會把交通狀況當成藉口，有一次他謊稱我們爆胎了，得換輪胎，可是他不是很有說服力，對我而言不是。

有一天我坐前座時打開前座置物櫃，發現一把槍。

泰瑞見狀匆匆把置物櫃用力關上。

「為什麼你需要槍？」我問。

「用來保護。」

「保護誰？」

「不要問東問西。」

我記得那天泰瑞帶我去肯德基，我吃了一個雞肉漢堡和巧克力脆片冰淇淋，美味到讓我以為自己死了，來到了天堂。我們坐在塑膠桌椅，泰瑞跟我說他兩個兒子的事情。他告訴我他們的名字，可是我不記得了。他說他不是很常和兒子見面，不過他們很常通電話，他也會在他們生日時寄卡片和禮物給他們。他給我看手機裡的照片，他的兩個兒子坐在一個女人的左右兩邊，她雙手環抱著他們。

「那是你的太太嗎？」

「前妻。」

「她死了嗎？」

「妳怎麼會這麼想？」

「我以為『前』就表示永遠不在了。」

「我們離婚了。」

我不再問問題，因為那會讓他難過。

有一天下午，泰瑞來大房子接我，帶我開了好長一段路到我沒去過的城市，我們上了高速公路，經過一座大機場時，我看見飛機一架接著一架起落。我可以從遠方看到他們慢慢接近，飛得愈來愈低，變得愈來愈大。

我們來到一間被高聳的樹木圍繞的大房子，穿過柵門時天色已晚。有些樹葉落到地面，一位拿著吹掃器的男子把樹葉吹成一堆。

泰瑞陪我走到大門前，按下門鈴。一個灰色的男人來應門，灰色頭髮、灰色的臉，灰色的笑容。

「我親愛的，歡迎。」他彎腰說。「我一直在等著妳。」

他用一隻手指放到我的下巴，把我的臉抬起來。他的氣息聞起來好酸。「這件洋裝真美。黃色是妳最愛的顏色嗎？」

我搖搖頭。

他用不同的語氣跟泰瑞說話。「你遲到了。」

「車多。」

「不可以再發生這種事。」

灰色的男子拿了我的包包。泰瑞輕觸我的手臂，說：「我明天會回來。」門關上了。

「妳的話不多。」灰色男子說，他帶我上樓到一間房間裡。他很急著要開始，解開皮帶，褲子滑到地板上。他要我穿著洋裝，然後把我抱起來放到床上。我感覺到他在我大腿之間的重量。

「說點什麼。」他呻吟著說。「看著我。」

我沉默不語。

「看著我。」

我眼睛緊閉。

「這不是很棒嗎？」

他打我巴掌，手指伸進我的私處。

我知道他會打我，我從他的眼裡看得出來，閃爍的眼神、行為的改變、光影與陰暗，還有嚐在我嘴裡的味道。

「這都是妳的錯。」他說。「是妳咎由自取。」

我聽見東西急速移動的聲音——水、風和吹積的雪，黑暗吞噬了地板，延伸到我的腳踝、膝蓋、大腿、胸腔，再蓋住了我的嘴，令我窒息。我那時已不在這裡，我已飛回到過去，消失在童年的迷霧裡，當時的我坐在旋轉木馬上，握著爸爸的手。

***

隔天早晨當我醒來時，發現自己身體蜷成球狀，雙手夾在腋下下方，全身劇痛。一道光在窗簾邊緣閃耀著。

我聽見樓下有聲音。

「她可以再待一天。」灰色男子說。

「講好不是這樣。」泰瑞回答。

「我會打電話，徵求同意。」

「讓我見她。」

「你不能進來。」

我聽見泰瑞喊著我的名字，他的靴子踏在階梯上的聲音。

「你擅闖民宅！」灰色男子說。

泰瑞把好幾扇門用力甩開，不斷大喊我的名字。

「你知道我是誰嗎？」灰色男子喊道。「你會付出代價。」

門把在轉動。

「為什麼這扇門鎖著？」泰瑞問。

「滾出去！」

木頭裂成碎片，門朝內爆開，泰瑞高大的身影佔據了門緣。他在我身旁跪下來，碰一下我的手臂，我痛得哀嚎。

「怎麼了？」

他看到我的臉和手臂上的瘀青，用眼神請求我的准許要把我洋裝的釦子解開，我搖搖頭，但他還是這麼做，他看到我被菸灼傷的痕跡。

他脫下外套，用它包住我。「妳能走路嗎？」

我試圖站起來，但又踉蹌跌倒。他一把抱起我，把我抱下樓，我聞到他身上的氣味，汽油、汗水和肥皂。他打開車門，把我放到後座，把外套蓋在我身上。

我沒看到接下來發生什麼事，但我知道泰瑞又回到那間屋子裡，他回來時，手指的指節破皮流血了。我們靜靜地開走，直到來到一間加油站才停下來，他停在離加油汞很遠的地方，買了幾瓶水幫我清洗灼傷的傷口。

「我們得去看醫生，他們會有藥給妳擦，否則妳會留下疤痕。」他說。

泰瑞碰我的身體時覺得很不自在，就像他的手太大了，怕可能把我弄傷一樣。

「妳有做什麼惹他生氣的事嗎？」他問。

我一定做了什麼錯事，這一定是我的錯。

泰瑞看著我的臉，然後說：「不是！妳什麼也沒做錯。他是禽獸，他們全都是。」

我們開車離開，我躺在後座，看著對向來車的燈照在車頂，也映照在泰瑞的臉上。

「你有傷害那個男人嗎？」我問。

「他得到該有的對待。」

泰瑞帶我到他的住處，那裡有一張床、一台電視和一個小火爐。他家在二樓，他說他要抱我上樓，不過我說我可以自己走。

他幫我泡了一杯甜茶，在那之前他先嗅了嗅牛奶，因為他認為牛奶可能臭酸了。我坐在他的床邊，看著他打包衣服，把衣物塞進一個有細繩的帆布袋裡，然後他從衣架上拿了一件皮革厚外套，要我穿上，這件外套垂及我的膝蓋。

泰瑞把摩托車停在小套房的後巷，他幫我戴上安全帽，那頂安全帽重到我的脖子快撐不住。我摸找安全帽的釦子，泰瑞幫我扣好，動作很粗魯，讓我瑟縮。他見狀立刻縮回雙手，看著自己雙手的模樣好像他想把手指切掉。

他先坐上摩托車，穩住後把我抱到他的後面。這次他碰到我的時候，我沒有瑟縮。

「妳還好嗎？」

我點點頭。

他扭動手腕發動引擎。

「妳得要抱住我的腰。」

我沒有動。

他伸手到背後，拉著我的雙手環抱住他的腰，我的雙手手指在他的肚子上會合，臉倚著他的背，貼在黑色皮衣上讓人覺得冰冷。

「抱住我，絕對不要放手。」

# 第二十四章

## 賽勒斯

我輕敲儲藏室的門。

「艾薇？」

「你怎麼那麼久才來？」她回道，聽起來很生氣。

「妳要引起我的注意也不是這樣吧。」

她對我的話充耳不聞。

「他們找到我了。」她說話時在顫抖。

「誰？」

「你知道是誰。」

我停頓半晌，聽見她的呼吸聲。

「妳要不要出來談一下這件事？」

「不要。」

「妳不能永遠待在裡面。」

「你必須帶我離開這裡。」

「如果妳不出來，我就沒辦法辦到。」

「我很怕。」

「我知道。」

我坐到地上時膝蓋發出喀喀聲響，背倚著門席地而坐。

我想像艾薇也是如此，和我背靠背坐著，彼此的中間隔著一道門。

「妳想告訴我發生什麼事嗎？」

她向我敘述事情的經過，有些我已經知道了，因為我和麥卡錫女士談過。

「來櫃檯的那個男人，妳有看到他的臉嗎？」

「沒有。」

「那妳怎麼認出是他？」

「他的聲音。」

「妳在哪裡聽過他的聲音？」

「在那間房子，泰瑞死的那間房子。他和那群人是同夥的。」

我朝著木門說：「艾薇，那是很久以前的事了，而且妳當時年紀還很小。」

「不要把我當小孩子。」她氣呼呼地說。「他知道你的名字……還有關於我的事。」

「就算妳說對了，他在這裡動不了妳。」

「你沒仔細聽，他們知道我的新名字了。」

「這裡是高度警戒的兒童保護之家，這是妳能待的地方裡面最安全的了。艾薇，相信我。我不會讓任何人傷害妳。」

在走廊遠處，我看見管制小組一行三名男子等著要接手，他們手上拿著電動工具，準備把門鎖鑽掉，還有個破門錘用來破門而入。

「艾薇，妳的時間不多了，他們要進去帶妳出來，在那之後我就幫不了妳了。」

「叫他們等一下。」

我從地上起身，試圖拖延他們，請格斯里再給我一點時間，但是他認為我被艾薇耍了。

在我身後，我聽見艾薇在儲藏室裡移動的聲音，她在飆罵髒話。「妳還好嗎？」我問。

「我解不開繩結。等一下！快好了。」

我聽見金屬架被推到一旁，掃帚在地面發出吭啷聲響。門應聲打開了，艾薇從裡面走出來，不過她直接轉彎奔向走廊，彷彿正要越過一群排隊買票的人。

「妳要去哪裡？」我問。

「尿憋不住了。」她語氣輕快地說。「我差點要尿在水桶裡。」

其中一名管制小組的人從後面攫住她，把她騰空抬起來。她驚慌地大叫，奮力反抗。另一名男子抓住她的兩腿，他們的體型是她的兩倍。艾薇在咒罵、亂咬並伸手亂抓。我大喊要大家冷靜下來，可是第三名男子用身體擋住我的去路。

「給她鎮靜劑。」格斯里說。

「不要！」我喊道。「拜託。」

我看見針筒插進艾薇的手臂，大約十到十五秒之後藥效開始發作。在那之前她持續掙扎，然後說話逐漸變得含糊不清，彷彿母音被卡在喉嚨裡了一樣。最後她的身體變得癱軟無力，忽然年齡又變小，像個玩累了的孩子被抱上床。

「沒必要那樣。」我看著格斯里說，但他對我視而不見。

「她不歸你管，你根本不該出現在這裡。」

我向麥卡錫女士求救，希望找到和我站在同一陣線的人，可是她對現場的情況失去了控制權。當遇到不確定的情況，她會選擇支持自己的員工。艾薇被抬走時頭往後垂，靠向一手的前臂，眼睛仍睜著，彷彿正在無意識地指控我背叛她。

「有人來找她。」我說。「她很害怕。」

沒人回應。

「一定會有攝錄影像，和櫃檯人員談一下。」

「這不是警察辦案。」麥卡錫女士說。「你在這裡沒有司法權利。請你離開。」

# 第二十五章

## 艾薇

有些夜晚顯得更漫長、黑暗、寒冷。泰瑞騎了好幾個小時的摩托車，我像一隻在毛衣上的小貓緊抓住他，風透進我的衣服，讓我的手指和腳趾都凍僵了。有時他察覺到我快睡著了，會伸手往後捏一捏我的大腿，把我叫醒。

過了好幾個小時之後，我們在高速公路旁的汽車旅館停下來，那裡有著紅色的「尚有空房」告示牌。我一直緊抓著他的外套，他得撬起我的手指、讓我放開手後才能進去把旅館的夜班櫃檯人員叫醒。

我的牙齒不停地打顫，雙腳也沒知覺了。

「妳得暖暖身子。」泰瑞說完後打開沖澡的蓮蓬頭，用手指測試水溫。

我無法自己解開洋裝的釦子，於是泰瑞幫我，雖然動作笨拙，可是很有耐心。我脫下洋裝時，他轉過身去，讓我自己淋浴。等我在浴室洗完澡，他已經在其中一張床上睡著了。我睡另一張床，身體窩進被子底下，不斷往下鑽進又黑又冷之處，彷彿在挖掘能把自己藏起來的地方。

我早上醒來時泰瑞就不在了。我發現一張字條：去買東西，不要開門，也不要接電話。

我穿上同一件衣服，一邊等泰瑞一邊看電視。聽見門上鑰匙的聲音時，我趕緊躲在兩張床中間，直到泰瑞喊我的名字我才出來。他帶了食物，用紙袋包裹、滲著油漬的培根蛋捲。泰瑞吃了兩個，我的吃不完。

他在早上似乎變得不太一樣，彷彿對於逃跑的決定有些遲疑。我沒問他是否有計畫，我不在乎，因為這比起我原本待的地方好多了。

「我想幫妳剪頭髮。」他說。

「他們在找的會是小女孩，得讓妳看起來像小男孩才行。」

「為什麼？」

他從購物袋裡拿出一把剪刀，要我坐在浴室的椅子上。

他用手指幫我梳頭髮，先綁成一個馬尾後再把馬尾剪掉。

「妳覺得怎樣？」

「我看起來糟透了。」

「抱歉，絲考特。」

他再把我的頭髮剪得更短，拿出一瓶包裝上有個美麗女子的染髮劑。我頭倚向水槽，同時他把一團染髮劑抹在我的頭上，把染髮劑沖掉後，我很訝異自己看起來有多麼不一樣。

「從現在開始，如果有人問妳叫什麼名字，妳就說是大衛，而且妳是我的兒子。」

「我不喜歡大衛這個名字。」

「那妳喜歡什麼？」

「艾比恩。」

他皺了皺鼻子。

「這是我爸爸的名字。」

「好吧，我叫妳艾比。」

購物袋裡還有些衣物，一件牛仔褲，一件長袖運動衫和內衣。他也買了特殊的藥幫我擦在灼傷處，和一條牙刷和牙膏。

我把運動衣拉起來，彎下腰讓他幫我把藥塗在背上。他一直說話，想藉此掩蓋他的尷尬。

「我們不能去報警，如果我告訴他們我做了什麼事……我是怎麼開車載妳去那些地方，那他們會逮捕我。我會被判刑，會被責怪，他們會說這件事我也有份。他們對妳做的事，這是犯罪，我應該早點做些什麼的。」

「我會說是你救了我。」

「那樣不夠，我做過很多壞事，我會去坐牢，而且在牢裡不會安全。他們會找到我。我們誰都不能信任，警察和陌生人都是。」

「我們要怎麼辦？」

「我會帶妳去找妳家人。」

「我沒有家人。」

「一定有某個人吧。」

「沒有。」

泰瑞以為我在說謊，可是他是我唯一不曾欺騙過的對象。

等我的頭髮乾了，他把我們的衣物裝進摩托車上的皮革袋子裡，然後數了數皮夾裡的錢，說我們錢不夠。我們騎去一個「牆上有洞」的銀行，可是他把卡片插進機器裡時，卡片沒有退出來。泰瑞用力捶牆壁，吼著不好聽的話。

「怎麼了？」

「他們凍結我的帳戶了，我沒辦法領錢。」

他在小徑上來回踱步，用拳頭敲打自己的額頭，彷彿想把某個東西敲掉。接著他忽然把我抱上摩托車，要我坐好。

「我們要去哪裡？」

「去找我妹妹。」

「你沒告訴過我你有妹妹。」

「她不是很喜歡我。」

我們又騎了幾個小時，來到一座有很多古老建築、教堂和公園有圍牆的城鎮。泰瑞找到她妹妹的家，我們等了大概二十分鐘，在街道的另一頭觀察狀況，確認沒有人在等我們。

「妳得要待這裡。」他說。「我很快就好。」

我坐在摩托車上，身子往前傾，手握住龍頭，幾乎快趴在油箱上了。我假裝自己正騎在高速公路上，穿梭在車陣中。

馬路對面有個公園，有很多小孩在玩耍，還有在落葉中翻筋斗。我從欄杆後面看他們，發現他們的媽媽就在附近，一邊瞥向嬰兒車，一邊啜飲外帶的咖啡。

其中一個小女孩跑到欄杆前面，問我叫什麼名字。我得回想一下。

「艾比。」

「你是男生還是女生？」

我摸摸我的頭髮。「我是男生。」

「我是茉莉。」她指向身後。「她是我最好的朋友，貝拉。我們要去步行橋上玩拋樹枝。」

「那是什麼？」

茉莉笑了。「妳笨笨，那是一個遊戲。我得找根樹枝。」

她在樹葉堆裡踢腳。

「這根可以嗎？」

「不行，太大了。」她說完繼續找。「不能太大或太小，一定得剛剛好才行。」

「就像粥一樣。」我說。

「什麼？」

「《金髮姑娘和三隻熊》。」

「沒錯。」她找到一根。「走吧。」

我跟著茉莉和貝拉來到步行橋上，這座橋就位於穿越公園的一座溪流上方。這條小溪很淺，能一眼望見溪流的底部，垂直的磚牆覆蓋了苔蘚和蕨類。

「妳當裁判。」茉莉說。「要盯著貝拉不能讓她作弊。」

貝拉嘟嘴說：「我才不會作弊。」

「妳每次都太早丟樹枝，都不等我數到三。」

「才不是這樣。」

貝拉比較害羞，幾撮捲髮從她的毛帽底下露出來。天氣很冷，所以兩人都穿著蓬蓬的外套和燈芯絨長褲，長褲塞進防水長筒靴子裡。她們在溪流上方高舉樹枝。

「一……二……三。」

她們放掉樹枝，然後跑到步行橋的另一端。

「我的贏了。」貝拉說。

「才不是，那是我的。」茉莉爭論。

「我的是咖啡色的。」

「兩個都是咖啡色的。」我說。

「我贏了！我贏了！」貝拉說。

「妳才沒有。」茉莉不服氣地說。她轉向我，要我宣布結果。

「結果是平手。」我說。

「什麼？」

「妳們兩個都贏了。」

一位女子的聲音打斷我們。「嗯，這麼說非常公平，妳是天生的外交官。」

她在對我笑，我不知道什麼是外交官，可是我不想跟她說。她推著一個嬰兒車，裡面的寶寶好小又好安靜，不知道那是真的寶寶還是布娃娃。

「妳是誰呀？」她問。

「艾比。」茉莉回答。「他是我們的朋友。」

「已經是朋友了嗎？」

那位媽媽似乎一直盯著我，看著我身上過大的皮夾克和我的頭髮。

「那髮型很特別。」她說。「你自己剪的嗎？」

我搖搖頭，摸了摸頭髮。

「你是本地人嗎？」

「我在等我爸爸。」

我指向公園對街，大約是摩托車停放的方向。

「我們再玩一次拋樹枝。」茉莉興奮地說。

「我們得回家囉，親愛的。」她媽媽說。「快吃午餐了。」

「貝拉可以和我們一起回家嗎？」

「今天不行。」

「那艾比呢？」

「噢，不行，艾比是個大男孩，他可能得去上學。」

我猶豫一陣，不知道該說什麼。

「你上哪一間學校呢？」她問。

「沒有。」

「你在家自學嗎？」

我聳聳肩，望向她身後，擔心泰瑞可能會拋下我自己離開。

「我得走了。」

茉莉揮揮手，貝拉則有點遲疑。沒等她揮手，我就開始拔腿奔跑，跳過一堆又一堆的樹葉，沿著鐵欄杆來到公園大門。

泰瑞站在摩托車旁左顧右盼。

「妳天殺的究竟到哪裡去了？」他說，是鬆了一口氣而非生氣。

「我在公園裡。」

「絕對不要像這樣亂走，知道嗎？不要相信任何人。」

「你有見到你妹妹嗎？」

「坐上摩托車吧。」

他把我抱上來坐到他身後，我自動環抱住他。過了一會兒我們停下來加油，泰瑞買了一罐檸檬水和有粉紅糖霜的甜甜圈給我。他付錢時得數算硬幣，我說要給他一半的甜甜圈，但他搖搖頭。回到摩托車旁，他查看另一件牛仔褲的口袋，想找看看有沒有錢。接著他把我抱上摩托車，我們騎向出口，不過這次我們沒有騎上公路，而是騎在小路上，再轉彎來到一條農村小徑，停在一個舊穀倉旁。這個穀倉朝一側傾斜，彷彿世界已經傾倒了，而它卻忘了跟著改變。

「不要亂跑。」泰瑞一邊說，一邊伸手到背後，從牛仔褲的皮帶掏槍。他沿著槍管瞄準，閉上一眼瞄準穀倉，然後把槍塞回皮帶上，拉下夾克蓋住槍。接著他蹲下來，捏起一把泥土，把泥土塗在摩托車的車牌上。

「如果我沒回來，我要妳去找警察。」他說。「可是不要提到我的名字，什麼名字都別提。把一切給忘了。」

「你要走了嗎？」

「不會很久。」

「不要走。」

「妳不會有事的。」

「可是你說……」

「在這裡等著。」

他騎著摩托車調頭，再度往公路騎去。我坐在用來砍柴的樹墩上，鄰近的田地上有馬匹，再隔壁的原野上有些綿羊。遠方有拖拉機在犁田，在綠色的草地上創造出棕色的線條。

我有預感會有不好的事情發生，我把嘴巴張到最大，想釋放耳內的壓力，可是耳朵還是有耳鳴。我一閉上眼睛就看見叔叔的臉，所以又把眼睛睜開。

叔叔曾說我戴了面具，我的臉長成面具的樣子，所以他看不出我的腦袋裡在想些什麼。他說：「如果有人找到妳，他們開始問問題，而如果妳提到我，我會追殺妳，我會把妳的皮剝下來，像死去的動物一樣，然後把妳像外套一樣穿在身上。」

我在看見摩托車之前就聽見車聲了，泰瑞朝我急駛而來，然後速度慢下來，朝我伸手一把將我鏟起，把我放到他的大腿上後再度加速。我看著模糊的地面飛快閃過眼前，遠方傳來警笛聲，先是愈來愈大聲，後來愈漸小聲。是警車。

等他終於慢下來時，我翻過他的身體，坐到摩托車後座。他不再小心翼翼地騎車，而是在車陣中穿梭，猛然彎下身子鑽入無車之處，又從卡車之間擠身而過。引擎聲隆隆作響，世界快速地從我們身旁飛馳而過，同時一切景物都在顫動。樹木、建築物、卡車、城鎮，我們就這麼一直騎，直到我拉拉他的夾克衣領，告訴他我得上廁所，他才慢下來。

他靠邊停。「妳得去那棵樹後面。」

「你有衛生紙嗎？」

「沒有。」

「面紙？」

他搖搖頭。但願我真的是男生，那樣就沒差了。

「想辦法解決吧。」泰瑞望著另一個方向說。「而且要小心那些蕁麻，它們會刺妳的屁股。」

我回來時，他正在數錢，然後又趕緊塞進外套口袋裡。

「你偷了那些錢嗎？」我問。

「我借的。」

他說謊。

「你有傷害別人嗎？」

他給了我一個受傷的眼神。「我不會那麼做。」

「我們現在錢夠嗎？」

「夠撐幾週。」

我看著龍頭把手的後照鏡裡的自己，我的頭髮參差不齊、亂糟糟而且是煤灰色的。我不介意泰瑞是小偷，而且我也從來沒告訴過任何人他搶錢的事。

賽勒斯以為我在保護一個禽獸，可是真正的禽獸住在大房子裡、躲在高牆後，把小孩禁錮在塔樓裡。泰瑞不是禽獸，他是我的王子。

# 第二十六章

## 賽勒斯

「他們有權力這麼做嗎？」莎夏問。「我是說對她使用鎮靜劑。」

「如果她對自己或別人造成危險就可以。」

「她當時有失控嗎？」

「沒有。」

我想起艾薇失去意識被抬在走廊上的樣子。「我要向兒童事務專員投訴。」

「有用嗎？」

「可能沒用。」

他們會花好幾個月才審理案子，屆時艾薇就滿十八歲，不再是孩童了。而如果他們把她歸為成人，她可能會被無限期拘留，這是最糟的結果。

我們在廚房裡交談，莎夏問我餓了沒，她要煮點東西。

「這不是好主意。」我回道，不過她已經打開冰箱。我對冰箱裡的內容物感到難堪，兩罐紅牛、一手啤酒、一袋帕馬森起司、柳橙汁、日曬番茄乾和半打蛋。

她又打開另一個櫥櫃，看見一顆洋蔥和幾顆已經開始發芽、看起來很糟的馬鈴薯。

「你和其他人真是沒兩樣，冰箱空空的單身漢。」

「也不算是完全空的。」

她皺起鼻子。「那是什麼味道？」

「我想那曾經是酪梨。」

「噁！」

莎夏把少得可憐的食材擺在一起，接著把頭髮往後梳，用髮圈綁了一個馬尾。

「在交友圈，你就是俗稱的在製品。」她一邊說一邊削馬鈴薯。

「那是什麼？」

「製作到一半的商品。」

「那是好事，對吧？」

「嗯……」她謹慎地回覆。「我想你可以當某人的寵物專案[8]。」

「我碰巧擁有這間房子。」我反駁說。「我是個擁有家產的單身漢，這會讓我需要一個好太太，根據奧斯汀小姐所言。」

「我不認為達西先生會直接挖罐子裡的焗豆來吃。」

「他們那個年代還沒有焗豆。」

「那我認為他也不會直接就口喝盒裝的柳丁汁。」

「至少我不會得壞血病。」

「那樣很噁心。」她回道。「我賭你打電話給本地印度餐廳的次數，還比打給你媽媽還多。」

「我沒有媽媽。」

這句話打斷了莎夏的思路，她一臉震驚。我想把這些話收回，可是太遲了。她向我道歉，我告訴她我是在開玩笑，可是這段輕鬆愉快的互嗆對話就到此為止了。她為隱藏難堪而開始埋首下廚，把馬

---

8 寵物專案（pet project）又稱業餘專案（side project），指利用工作之外的自由時間做些令自己感興趣、好奇或具挑戰性的事。

鈴薯煮到半熟，把洋蔥切丁。

「要喝紅牛還是啤酒？」我問。

「你是認真在問嗎？」

我開了兩瓶啤酒，一邊看她做菜，一邊告訴她來找艾薇那名男子的事。我沒辦法描述外型，因為他們不讓我看攝錄影像，可是艾薇確定他正是泰瑞・波蘭德死時在他家裡的男子。

「那是七年前的事了。」她說。「艾薇那時幾歲，十歲或十一歲？經過那麼長時間，還有可能記得某個人的聲音嗎？」

「如果那人把一個人折磨至死，我可能就會記得。」

莎夏聽了有點瑟縮，我為自己把話說得這麼直白向她致歉。

「我不是很擅長這件事。」我說。「我已經好長一段時間都是自己獨處。」

「我也是。」她回道，舉起她的啤酒瓶和我乾杯。「我們還真是天造地設的一對啊。內向者和隱士。」

「我們誰是隱士？」我問。

「這還用說。我得划船才能到我住的小屋，而且每兩週採買一次日用品。我還自己種蔬菜、有太陽能板，從屋頂收集雨水。」

「妳贏了。」我笑說。「內向者是我。」

馬鈴薯快煮好時，莎夏把它們切片，然後夾上煎洋蔥、番茄乾和香草，再打蛋淋在上頭，加上起司後將這道厚實的料理放進烤箱裡烘烤。我擺好刀叉，再打開兩瓶啤酒。

稍後她雙手捧著烤盤，把烤盤放到桌上後切片上菜。我們互遞鹽和胡椒研磨罐，吃下第一口時，餐點在嘴裡融化。

「妳真是太神了。」我說。

「這的確蠻好吃的。」

我們默默地吃，直到莎夏問了一個問題。

「那個人是怎麼找到艾薇的？你說朗弗德感化院裡的人並不知道她就是天使臉女孩，除了她的社工之外。」

「他並不知道艾薇的身分，他要找的是我。」

「他說出你的名字？」

「對。」

我看出她在想什麼。我不在工作人員的名單內，也不是朗弗德感化院的諮商師。我和那裡的唯一連結就是艾薇。

「他一定是跟蹤我。」我說，回顧最近幾天的情況。吉米．維比奇知道天使臉女孩在本地的一間兒童教養院，但他說他不知道確切的地點，也不知道她的新身分為何。蘭妮說局長辦公室裡的人打給她，對於我在尋找天使臉女孩這件事表達關切。

「我觸動了某個東西，某條引爆線。」我說。

莎夏放下啤酒，擦了擦嘴。「是哈密許．惠特莫先開始找的。」

「對，但他對艾薇一無所知。」

我們陷入沉默，無聲地問著同樣的問題。

莎夏瞥一眼牆上的時鐘，打了個哈欠。「我知道時間還早，但我過的是擠牛奶女工的生理時鐘。」

「去睡吧。」我說。「我來收拾。」

我聽見她走上樓的腳步聲，關上房門。我把碗盤放進洗碗機，擦拭料理台。之後，我在地下室的健身房裡舉重，直到雙臂顫抖到幾乎無法把一瓶水舉到嘴邊才罷休。我走上樓，經過她的房門，短暫停留一下，想像她睡著後紅髮披散在枕頭上的樣子。

然後我走到我的房間裡沖澡，洗完澡用毛巾擦頭髮時，我站在房間的窗邊，凝視靜謐的街道，心思飄到那名尋找艾薇的男子身上。他怎麼知道我去過朗弗德感化院？他一直在監視我嗎？這就是艾薇的感覺嗎？總是回頭張望，想像某人正在尋找她？

上床睡覺前，我先下樓去，查看窗戶和門是否已牢牢鎖住。

# 第二十七章

## 賽勒斯

蘭妮每天都會點同一間咖啡店的早餐，那是一間熟食店，有像樣的麥片粥和比空氣還輕的炒蛋。她自己去取餐，因為她喜歡走個十分鐘伸展一下筋骨。

我搭配她走路的速度。「我原本要請妳吃早餐的。」

「今天是我的生日嗎？」她問。

「是我要和朋友敘敘舊。」

「嗯……」

「哈密許．惠特莫的案子有後續嗎？」

「不知道，這不是我的案子，也不是你的。」

她改變方向，過了馬路。風吹拂樹木，把花瓣吹落的樣子像深冬的陣雪。

「哈密許．惠特莫認為尤金．葛林有同夥，或者他是替其他人綁架孩童的。」

「有證據嗎？」

「時間軸就是證據。有些被害者被綁後好幾週都還活著，而葛林又住在一間小套房裡，他必定得有別處藏匿被害者。」

「你是期望我給你答案嗎？」

「我是在尋求妳的意見。」

「破舊的屋子、防空洞、廢棄的工廠、閒置的公寓、屋舍的附屬建築、雞舍，他可以利用任何一種地方來關他們。」

「警方利用加油的發票和手機訊號追查過葛林的行蹤，而這些顯示出他在綁架的犯罪現場，但並不在被害者最後被棄屍的地點。根據鮑伯．曼肯所言，他們帶葛林回到每個地點，而他都表現得好像第一次看到那些地方一樣。」

「他的受害者那時都死了，他不在乎地點是哪裡。」

「精神病態者傾向記下每個細節，再體驗每個時刻。」

蘭妮肩膀往前傾，雙手深深埋進口袋裡，可是我知道她有在聽。

「戀童癖通常專挑某個固定的性別與年齡層，但葛林沒有區別。他綁架的對象不分男孩或女孩，年齡從六歲到十四歲都有，這情況非常罕見。」

「你居然在擔心他不夠挑剔。」

「當然不是！」我生氣地說。「我是說他有共犯，某個有不同品味喜好的人。」

我們走到另一條路，穿梭在停下來等紅綠燈的車陣中。

「並非所有性侵兒童的人都是戀童癖，也不是所有戀童癖都是一樣的。」我說。「尤金．葛林是有社交障礙的獨居者，他幾乎沒有朋友、獨來獨往，是個情境猥褻者，把孩童視為他所無法擁有的事物的替代品：一段正常的關係。像葛林這樣的戀童癖通常會瞄準好下手的孩童，例如姪女、姪子或鄰居，要不就是他們會在兒童遊樂場和泳池附近閒晃，又或者自願加入青年團體。他們會招攬和誘惑他們的被害者。

「我認為他的共犯和他比起來更像無差別犯案，他虐待孩童的方式就和他虐待其他生活周遭的人一樣。此人會說謊、招搖撞騙、偷竊並騷擾女性與孩童，為的是一個簡單的原因：有何不可？像那樣的人沒耐心招攬被害者，他比較可能使用蠻力，折磨與殺戮。」

我們來到那間熟食早餐店，蘭妮點的餐已經做好放在櫃檯，用一個棕色紙袋釘上發票。我在人行道上等她出來，她按下紅綠燈的按鈕。

「惠特曼的房間白板上，有個名字是『天使臉女孩』。」

「你答應過我……」

「我沒在找她。」我說。

「白板上的一個名字不能證明什麼，給我更具體的證據。」

「假扮成警察造訪艾琳．惠特莫的男子在右眼上方有個新月形的疤。泰瑞．波蘭德的妹妹和前妻同樣都描述此人去找過她們，詢問關於泰瑞．波蘭德的事，問他的去向。這是發生在警方找到泰瑞屍體之前的事。在那之後，他又現身，這次是找天使臉女孩。」

「你認為波蘭德有共犯？」

「不是，我認為大家都以為泰瑞．波蘭德綁架了天使臉女孩，還性侵她，但我想事實正好相反，他是想救她。」

「如果真是如此，他早就帶她去找警察了。」

「如果他不信任警察就不會這麼做。」

這個推論讓她不高興，我們經過一個遊民身旁，他坐在鋪平的紙箱上，全身以一條髒毯子包裹著，只露出臉部。蘭妮停下腳步，朝他的帽子裡放了一把硬幣。

「我認為哈密許．惠特莫發現了尤金．葛林和泰瑞．波蘭德之間的連結。」我說。

「同是戀童癖的人通常會找到彼此。」

「波蘭德不是戀童癖。」

「你說過好幾次了。」

我遲疑著，因為我知道不能提起艾薇．寇梅克，她的身分是機密。

蘭妮還有話要說。「賽勒斯，你是個敏銳的人，有時相當聰明，可是你往往太快下結論。」

「我是在循著線索追查。」

她疲倦地嘆了一口氣。「這組數列的下一個數字是什麼？一、二、四、八、十六……」

「三十二。」

「是三十一。」

我在腦中思索這組數列，質疑她的理論。

「答案是以莫西圓形問題為基礎。」她解釋道。「通常用來提醒數學系的學生不要在沒有證據的情況下推斷規律，那就是你現在在做的事，在毫無證據之下找規律。」

蘭妮在另一個紅綠燈前停下腳步。

「這是我的想法。」她說。「哈密許．惠特莫和鮑伯．曼肯已經在曼徹斯特分局的性犯罪組待超過十年，他們的破案率讓全國每個分局的同仁欽羨，百分之九十的嫌犯都被定罪。可是有人耳語和抱怨，說尤金．葛林的辯護律師聲稱他當事人的犯案證據是造假的，DNA也是被栽贓的。」

「可是葛林認罪了。」

「在被強迫清醒三十六個小時後。」

「現在倒是不可能發生了。」

蘭妮笑了。「賽勒斯，不要耍笨。」

「妳是說惠特莫不老實？」

「我是說他不忠於規則。我不懷疑他抓的每個人都有犯罪，但遇到哈密許和他的團隊，他們想逃也逃不掉。」

「為什麼他會想冒著危害自己名聲的危險，重新調查尤金．葛林的案子？」

「罪惡感是會腐蝕人心的，也許他無法懷著內疚入睡。」

蘭妮隨意說出的這番言論沒什麼說服力，她不是故意要當絆腳石，但她還是得遵守一些程序和指揮系統。

我們快回到警局了，蘭妮在我前頭小跑步上階梯，解開外套的釦子。

「那個有新月形刀疤的男人怎麼辦？」我喊道。

「我會在資料庫查一下，給肅清槍枝幫派部門細節資料。」

「這和幫派無關。」

「這也和你無關。」

蘭妮朝櫃檯員警大聲說：「如果還有人想打擾我吃早餐，逮捕他們。」

# 第二十八章

## 艾薇

前幾週我們待在汽車旅館和寄宿公寓，不過從沒在同一個地方待超過一晚。等我們找不到地方露宿時，泰瑞會撬開門鎖，我們會在足球場的更衣室裡過夜。還有一晚，他找到一棟屋主去度假的空屋。我覺得自己好像闖進三隻熊家裡的金髮姑娘，在試躺著不同的床。

泰瑞白天在建築工地當臨時工，那時他會讓我待在當地的購物中心，我可以在那裡看電影、去圖書館，或在電子遊樂場閒晃。他教我如何避開逃學巡邏隊和問東問西的警衛。

有一天下午，他開著一台舊車來接我，那台車聞起來都是柴油和狗的味道。

「你的摩托車呢？」我問。

「我賣掉了。」

「為什麼？」

「他們會找我的車。」他說得好像這事稀鬆平常。「我幫我們找到一棟房子。」

「在哪裡？」

「我帶妳去看。」

泰瑞開車穿過繁忙的交通，最後我們來到一個地區，那裡富裕與貧窮的屋舍只有幾條街之隔。他把車子停在一條靜巷，那裡人們有自己的垃圾箱。他打開後座，拿出一個大拉鍊袋。

「我們一進到屋子裡我就會放妳出來。」他說。「不能讓別人知道妳和我住在一起。」

我爬進袋子裡，身子縮起來，雙手抱膝。泰瑞把袋子拉起來，我聽見後車廂關上的聲音。

我躺在黑暗裡，聞著自己的氣息，感覺到車子發動了。開了一會兒後，車子再度停下。泰瑞提起袋子，把袋子掛在肩上。

「我現在可以出來了嗎？」我問。

「還沒。」他小聲說。

「我不能呼吸了。」

「快好了。」

他背著我走上階梯時，拉鍊袋子在他的背上甩呀甩。我聽見鑰匙轉動和門打開的聲音。他把我放下來、打開拉鍊時，新鮮的空氣撲鼻而來，我們在屋內的廚房裡。他輕拂我的額頭，把汗浸濕的頭髮撥開，跟我說對不起。

我探索這間屋子，先查看樓下，然後走上二樓。泰瑞跟在我後面，說：「我會買些家具、床和電視。」

「我們也會需要盤子和平底鍋。」

「妳應該幫我列一張清單。」

泰瑞跟我約法三章。

不能去外面。

不能往窗外看。

不能應門。

不能大聲放音樂。

他不在家時不能開燈。

「要記得我是自己一個人住。」

好長一段時間，我不知道這間房子的外觀長怎樣，只能透過窗簾的縫隙和降下的百葉窗從家中望向外面的風景。

「如果他們找到我們，會殺了我們。」泰瑞說。「他們也會把所有知道我們行蹤的人都殺掉。」

之後幾天，泰瑞帶了二手家具回家，是他在慈善商店和廢料車裡找到的。他還買了木頭和工具，開始在他臥房的衣櫥後面打造一間密室。一小片可以前後滑動的木隔板安裝得天衣無縫，讓人根本看不出來有那道隔板的存在。他在密室裡打造了一個箱子，放了一張單人床墊，並從天花板的木樑懸吊一個可充電的吊燈，形成一圈看來像固體的光暈，因為這裡暗得伸手不見五指。

很快地這間密室就充斥我的東西，書本、遊戲、鉛筆和衣服。

「妳不能把東西隨便丟在屋子裡。」泰瑞告訴我。「不能有小孩或女生會用的東西，不能有任何跡象顯示妳住在這裡。」

「可是我是住在這裡啊。」

「這不叫住，這叫躲藏。」他溫柔地說。

泰瑞找到在夜店當保鑣的工作，他說那裡叫做「西方邊境」。我想那不是脫衣酒吧，因為他沒提過嫖客或女生被毛手毛腳的事情。他晚上工作，清晨回到家。我應該要在他出門時待在密室裡，但我常會偷溜出來看電視，或趁泰瑞睡覺時看向窗外。沒人看過我，除了一個對街的小男孩，他從家裡的窗戶對我招手，可是我沒有揮手回應。

我總會在泰瑞到家之前就回到密室，通常到那時我已經睡著了，不過有時我會聽見他走上樓、躺到床上然後開始打呼的聲音。到了早上他還在睡，我會爬出來，溜到他的被子底下，小心不吵醒他。我會靠著他的背，臉倚在他的肩頰骨之間。

「妳在這裡做什麼？」他會轉過頭來面向我。

「我會害怕。」

「妳不應該上來男人的床。」

「你不是男人。」
「那我是什麼？」
「你是泰瑞。」
他會親我的頭頂，我歪著頭，心想也許他會真正地親我，可是他從來沒這麼做，而是告訴我有一天我會遇到某個好心又溫柔的人，他會讓我有安全感。
「你就是。」
「我已經結婚了。」
「你離婚了。」
「我太老了。你會找到和你相同年紀的人。」
「如果我選你呢？」
他哀傷地對我笑。「妳得選一個比我還愛妳的人。」
「你不愛我嗎？」
「愛，不過不是那種愛。」
「哪一種？」
「那一種。」
我把他抱得更緊。「不會有人要娶我。」
「為什麼不會？」
「我裡面很髒。」
「妳不髒。妳是個好女孩。那些男人對妳做的事……他們應該下地獄。」
「真的有地獄嗎？」
「我不知道，可是如果有正義存在，一定會有個比地獄更糟的地方讓那種人去。」

我想相信他。我希望他娶我。

「你幾歲？」我問。

「三十八。妳呢？」

「十三。」

「妳看起來不到十三歲。」

「快要十三歲了，下次生日是十一月六日。」

「那表示妳現在才十二歲。」泰瑞笑著說，然後他揚起一邊眉毛。「妳真的是十一月六日生的？」

我點點頭，不確定自己是否說錯什麼話。

「那也是我的生日！」他說。「這機率有多小！」

「什麼是機率？」

「某件事情發生的機會。一年有三百六十五天，我們就正好同一天生日。那真的好巧。」

我還是不懂這個意思，不過我喜歡他說我們共享同一天，因為我不記得自己和誰有過相同的什麼事情……直到我遇見賽勒斯，還有發現另一個倖存者為止。

# 第二十九章

## 賽勒斯

房子空無一人，有回音。有那麼一刻，我以為莎夏可能離開了，可是她的包包還在樓上，而且小波不在花園裡。二十分鐘後，她們回來了。小波喀噠喀噠地踏在木地板上，大剌剌地喝著水碗裡的水。

「我們去了公園。」莎夏解釋道，她的臉頰凍紅了。「小波認識這裡的每個人。」

「這是她的地盤。」

「你在公園和多少女生聊天啊？」

「一個也沒有。」

「真的嗎？她們都在問你的事。她們以為我是你的女友。」她對我笑的模樣像在調情。「然後大家都說『終於啊』。」

「我明天得和大家解釋妳的事了。」

莎夏笑了，這讓她看起來毫無罣礙，也更漂亮了。我喜歡她的機智、自然不做作的魅力，還有我在她身旁時的緊張感。我喜歡她看著我時斜著頭的模樣，彷彿有點困惑，但又很感興趣而想繼續聽下去。我喜歡她每到一個地方都成為焦點，她的聲音帶給人一股輕鬆感，還有說話時會揮動兩手的樣子。該說她漂亮嗎？現在還能這樣說別人嗎？又或者這麼做是把她物化了？如果要完全誠實，我會說她的臉有點太窄，鼻樑有點彎，不過我沒仔細觀察過這些，而且要是換成我，會很討厭別人這樣評論我的五官。

她解開外套釦子，我幫她拿外套時無意間碰到她的手，感覺到她的手很溫暖又柔軟。

「這個社區很不錯。」她說。「大家似乎都知道你家發生什麼事，有人跟我說你家的那場火災和你哥哥的事。」她遲疑了一陣。「你以前沒提過他。他現在在哪裡？」

「在北部一間高度戒護的精神病醫院，大約離這裡一小時的車程。」

「你會去看他嗎？」她問。

「一個月一次。」我說，還好她不是艾薇。「我上週五有去，那天是他的生日。」

「真好。」她雀躍地回道，好奇心被滿足了。

小波選擇在那一刻從狗窩起身，越過廚房，用頭頂我的大腿，看了看空碗之後再回頭看我。

「她餓了。」莎夏說。

「不是，她是在撒嬌。」我說道，從洗衣間的一個袋子裡拿出裝滿狗餅乾的杯子。

門鈴響了。

我從窺視孔望出去。鮑伯・曼肯警員站在門口台階上，穿著一套四四方方的灰西裝和開襟商務襯衫，胸毛呼之欲出。

「希望我沒有打擾到你。」他說完往門廳張望。

「一點也沒有。你是怎麼找到我的？」

「我是警察。」

他說得好像這是理所當然的事。

「請問這與公務有關嗎？」

「是也不是。」

我往後踏一步，讓他進門，向他指往廚房的方向。洗衣機在洗衣間裡轟隆作響，莎夏想必是設定了洗衣時間。

「你重新裝修過。」

「發生過火災。」

「燒得很厲害？」

「蠻慘的。」

他欣賞廚房，抬頭望向樓梯。「這是你家？」

「我祖父母留給我的。」

「你真幸運。我祖父母只留給我高膽固醇和趾甲內生。」

我讓他到處逛逛，等著他自己透露來訪的原因。

「我想為那天道歉。」他說。「我是個糟糕的主人，粗魯無禮。這件事，哈密許死的事情讓我心情不好，不過那不成藉口。」

「不過你不會大老遠來只為了道歉。」

「沒錯。」

他拉開一張木椅，坐下時解開外套的鈕扣，鬆軟的肚子垂在褲子皮帶上。

「你離開後，我開始想這整個問題，尤金．葛林究竟有沒有共犯。當然，我們當時也有考慮到這個可能性，可是當葛林認罪了，這件事似乎就不那麼……」他尋找適當的形容詞，最後想到「迫切」兩字。「你來過之後，我回去看哈密許給我的名單。我看到一張字條，是由一位監獄裡的線人提供的資訊，他跟經手人說尤金．葛林是滅口的目標。那就是為什麼葛林在監獄會有較高規格的安全待遇。多數猥褻兒童的罪犯會和一般囚犯隔離開來，但葛林被單獨監禁是為了他自身的安全著想，他只有接受諮詢的時間和去上監獄美術課的時候才能離開牢房。美術課的地點在娛樂室，那離健身房很近。有個名叫伯納德．崔維斯的男子用一個腳踏車坐墊把他毆打致死，那坐墊是他從健身房的定置器材拆下來的。獄監四分鐘後才到，但為時已晚，他因頭部重創而死。」

「你為什麼要告訴我這些？」

「你可能是唯一對這件事感興趣的人。」

我不相信他的回答，不過仍讓他繼續說下去。

「葛林一直有在看監獄的心理諮商，他開始透漏更多關於犯案的細節，一些他在警察偵訊時從未提過的事。那位諮商師和哈密許聯繫，但基於醫生談話保密特權，那位諮商師對於透漏的內容仍小心以對。」

「哈密許告訴你這件事的？」

曼肯點點頭，瞥了一眼櫃檯上的咖啡機。我提議泡給他喝，他欣然接受。我從櫥櫃拿出馬克杯，在咖啡機裡放入易濾包，這又是新入手的商品，拜保險理賠金所賜。

「你是說，葛林被殺，是因為他準備要提及其他人？」

「我想這是有可能的，不過我不能完全確定。伯納德．崔維斯認罪了，他別無選擇，因為整起攻擊過程都被攝影機拍下來了。他告訴警方他妹妹十幾歲時自殺，因為她曾被老師性侵。這件事毀了她的一生，她得了貪食症、厭食症，所有毛病都找上她。當崔維斯遇到葛林，這些怨恨感全都席捲而來，所以他失控了。」

「你剛說到滅口的事。」

「對，但我不認為這和有沒有同夥有任何關聯。有一位被懷疑是尤金．葛林殺害的受害者名叫派翠克．康柏，他一直都沒被尋獲。他的父親克雷頓．康柏曾到獄中探視葛林，希望能取得線索，但無功而返。克雷頓一心想找到兒子，他寫信到報社、提出申訴，也試圖遊說國會議員。他可能是很多人的眼中釘，但我不認為他的努力有任何過錯。」

曼肯接過他的咖啡，加了兩匙糖，慢慢攪拌。湯匙在他的手裡顯得很小。

「哈密許要我去找尤金．葛林和伯納德．崔維斯之間的關聯，我告訴他我什麼也沒找到，但那並非事實。」

「你騙了他。」

「我省略某些細節沒說。崔維斯在青少年時期曾是前景看好的拳擊手，在雪菲爾德一間名叫戰鬥俱樂部的健身中心裡受訓。他十八歲時取得奧運資格，可是卻在妹妹過世後誤入歧途，錯失了機會。當時戰鬥俱樂部還有另一名年輕的拳擊手，比他年長幾歲。克雷頓．康柏。」

「他們彼此認識。」

「照理說是如此。」

「你認為是克雷頓．康柏安排要殺尤金．葛林。」

「我只是告訴你我所發現的，也許康柏希望崔維斯對葛林施加壓力，好得知他兒子發生了什麼事，結果崔維斯下手太重了。或者也許他希望他死。」

「崔維斯現在在哪裡？」

「因殺人罪行服十二年徒刑。他逃過謀殺罪，因為法官接受他是被葛林激起情緒、失去理智的說法。」

「你怎麼看？」

「我會說這是個雙贏的局面。一個性侵兒童的罪犯死了，而一個混混被關起來。」

我們都聽到樓上傳來聲響。莎夏出現時，曼肯轉頭往門口看去，他站了起來。

「我不知道這裡還有別人。」

「這位是我朋友。」

我介紹莎夏。曼肯彎下腰、頭傾向一側，不過沒和她握手。我看得出來他在衡量莎夏的身分，納悶她是我的女朋友還是親戚？是造訪這裡還是長住於此？

「你知道我可以怎麼找到克雷頓．康柏嗎？」我問。

「試試看那個健身中心，它還在那裡。」

# 第三十章

## 賽勒斯

高溫克班租用地的位置在曾是古代堡壘遺址、能俯瞰頓河的山丘旁。這裡的菜園和架高花床被分隔成雜亂無章的正方形與長方形，花園之間有雜草蔓生的小徑。有些花園有塑膠溫室或用三夾板和鐵皮屋頂搭建的棚屋，有些看起來則像兒童遊戲屋，有著小露臺和裝有窗簾的窗戶。

我昨天花了很多時間找克雷頓．康柏在雪菲爾德的地址，也打電話到戰鬥俱樂部，得到兩個不同的門牌號碼，而且兩地相隔好幾條街。儘管現在時間還早，但兩處都沒人應門。一位八卦的鄰居叫我們來這裡找他。

我們穿過花園間的小徑，莎夏把外套的釦子扣上，也把脖子上的圍巾圍緊了些。一位穿著防水長靴的胖男子正在用鋤頭翻土，他鏟起土壤，拿起一顆石頭後把它扔進一輛手推車。

「請問是克雷頓．康柏嗎？」我問。

他指向前方的租用地，於是我們繼續往前走，經過一區冷杉的防風林後看到一位坐在廚房餐椅上的老先生，他正把幾條線綁成球狀，手指因關節炎而腫大變形，嘴裡咬著一根未點燃的菸管。

「我在找克雷頓．康柏。」

「老的還小的？」他抬起頭問。

我估算他的年紀不超過七十歲，留著一頭灰雜白髮，沒刮鬍子。在他身後有一系列種著蔬菜的大木桶，每一桶上面都有小標籤，標示土壤底下是哪一類植物的種子：青花菜、韭蔥、大黃、紅花菜豆。有個稻草人矗立在一旁看守這些木桶，它是用粗麻布袋裡面塞舊衣物做成的，穿著一件舊長褲和袖子上有白條紋的愛迪達運動藍上衣，頭用一顆排球權充，正面黏著一副反光太陽眼鏡。

「我在找派翠克的爸爸。」

「你晚兩個月來了。」

我的表情必定很困惑。

「我們兩個都叫克雷頓。」他說。「我兒子三月就自殺了。」

「非常遺憾。」莎夏說。

老人似乎現在才注意到莎夏。「我不知道妳是一位小姐。」他說，正準備起身。「不好意思。」

「請不用為我起身。」

「男生遇到女生時一定要起身，如果可以我會給妳一張椅子，可是我只有一張。」

於是他拉來兩個生鏽的桶子，就在他坐的位置旁邊。

我把名片遞給他，但他退還給我。「我沒戴眼鏡。」

「我是心理醫師。」

「克雷頓已經看夠你們這種人了，對他沒好處。」

他從口袋裡拿出一個皮革袋子，用患有關節炎的手指朝一個亮面木菸斗的洞裡塞菸草。

「你對花園了解嗎？」他問，用菸斗指向旁邊的木桶。「它們現在看起來沒什麼，不過兩個月後再來，我就有吃不完的蔬菜了。每次想到可以用這些小種子種出一點名堂，我都覺得讚嘆，而且它們還會長成美麗的東西。」

他小心翼翼地把菸斗塞滿菸草。

「我想談談派翠克，您的孫子。」

「警察找到他了嗎？」

「沒有。」

「那就沒什麼好說的。」

「你認為他是被尤金．葛林帶走的嗎？」

聽聞這個名字令他撐大鼻孔。他凝視我身後，彷彿在欣賞城市的風景一樣，同時把菸斗捧在手裡，拿一根火柴靠近菸斗，嘴唇發出啵的一聲，他把菸吸進嘴裡，有些菸從他的嘴角流洩出來。

「我避免說那男人的名字，他已經對我們家造成夠大的傷害了。」

「他就是克雷頓結束自己生命的原因嗎？」我問。

此時我們沉默了好一段時間，更多菸霧滾滾冒出，接著在微風中飄散。

「失去小派把克雷頓擊垮了，他就是不能放手。一開始這件事讓他心碎，接著奪走了他的理智和婚姻。他寫信給在獄中的葛林，甚至還去看他。我也和他一起去了。」

「您也去探視尤金．葛林？」莎夏問。

老人點點頭。「看完之後我只想好好洗個澡，把除蝨粉潑在自己身上。」

「他有談到派翠克嗎？」我問。

「克雷頓懇求他，可是葛林說他不知道我們家的小派發生了什麼事。他在說謊。他那張肥胖的臉在嘲笑我們。」

「你怎麼能這麼確定？」

「我們的小派出生就是一隻手臂比另一隻手臂短，是生來就有的缺陷。醫生在初期的超音波就發現了，可是克雷頓和貝卡認為那不重要，因為這孩子其他方面都很完美。他們給了小派一個小名，即使當時他根本還沒出生。他們因為那部魚的電影叫他尼莫，你知道，就是一邊魚鰭比另一邊短的那個。這一開始本來是玩笑話，但後來小派出生後，這個小名就一直跟著他。他長大後，家人和朋友之間人人都叫他尼莫。」

「這和尤金．葛林有什麼關聯呢？」我問。

「小派失蹤時，他一隻手臂較短的這件事從沒在報紙上被提過，可是我們在牢裡見尤金．葛林時，他知道這件事。」

「他說了什麼？」

「不是用說的，是在我們要離開時，葛林作勢把左手臂縮短向我們揮手。克雷頓苦苦哀求他，可是沒用。」

老人盯著他的菸斗看，菸斗的火熄滅了。他又從火柴盒裡拿出一根火柴，不過沒點燃。

「從那時起，克雷頓就變了一個人，異常執著，每天寫數十封信寄給報社，他還去煩負責這個案件的警察。」

「哈密許．惠特莫。」

「對，其中一人是他。他還有一個搭檔。」

「鮑伯．曼肯。」

「就是他。」

他握著菸斗的口柄，拿斗鉢壁敲擊腳邊的枕木，接著從褲子裡拿出一把小折刀，刮掉斗鉢壁上變硬的碳層。

「這件事讓克雷頓賠上了婚姻，貝卡提出離婚，接著他失去了工作，壓倒駱駝的最後一根稻草是葛林在牢裡被謀殺的時候。克雷頓覺得自己找到派翠克的一線希望被奪走了。」

「殺了尤金．葛林的那個人，伯納德．崔維斯，你有見過他嗎？」我問。

「沒有。」

「聽說他以前是表現優異的青年拳擊手，已經到取得奧運資格的地步，他以前就在雪菲爾德離這裡不遠的健身房裡受訓。」

老克雷頓用髒汙的指甲搔了搔臉頰，發出砂紙的聲音。

「一個叫戰鬥俱樂部的地方。」我補充說道。

「我知道那裡。」

「你家的克雷頓在青少年時也是相當優秀的拳擊手，他比崔維斯大幾歲，不過我猜他們可能彼此認識。」

老人在端詳他指甲縫裡的髒東西。「克雷頓踏進拳擊場已經是很久以前的事了。」

「你是他的教練？」

「不是。我負責載他去，再接他回家，不會看他比賽。」

「為什麼？」

「當拳擊場上站的是你自己的小孩，拳擊就成了不一樣的運動了。」

他從袋子裡捏一些菸草，在手指間搓揉後拿到鼻子下方。「為什麼你對克雷頓知道什麼或不知道什麼那麼有興趣？這有什麼差別嗎？」

「警方認為有人對尤金．葛林下了滅口令。」

「為什麼？」

「因為他有共犯。」

「那和克雷頓又有什麼關係？」

「另一位警官推測您的兒子可能雇用崔維斯復仇，或者想藉此問出派翠克的行蹤。」

這句話點燃了老人眼中的怒火，他蹙起眉毛。

「為什麼我們會想要葛林死？他是我們找到派翠克的最後機會。」

「你說克雷頓放棄希望了。」

「放棄找到活著的小派，不是放棄找他的希望。」

他揚起下巴，彷彿在向我挑戰，我看見他前臂的肌肉突起。

「我教會裡的朋友想安慰我，說克雷頓正在天堂照看著派翠克，父子團聚，一起溜滑板、踢足球。這想法很好，你知道，可是我在腦中想像不到這個畫面。自殺的人不會上天堂，克雷頓明明知道，但他完全不以為意。想知道為什麼嗎？」

他看了看莎夏，再看向我，不過不是在等我們回答。

「克雷頓是自己想下地獄的，這就是我現在能想像到他的畫面——添加燃料燒火、加熱烙鐵、用帶刺的鐵絲網揮鞭。他在此生無法懲罰葛林，所以他選擇來生。他正在以酷刑對待那個男人，就像他折磨我們一家人一樣。」

他的憤怒消散，像一個泳池邊的吹氣玩具般洩了氣，把頭埋進雙手中，無聲地啜泣，只剩從喉嚨深處傳來的嗚咽聲。

他抬頭看我們，努力止住淚水。

「我快七十二歲了，我願意犧牲我活著的每一年，來換回我兒子和孫子。我會用我的生命交換他們的。我會……我真的會……」

# 第三十一章

## 艾薇

「泰瑞？」

「嗯？」

「泰瑞？」

「什麼事？」

「叔叔還在找我嗎？」

「對。」

「為什麼？」

「他認為妳是他的。」

我們坐在餐桌前，泰瑞在清理他的槍，把槍拆解開來，用機油和破T恤擦拭零件。

「泰瑞？」

「什麼？」

「我會有可能離開這裡嗎？」

「有。」

「什麼時候？」

「等安全的時候。」

「什麼時候會是安全的？」

「我說過問那麼多問題會怎麼樣？」

他拿起槍管往裡瞥，彷彿它是個望遠鏡，然後他忽然改變話題，解釋手槍內部如何運作，示範給我看彈匣怎麼插入槍身。

「這是十五發式的槍，左輪手槍通常有五發或六發，就是妳在西部電影裡會看到牛仔在用的那種槍，中間有旋轉彈膛，裡面裝著子彈旋轉。」

他握著槍管，把槍遞給我。

我猶豫著是否要拿。

「它不會咬人。」他說。

我需要兩隻手才能穩穩握住。

「這是安全開關，要這樣清空槍膛，而且要確保裡面沒子彈。」他往後拉滑套。「瞄準的時候要看槍管前面的準心。」

握在我手裡的槍愈來愈重了。

「如果妳得對某人開槍，妳要瞄準這裡。」泰瑞一邊說，一邊用手指向他的胸口中央。「這是身體最重要的部分，瞄準我的胸腔，扣板機。」

我搖搖頭。

「槍膛裡沒子彈，記得嗎？」

我辦不到。

泰瑞繃緊下巴。「天殺的，絲考特！這攸關妳的性命，扣他媽的板機！」

我把槍指向天花板，聽見擊錘擊向空無一物的彈膛時傳出的喀噠聲，然後把槍丟在桌上，跑上樓，爬進我的密室裡。泰瑞後來上樓向我道歉，隔著牆對我說話。

「絲考特，聽我說，這不是妳有多強壯或動作有多快的問題，重點是妳在害怕時如何做出反應。

妳可能尿褲子，心臟快跳到喉嚨，劇烈發抖到妳無法思考，可是當時機到來，妳不能猶豫。這和妳的目標或速度無關，全都要看妳堅不堅定。」

我不知道堅定是什麼，可是我沒有問。

「等那一刻到來，妳一定要扣扳機，好嗎？妳要像惡魔一樣反擊，妳要像被逼到角落的老鼠和被關在籠子裡的獅子一樣。妳要用盡全部的生命去反抗，因為這到頭來真的攸關性命。妳懂嗎？」

「懂。」

「好，那好，現在出來吧，我們來玩一個遊戲。」

「什麼遊戲？」

「我來教妳玩德州撲克。」

「什麼是德州撲克？」

他笑著說：「德州撲克是生命，是藝術，也是戰爭。」

我們下樓坐在餐桌前，他洗牌，然後幫我發牌，向我解釋葫蘆會打敗同花順，同花順又比順子大等等。

「這個遊戲叫做五張換牌撲克。」他說完開始發牌。「通常人們玩這個會賭錢，不過現在我們用火柴棒。」

剛開始的幾次他先讓我，直到我搞懂遊戲規則，何時下注、過牌、跟注、加注或蓋牌。我覺得很奇怪，數字小的牌只要排對順序或有足夠多相同的牌，就能打敗有圖案的牌。

泰瑞發牌，我留著一對女王Q，其他的牌換掉。泰瑞只想要一張牌，他掀起牌的邊緣看，端詳一番後把所有火柴推到桌子中央。

「你一定有一手好牌。」我說。

「我不能告訴妳。」

「為什麼不能？」

「這是德州撲克，我有可能在詐唬。」

「什麼是詐唬？」

「也許我希望妳以為我有一手好牌，那樣妳就會蓋牌，我就能贏錢。」

「你在詐唬嗎？」

「不是。」

我把我所有的火柴棒推到中間。

「妳確定妳想這麼做嗎？」他問。「妳可以改變主意的。」

「不想。」

他翻開撲克牌，不開心地把牌扔到桌上。

「怎麼了？」我問。

「妳贏了。」

「因為你耍詐。」

「對。」

「我看得出來。」

「怎麼看出來的？」

「我就是看得出來。」

他發出噗哧一聲，然後把桌上的東西推到一旁，從冰箱裡拿出一罐啤酒。他用流理台的邊緣打開啤酒，呼嚕呼嚕地喝了起來，吞嚥時喉結上下移動。接著他打開電視。

「我們要再多玩一下嗎？」我問。

「去唸拼字吧。」

「可是輪到我發牌了。」

「不了。」

泰瑞很快就不想和我玩德州撲克了，所以我開始輸他，讓他心情好一點。

# 第三十二章

## 賽勒斯

我們坐在車上，車子停在租用菜園的對面，我們把車窗搖下來，呼吸著帶有沙礫、潮濕又不新鮮的空氣。不知道至今已有多少人的肺呼吸過這樣的空氣。

「我想擁抱他。」莎夏說。

「所以妳相信他？」

「你不相信嗎？」她揚起眉毛看著我，我能感覺到她注視著我的皮膚那股熱烈的目光。「一定很多人想置尤金．葛林於死地。」

「可能吧，可是他們是想懲罰他，還是想讓他噤聲？」

附近有一群孩子在草地上踢足球，用運動衣做成臨時的球門柱。我認得這個地區，以前我也在離這裡不遠的公園踢過足球。爸爸會從邊線看我，大喊著鼓勵和建議的話，不過不是那種粗魯的方式。踢完足球之後，我們會買肉餡餅和汽水，討論該場比賽的精彩片段。爸爸會裝成球賽播報員的聲音，急促地描述每一次進球：「……賽勒斯．海文切了進來，敏捷地閃了過去，他加快速度，現在只剩守門員在防守他了。他射門！得——分！觀眾都陷入瘋狂……」

回憶觸動了我內心的渴望，那渴望明顯到讓人無法忽視，宛如一顆石頭壓碎我的胸口。

「我想去一個地方，可以嗎？」

「你是司機，你說了算。」莎夏說。

我發動引擎，把車往回開往諾丁罕，我們來到諾丁罕郊區，走熟悉的路開往畢斯頓，不一會兒這裡的地標就充滿我個人的回憶。我的初吻在奇維爾路的衛理堂後方，我第一次摸女生的胸部是在畢斯頓足球俱樂部附近的公車亭。（她名叫曼蒂．歐利芬特，她看見有公車來時趕緊推開我的手。）

還有其他在畢斯頓發生的初體驗，關於運動、課業、性愛和悲劇。開了幾條街之後，我把車停在一間看起來平凡無奇的半獨立式房屋前，這間屋子的外觀就和其他屋子大同小異。

在成長的過程中，我認識這條街上的每個人，大家也都認得我。羅賓森一家住在二十二號，布雷南一家住十八號，還有住在對門的菲力克一家。他們家很瘋狂，總共有十一個小孩之多，永遠都在惹麻煩，像是打破窗戶、在商店裡偷東西、翹課或偷腳踏車。

「就是那間嗎？」莎夏小聲問。

我點點頭。

「他們沒把它拆除？」

「沒有，這房子看起來比我記憶中的還小。」

「你當時年紀比較小。」她說。

我可以想像樓上樓下的每個房間、開放式廚房、日光室和雙胞胎出生時我們在閣樓加蓋的空間。屋子的側面有一條路通往柵門和後院，後院裡有一棵很大的柳樹，樹枝很適合用來做成弓，不過不太適合製作箭。埃利亞斯堅持要當羅賓漢，我當威爾．斯考利，我們共同對抗約翰王和他的玫瑰灌木叢軍隊。

夏天我們會用手動除草機和壓路機做出從後院籬笆延伸到曬衣架的板球場。為了保護鄰居，我們會用網球來打板球，而且還自己發明計分制度。越過籬笆飛出球場是六分，打到房子是四分，打進玫瑰灌木叢的話比賽暫停，不能跑壘。我當時好討厭那些玫瑰荊棘。

如果閉上眼睛，我還可以聽見愛絲梅在和愛波同住的房間裡拉小提琴，雖然那聽起來像她在虐貓一樣，而愛波是唯一能聽出她在演奏什麼的人。爸爸在院子裡練習高爾夫球揮拍，往一張毯子打著塑膠球，他把那張毯子掛在衣架上，再拉到地上釘起來。這時媽媽關在浴室裡泡澡，她會先宣布接下來的一小時不能打擾她，不管是流血事件、傷口需要縫合、飢荒或瘟疫都阻擋不了她。這是她的「安靜時段」，她的「個人專屬時間」，她的「品酒時刻」。

現在這棟房子看起來就和一般屋舍沒兩樣，無趣又不起眼。曾經有人說在殺人事件過後這間房子會拆除，不過最後有人以便宜的價格買下，把這裡重新裝修一番。他們還給這裡取了一個新的名字：柳樹小屋，並在窗邊花壇種了三色堇。

「他們現在在哪裡？」莎夏問，指我的家人。

「西布里奇福德的南墓園。」

「你有去看過他們嗎？」

「一年一次。」

「在他們過世的那一天？」

「在母親節。」

為什麼我選擇在母親節這天？也許是因為這裡面我最想念的是媽媽，她好愛母親節。雙胞胎會在她的房間門外鬥嘴，直到她們可以進房裡，手上還拿著在床上吃早餐的手寫菜單。吐司、果醬、咖啡、茶、果汁，還有能讓媽媽打勾的小框框，而我則負責端餐盤。

奇怪的是，在殺戮事件過後，我不太記得大部分的青少年時光，青春期成了必須忍耐度日的階段。我愈快長大，就能離那場徹底改變我人生的悲劇愈遙遠。高中畢業後我直接上大學，沒有去亞洲背包旅行、在峇里島愛上某個漂亮的瑞典女孩，也沒有到澳洲採水果或橫越非洲。我總是往前看，決不回頭，這就是為什麼我的朋友那麼少、至今沒和幾個女生上過床，也沒有陷入熱戀。我以為我正在開啟新的人生，殊不知我的人生已經完全與我擦肩而過。

我的呼叫器在屁股上嗡嗡作響，打斷我的思緒。發亮的小螢幕上有傑克・波登傳來的訊息，也就是哈密許・惠特莫的女婿。他寫著：我找到線索了。打給我。

「我得找個電話亭。」我說。

莎夏伸手到口袋裡，遞給我她的手機。

「我以為妳沒有手機。」

「只在緊急狀況使用。」她回道。「我很少開機。」

因為會被追蹤，從她手中接過手機時我心想。

傑克很快地接起電話，小聲說他得到某個安靜的地方說話。我聽見背景的聲音，公共廣播系統正在呼叫一位醫生。

「一切都還好嗎？」我問。

「好得不得了。」他雀躍地說。「蘇西昨晚開始陣痛，今天早上生下男寶寶。我是爸爸了。」

「恭喜。」

「他好完美，好小又好漂亮。」

「蘇西還好嗎？」

「她又開心又難過，你知道的，不過現在我們有別件事情要專心處理。」

他直搗重點。

「我昨晚開車載蘇西去醫院的時候，發現了哈密許的筆記本，就塞在座椅中間。蘇西想起她有借過哈密許車子，因為他的瑪莎拉蒂得進廠保養。」

「這是什麼時候的事？」

「十天或十一天前，她不太確定。衛星定位系統有幾個新地址，我把它們抄下來給你。」傑克停頓半晌，然後似乎不確定該怎麼開口。「我要怎麼處理這本筆記本？」

「警方會想看看。」

「我也是這麼想，不過我在想也許你會想先看一下，裡面有提到尤金・葛林和你感興趣的那個女孩。」

「哪個女孩？」

「天使臉女孩。」

我感覺到自己心跳加速。「我可以幫你把筆記本交給警方。」我盡量表現地自然。「這樣就不用麻煩你。」

「我也是這麼想。」他回道。

聖瑪莉醫院已在曼徹斯特中部屹立超過兩百年，且因應要求而增建新大樓。產科病房的入口看起來像個零售商場，裡面有商家、咖啡店、藥局和放滿盆栽的中庭。

傑克在電梯口和我會合，氣喘吁吁、笑容燦爛。他和我用力握手，幾乎把我握痛了，急著想給我看他手機裡的照片，寶寶量體重、護理師幫寶寶清理身體，還有寶寶窩在蘇西懷裡的模樣。

「取名字了嗎？」

「蘇西想幫他取名叫哈密許。」

「那很棒。」

傑克把筆記本交給我，封面是藍色硬皮紙，上面還印著咖啡漬和可能是義大利麵醬的東西。

「我就覺得納悶，為什麼哈密許要跟蘇西借她的速霸陸。他跟蘇西說自己那輛瑪莎拉蒂要去車廠保養，可是明明那天他的車就停在公寓外面。我在想是不是有可能他知道自己被跟蹤，所以想換車。」

「有可能。」

傑克用拇指的指甲搔臉頰。「你有聽說什麼新消息嗎？」

「我不算是偵查小組的人。」

「我知道……我只是在想……」他說：「他們向我們保證有最新消息會讓我們知道，我是說警察，可是我們什麼也沒聽說。在他們把哈密許的遺體交還之前，我們甚至無法安排喪禮的事情。」

「我很遺憾，我會看看我能查到什麼。」

「謝謝你。」

我們像老朋友一樣擁抱，人在逆境時很容易拉近距離。

我把車停在載送產婦的停車區，莎夏在車裡等著。我們找一個安靜的地點，我把車靠邊停下來，好讓我們能一起檢視那本筆記本。他的字跡是老派的草寫，筆記本裡散落著日期、姓名和個人速記的記號。

哈密許把尤金．葛林被逮捕之前好幾個月的行蹤詳細條列出來，他在調查兜不攏的那幾個星期，顯然是想查出他可能把被害者關在哪裡。

有一張單頁被摺起來，夾進筆記本的後方。那是某種分類帳本或旅行日誌的影本，上面有欄位和標題，像是ＰＯＤ、ＰＯＡ、廠牌和型號。

「這是飛行日誌？」莎夏問。「ＰＯＤ是出發地點，ＰＯＡ是抵達地點。」

其中一項資訊被圈起來，飛離ＬＰＬ（利物浦約翰．藍儂機場），飛抵地點的代號是ＯＢＮ，我不知道這是指哪一座機場。日期是二〇一二年十二月七日。那台飛機是一架私人噴射機，呼號是G-BRDT。下一欄是乘客的欄位，有人寫了一個數字「七」，還記錄著：四位男性、兩位女性、一位未成年孩童，旁邊寫著一連串的姓名大寫：F.M., B.W., D.A., S.K., M.C., R.M., P.。

哈密許在頁面的空白處潦草寫下一間名為佛萊特私人股份的公司名稱，和一個位於曼島道格拉斯的地址。他在下方列出幾個電話號碼並用筆劃掉，彷彿在尋找哪一個是正確的電話。最後在頁面底部，他用紅色原子筆圈起一個名字，下筆的力道很重，留下一滴像血噴濺的墨水印：菲利浦・埃佛里特。

莎夏先開口。「他不是那位政治人物嗎？」

「英國上議院。」我想起記憶裡的細節。大學讀犯罪學時，我曾讀到一篇埃佛里特議員所寫、有關英國監獄容納過多人且缺乏心理健康服務的報導，他是少數不贊同「極端懲罰」制度的議員，其他議員向來要求要嚴格懲處。

在筆記本的同一頁，哈密許寫了一個名稱「放逐者」，旁邊有個位於曼徹斯特的地址，這和傑克在蘇西車裡的導航地點是同一個地方。

「值得走一趟。」我說。

「我們要去找誰？」

「誰應門就是誰。」

# 第三十三章

## 艾薇

從我把自己關在掃具櫃的那天起，我就被監禁在我的房間裡，只有用餐時間可以出去。我好想念能出去放風的生活，好想看到小波。如果我站在床上，可以把臉倚向著戶的縫隙，感受微風吹拂臉頰，聞到剛除草完的草地清新的味道。有人正在某處煮咖哩；孩子們在花園裡玩耍；有隻小狗吠叫，另一隻也跟著叫，後來又有第三隻加入，也許牠們正在和彼此交談。

露比過去十分鐘一直在走廊上走來走去，往我的房間裡偷瞥，好像我得了傳染病一樣。

「哈囉，露比。」我說。

她靠向我的房間。

「妳的眉毛怎麼了？」我問。

「我沒有眉毛了。」

「我看得出來。」

她摸了摸額頭。「愛薇娜和蘇菲告訴我要幫我把眉毛染黑，誰知道她們竟然把我的眉毛剃掉。」

「愛薇娜和蘇菲是賤貨。」

「對啊，我也覺得。」

「妳不能再相信別人了，尤其在這個地方。」

「我相信妳。」

我聽了心縮了一下。露比在我旁邊，我們一起坐在床上，她從毛衣底下拿出一條吃了一半的巧克力餅乾。

「我從食品儲藏室偷的，我這週負責做廚房雜事。」

「其他是誰吃的？」

「達薇娜。她說這是『小偷稅』。有這種東西嗎？」

「沒有。」

露比也用餐巾紙包來一片蘋果給我，上面有她毛衣的毛屑，或者是她肚臍的屑屑，不管怎樣我還是吃了。

「他們要把妳送走嗎？」她問。

「我想是吧。」

「送回家？」

「我沒有家。」

「那是哪裡？」

「某個神經病醫院。」

她把餅乾上的巧克力舔掉。「妳又沒發瘋。」

「對，不過那要看別人怎麼想。」

我背靠著床頭板而坐，雙手抱膝。露比無法忍受沉默。

「艾薇？」

「什麼事？」

「妳有家人嗎？」

「沒有。」

「可是妳以前有過。」

「對。」

「我猜妳的媽媽一定很漂亮，我猜妳看起來和她一模一樣。」

我想告訴她美麗是狗屎！美麗是大自然的意外。美麗是住隔壁的女孩專屬的東西，還有那些關於魔鏡和玻璃鞋的童話故事。美麗只會出現在那些釘在鐵欄杆上、賣給遊客的圖畫，和以岩石海岬上的城堡作為風景的明信片上。美麗不是為我這種人而設的。

露比一邊咬指甲一邊說：「但願我很漂亮。」

「妳是這裡最漂亮的女生，不管有沒有眉毛都是。」

她咧嘴笑了，看到床邊桌上的撲克牌。

「妳可以再教我一次德州撲克嗎？」

「妳每次都沒記住規則。」

「我會努力。」

我拿起那副牌，開始洗牌。

「是誰教妳玩德州撲克的？」她問。

「泰瑞。」

「是妳的男朋友嗎？」

「不是。」

「妳的哥哥？」

「我沒有哥哥。」

「我的一個哥哥可以給妳。」露比笑著說，她有四個哥哥。

我再跟她說一遍基本的規則，可是我知道露比還是不會記住。她是金魚腦，聽我解說時的反應，好像每件事都是第一次聽見一樣。

我開始發牌，想起泰瑞教我玩的時候，還有他後來開始制定新規則，因為他說我是「怪人」，總是不會輸。

漸漸地，幾週過去了，我開始把我的東西帶出密室。一開始是我的牙刷，後來是我的衣物、書本和玩具。泰瑞對此有所抱怨，但他沒要我把所有東西藏起來，因為我們當時養了狗。兩隻狼狗（他稱牠們是德國牧羊犬），牠們是兄妹，不是小狗也不是成犬，而是青少年。

「牠們叫什麼名字？」他帶牠們回家時我問。

「牠們是看門犬，不需要名字。」

「我們總得叫牠們什麼。」

泰瑞想了一會兒，想出席德和南西這兩個名字，是以性手槍樂團的席德·維瑟斯命名的，那是他最喜歡的樂團。

「誰是南西？」我問。

「他的女朋友。」

「也是樂團成員嗎？」

「她是個悲劇人物。」

「那是什麼？」

「某個犯了錯，而且因此賠上一切的人。」

我還是沒有完全聽懂，不過我喜歡這個概念，因為這讓我想起媽媽。

泰瑞叫我伸出手，讓狗狗聞我，「記住我的味道」。後來他在前院立了一個牌子，警告人們**內有惡犬**，可是席德和南西根本不會傷害任何人，牠們是溫柔的大傢伙，想被人抱著。

泰瑞去上班時，我會把牠們帶進屋裡保護自己，不過主要是我想讓牠們和我作伴。我們會躺在泰瑞的床上看電視、吃餅乾，而且在他回家前確認有把餅乾屑拍乾淨。一聽到他的車聲，我就會趕緊跑回密室，假裝睡覺。

泰瑞會把手放在床上，感覺到我和狗狗們的身體餘溫。到了早上，他會罵我不遵守規則，然後我會保證不再犯，不過我是騙他的。

偶而泰瑞會帶女生回家，每次都是不同人，但她們似乎都是相同的穿著打扮：緊身洋裝、高跟鞋。我會聽見他們醉醺醺地咯咯笑或大聲說話，然後泰瑞會要她們小聲一點，不想吵醒我。他不會帶那些女人上樓，可是我會聽見他們在做的……性愛的事。他們會呻吟，還有那些濕濕的聲音。

我問過泰瑞他喜歡那些女人哪一點，他不講話。他覺得那些女人很美嗎？他們會結婚嗎？

「天殺的不要再問問題了。」他說。「妳沒有拼字要念嗎？」

我沒上學，不過他會給我作業，因為我得繼續學習，否則我會落後，他是這麼說的。我不確定我會落後給誰，可是我喜歡算數，只不過我不懂長除法的意義在哪裡，因為計算機明明就算得更快。還有為什麼人們要這麼重視質數？一個數字只能用一和該數自身整除又有什麼大不了的？人也可以是獨立於其他人之外，而且沒人會在乎。

# 第三十四章

## 賽勒斯

特拉福德中心位於曼徹斯特運河南邊，從前是工業區，現在原本的倉庫和工廠大多數被夷為平地，轉化為辦公區域、公寓住宅和零售樞紐，不過這個地區仍以曼聯的主場——老特拉福德球場而聞名，這座球場很常裝修改建，巴比．查爾頓和喬治．貝斯特現在可能認不出這個地方了。

我把車停在萊昂斯路上的一棟紅磚商辦前面，查看哈密許筆記本上的住址。玻璃門上有個樸素的標示牌，上面寫著：放逐者，其中「逐」字設計成鑰匙的樣子。

燈雖然亮著，但按電鈴時沒人應門。屋子裡有人在說話的聲音，莎夏試著轉動門把，門向內敞開，我們沿著聲響走進一間天花板挑高的寬敞房間。這裡有成排的長桌，上面堆滿衣物、毯子、毛巾、外套和襪子。總共十來個人，大多數是年輕的黑人，正在整理衣物並裝進紙箱裡。隨身音響播著嘹亮的嘻哈音樂，那就是他們沒聽見門鈴的原因。

莎夏往前走，等著有人注意到我們。其中幾個男人抬起頭來，端詳她的樣子像是他們曾在哪裡看過她，或者但願他們見過一樣。他們往正在分類衣物的人群望去，心想是誰會和她打交道。沒有人。

有人輕推一位穿著工作背心的女子，於是那女子轉過身來。她年約三十五歲，留著一頭小卷黑髮，圍著一條色彩鮮艷的頭巾，頭巾在她的頭頂上好像快掉下來一樣。

「需要幫忙嗎？」她以好聽的牙買加口音詢問。

「我不是很確定。」莎夏打頭陣說。

「如果你們是來捐獻的，衣物請放紅色箱子，毯子放綠色的，罐頭食物可以疊在桌上，這裡不收容易壞的食物。」

「請問你們是在為誰募集資源?」莎夏問。

「有迫切需要的人。」她回道。「遊民、貧困的人,需要幫助者。」

其中一名男子對她喊道:「嘿,比莉,要不要來點羅西?」

比莉看了一眼手機。「再十分鐘。把你的香菸也帶外面。」

「羅西?」我問。

「羅西・李[9],就是喝杯茶的意思。」比莉說。

社工們開始離開長桌,最靠近我們的那位男子從一張凳子起身,他身材高壯,將近七呎高,穿著一件緊身黑T恤,貼著身體的模樣彷彿是他的第二層皮膚。

「要幫妳泡茶嗎?」他問比莉。

「加奶,一匙糖。」她回道。

「女士們要什麼嗎?」

他說這句話時面朝著我,想看看我的反應。莎夏幫我們兩人回答,替我回絕。

這位男子並未動身,他在打量我,衡量我是否會構成威脅。我從監獄裡的男性眼中看過這種眼神,在那裡他們的身分和隸屬關係能為他們帶來安全,眼前此人並不需要這麼有戒心。

我環顧四周,在其他工作人員身上看到類似的象徵,自己刻下的刺青、在健身房鍛鍊的大肌肉,和在監獄運動場常見的拖腳行走。

「你們這裡是為更生人而設的慈善機構。」我說。

「答案就在名稱裡。」比莉回道。「放逐者。」

她把重心移到身體的一側,一手撐在左臀上。「不過這只是我們所做的一小部分。我們會幫他們找工作、為他們提供住宿、食物券、醫療藥物與健康檢查。今天我們在整理愛心包裹,要送給生活有困難的家庭與遊民。」

那位魁梧如山的男子已經走到旁邊的小廚房，人們在那裡的一個銀色茶壺前面排隊。

「如果你們不是來這裡捐獻，那你們來做什麼？」比莉問。

「我們在試著追查一個名叫哈密許．惠特莫的男子去過的地方。」

「那位警官。」

「妳見過他。」

「見過一次。他大概一週還是兩週前有來，問一些問題，就像你們一樣。他想知道我們雇員的一些詳細資料。」

「妳跟他怎麼說？」

「什麼都沒說，我也什麼都不會告訴你們。」她的聲音裡有股堅決。「我們雇用的人都承認過自己犯過錯，也服刑完畢。我們提供給他們一個嶄新的開始，不問問題，沒有包袱。」

「要是我提到尤金．葛林這個名字呢？」

「誰？」

「泰瑞．波蘭德？」

「沒聽過這個人。」她有一縷髮絲從頭巾裡掉下來，落在她的左眼前面，她把那縷髮絲吹開。「希望你們不是遠道而來，因為這是在浪費你們自己和我的時間。」

像山一樣的男子拿著她的茶回來，在他手中那看起來像小孩的杯子。

「比莉，一切還好嗎？」

「很好，謝謝你，尼可拉斯。」

9 羅西．李（Rosie Lee）是英國的押韻俚語，相當於cup of tea「喝杯茶」之意。

他張開另一隻手，給她一片餅乾。

「放在盤子上才是有禮貌的做法。」比莉說。

「我忘了。」

她還是接過餅乾，浸在茶裡後咬了一口。

「是誰創立這個慈善機構？」我問。

「這是埃佛里特基金會的一部分。」

「菲利浦・埃佛里特。」

「你認識他？」

「大學時我研究過埃佛里特議員在上議院發表的一次談話，他為曾受刑人爭取更好的職業訓練和求職系統。」

「那正是他在做的事。」比莉說，「我們提供學徒的工作、法律諮詢和可負擔的住宿，同時也協助他們找工作。」

「妳說『法律諮詢』是什麼意思呢？」我問。

「有時會有些人受到錯誤的判決或監禁，埃佛里特基金會協助提供法律協助。」

「請律師？」

「諸如此類的事。」

「聽起來所費不貲。」

「埃佛里特議員是用家族的財產創立這個基金會。他是我見過最無私的人。」

「所以妳和他見過面。」莎夏問。

「他每年都舉辦聖誕派對，邀請我們所有人一起去，包括這裡的員工、更生人、捐獻者、政客等等。去年他在他自家的莊園搭了一個露天遊樂場，有旋轉木馬、碰碰車，還請了算命師來。大家攜家帶眷，埃佛里特議員還打扮成聖誕老公公。」

員工們經過短暫的喝茶休息後紛紛返回崗位，比莉注意到時間。

「哈密許．惠特莫死了。」我說。「他是被人殺害的。」

這番直接的言論令她訝異，她遲疑地對我眨了眨眼。

「我不認為我應該和你們交談，如果你們有任何問題，你應該找曼寧先生。」

「他是哪一位？」

「他是埃佛里特基金會受託人理事會的一員，我就是請惠特莫警官去找他。」她在一張牛皮紙的角落潦草寫下地址，把那張紙撕下來。

「這是他辦公的地方。」

我認得這條街，曼徹斯特的丁斯蓋特街，這是蘇西汽車導航裡出現的第二個地址，離這裡不遠。

# 第三十五章

## 艾薇

格斯里現在怒火中燒，因為有人蓄意破壞他的手機。他很肯定是我造成的，可是他無法提出證明，而這讓他更氣了。現在他在抱怨自己的手機被控制了，而且「有自我意識」。

我和露比躲在我的房間裡，玩我們自己版本的拼字遊戲（我們挑選自己的拼字磚，拼出最汙穢的字眼）。奈森把頭探到我的房門附近，他的額頭上有顆已經能擠出來的痘痘。

「妳是怎麼辦到的？」

「自動校正。」

「妳拿到他的手機。」

「顯然是如此。」

「手機沒鎖碼？」

「他沒設密碼。」

「這麼笨的人不配擁有手機。」

「有同感。」

計畫是在早餐時履行的，格斯里那時正埋頭吃著英式早餐全餐，自從他太太把他踢出家門之後，格斯里幾乎三餐都在朗弗德感化院解決，這也是他會變那麼胖的原因之一。今天早上露比「不小心」把她的整杯茶倒在他的大腿上，格斯里站起來跳來跳去，一邊喊著她的名字，露比就是在這時趁機把他的手機握在手裡，偷偷傳給我。

我等到他去職員盥洗室擦褲子時打開他的手機，更改他的自動校正設定，改變幾個常見用語。如果他在內容裡輸入「我想要」這三個字，內容就會立刻變成「我想要和妳妹妹上床。」「我會回家」這幾個字會完全改成「等妳媽幫我口交」。「辦公室」變成「妓院」，「晚餐」變成「妳煮的狗屎」，還有「我愛妳」變成「我是豬頭才娶了妳」。

等格斯里回到位子上繼續吃早餐時，他的手機就在桌上，而他對此完全不知情，一直到他開始傳簡訊才會揭曉成果。我不太確定這個惡作劇會不會成功，不過我頗有信心，因為格斯里是那種會用雙手傳簡訊的人，打字時從來不看自己打了些什麼。

災難在幾乎一天快過完才降臨，格斯里大發雷霆，我們聽見他在電話裡苦苦哀求他老婆的聲音，他說：「寶貝，這不是我打的，我保證，妳……不是，當然沒有。妳比妳妹還漂亮多了……從來沒有，我發誓……我絕對不可能那樣說妳媽媽。」

我笑到上氣不接下氣，而且還尿了一點在褲子上。

「噓，他來了。」奈森說，他一直在幫我們把風。他很快地跑回自己的房間，露比開始盯著她的拼字遊戲字母磚。

格斯里來了。「是妳！」

「什麼？」

「妳破壞我的手機。」

「我不知道你在說什麼。」

他站得比我高，口水四濺。「妳搞我，我立刻就把妳搞死。」

「這是允許的嗎？」我問。「我是說搞這件事。照護責任之類的規定。你是成人，而我是未成年。你應該要保護我的安全，讓我免於受到性侵害、以及身體與情緒上的傷害。我有權受到尊重與有尊嚴地對待。」

有那麼一瞬間，我覺得格斯里的頭可能會像洩了氣的氣球一樣脫離頭部，在房間裡到處亂飛。

與此同時，露比很安靜，我原本以為她可能會忍不住洩漏些什麼，可是她比外表看起來還要堅強。

格斯里只會虛張聲勢，但其實無害，他只是個心胸狹窄的男人罷了。他不該來當社工，應該去當管理員、夜間警衛或看行李的人，做些不需與人交涉的工作。

他走後，露比慢慢吐氣，像是她剛才一直在憋氣一樣。「妳是怎麼記得那些事情的啊？照顧責任之類的那些鳥事？」

「我在瑪奇辦公室裡的手冊上讀到的。」

「妳應該去當社工或心理醫生。」

「我？」

「對，妳可以幫助其他人。」

「不了，我連自己都幫不了。」

# 第三十六章

## 賽勒斯

這棟辦公大樓的門廳寬闊得像個舞廳，高聳入雲的玻璃窗映照出其他窗戶的倒影，製造出鏡室效應，我可以從中看到好幾個面朝同一個方向的自己。

接待櫃檯的年輕男子穿著一件緊身襯衫和窄管褲，露出腳踝和綁帶帆布鞋。

「哈囉，我叫馬克思，請問需要什麼協助嗎？」

「我們要來這裡見佛瑞瑟．曼寧。」

「他知道您們來訪嗎？」

「還不知道。」

他的眼中透著困惑。「曼寧先生通常不會接見沒有預約會面的人。」

「那我們想預約會面。」

「沒問題。」他遞給我一個平板。「您需要提出書面申請，載明您的工作性質，列出您可能想詢問他的問題。每次會面限時二十分鐘，除非他認為不足夠才會加時。曼寧先生有權請一位證人在場，並在任何時間錄下會面過程。」

「我們什麼時候可以見到他？」莎夏問道。

馬克思看了一下自己的平板，用食指滑動螢幕。「七月五日。」

「那還要好幾個月後。」

「他非常忙碌。」

「我們比較想今天與他會面。」我說。

「他整個下午都有會議。」

我嘆了一口氣，手肘靠在光滑的玻璃櫃檯上。

「可以請你告訴曼寧先生，我是受雇於諾丁罕郡警局的司法心理醫師。幾個星期前，一位名叫哈密許・惠特莫的前任警員來過這裡找曼寧先生。」

「請問那和您有什麼關聯呢？」

「惠特莫警官在一週前被謀殺了。」

馬克思張嘴又閉上，彷彿在清除耳鳴。「您是在暗示……」

「我並未暗示什麼，只是想追查惠特莫警員生前的行蹤，查出他見過誰，以及與對方談論過什麼。」

馬克思發出「嗯……啊……」的聲音，顯示出他的憂慮，接著他拿了我的名片，要我們等一下。他指向兩張看來極為昂貴的黑色皮革沙發，但那坐起來可能比滿載的紅眼班機的中間座位還不舒服。

我注意到自動門裡面有位立正站好的男子，他穿著一身深色西裝，看起來宛如一尊黑木雕像，梳的油頭幾乎能反射光線。

「我原本以為慈善機構待人會更和善一點。」莎夏說。

「這不是慈善機構。」我回她，瞥見一張咖啡桌上的小冊子。「而是某種私人銀行或投資公司。」

我們在外面等了超過四小時，直到大多數的員工都已離開這棟大樓，從電梯傾巢而出，穿越門廳。我每隔一會兒就會大老遠走到櫃檯，詢問我們能否與他會面，但每次我都被告知曼寧先生還在開會。

「他會偷偷溜走。」莎夏說。「一定有電梯是直達地下停車場，他可能已經離開，也可能直接從我們身邊經過了。」

又過了三十分鐘，正當我想放棄時，接待員走向我們。

「曼寧先生可以給你們十五分鐘。」

那名像在白金漢宮站哨的近衛兵護送我們到電梯，我們不發一語地搭電梯上樓。門打開時，佛瑞瑟・曼寧親自迎接我們，他的樣貌出乎意料地年輕，皮膚因日曬而黝黑。我們握了手，我注意到他在握手時把我向他拉近，並拱起手掌搭著我的右手肘，權力的象徵。他穿著炭灰色的西裝、白襯衫和鮮紅色領帶，讓我想到工黨的東尼・布萊爾那一類的人。

「抱歉讓你們久候，我整個下午都在開會。我們有個重大的議題要處理，一宗合併案，兩造都在最後一刻提出要求，有時候這就像不可能的任務。」

他接著馬上說：「我覺得我好像聽過你的名字。我們見過嗎？」

「我想沒有。」

「你在市政府任職過嗎？」

「沒有。」

「讀劍橋大學？」

「不是。」

他正要往下講時，眼裡忽然閃過一絲恍悟。

「噢！天啊！你就是那個男孩……你的家人……」他沒把話說完，而且看起來是發自內心地不安。「請原諒我，我真的非常不妥當，你一定覺得我很無情。」

「一點也不會。」

他繼續道歉，自我責備，不一會兒我也在以相同的音量照做，結果這段對話成了典型的自責會話練習。與此同時，他能從一個這麼久以前發生的悲劇事件中想起我的名字，這事有點奇怪。我猜想他有可能趁我們在等待的時間查過我的資訊。

曼寧帶我們來到一間有著明亮桌燈的辦公室，不過辦公室裡的其他地方則很昏暗。他在一張黑色皮椅坐了下來，平滑的桌面上除了一只迴紋針之外什麼也沒有。

「賽勒斯和莎夏，請問我能怎麼協助你們呢？押頭韻。你們是情侶嗎？」

「朋友。」我回答得太急促。「我們想追查一位前任警員哈密許．惠特莫生前的行蹤，他在一週前被殺害了。」

「惠特莫，我記得這個名字，我在《曼徹斯特晚報》上看到他的新聞。被斷頭，太可怕了。」

「你記得他嗎？」

「不記得，我沒印象。我因為工作的關係會和很多人見面，可是如果其中有警員，我相信我會記得他。你怎麼會認為他來過這裡？」

「埃佛里特慈善基金會『放逐者』的執行長把你的名字和地址給了他。」

「我知道了，是哪一位告訴你這件事的？」

「比莉。我們早先和她談過。她確認惠特莫有造訪過該機構，我們相信那那是在五月十五日的時候，當時她叫他來這裡。」

曼寧從外套口袋拿出一台很大的手機，用大拇指在螢幕上解鎖。

「我十五日不在辦公室，我那天早上飛去日內瓦了。」

「坐私人噴射機？」

「有差別嗎？」

莎夏改變話題。「會不會有可能查看門廳的攝錄影像，看看哈密許．惠特莫那天是否造訪這裡過？」

「我可以安排安排。」曼寧在手機上寫下備忘錄。「不過也許你們可以先解釋一下你們究竟想查出什麼。」

「我們在查哈密許・惠特莫臨終前幾天的行蹤。」

「這是警察官方的偵查行動嗎？」

我對這個問題略而不答，提出了自己的疑問。「尤金・葛林和泰瑞・波蘭德是否曾受雇或接受埃佛里特基金會的協助？」

「那個惡名昭彰的戀童癖尤金・葛林？」

「是的。」

曼寧嘆了一口氣，把手機放到桌上。「答案是『無可奉告』。」

說完他停頓許久，讓人感到愈來愈不自在。

「我拒絕回答並非承認某件事。」他總算開口。「我不知道這兩個人是否在我們的檔案之中，埃佛里特基金會曾幫助無數的更生人找工作、安頓下來和學習新技能。他們大多現在都過著自給自足且奉公守法的生活。然而有些時候，我們也得接受有人會浪費了我們提供的機會，屈服於他們過去成癮的陋習，或回到犯罪的生活。賽勒斯，我們提供人們第二次機會，可是不是每個人都會好好把握那個機會。你可以想像如果我證實——而我並沒有這麼做——尤金・葛林曾經接受我們的協助，那麼社會大眾會有多憤怒嗎？那樣一來，我們就再也募不到任何一分善款，也無法得到政府的合約了。埃佛里特目前已經是《每日郵報》的攻擊對象，因為他們把他當成一個過於善良的自由主義者，幾乎就像J. K.羅琳那樣。我的職責是保護這個慈善機構和埃佛里特議員，讓兩者免於受到過分關注。」

「不計代價？」

「什麼代價？你會因為一間銀行被搶劫，就關閉整個銀行體系嗎？你會因為一位牧師虐童，就關掉所有教堂嗎？」

他張開手掌，彷彿他說的每一件事都應該是再明顯不過的道理。我快輸了這場辯論，因為我完全理解他的意思。他不願冒著危害到這個基金會和埃佛里特議員的危險而去尋找問題的答案，何況這些問題如此靠近危險。

在這段對話的過程中，莎夏一直都保持沉默。現在她伸手到我們的座椅中間，碰了碰我的大腿，示意要我別再追問下去。

曼寧再度看著手機上的時間。

「我真的得走了，我們要在歌劇院舉辦一場募捐活動，他們要演出《波希米亞人》。」

他短暫地閉上眼睛，嘆了一口氣，手指在桌上敲打出一些節奏。

「但願我能幫你，賽勒斯，可是你在問的問題關乎一個死去的人。我們協助別人重建人生，他們有些已經崩壞，有些則曾陷入危機。如果你發現我們有雇員做了違法的事，我們不會護著他們，這點我向你保證。」

# 第三十七章

## 艾薇

有露比在身邊的感覺就像養了一隻寵物，她現在躺在我的床上翻閱雜誌，那幾本是我還沒剪下來拼貼在牆上的。我會用很多小張的圖片創造出大圖畫，像一系列的訂製拼圖那樣。

露比總是說個不停，但我過了一會兒就不再聽她說話，因為她的聲音像是在電梯裡播放的音樂。現在她在告訴我，她的繼父是如何和某個他在摩托車展認識的「放蕩女人」私奔，整整五個月都沒回家，然後她的媽媽威脅他如果回來要「剪掉他的蛋蛋」，但她還是什麼都沒做。

從我被注射鎮定劑那天算起，距離賽勒斯來已經過兩天了。我知道他在試著查出我的身分，雖然我求他別這麼做。他給我看那張失蹤男孩的照片，我說從來沒看過，是在騙他，但對此我沒有罪惡感，因為我不希望賽勒斯查出我是誰……還有我做過什麼。

露比推了我一下。「妳有聽到我說什麼嗎？」

「沒有。」

「妳那個來的時候，胸部會不會很痠？我會。」

露比穿著黑色緊身褲和正面有寇特．科本圖案的T恤。我們不知道寇特．科本是哪位仁兄，不過他骨瘦如柴和一副吸冰毒成癮的模樣看起來還頗性感的。露比的音樂品味很糟糕，而且她喜歡看電視達人秀，參賽者會上台哭哭啼啼地說要為死去的奶奶或罹患白血病的弟弟唱歌，露比每次看都會哭出來。

「妳媽媽是怎麼死的？」她一邊問一邊翻頁。

「窒息死的。」

「像是被人勒死那樣？」

「不是，是，也許吧。不要問我蠢問題。」

她扭著其中一邊耳機，每次她緊張時都習慣這樣，或者這單純只是一種習慣。

「為什麼他們不知道妳幾歲？」她問。

「我九月就滿十八歲了。」

「對，可是那不是妳真正的生日，那是法官編的，他要選任何一天都行。妳應該選一月十四日。」

「為什麼？」

「那是我的生日，我們可以當雙胞胎。」

「生日在同一天不會讓我們變成雙胞胎。」

我在隨身聽上更改播放的曲目時，露比又往前翻幾頁雜誌。

「如果妳想要，我可以幫妳穿耳洞。」她說。「我們只需要一根針、一顆冰塊和一個打火機。」

「我們沒有那些東西。」

「也對。」

達薇娜走到走廊上，大喊：「小姐們，再二十分鐘。」

到那時門會上鎖一整晚，直到早上七點四十五分才會開啟。

「我可以在這裡待著嗎？」露比問。她深吸了一口氣，然後像在憋氣。

「我不能再惹出任何麻煩了。」

「我們不會被抓到的，拜託。」

我也不想自己獨處，所以我答應了。露比先回到她的房間，把床鋪得好像她就睡在毛毯底下的樣子。走廊的錄影機會拍到她來回走動，不過這裡在熄燈前很繁忙，所以不太會有人注意到，只要大家十點整都待在自己的房間裡就好。

露比穿著睡衣和睡袍回到我房間，手裡拿著一隻看起來很需要清洗或燒掉的憔悴河馬娃娃，但她睡覺時一定要抱它。

換房間睡覺的訣竅是要先一直躲在浴室裡，直到門都鎖上、觀察窗也關上為止。查房結束後，露比會溜出來，用床單蓋著身體貼著牆爬行，掩人耳目。

「妳沒有家真是幸運。」她小聲說。「我的家人不想看到我，他們喜歡我的弟弟和妹妹，不喜歡我。他們沒有對我不好，可是我就不會得到那些親親抱抱，不像以前那樣。」

「我以為妳說妳的繼父亂碰妳。」

「沒，我亂編的。」

「這個謊話頗缺德的。」

「我知道，但我討厭那個混蛋。」

她繼續在黑暗中說話。

「總有一天，我會有自己的孩子，他們會全心全意地愛我，而且我一定會給他們很多親親和抱抱，我們會住在村子裡一間舒適的小木屋裡，我會開一間美髮沙龍，有個身材很好的先生，看起來像威爾・葉歐門。」

「他是誰啊？」我問，覺得睏了。

「我以前學校的一個男生。」

接著她又繼續說下去，告訴我她腦海中所有的美麗想像，說著說著就睡著了，也把我一起帶入夢鄉。

***

我夢到北倫敦的那間房子，我坐在泰瑞的床上看電視，狗狗們在樓下哀哀叫，搔抓著門。我把牠們鎖在外面，因為泰瑞說他今天會早點下班。我聽到他的車聲後把電視關掉，把拉開窗簾一角，看見他正把身子倚向後座拿外套，然後把車鎖上，越過路旁草坪後走到我們家門前的小徑上。這時有個身影忽然從一棵樹後方出現，我看見泰瑞的胸前出現兩個紅點，接著是一陣銀色閃光。泰瑞倒地，躺在地上身體不斷抽搐扭動。

又有兩名男子從黑暗中現身，他們抓住泰瑞的手臂，半拖半抬地把他抬往屋裡。席德和南西在狂吠，可是不一會兒牠們就發出哀號聲，然後安靜下來。玻璃破了。我匆忙越過床，爬進衣櫥裡，消失在牆壁後方。

我聽見他們上樓搜尋每間房間，一再確認查看，爭執著說他們找不到我。我的背倚著隔板，雙手抱膝，努力不發出一丁點聲音。

「她在哪裡？」一名男子問。

「誰？」泰瑞回答。

「不要耍小聰明，那女孩在哪裡？」

「第一天晚上我們就分開了，我把她送上火車，給她五十鎊，她說她可以自己回家。」

「你在說謊。」

「是真的。」

「那你要怎麼解釋這些東西？」

他們找到我的東西了。還在洗衣機裡的衣服，還有我在淋浴間的洗髮精和牙刷。泰瑞總是叮嚀我不要把東西到處放，可是我後來懶得收了，他也是。

我聽見他們爭吵的聲音。

「那賤貨一定還在這裡某處。」

「她可能逃走了，他可能有警告她。」

「怎麼警告？我們突襲他。」

「我們到處都找過了。」

「那就再找一次。」

他們回來搜索所有東西，用力撞門、抬起床墊，也把抽屜拉出來……

他們找不到我，就把泰瑞帶到他樓上的房間裡。

「把他天殺的兩隻腿抓住。」有個聲音說。「用皮帶繞住他的脖子，勒緊一點。」

「我們可不想把他勒死。」

「他不會被勒死。」

我聽見拳頭落下和泰瑞快窒息的聲音。泰瑞又告訴他們另一個版本的故事，他說我是個愛抱怨的賤貨，帶在身邊太煩了，所以他把我趕走了。

他們不相信他。

他又編造其他版本的故事，像是我怎麼回去找家人，或者他把我丟在火車站，還有我病死了，所以他把我的屍體扔到礦井裡。毆打持續著，哀號聲也未曾間斷。我摀住耳朵，蓋住頭，蜷縮在自己的箱子裡。我好希望這一切能結束，可是我什麼也做不了。我無計可施，我救不了他。

# 第三十八章

## 賽勒斯

我們到家時已經超過九點了，兩人都又餓又累，我提議要叫外賣，可是莎夏另有計畫。

「我早先準備了一些東西。」她說，語氣聽起來好像傑米．奧利佛。她從冰箱拿出一個厚底鍋，點燃爐火。我想從他身後偷看，但她揮手要我走開，叫我去開一瓶葡萄酒來喝。

「我沒有葡萄酒。」

她指向流理臺，說：「現在有了。」

我打開那瓶葡萄酒，倒進兩個玻璃杯。

「我還是不懂這些事情和艾薇有什麼關係。」莎夏說。「筆記本、飛行日誌、囚犯慈善機構，那和天使臉女孩的關聯何在？」

「哈密許．惠特莫認為那些資訊很重要。」

「也許尤金．葛林和艾薇一點關係都沒有。」

「我給她看派翠克．康柏的照片時，她認出他來了。我很確定。」

「好吧，可是其他小孩也被綁架和棄屍，為什麼他們要留艾薇一條生路？」

「其他被害者是在大街上被擄走，他們的臉曾出現在各大報紙和電視上，可能會被認出來，因為整個國家的人都在找他們。可是沒人知道艾薇失蹤了，那表示沒有人在尋找她。」

「怎麼可能有那種事，把一個小孩的存在完全保密？她的家人在哪裡？還有她去醫院的就診紀錄、打疫苗、學校這類的事情呢？」

「也許艾薇完全不存在，她的出生從沒留下紀錄過，或者她是在別處出生，然後走私到這個國家的，人口販子是世界第三大的犯罪組織。」

「是沒錯，不過是小孩子？」

「如果沒人知道她存在，就不會有人在尋找她。」

「DNA檢測一定可以揭露她的背景吧。」

「但無法探知她的出生地為何，沒那麼精確。基因檢測可以顯示出一個人有斯堪地那維亞、南歐、英國、愛爾蘭或非洲血統，但那些結果是基於一千多年來的比率，無法讓一個人與某個特定的城鎮或家庭連結，除非他們有個能測試DNA採樣的人。」

說出觀點協助我把事實陳列眼前，尋找某種特定的形式。

「泰瑞·波蘭德的妹妹說泰瑞曾被逮捕，涉及曼徹斯特郵局的搶案，但後來卻又不明所以地被撤銷告訴。今天在倉庫裡，比莉提及埃佛里特基金會為更生人提供法律協助服務。會不會波蘭德接受了這類的服務？他妹妹說，是一位頂尖的皇家律師遊說釋放他。像泰瑞這樣的人怎麼可能得到這種待遇？」

「為什麼埃佛里特基金會要幫他？」

「也許他們不希望看到自己的受益人被判重罪而使基金會蒙羞，這對慈善機構的門面而言不是好現象。佛瑞瑟·曼寧也說得很清楚，他的職責是要保護埃佛里特議員和這個基金會的名聲。」

「可是沒有任何證據顯示波蘭德和這個慈善機構有關聯。」莎夏還是沒被說服。

「還沒找到。」

莎夏掀起鍋蓋，水蒸氣冒出來，香味四溢。

「只是蔬菜湯。」她解釋道。「馬爾他料理，叫做米內斯特拉義大利蔬菜湯。有豆子、義大利麵、米飯，我媽媽的配方。」

「妳是馬爾他人？」

「我媽媽是，我爸的家族來自挪威。」

「所以會有紅髮。」

「我有紅髮的基因。」

她也從烤箱裡拿出一條烤得酥脆的麵包。

「通常都是由男生舀菜。」

「那不是很男女平權。」

「的確，但我媽是固守傳統的老頑固。」

我用湯匙把濃郁的湯舀進碗裡，莎夏則把麵包撕成厚塊，並把橄欖油倒在麵包碟上。

「妳上一次看到妳爸媽是什麼時候？」我問。

「我大部分都是每星期打給他們……或寄明信片給他們。」

「妳一定很想他們吧。」

莎夏懷疑地看著我。「不要分析我，我不是你的病人。」

「我不是故意要……」我幫我們都再倒一杯葡萄酒。

「我不太喝酒的。」莎夏說，她的臉頰已泛紅。

在我們吃完晚餐，收拾好餐盤之後，我從書房拿了筆電，輸入菲利浦．埃佛里特這個名字。出現的第一篇文章是在《富比士》雜誌的個人檔案。埃佛里特出生於一九四六年，是家中四個小孩裡的長子，也是赫爾姆斯利第五任男爵——威廉．埃佛里特議員的獨子。他畢業於伊頓公學後，在牛津大學攻讀哲學、政治與經濟，接著進入倫敦市區的一間商業銀行。他在三十二歲時當上英國上議院的議員，時間就在他的父親死於一場騎馬意外之後。遺產稅幾乎讓他破產，但他保留著家族位於諾福克的七千英畝莊園，隨後累積了房產投資，使他躍居《星期日泰晤士報》的富豪名單。

我又找到更多文章，大多報導他的監獄改革理念，以及與埃佛里特基金會共同經營的慈善事業。出於直覺，我打上名字「尤金．葛林」和「埃佛里特議員」，搜尋的結果令我意外。第一則報導的標題寫著：**議員懸賞尋找失蹤男學生**。另一則報導寫著：**埃佛里特議員探視性侵並殺害兒童的殺手，詢問：你究竟把其他被害者埋葬於何處？**

這些文章包含了埃佛里特議員步出監獄大門的畫面，他在那裡告訴記者：「尤金．葛林向我保證他不知道派翠克．康柏的下落。我想相信他，但我已經答應康柏一家，我不會停止搜尋。」

另一個連結連到一支二〇一九年九月的電視訪問影片，就在尤金．葛林被定罪之後。埃佛里特議員穿著一套完美無瑕的深色西裝，在攝影棚裡發表談話。他把銀髮往後梳成波浪狀，坐著時隨性地翹著二郎腿。主持人問他是否反對死刑，又或者對虐殺兒童者和恐怖分子應該開特例。

「等我們有完善的法律制度，沒有冤獄這種情況時再來問我這個問題。」他回道。

「可是當然，像尤金．葛林這樣的禽獸不該被以仁慈或憐憫之心對待？」

「很多人都在做不可告人的事情，可是一個現代的自由民主國家不該走上制度化殺戮的這條路。這裡是英國，不是基列共和國。」

莎夏一直坐在我旁邊，椅子離我很近，大腿和我碰在一起。

「他是個可敬的人。」她說。

「十足的有錢人。」

「你是在暗示……？」

「他有私人噴射機，而且口袋很深。」

「那不足以讓他成為犯罪大師。」

她說的對，我只是看到黑影就開槍，急著想找出艾薇和尤金．葛林的關聯。哈密許．惠特莫後來深信葛林有共犯，或者是在替另一個人綁架孩童。泰瑞．波蘭德有可能原本是共謀者，直到後來他良心發現，試圖把艾薇拯救出來，那就能解釋為什麼他無法去報警，而是努力把她藏起來。

「為什麼沒有其他人看到這一點？」莎夏問。

「沒有這個必要，尤金・葛林當時已經認罪，泰瑞・波蘭德又死了，案子似乎完美結案。」

「直到艾薇出現。」

「直到妳找到她。警方無法查出殺害波蘭德的人，所以順水推舟把他標籤為戀童癖，暗示他罪有應得。」

「這正是警察工作亙古不變的規則。」莎夏說。「凡是有疑惑的時候，就把罪過推給死人就對了。」

# 第三十九章

## 艾薇

有東西驚醒我，不知從哪裡傳來的聲音，這不是夜晚的聲音。露比在我身旁小聲打呼，浴室裡的水龍頭在滴水，從別間房間傳來沖馬桶的聲音。我靜靜地躺著，豎耳聆聽，我的心跳過快。門自動打開了，現在時間還太早，不會有人醒來，但警報器沒響。我沒聞到煙味，所以這也不是消防演習。露比的臉被頭髮覆蓋，我搖搖她，她咕噥地說話。

「我們得起來。」

「讓我睡。」

我聽見走廊有腳步聲，有人刻意壓低音量說話。

現在我已經完全清醒，安靜地下了床，到浴室裡去。我在淋浴間裡蹲下來，在塑膠浴簾後面雙手抱膝。方窗有著微弱的光線，照在洗手台和馬桶上。

我豎耳傾聽聲響，窗外的栗樹隨風嘎吱作響。爸爸知道所有樹的名稱，還有如何在夜空裡找到金星和火星。他以前會在晚上帶我散步，尋找松露。他說尋找松露的最佳時間是在晚上，可是我認為他是在避開其他的松露採集者，他們會指責未經許可就侵入他們土地的人。

我蹲在浴簾後面，感覺到自己心臟劇烈的跳動和耳裡的澎湃血液。有鞋子踩在地上的嘎嘎聲響。露比醒了。

「你是誰？」她問，可是她的聲音被阻斷了。

我聽見悶住的聲音，掙扎，床墊在動，重量往上加，是膝蓋，一名男子費力的哼聲，露比為自己的生命反抗，輸了。

我的拳頭握得好緊，指甲陷進了掌心。我想要一把刀，我要一把槍，我要把槍管放進嘴裡，我想用刀片刻進皮膚，我想像自己扣下板機，想像自己割腕。

時間並未慢下來，它沒帶著我就往前進，留下我不停地扒抓著磁磚，直到手指滿是鮮血，我要在他們找到我之前挖出生路。

我心碎了，又回到衣櫥後方的密室，聽著泰瑞被折磨，但仍不屈服。

「這些現在就能停止。」一名男子說。「只要告訴我們她在哪裡。」

泰瑞沒回答。

「把她交出來，我就讓你回家。你可以去探視你的兒子們，或者我們應該把他們帶過來這裡。你想看他們嗎？」

「拜託，不要。」他呻吟著說。「我發誓，她已經走了。我給她錢買車票，我把她送上公車。」

「你說是火車。」

「是長途巴士。」

「告訴我們她在哪裡，我就不再傷害你。」

「你會殺了我。」

「也許吧，但我下手會很快，我向你保證。」

他們又再度開始動手，我聽見拳頭落在他身上的聲音，還有他被悶住的叫喊聲。我無法讓這些聲音消失，無法假裝自己沒聽見。這些聲音不斷重回我的腦海，每當我用水龍頭沖頭、用枕頭蓋住頭、看見炸彈落在村莊的畫面、飢荒中的非洲小孩、從瓦礫堆拖出的屍體，或是聽見某個從其他聲音中獨立出來的聲響時，我都會聽見那時候的聲音。

酷刑持續著，直到泰瑞再也發不出聲音為止。而我躺著蜷縮成一團，咬住我的拳頭，在無盡的夜晚不停啜泣。

# 第四十章

## 賽勒斯

有人在用力敲我家的門，手指一直按著電鈴。時鐘上的紅色數字顯示現在是凌晨三點半，大事不妙。我甩開門，身上還穿著四角內褲和T恤。大衛．庫蘭警長看著我裸露的雙腿，咧嘴一笑。「腿很好看，難怪老大喜歡你。」

我想叫他滾，但莎夏出現在樓梯頂層。「還好嗎？」

「還好。」我說。「回去睡吧。」

大衛露出色瞇瞇的笑容。「噢，我有打斷什麼了嗎？」

「是誰？」莎夏問。

「沒有人。」我回道，而這麼回答也沒錯，大衛．庫蘭在重大刑案小組的小名正是「沒有人」，因為他具備一種鐵氟龍不沾鍋一般的能力，讓他總能不受任何狗屁倒灶的事牽連，使他無懈可擊，而誠如俗語所說：「沒有人是完美的。」

「蘭妮想聯繫你。」他說。「朗弗德感化院出事了。有個女孩死了，另一個女孩失蹤。」

我的心揪了一下。「是艾薇嗎？」

「我不知道名字，只知道老大找你。」

我上樓快速著裝，在慌亂中繫皮帶、扣鈕扣。

「發生什麼事？」莎夏問。

我只能勉強說出艾薇的名字，但這就足以回答她。

「我也去。」

「不用了。」

警車並未使用閃燈和警笛，加速馳騁在空蕩蕩的街道上。恐懼排山倒海席捲而來，我害怕失去艾薇，害怕她做了些什麼事。

接近朗弗德感化院時，我看見巡邏車和廂型車擋住道路。有兩輛車門敞開的救護車停在草坪邊緣，還有一輛驗屍車和一台有行動燈光和起重機裝備的卡車。有一具屍體需要驗屍檢查與載運。

一位便衣警員帶我們穿過外圈的警戒線，來到內圈的警備區，我在這裡登記進入案發現場。另一位便衣警員在行政區域的玻璃門前接應我，我的視線越過他，尋找艾薇的臉，小聲地說：「拜託，拜託，拜託。」我一再重複這兩個字，彷彿在低聲禱告。

蘭妮從走廊遠端的一間房間走出來，我無法判斷是哪一間，但她從頭到腳都穿著鑑識人員專用的淺藍色套裝。

「是艾薇嗎？」我問，難以問出口。

「她還沒被正式確認身分。」蘭妮說。「不過那是艾薇．寇梅克的房間。」

「怎麼死的？」

「被一個枕頭悶死的。」

我的眼眶泛淚。「發生什麼事？」

「擅闖事件。值夜班的人員遭到攻擊後被綁起來，在闖入者離開之後，他才觸動警報。」蘭妮一邊走一邊說。「兩名戴全罩式頭套的男子，那就是他所能提供的唯一描述。」

「他現在在哪裡？」

「醫院，他說胸口疼痛。」有人把一個寫字夾板拿到蘭妮眼前，她在上面簽了名。「我不想這麼問……不過你願意確認屍體嗎？」

我點點頭，覺得頭暈目眩。

他們又找來另一套淺藍色連身衣，我由下而上套在牛仔褲和毛衣上方，再把帽子綁緊，頭髮塞進帽子裡。每個動作都讓人覺得緩慢而沉重，彷彿我正在水中行走。

「住客都到哪裡去了？」我問。

「關在各自的房間裡，直到我們和他們談話過後才能放出來。除了一人之外，露比．道爾失蹤了。」

「她是艾薇最好的朋友。」我說。

「她可能趁門打開時逃跑了。」蘭妮說。「或者他們把她擄走。」

她遞給我一副乳膠手套，我們踏過沿著走廊擺放的遮泥板，每兩個板子之間都留有空隙。

兩位法醫鑑識人員正在艾薇的房間裡，其中一位女性往床彎身。我們進門時，她直起身子，讓我瞥見一個穿著睡衣的青少女，她平躺在床上，一個枕頭部分蓋住她的臉，毛毯在她的大腿附近扭成一團。

枕頭被拿起來，我屏息後吐氣又吸氣，心情在恐懼與鬆了一口氣之間震盪。

「不是她。」我小聲說。「不是艾薇．寇梅克。」

我注意到這女孩的粉紅耳殼上有好幾個耳針和耳圈，還有她的頭髮有一側剃掉的樣子。

「她是露比．道爾。」

她的淺色眼球突起、嘴唇發紫，有人把她的眉毛剃掉了。

與此同時，我意識到這個情況代表的是，艾薇不見了。

「他們把她帶走了！」

「誰把她帶走？」蘭妮問。

我在腦中開始分析種種細節。如果他們是來找艾薇，那為什麼要殺露比？那沒道理啊。她在這裡做什麼？露比的右手臂垂在床邊，手指幾乎快碰到一隻河馬布娃娃。

我直起身子，轉身面向大門。「露比的房間在哪裡？」

「沿著走廊一直走。」蘭妮一邊說一邊跟在我身後。我們左轉後經過幾間看起來相似的門。踏進一間房間後，我注意到枕頭被堆放在被子底下、擺在床鋪中央的樣子。任何人從觀察窗看過來，都會以為有人在睡覺。

「她們當時在一起。」我說。

「我不懂。」蘭妮回道。

「有時露比會和艾薇一起睡。」我說。「她會做惡夢。」

「妳說一起睡是？」

蘭妮想知道她們是不是一對，艾薇會告訴我嗎？我不知道。這令我驚訝嗎？可能不會。只要是她認為會讓我嚇一跳的事情，她幾乎都會跟我說。那就是艾薇其中一種反直覺的奇怪表現，她可以輕而易舉地撒謊，又能辨認出別人有沒有在對她說謊。

「妳是說艾薇殺了露比？」蘭妮問。

「不是。」

我向後轉，返回艾薇的房間，這時病理學家正在刮擦露比的指甲底下，並刷取她頭髮上的棉絨。我專注於犯罪現場，注意到衣櫥是開的，衣服被沿著滑槽推到一側，這並非被人翻箱倒櫃過的跡象。一件睡褲堆疊在地上，是棉質而且印有卡通北極熊圖案，這是艾薇的。我之所以知道，是因為這件是我買給她的。我蹲下來觸摸這條睡褲，用指尖提起，聞到一股尿味。

「床墊有濕嗎？」我問。

病理學家觸摸織物後搖搖頭。

我走到相鄰的浴室，掃視磁磚、洗手槽、馬桶和淋浴間。浴簾被拉起來遮住淋浴間，我蹲下來仔細查看磁磚，再度聞到尿味。

推測逐漸拼湊成形，兩名男子把守夜警衛打傷後，利用他的門禁卡打開辦公室的門，然後進到控制室。看到艾薇的房間後，他們開啟大門，進去找她。艾薇必定是聽見他們來的聲音，所以躲進淋浴間，蹲在黑暗中，嚇壞了。她聽見露比被殺，歷史重演。那個密室裡的女孩，在牆壁夾縫中求生存的老鼠。

「他們是來殺艾薇的。」我嘀咕說。「可是他們殺錯人了。」

「你怎麼可能會知道？」蘭妮問。

我指向淋浴間。「艾薇聽見他們來了，所以進來這裡。她太害怕，所以尿失禁。她的睡褲是濕的。」

「她現在在哪裡？」

「我猜她可能等那些人走之後換了衣服。」

「他們還是可能綁架她。」

「他們不是來綁架她的。他們是來置她於死地。」

蘭妮震驚又困惑地看著我，彷彿我正在對某人解釋一個複雜的數學方程式，而此人連九九乘法表都還背不到四。她抓住我的手臂，把我拉到房間外面，沿著走廊走到餐廳。

她轉身面向我。「這女孩是誰？」

我遲疑了，不確定能告訴她多少細節。她很快就會查出來，檔案必須解除封鎖，她會看到一些名字。

「天使臉女孩。」

蘭妮皺起的額頭顯露出情緒，這是她在看到通俗小報時會有的表情，充滿震驚與敬畏。

「你是說艾薇・寇梅克就是天使臉女孩。」

我點點頭。

「即使那是真的，也無法解釋這件事。」她的聲音嚴厲而低沉。「誰要置她於死地？」

「她不知道那些人的名字。」

「賽勒斯，不要再跟我玩天殺的謎語了。你究竟還有什麼沒告訴我？」

我再度猶豫，這次蘭妮的身子倚向我，她就像一場拳擊賽的裁判，站在倒地不起的拳擊手上方，倒數著要讓我出局。我要不就是把事情對她全盤托出，要不就是這場比賽結束了，我們的友誼亦然。

「天使臉女孩受到法庭保護，她在七年前被賦予新的身分，因為沒人知道她的真實姓名、年紀或來歷。艾薇一直以來都拒絕談論自己的遭遇，因為她害怕自己會被找到。」

「被誰找到？」

「她從來不說。也許是一開始綁走她的人。我唯一能確定的，就是三天前有人來朗弗德感化院一趟，詢問關於她的事。艾薇偷聽到這段對話，認出那名男子的聲音。她以前聽過他的聲音，正是泰瑞・波蘭德遭到酷刑的時候。」

蘭妮在一張餐桌坐了下來，呼吸聲很大聲。

「究竟為什麼你之前不告訴我這些？」

「我不被允許透露艾薇的真實身分。她受法庭監護。」

「她有生命危險。」

「沒人會相信她。」

「你怎麼知道？」

「因為我就不相信。」我小聲說。「我跟她說她在朗弗德感化院會很安全。」

一位警員出現在門口，要找蘭妮。機構的管理人到現場了。

麥卡錫女士在門廳等著，兩名女姓警員站在她的兩側，必定是剛從她的家裡接她過來。麥卡錫女士約當中年，頭髮因剛睡醒而蓬亂，腳上還穿著拖鞋。

她詢問孩子們的事，關心他們的狀況。

「他們都在各自的房間裡。」蘭妮說。「我們會得向他們問話。」

「彼得在哪裡？他受傷了嗎？」

「妳的夜間警衛因為胸口疼痛送醫治療了，這是預防措施，他沒事。」

麥卡錫女士不繼續追問警衛的事。「警員們說……」

「有個女孩死了。」蘭妮說。

麥卡錫女士比了一個十字架，這才注意到我。她的手遮住嘴，輕聲說出「艾薇」的名字。

我搖搖頭。

「我們認為艾薇的房間裡有另一個女孩。」蘭妮說。

她皺起眉頭。「不對啊，一人一個房間。我們查看過……」

「是露比・道爾。」我說。

麥卡錫女士抽咽了兩下，立刻眼眶泛淚。「噢，她可憐的父母。」

「我會需要他們的聯繫資訊。」蘭妮說。

「艾薇在哪裡？她在這裡嗎？她有說發生什麼事嗎？」

「我們還在找艾薇・寇梅克。」蘭妮說。

「她去哪裡了？她不能離開這裡的。」

「麻煩妳，麥卡錫女士，請別再問問題，趕快致電給住在附近的工作人員，請他們過來這裡，尤其是輔導員或社工人員。我們得安排和孩子們會談，和搜索他們的房間。」

「有必要這麼做嗎？」

「是的。」

麥卡錫女士到她的辦公室，由那兩名女警陪同。蘭妮看著她離開，變換身體的重心後低聲說：

「一間郡立感化院裡，一名青少女遇害，另一名失蹤，這絕對是一場毀滅性的大災難。」

# 第四十一章

## 艾薇

黑暗有時美好，卻也有時是折磨；可以是慰藉，又或是負荷。我蹲在樹籬下，把身子半埋進落葉與修剪過的草地裡。從這裡能看見警車和救護車，還有穿著制服的人們，在聚光燈底下的臉龐各個顯得蒼白。

我還沒跑遠，目前還沒。我想看看誰來出席我的喪禮，也想看看誰慶祝、誰哭泣，誰又霸佔了我的物品。

朗弗德感化院現在湧入來來往往的人潮，穿著螢光黃的急救人員，一身深色套裝的警員，還有法醫鑑定小組的淺色連身衣，看起來像鬼魅。

可憐的露比，愚蠢的露比，總能讓人一眼看穿，傻乎乎又像隻小狗一樣容易親近人。她的死是因為我，我聽見她死去。我在浴室一直等到那些男人離開，走廊上出現其他人說話的聲音才出來。

「為什麼門是開的？」有人問。「大家都到哪裡去了？現在幾點？是消防演習嗎？」

那時我的睡褲濕透而貼在大腿上，我從浴室的門縫往外瞥，露比的眼睛睜著，一手垂在腰際，另一隻手放在枕頭上。我的枕頭。身上穿了好幾個洞的露比，眉毛不見了的露比，有六個兄弟姊妹的露比，可憐的露比。

他們原本要找的是我。他們以為殺害的人是我。

可惡！可惡！可惡！

我不能留下來。我無法解釋，我得離開。我把濕透的睡衣換下來，套上牛仔褲和連帽長袖運動衫，穿上靴子，再把一套換洗衣物塞進一個小背包，連同撲克牌和裝滿我回憶的木盒子也放進去，木盒裡有鈕扣、彩色玻璃和小波的照片。

在這過程中，露比都瞪著我、譴責我，埋怨我。我想伸手去幫她闔上雙眼，可是我知道如果我碰到她，我一定會崩潰。所以我只是拿了一個枕頭，輕輕地放在她的臉上。

走廊上滿滿都是人。

「有人打開所有的門。」奈森說。

「我們應該去洗劫廚房。」羅素說。

「也許我們應該留在自己的房間裡。」克萊兒說，她總是很理智，是我們之中最成熟的。

我戴起帽子，從他們身邊快步經過，迅速越過職員室後來到第一扇安全門。

奈森從後面叫住我。「妳要去哪裡？妳不能就這樣離開。」

「告訴他們這不是我做的。」

「做什麼？」

「這些任何一件事。」

我來到大門，夜間警衛坐在地上，頭上套了個棉質購物袋。我按下牆上的按鈕，外層的門打開了。我小跑步跑下階梯，穿過停車場後低頭閃過柵門，靴子踏在礫石上發出嘎吱聲響。

在我腦中有個聲音不斷在說：這不是我的錯。這不是我的錯。死的人應該是我，不是露比，可是這不是我的錯。

我來到路旁，迂迴走在樹影下，在樹籬底下緩步移動，儘管努力要自己冷靜下來，但血液仍在耳裡砰砰跳動，要我快逃。

賽勒斯坐警車來，他看起來極度焦慮，我可以想像多年前那個失去家人的男孩的模樣。我沒時間留字條給他，可是他現在一定已經知道我還沒死。他可能會以為他們把我擄走，但是最後他會釐清頭緒的。

賽勒斯說我聰明過頭了，可是他也很睿智，而聰明和睿智是不一樣的。睿智的意思是你懂得很多有的沒的，而聰明則是你能假裝自己都懂。賽勒斯是很睿智，但他不是十分聰明，而我是聰明反被聰明誤。

如果我留字條給他，會寫什麼？

我告訴過你了。

我就說過這件事會發生，但他不相信我。他向我保證朗弗德感化院會比其他任何地方都還安全，可是他不懂。他對我所知道的事一無所知，還有我所見過的、我遭遇過的一切。

是沒錯，我偶而會說謊，可是這件事並不是我捏造的。我不是在「小題大作」，這是他最喜歡的成語，用來形容大驚小怪的青少年。

賽勒斯會知道我沒殺她，可是他沒辦法找到我。我身上有六十五鎊和一張旅遊卡，這能讓我到倫敦或愛丁堡的地方，不過不足以撐一個星期。

我可以向賽勒斯要錢。他會幫我嗎？我想相信他會，可是泰瑞說我不該信任任何人。我可能愛上賽勒斯了，而且我不確定自己能否以同樣的情感喜歡別人。我知道自己不會為愛殺戮；當愛人起火燃燒時，我不會在他身上撒尿救他；我不會把注意力完全擺在愛人身上；不會為愛穿越馬路或在巴士上讓座，也不會分享我的最後一片披薩。可是這些事情我都願意為賽勒斯做，也許這是超越愛的表現。

又有一輛車抵達，一輛有著金屬網窗的小廂型車，司機穿著深藍色的連身衣。他打開後車門，有兩隻狗從後方跳下車，嗅著地上和廂型車的輪胎。警犬訓練員幫牠們在項圈套上狗鏈，牠們是德國牧羊犬，就和席德和南西一樣。警察會給牠們我的衣物，也許是我的睡衣，然後要牠們搜尋我。我不能再待下去了，我的喪禮已經結束。

我溜到樹籬後面，在一間屋子的窗戶底下蹲伏前進，到下一道籬笆才起身。接著我攀越籬笆，跳下去後再穿越另一間屋子的院子，然後再度攀越另一道籬笆。等我離朗弗德感化院夠遠時，我才走到馬路上，避開街燈、走在陰影之下。街道在黑暗中顯得陌生，屋舍一片靜謐，世界還在沉睡。

我沒有計畫，目前還沒有，可是我不能回朗弗德感化院。如果他們能找到我一次，就能找到我第二次。

# 第四十二章

## 賽勒斯

我和蘭妮坐在朗弗德感化院的保全控制室裡，看著一位年輕技師的手指在電腦鍵盤上快速輕彈，神乎奇技的模樣宛如音樂會上的鋼琴家。

「這位是加斯帝。」蘭妮說。「他是我們局裡的電腦大師。」

這位年輕人的臉微微脹紅，打字時一撮蓬亂的黑髮掉到眼睛前面。周遭的桌上有些電視螢幕被砸碎，有的被拆解，地上布滿塑膠和碎玻璃。

「通常這些螢幕會傳送走廊和外面圍籬架設的攝影機所拍下的畫面。」技師解釋道。「他們試圖破壞錄影畫面，可是錄影片段都已自動上傳到別處的硬碟裡。」

加斯帝按下一個按鍵，筆電螢幕便分隔成六個不同的攝錄影像畫面。其中一個顯示停車場有兩名黑衣人的身影，他們壓低身子、半蹲著跑向朗弗德感化院的大門。我聽見背景有汽車警報器不斷鳴響的聲音。

「根據鄰居的證詞，警報器是在兩點整過後響起。」加斯帝說。「夜晚值班人員前去查看。」

畫面顯示一位中年男子從玻璃門後出現，手上拿著一把笨重的手電筒，將光源掃向停車場和旁邊的花園。當手電筒的燈光朝攝影機照射時，他的襯衫正面出現紅點，接著從電擊槍射出的兩條蜿蜒電流擊中他的胸口，出現一陣銀色閃光，電流貫穿全身使他的身體不停抽搐抖動。

他還在地上抖動時，一位戴著全罩式頭套、一身黑衣裝扮的男子出現了，他拿一個布袋套住值班警衛的頭，用塑膠束帶綁住他的手腕，接著抬起他的雙腿，把他拖行到門廳裡的接待櫃檯後方。

第二名男子穿著相同的裝扮，跟著他穿過玻璃門，而且立刻就站到一張椅子上，拿一罐噴漆朝攝影機噴。在灰色顏料蓋住鏡頭之前，我看見他的眼睛。接著攝錄影機一個一個失去作用了。

「我們還聽得見聲音，可是他們說的話不多。」加斯帝說。「他們從門廳進入控制室，在那裡把側翼房的門全都自動打開。」

加斯帝快轉影像。「這是八分鐘後。」

我們再度看著停車場的畫面，同樣的兩名黑衣人步出大門，小跑步到一個街燈下，然後轉彎朝車道跑去。

「就這些。」電腦技師說。

「繼續看下去。」我說。

我們繼續看，等了幾分鐘，盯著靜止的影像顯示空無一人的停車場。

「在那裡！」我手指向螢幕說。「是艾薇。」

一個穿著連帽長袖、揹著小背包的人影出現了。她穿著她最喜歡的牛仔褲和仿馬丁大夫靴，看起來像個重機女騎士。她壓低身子穿梭在車輛之間，從引擎罩上方瞥探，接著又蹲低跑向一處又一處的陰影。

「我們得發布失蹤人口通知。」蘭妮說。

「也許妳該讓她走。」

她懷疑地看著我。「她是一宗謀殺案的證人。」

「如果他們以為她已經死了，就不會再煩她了。」

「你還是沒解釋『他們』是誰。」

但願我能解釋。「他們」是艾薇口中的「無臉男子」；她惡夢裡的生物，也是在她床底下的怪物。

「有件事情我還沒提起。」我說。

蘭妮輕拍加斯帝的肩膀，點頭示意要他先出去。他闔上筆電，留我們獨處。

「我在聽。」蘭妮說。

「一週前，我給艾薇看一些尤金．葛林犯案對象的照片，還有警方懷疑他綁走的孩童。她對其中一人有反應，那是派翠克．康柏。艾薇不願意承認，可是我很確定她以前看過這個男孩。」

蘭妮很專注，額頭中央形成了兩條垂直蠕動的蟲。

「你是說有一幫戀童癖集團。」

「對。」

「而艾薇．寇梅克能指認一些涉案的人？」

「他們的臉，不是名字。」

「這讓我們更有理由要找到她……我們可以保護她。」

「她自己一人會比較安全。」

蘭妮不相信我，她對艾薇的了解沒有我深，沒看過艾薇的檔案也不知道她的能耐。有一名男子被折磨至死的同時，她是如何在一間密室裡存活下來，還有他是怎麼度過接下來的幾個星期。

「她以前有過相同經驗。」我說。「除非她想被尋獲，否則妳是找不到她的。」

＊＊＊

有人要找蘭妮，所以我和加斯帝一起作業，我請他搜尋攝錄影像，尋找上週四造訪朗弗德感化院那位男子的畫面，而且此人還提到我的名字。加斯帝推了推他鼻翼上的小圓眼鏡，一邊輸入搜尋範圍，一邊發出哼聲。螢幕上出現從許多不同角度的攝影機所拍下的影像。

「會是這個人嗎？」他問。

一名穿黑西裝的男子進入自動門，走到接待櫃檯。他戴著金屬框眼鏡，似乎在刻意閃避攝錄影機。

「有別的角度嗎？」

加斯帝換到別台攝影機，讓我看到他的側臉。他個子很高、肩膀寬闊，頭髮理成小平頭。他可能就是假扮成警察去造訪艾琳．惠特莫的男子。

「回到另一台攝影機。」我說。這次我從後面看他。「看他走路的樣子。」

「我要找什麼？」

「他的左手臂沒有右手臂擺動得那麼自然。」

「殘疾人士？」

「他的左手臂底下有手槍皮套。」

「他是警察嗎？」

我沒回答。「你可以調出聲音檔嗎？」

聲音調整過後，我聽見那位訪客問到我的事，接待人員提起艾薇的名字。男子打了響指，看似在想艾薇姓什麼。「對，就是她。」他說。

艾薇告訴過我她認得出那個聲音，我不該質疑她的。創傷記憶就像快照，如同化石一般被保存在沉積物和岩石底下。我猶記得從足球練習回家、發現家人全死了的那晚每個細節。那些畫面、聲響、味道還跟著我，在我腦海不停地重複播送著。

我的思緒被從門廳傳來的吵鬧聲打斷。有人在大聲發號施令，要求要見帕維爾警長。副局長提摩西．海勒－史密斯到了。海勒－史密斯和蘭妮互看彼此不順眼，而那份厭惡來自於帶有競爭意味的忌妒與女性貶抑。

走出控制室，我看見海勒－史密斯朝著一位資淺的警員吼叫，責罵他的某個過失。與其說是高階警官，他看起來更像是一名政客，穿著西裝而非警察制服，染黑的頭髮往後梳成油頭，他梳得很仔細，讓人能看到梳子梳過的痕跡。

蘭妮沿著走廊走來，把連身工作服的帽子往後推。

「讓我天殺的這麼早起，最好有個好理由。」海勒－史密斯說。

「一名女孩死了，另一名失蹤。」蘭妮。「我正在通知他們的親人。」

「告訴我一些我不知道的事。」

「失蹤的女孩可能才是歹徒預期的目標。」

海勒－史密斯皺起眉頭，顯然對這個消息感到驚訝。

蘭妮的視線越過他，視線與我短暫交錯。她不想把我牽扯進來，因為海勒－史密斯不喜歡心理醫生，或者只是不喜歡我。

蘭妮解釋事件可能的經過。

「妳說得好像這是一起黑幫殺人案一樣。」海勒－史密斯說。「為什麼一個青少女會成為目標？」

「我們還在試著釐清動機。」蘭妮說。

「妳確定被害者的身分嗎？」海勒－史密斯說。「誰認出是她的？」

「賽勒斯．海文認識這兩個女孩，長官。他是朗弗德感化院的定期訪客。」

我清了清喉嚨。海勒－史密斯轉過身來。

「看看哪隻薛丁格的貓[10]被牽扯進來了。」他說，看起來對於自己賣弄的雙關語感到滿意。我很確定海勒－史密斯對薛丁格一無所知，不過我還是別再給他更多理由討厭我了。

---

10 薛丁格的貓（Schrödinger's cat）是奧地利物理學者埃爾溫．薛丁格於一九三五年提出的思想實驗，實驗中將一隻貓與一個放射物質源共處於密閉空間，若放射物質源發生輻射反應，將會觸動放射探測器、引發開關釋出的致命氰化物而殺死貓，貓的生死只能在觀察的當下決定。

「這個死去的女孩，你確定是露比・道爾？」

「確定。」

「為什麼艾薇・寇梅克要逃跑？」

「她嚇壞了。」

「也許這些男子來這裡把她抓走了。」

「我不認為是如此。」

海勒－史密斯聞了聞空氣，彷彿嗅到一絲令人不快的事物，接著轉身對蘭妮說話。

「查查看她在外面有沒有男朋友，我要知道這女孩的所有資訊，她打過電話給誰，誰探視過她，她來自哪裡，而且我中午以前就要看到這些資料。」

蘭妮點點頭。

語畢這位高階警官就轉過身去，大步邁向自動門，同時拿起手機開始講電話。他在和某人說明情況時，我聽到前面幾個字。

一位穿藍色連身衣和厚重靴子的警犬隊警員來到門廳，由一名警員陪同。

「老大，警犬聞到味道了，她之前在大約離這裡半英里遠的慕爾布里奇巷，不過到史丹頓門火車站時偏離道路，到運河曳船道上。」

「往哪個方向走？」蘭妮問。

「南方。」

蘭妮看了看時間，已經過四小時了，艾薇可能已經走十英里遠了。

「好，我要在每座橋梁、天橋和運河閘門派設警車查驗。」她一邊說一邊把連身衣脫掉，底下穿著便服。「我要警力到每個巴士站和火車站調查，把她的照片給通勤的人看，也問工作人員是否見過她。有別人同時在尋找艾薇・寇梅克，我們必須早他們一步找到她。」

她叫來兩位警長跟著她，他們大步往蘭妮的車走去。我試著跟上時，在大門外經過海勒－史密斯身邊，他正在講電話，不過說話的語氣變了。我只聽到幾個字：「……該死的搞錯女孩了。」他嘀咕說，發現我在看他時趕緊轉過身去。

# 第四十三章

## 艾薇

我站在橋梁的步行道上朝一側望去，運河就在我的腳下二十呎處，薄霧在水面上方繚繞，像被困在玻璃瓶裡的煙霧。我很冷，不過現在有在走動感覺好些了。

我以前就從朗弗德感化院逃走過，可是通常是直接到最近的火車站，搭上第一班火車，不管它開往哪個方向都行，因為重點是距離，我想離他們愈遠愈好。我沒料到會有警犬，以前從沒有這樣過。曳船道鋪有柏油路面，有些地方有坑洞，例如樹根穿出來的地方，或者水坑結凍後融化造成的。我把身子彎到和運河船閘同高，巨大的金屬門阻擋了河水，兩側停泊著運河船，大部分的船隻都因冬天而停駛。我可以聽見火車駛過的聲音，不過鐵路隱匿在群樹之後。

我又走了一小時，越過原野和農舍，天色漸漸亮了，一位慢跑者從薄霧中現身，他的身材瘦高，穿著一件亮色的萊卡運動短褲，經過我身邊時對我說聲早安。他折返時我又遇到他一次，這回他說美好的早晨，好像打個招呼這一天就變得更美好了一樣。

下一位慢跑者帶著一隻狗，那是隻哈士奇，牠在女跑者身旁邊跳邊跑，舌頭伸向兩旁。我想到小波，讓我心痛。兩名中年男子在走路而非跑步，經過我身邊時，我避免和他們有眼神交集。

太陽已經完全升起，溫暖著我的臉，我來到一座老舊的石拱橋，這裡似乎住了天鵝一家子。此時有更多人行經曳船道，張三李四、男女老少……大家都對昨晚發生的事情一無所知，那就是有個女生代替我死了，我最好的朋友。

眼前的工廠取代了原野，屋舍再代替工廠。有些房屋在河岸繫著小船，船上覆蓋的防水油布上面有零星的鴿子大便。

就在我經過另一艘繫在岸邊的運河船時，有個袒胸露背的男子踏下船，他一邊咒罵寒冷的天氣，一邊打著赤腳左右跳動。他手裡抱著一隻白色的小型犬，然後把他放到草地上。

「趕快大便，不然就回到船上。」他說，可是那隻狗不理他，反而在最靠近的那棵樹旁聞來聞去。「噢，快點，我的蛋蛋都快結冰了。」

男子有很多白色捲曲的胸毛，不過頭頂已經幾乎禿了，只剩耳朵上方的兩撮白髮。

那隻狗終於蹲在一片草地上，看起來很專注，不過什麼也沒發生。

「對，妳看，便祕了吧，妳吃掉一整塊巧達起司就是會發生這種事。妳一定是最蠢的狗……」

此時他才注意到我，趕緊把手臂舉到胸前遮住兩點。

「小姐，不好意思，我沒想到……」

「沒關係。」

那隻狗蹦跳地跑向我，一邊吠叫一邊在我的膝蓋旁邊跳來跳去。我想輕拍牠，不過牠太難摸到了。

「她叫什麼名字？」

「格楚德。」

「什麼品種？」

「西施，聽名字就知道她很難搞。」

「她好漂亮。」

「她有便秘。」

從船的中央傳來水壺燒開的聲音，在寧靜的清晨裡那聲音愈來愈嘹亮。

「該死！」他說。

「我會看著格楚德。」

「太好了，我很快就回來。對了，我是馬帝。」

他費勁地爬上船，進入一個木造船艙後不見身影。我聽見他打開和關起櫥櫃時自言自語的聲音。過了幾分鐘後，他拿著茶壺和兩個錫製馬克杯回來，杯子裡掛著茶包。

「想喝杯茶嗎？」

「好啊。」

他加了幾件衣服，是質地粗糙的毛衣、卡其長褲和沾到油漬的羊皮靴。他從口袋裡拿出一個裝滿糖的舊菸草罐，然後用毛衣尾端擦拭一支茶匙，要遞給我。

「要糖嗎？」

「我不用，謝謝你。」我指向船。「你住在這裡嗎？」

「甜蜜的家。」

「它有名字嗎？」

「它叫離婚快樂，房子給我前妻了。」他咧嘴一笑，露出牙縫。格楚德聞了聞我的靴子，輕推我的手。

「妳這麼早怎麼會在這裡？」馬帝問道。

「我昨晚在朋友家過夜。」

「男朋友？」

「對。我們吵了一架。」

「他值得妳吵嗎？」

「不值得。」

「那妳吵得好。」

每次我對別人說謊時，看著他們是否會完全相信我說的話，又或者會表現出懷疑，這種感覺很奇怪。馬帝的臉讓人一目了然，很容易解讀，就好像兒童繪本裡的圖畫一樣。

我沿著這艘運河船望去，看見有一輛老舊的腳踏車栓在側欄杆上，有個小小的草本植物花園在金屬架上垂直生長，還有兩個太陽能板就架在主船艙的屋頂上，傾斜著面向陽光。

「我並非完全自給自足。」他解釋道。「不過我喜歡這樣不依賴公共建設的生活，因為這樣可以阻止他們監視我。」

「誰？」

「政府。」

他抬頭望向晴朗的天空，彷彿我們就連現在都可能在被衛星或無人機監視一樣。

「嘿！妳餓了嗎？」他問。

他沒等我回答，就又消失在船艙底下，回來時手裡拿著一個裝滿餅乾的玻璃罐。「我自己做的。」他說。「我媽媽的配方，她什麼都會做，海綿蛋糕、酥餅、水果塔、餅乾，她根本就可以當皇室的糕餅師傅。」

我拿了一塊餅乾，外層堅硬，內層鬆軟，還有巧克力脆片入口即化。開始吃東西才讓我感覺到飢餓。我把靴子脫掉，看看我左腳腳跟的水泡。

「妳應該要貼個ＯＫ繃。」馬帝說。「我拿給妳。」

這表示他又得去一趟船艙，他回來後幫我把ＯＫ繃背後的紙撕下來，輕輕地貼在我的腳跟上。

「妳家在哪裡？」他問。

「倫敦。」

「我對倫敦很熟。妳住哪個地方？」

我試著編造地點，可是腦中忽然想不到地名，所以只好說出第一個浮現腦海的地方。

「特拉法加廣場。」

「妳住在特拉法加廣場！」

「那附近。」

「可能是住白金漢宮或克拉倫斯府。」

他在揶揄我，不過我並不覺得生氣。

「妳還沒告訴我妳叫什麼名字。」他說。

「艾薇。」

「艾薇，妳想遊河嗎？我要順流而下，不過前面有個拓寬區域，我可以在那裡轉向。」

「我真的得回家了。」我說完回頭看一眼來的方向，就在這時，我注意到遠方有一群男子。他們距離還太遠，所以我無法看清楚，不過其中有兩人牽著狗。

「我改變主意了。」我說完跳上船。「我們可以往那裡走嗎？」

「可以啊，妳幫我抱住格楚德，我來把船解開。」

他花太久時間解開繫泊索。

「請快一點。」

「為什麼那麼急？」

「沒什麼。」

「運河船的缺點就是去哪裡都沒辦法很快。」

馬帝把最後幾條繩子解開後跳上船，啟動引擎時船尾冒出一陣黑煙，接著他倚著船舵，緩緩將船駛入水道中央。格楚德跑到船頭，像引擎蓋上的裝飾品那樣站著，朝一群鴨子吠叫。

我往後看，看見我們離那群男子和搜索犬愈來愈遠了。他們已經來到這艘運河船原本停泊的運河邊，狗狗在河岸邊敏捷地來回走動，鼻子嗅著地上，尋找我的氣味。

我在舵手室裡坐下，聽馬帝說他是如何在拍賣會買下這艘船，之後花了五年的時間修繕。

「兩個船艙睡得下四個人，有四口瓦斯爐、摺疊桌、微波爐、十二伏特迷你冰箱，所有物質享受都應有盡有，除了電視以外，反正我也沒有想看的電視節目。」

他說話時，我們又航行經過更多房子，有些看起來價格不菲，有著朝向河水傾斜的花園。我漸漸能放鬆下來，把背往後靠，臉抬起來向著太陽。

「前面好像有點事情。」馬帝說。

我沿著船頂窺探，看見運河上方的陸橋上有閃爍的藍色燈光。一輛警車停在那裡，兩名警員站在橋的邊緣仔細張望。

「我可以去裡面看看嗎？」我問。

「當然可以。」

我走下三階樓梯，來到船上的廚房與用餐區，這裡有上了清漆的木餐桌，長凳上鋪著花朵圖案的椅墊。我把網狀窗簾推到一邊，試圖瞥一眼我們逐漸接近的那座橋，不過從這個角度什麼也看不到。

有人大聲打招呼。

「美好的早晨。」馬帝回應道。

他們要馬帝慢下來，引擎開始空轉。

「我們在找一個青少女，她之前在曳船道上。」警方說。

「青少女啊。」馬帝回應，彷彿這種人很罕見一樣。「她長什麼樣子？」

「淺棕色頭髮，身材纖瘦，大概五呎三吋。穿著牛仔褲和一件灰色連帽長袖。」

*我明明就五呎四吋，混蛋！*

「是逃家嗎？」馬帝問。

「不算是。」警員說。「不過我們很擔憂她的安全。」

「那女孩幾歲？」

「十七，不過看起來比實際年齡小一些。」

馬帝搔了搔他沒刮鬍子的下巴，往我躲著的地方瞥了一眼。我搖搖頭，眼神裡充滿懇求。

「那個小女生有做了什麼錯事嗎？」

「她握有很重要的資訊。」

「對誰來說很重要？」

「我不能透露細節。」警方說，聽起來有點惱怒。「你到底有沒有看過這個女孩？」

「嗯，我不記得在曳船道上看到什麼逃家的孩子，不過我會注意的。」

他說完發動引擎，船從橋下溜過，往前駛去。五十碼……七十碼……九十碼……離開，我安全了。

我等了幾分鐘後把頭伸到甲板上。

「馬帝，謝謝你。」

「妳偷走什麼東西嗎？」

「沒有。」

「殺了人？」

「沒有。」

「那妳做了什麼？

「什麼也沒做。」

「他們在大驚小怪是嗎？有那麼嚴重嗎？[11]」他在嘲諷那些人。「說到這個，再煮一壺水吧，該再泡一輪茶了。」

我幫他泡一杯茶之後，在廚房鋪著軟墊的椅子上蜷起身子，閉上眼睛。我要自己別睡著，要保持警戒，可是眼皮好重，如果我只是休息一下下不會怎麼樣。我不是在睡覺，我是在構思計畫。

然而我並沒有計畫未來，而是被帶回衣櫥後面的密室裡。我不知道叫喊聲停止、我不再聽到他們的聲音之後又過了多久，但至少久到我的燈已熄滅，使我陷入恆久的黑暗之中。

我的肚子餓得咕嚕咕嚕叫，而且密室裡好臭，臭到我以為這股味道會讓我的形跡敗露。我用了一個水桶充當馬桶，但蓋子闔不緊。

到了最後，寂靜、黑暗和口渴讓我受不了了，我把鑲板移開，爬進泰瑞的房間裡。我看到泰瑞坐在椅子上，窗戶照進的光線使他成了剪影。他上半身赤裸，手臂背在背後，一條皮帶把他的頭固定住，另一條則將他的腳踝束在一起，他光著腳踩在地面上。我小聲喚他的名字，那一刻我以為他會轉過頭來說些什麼。

一道斜影落在他的胸前，像選美比賽的飾帶，我再站近一點看他的臉，但這是個錯誤，我用手摀住嘴，摀住驚叫聲。他的眼睛變成兩個哭泣的黑洞，深不見底。他已經不再是我認識的泰瑞，不再是我的溫柔巨人。

我碰了碰他的手臂，突然間他的胸口起伏、嘴巴張開，發出咯咯的聲音。

「泰瑞？」我碰著他的手臂說。

他的嘴唇張開，發出不同的聲音，這次是一個字。「躲。」

我往後踉蹌跌倒，撞到衣櫥的門，門往後用力靠在牆上。我像隻蟑螂一樣碎步快跑，鑽進縫隙，把鑲板放回原位，然後背倚著鑲板，雙手抱膝。

樓下傳來靴子重踏階梯的聲音。

---

11 原文為tempest in a teapot（茶壺裡的風暴），意指過分誇大的小事件。

「我也聽到了。」其中一名男子說。

「那是什麼聲音?」另一名男子說。

「幹,他還活著。」第一個男子說。「也許是他在踢地板。」

「那聲音不是他發出來的。再找一次,那賤貨就在某個地方。」

他們開始叫我的名字,說些像是:「妳餓了嗎?我們有食物。我們不會傷害妳」的話。其中一人唱著:「出來吧,出來吧,不管妳在哪裡。」

牆在震動。「我想把這裡拆掉。」

「然後把所有人引來。」

他們繼續尋找,把床翻倒、把地毯扯爛、捶打和撕毀。有時他們離我很近……就在鑲板的另一端,把泰瑞的衣服從衣架子上扯下來,再把他的鞋子扔到一旁。我可以感覺牆在震動,塵土從天花板的梁柱上掉落。塵土落入眼睛讓我不停眨眼,我爬進箱子裡,把自己用一團悶熱的毯子包裹著,等著被找到。

# 第四十四章

## 賽勒斯

搜查犬跟著艾薇留下的線索追查到珊迪亞克水閘，接著就在曳船道上失去蹤跡了。潛水警員正在深綠色的河水裡搜查，以防她在嘗試渡河時不慎跌落運河。我不認為艾薇溺水了，她必定會一如以往，找到存活下來的方式。她就像一隻沙漠中的青蛙，冬眠了好幾年，直到下雨才甦醒，也像一隻會融入周遭環境的蠑螈。她會適應情況，也會在逆境中忍耐。

我忍住沒加入搜尋的行列，更想相信艾薇可能會與我聯繫，至少在我這裡尋求安全的庇護所，至少我是她熟悉的人。

等我回到家，莎夏在前院勞動，努力將蔓生的灌木和及膝的雜草恢復一點秩序。她穿著我的一件舊衣服，把牛仔褲塞進防水靴裡，也找到一副園藝用的厚手套來保護雙手。

「妳不必這麼做的。」我說，對於她完成的進度感到訝異。

「我很無聊。」

她用戴著手套的手背擦拭額頭，也把一縷掉下來的髮絲往後撥。

「妳是怎麼讓除草機運作的？」

「我好好跟它說話啊。」她自我解嘲地說。「就是我換了汽油、清理火星塞和化油器，還有把所有可動的部位上了油之後，就能運作啦。」

「妳真的很多才多藝。」

「我以前很常在我爸的車庫裡幫他修理舊車，他在洗手槽清洗引擎零件時都會惹我媽生氣。」

小波從在凸窗底下、陽光能曬到的專屬位置起身，像隻老狗一樣伸展身體，然後小跑步朝我慢跑過來，聞了聞我的手和膝蓋，尾巴在空中用力搖動。

「這裡可以是很漂亮的院子。」莎夏一邊說一邊把臉頰上的泥土撥掉。「有人曾經很愛護這裡。」

「我奶奶。」

「她現在在哪裡？」

「她和我爺爺住在南部海邊的韋茅斯，這裡對我來說太大了。我一直說等房價漲起來我就要賣掉，可是我從沒這麼做。」

「牛頓第一定律。」莎夏說。「除非有外力介入，否則靜止的物體依舊會保持靜止狀態。」

「妳的意思是我應該搬家。」

「我的意思是，你還沒有足夠的理由要搬離這裡。」莎夏朝著剛才掉落的同一縷髮絲吹氣。「你剛去哪裡啊？走的時候很匆忙。」

「朗弗德感化院有個女孩被殺害了，艾薇．寇梅克失蹤了。」

「怎麼會？」莎夏很震驚。

「他們是要來找艾薇的，可是誤殺了她的朋友露比。」

我說話變得有點口齒不清，莎夏想聽事件發生的過程，不過這些事不好在院子裡說，於是我們進到屋裡，她要我坐下來。

「你吃過了嗎？我來幫你做點東西吃。」

她從麵包盒裡拿出一條酵母麵包，切了厚厚兩片後放入烤箱。在這同時，我告訴她事件發生的經過，按照事發的順序敘述，希望她可能會看出我遺漏的地方。

「這是我的錯。」我說。「艾薇告訴我他們會找到她，可是我不相信她。我沒聽取她的話。」

莎夏碰觸我的前臂，說：「你不能把這件事怪罪於自己。」

「如果連我都不相信她，還有誰會相信？」

我低下頭，轉過身去時，感覺到莎夏從我的背後抱住我，雙手環繞在我的胸前，臉倚著我的背。我們就這樣靠在一起，像那些蔓生的藤蔓在那無人打理的院子裡糾結纏繞的樣子。

吐司機彈起來了，莎夏放開我，在酵母吐司上擺起司片，然後打開火爐。

「她會去哪裡？」

「很有可能是倫敦。」

「她在那裡有認識的人嗎？」

「沒有。」

「那錢的問題呢？」

「她可能會試著找德州撲克的賭場，不過我猜她會先離諾丁罕愈遠愈好。」

莎夏打開冰箱，拿出一罐酸黃瓜。

「那個造訪朗弗德感化院的男子知道你的名字。」

「對。」

「他是怎麼得知你和艾薇是朋友？」

這是個好問題，更重要的是，有誰知道她就是天使臉女孩？有法庭判令和政府機密通知，禁止任何人洩露她的背景或公布她的照片。最先是由艾薇的專任社工亞當・格斯里告訴我關於她的事，他給我看她的檔案，告訴我朗弗德感化院裡沒有其他人知道她的過去。卡洛琳・費爾菲斯是艾薇的律師，她也知道艾薇的過去，可是她很清楚違反法庭指令會有什麼刑罰。我在高爾夫俱樂部和吉米・維比奇議員見面時，他提及天使臉女孩，雖然他知道她被送到諾丁罕的兒童保護之家，不過他聲稱並不知道她的新身分。哈密許・惠特莫曾在白板上寫出天使臉女孩這幾個字，但並無證據顯示他知道她的去向。我也向他的搭檔鮑伯・曼肯提過天使臉女孩，不過沒再提供其他資訊。

莎夏一直靜靜地在廚房裡忙東忙西，幫我做起司吐司，她把吐司切成兩半，擺在我面前。

「快吃吧，然後休息一下，你看起來累壞了。」

我知道她說得對，可是我一閉上眼睛就會想起艾薇。她就像卡在我皮膚底下的一塊木屑，拉扯著我的心思，每做一件事和任何念頭都令我想起她。

門鈴響了，我的心一震，小波開始吠叫。

我望向窺視孔，內心暗自希望能看見艾薇，但站在門外的不是她，而是一個留著落腮鬍、剃了光頭的維京戰士，他的臉湊近魚眼鏡頭。

「巴杰！」我驚呼，趕緊把門打開。「我錯過聚會了嗎？」

「你錯過晚餐了，混蛋東西。」

「可是那不是下週……」

「是上週六。」

「噢該死！媞爾妲有生氣嗎？」

「她氣我，不是氣你。」

「為什麼？」

「因為我沒提醒你。」

他穿著低腰牛仔褲和一件看起來像從慈善商店買來的夾克，不過實際上它可能很昂貴。

「真是對不起，我完全忘了。」

「你沒錯過太多。」巴杰說。「總之我們有聊到你。媞爾妲邀請她的大學室友愛瑞卡來，她的靈魂動物是松鼠。真是夠了。」

他踏進屋裡，看見莎夏後做了像卡通裡那種快速看兩次的確認動作。接著他緩緩笑開來，微笑擴散到眼角和粉紅色耳殼。

「啊——」他慢慢地說，彷彿某些謎團被解開了一樣。

我幫他們互相介紹彼此，巴杰在和莎夏握手時還微微鞠躬。他從她的手腕一直看到手臂，猶如在幫她測量西裝，或者以他來說，是在測量刺青的大小。

「巴杰是我的刺青師。」我說。

「你有刺青？」

巴杰皺眉。「妳不可能沒看到啊。」

「不只一個？」她揚起一側眉毛問。

巴杰看起來很困惑。

「莎夏是我朋友。我們沒有……在一起。」

「噢，我知道了，對，是朋友。」他又對莎夏露出微笑，並說：「賽勒斯是我的西斯汀教堂。」

「而那讓你是……？」

「墨水版的米開朗基羅。」我說。

巴杰努力不臉紅，朝莎夏佯裝率性地聳聳肩。

莎夏對他很好奇，不過我打斷他們，帶巴杰繼續往屋子裡面走。

「你為什麼來？」我問。

「為什麼我們任何一個人會在這裡？」他頑皮地說。「我們的存在究竟有什麼意義？」

莎夏很享受他的表演，這讓我覺得有點忌妒，可是我說不上來為什麼。

「這花了我一點時間，不過我還是找到你想要的地址。」巴杰說。「尤金．葛林的媽媽住在里茲，一間公宅。她在大學附近的一間洗衣店上班。」他遞給我一張手寫地址，然後開始問起莎夏和我認識多久了。

「媞爾妲會想知道答案。」他解釋道。「如果我沒問出所有答案，她會叫我再來一遍。所以，你們是怎麼認識的啊？」

「我們以前有通信。」莎夏說，這也不全然是謊話。

「這麼老派。」巴杰說。「筆友。」

「稱不上是。」我說，意圖打斷他們講話，因為我還有謎題要解開。

「要幫你倒點什麼嗎？茶？咖啡？」我問。

「不了，我不用，我得走了。」

「媞爾妲會原諒我嗎？」

「她喜歡蘭花。」

巴杰抓起外套，把外套甩上肩，走到門口時忽然轉身，彷彿有東西忘了跟我說。

「那個監視小組是怎麼一回事？」

我一臉茫然地看著他。

「外面那輛車啊，第三台，就停在街角。」

我走到書房的窗邊，身子倚近玻璃查看。有輛四四方方的四輪驅動車就停在樹下，車窗的顏色很深，使我看不見裡面的人。

我跟著巴杰到外頭，在他把小貨車開走時向他揮手道別。接著我立刻沿著馬路走向那台荒原路華。就在我距離那台車三十碼遠時，車子的引擎發動了，緩緩從路緣往道路中央行駛，我加快腳步，而它也在加速。我看不到駕駛的臉，只能從側後視鏡看見他的眼睛。雖然現在我在奔跑，但依舊跟不上。他在逗弄我，和我耍把戲。

我從一戶人家的院子抄捷徑，試圖縮短我們的距離，可是當他來到街角時，車子再度加速，徒留我在後頭吸柴油的廢氣。

我回到家裡打開筆電，用通訊軟體Skype打給蘭妮．帕維爾。她用手機接起電話。

「警察在監視我家嗎？」我問。

「什麼？」

「妳有派人監視我家嗎？」

「我把所有警力都派去找艾薇．寇梅克了。」

「外面有一輛車。」

「一輛車，在諾丁罕，那還真稀奇。」

我不理會她在亂開玩笑。「我記下車牌了，妳可以幫我在電腦系統裡查查看嗎？」

我聽見她一邊打字搜尋，一邊咕噥抱怨，接著她回到電話前，說：「車牌是一輛佛賀阿斯特拉，車子登記在布里斯托爾的地址。」

「那是一輛黑色的荒原路華。」

「嗯，那要不是你寫錯車牌了，就是車牌被偷或被複製了。」

「複製？」

「有些不老實的汽車零件店可以不用查看車輛檔案就幫人複製車牌，如果你下次再看到那台車，在你把它追跑之前先打給我。」

「他們發現艾薇還活著之後，會繼續找她的。」我小聲說，態度變得更慎重。「蘭妮，妳得在他們捷足先登之前先找到她。」

「我盡力而為。」

# 第四十五章

## 艾薇

午後的光線從窗簾的邊緣斜射進來，在我的眼皮上跳舞。我試圖把它們揮走，轉過身去，但卻因此從窄椅上滾下來。我花了一會兒才意識到自己身在何方。運河船已經靜止不動了，廚房的門是關著的。有一刻我心想自己可能成了囚犯，不過廚房裡面就有一副鑰匙。

我聞到烹調肉類的味道，聽見馬帝在甲板上自顧自地哼歌。我爬上階梯，來到舵手室，看到馬帝一手拿著啤酒，正在變換烤肉盤上香腸的位置。

「希望妳不是吃素的。」他說。

「我是。」我說。「抱歉。」

他看一眼格楚德，說：「就跟妳說吧。」然後補充說道：「還好我也烤了馬鈴薯。」好幾球用錫箔紙包著的東西就擱在發亮的煤炭上。

「現在幾點？」我問。

「八點整，我不知道該不該叫醒妳。妳現在還是可以搭火車去倫敦，那些火車班次開到很晚。」

我看著外頭微弱的光線。「我們在哪裡？」

「在新索利的郊區，不知道有沒有地方叫舊索利的。」

運河上有其他船隻停泊，正隨著河水載浮載沉，每個可停靠的空間都被占滿了。有些像是漂浮在海上的花園，為許多植物和花朵覆蓋，也有些船上有陽台、雕像和人工水景。

「它們都在這裡做什麼？」我問。

「這裡是埃勒沃什運河的終點。」馬帝一邊說，一邊隔著褪色的橄欖球毛衣搔抓肚子。「要再往南走的話，我們就得經過特倫特水閘，穿過特倫特河到索爾河。」他把一根香腸翻面。「離婚快樂從沒離開過運河的這段水域，如果是比較具有冒險精神的人可能會直接帶妳去倫敦，不過那不是我。」

「不過如果沒那麼有冒險精神的人，也不會載我一程。」我說，想試著安慰他。「我們離諾丁罕有多遠？」

「直線距離大概八英里遠。」他比向遠方的矮樹林。

「你要在這裡過夜嗎？」我問。

「沒錯。」

他又用夾子轉動另一根香腸，其中一根從烤架上滑落，掉在甲板上。格楚德就是在等待這個機會，不過這對牠來說太燙了，還無法吃，所以她用爪子把香腸撥來撥去。

「你故意的。」我說。

馬帝咧嘴一笑，要我去拿些盤子過來。

我們在甲板上用餐，坐在小凳子上。別艘船上的人們經過時會和我們打招呼，大家似乎都認識馬帝，會隨興地聊天氣、油價和今年的泊船費用是否會調漲。

馬帝很會聊天，和露比一樣，我覺得這樣很好，因為我比較喜歡聆聽。他以前自己開印刷廠，可是後來網路興起，人們不再需要專業的印刷店了。

「很多行業都像這樣。」他說。「以前每個村莊都有鐵匠、負責點燃街燈的燈夫、捕鼠者和總機接線生。」

我完全不知道他在說什麼。

「甚至還有叫醒工。」馬帝說。「妳知道他們是做什麼的嗎？」

「他們讓女人懷孕。」

他笑了。「不是，在鬧鐘和手機出現之前，是他們負責叫醒大家，會用長長的棍子敲打窗戶。妳能想像嗎？」

不能。

「這世界變得太快，而我變得太慢。我無法跟上變動，所以放棄嘗試了。」他停頓半晌，然後看著我。「妳呢？年輕人艾薇？妳想對世界留下影響嗎？」

「不想。」

「為什麼？」

我聳聳肩。我要怎麼向他解釋，我根本不想留下足跡或指紋？我希望世界讓我好好一個人獨處就好。我不想過別人的生活，也不想得到他們擁有的。世界上最大的三個謊言就是：事情會變好的；一切都會沒事的；我在這裡支持著你。

「妳還好嗎？」馬帝問。

「還好。」

「妳沉默了一會兒。」

「在想事情。」

「妳看起來很沮喪。」

我沒回答。

我們安靜地吃著東西，奶油在馬鈴薯中間的柔軟部分融化，沙拉以醋、油、鹽巴和胡椒粉調味。

馬帝問我要不要喝啤酒。

「妳看起來好像年紀還不到，不過身為盡責的主人還是該問一下。」

「不用了，謝謝你。」

他沒提起警察，也沒過問為什麼他們在找我。他似乎不介意，認為我可能會自己告訴他，或者絕口不提這件事也無妨。等我們吃完時，暴風雨的烏雲正在東邊聚集，橘色的閃電點亮了地平線。不一會兒，空氣就充斥著雨的味道。

「歡迎妳今晚留下來過夜。」馬帝說完眼睛瞥向天空。「不然朗伊頓這裡有個火車站，大概離這裡一英里遠。要離開的話最好現在走，否則妳會淋到雨。」

「我可以睡在哪裡？」我問。

「妳可以睡主艙，那間的門有門鎖。」

「那你呢？」

「我在船的尾艙有個舒適的臥鋪。」然後他忽然補上一句：「艾薇，妳在這裡會很安全。」

我看著他的臉，知道他沒說謊。

「我想你這裡應該沒有澡盆。」我說。

「沒有這麼華麗的東西，不過我可以燒一壺開水。」

我們把盤子收拾好，折起椅凳也洗好餐具。就在這時大粒的雨水滴在烤肉的煤炭上，發出嘶嘶聲響，同時馬帝去查看繩子，確認繩結都綁緊了。

他燒了一壺開水後回到自己的船艙，讓我保有隱私。我脫下上衣，用一條溫熱的毛巾清洗上半身，不一會兒就感覺到皮膚又變冰冷了。我再脫下牛仔褲，用毛巾擦拭其他部位後再穿回同一套衣服。

曳船道上有人在說話的聲音。有那麼一瞬間我很驚慌，但發現只是一對情侶被突如其來的雨淋濕，一邊跑一邊笑，然後彼此要對方小聲一點。

「我好了。」我說。馬帝走出他的船艙，從樓梯底下的櫃子拿了一個睡袋。

「早餐吃鬆餅喔。」他說。「妳喜歡藍莓還是香蕉？」

「都喜歡。」

「很好，我也是。」

現在時間還很早，不過我已經累壞了。我從馬帝的書架上拿一本書，黃色書頁、字體很小的犯罪小說，但無法專注閱讀。我把燈關掉，聽到薄牆的另一端傳來馬帝打呼的聲音。格楚德陪我睡，她在床鋪的尾端蜷起身子，幫我的腳保暖。

我獨自在密室裡，無法得知究竟過了幾天幾夜。我睡著、清醒、變得愈來愈渴，愈來愈餓。我把耳朵貼近木鑲板，沒聽到有男子在爭執或搜索的聲音。傳入耳裡的，反而是席德和南西在花園裡哀嚎的聲音。他們有食物嗎？有沒有水喝？

我從躲藏處出來時是傍晚時分，我爬進房間，窗簾邊緣的縫隙照射出亮光，灰塵微粒飄散在空氣中。泰瑞的屍體發出嘎嘎聲，還有其他死亡會有的聲響。蒼蠅從他的臉上飛起又降落，他的氣味讓我反胃，但我的胃裡沒有東西能吐。

我在浴室喝自來水，斜著頭伸到水龍頭底下，讓水流過我的臉頰和下巴。我擦洗我的臉，望見鏡子裡的自己。我的眼窩深陷，看起來好嚇人。也許我已經死了，我心想，我是鬼魂。

外頭有一輛車駛過，我的心中又掀起恐懼，聽見笑聲後從窗簾的縫隙往外望，看到有一家人經過我們的屋子，媽媽、爸爸和兩個小孩。

天色變暗時，我打開窗簾，月光照在泰瑞的屍體上。我沒有打開燈，而是悄悄走到樓梯平台上，從樓梯欄杆之間的縫隙窺探，想像那些男人還在等我。

我蹲了好久，背部變得僵硬，雙腿也麻了。席德和南西還在哀號，我緩緩走下樓梯，每走幾步都停一下，專心聽是否有任何聲響。

廚房聞起來有消毒水的味道，每個表面都被刷洗清潔過，可是屋子裡的其他地方一團亂，牆上有好幾個凹洞，地毯被撕毀，家具也遭損壞。

我掙扎著是否要打開冰箱，因為我知道這麼做會讓冰箱的燈亮起。後來我很快地打開，用手指壓著燈光按鈕。冰箱裡空無一物。

我打開後院的門，聞到草地與潮溼泥土的氣味。天空下起綿綿細雨，雨滴落在我的頭髮上。我穿過草坪到狗窩旁，席德和南西在哀號、吠叫，牠們看到我時很興奮。我把手指伸到鐵絲網外，讓牠們舔我的手。

回到屋裡，我在洗衣間的水槽下方找到半包乾狗糧。我拿著狗糧到院子，倒在牠們的碗裡，把陶瓷盤子從用鎖鏈鎖住的柵門底下滑過去。我餓得發暈，也吃了一把，狗糧吃起來又乾又沙，而且味道有點酸，可是至少能暫時不讓我的胃痙攣。在那之後，我繞開院子裡的水管，幫狗狗們裝些乾淨的水。

泰瑞一直以來都警告我不要進去狗屋，他說席德和南西有受過訓練，會攻擊人類，可是我知道牠們不會傷害我。等牠們吃完，我把狗屋的門閂打開，走了進去。牠們用頭頂我，舔我的手，而且尾巴搖個不停。我笑了，小聲叫牠們的名字，要牠們安靜。

我把狗屋的門打開，讓牠們在院子裡跑來跑去，牠們在聞灌木和樹，也在草地上倒地玩耍。我想放牠們走，這當然會是比較仁慈的舉動。我連自己都照顧不了了，哪還能照顧牠們？於是我舉起側門的門閂，把門打開。席德和南西跑到出口，又停下腳步，看看外面的道路之後又回頭看我，好像在決定該怎麼做一樣。牠們選擇了我。

牠們在追逐玩耍的時候，我拿了鏟子清理狗屋，用軟管把水引到人工草坪上，也把牠們用來當床睡的粗麻布袋抖乾淨。等我做完這些事，席德和南西又回到狗屋裡，再吃了一些粗磨狗糧之後蜷起身子躺在布袋上。我躺在牠們之間，手臂搭在南西身上，感覺這是好幾天以來第一次有安全的感覺。

我沒有夢到泰瑞，因為那會讓我心痛。每個我曾經愛過的人都從我的身邊被帶走。我爸爸、媽媽、姊姊。泰瑞曾經也是我愛的人，泰瑞救了我，但泰瑞無法死而復生。

# 第四十六章

## 賽勒斯

洗衣店就位在兩間蔬果店中間，兩間店正在進行一場香蕉和酪梨的減價大戰。厚紙板上有好幾個被劃掉重寫的價格，進行一場破盤或倒閉大拍賣的價格之爭。

我們推開洗衣店厚重的玻璃門，走進潮濕又悶熱的空氣中。沿著牆擺放的滾筒式烘衣機在隆隆作響，對面有一排洗衣機張大著嘴，等著被餵食。兩名中年男子坐在中間的長凳上，望著烘衣機的樣子像被電視節目迷住了一樣。同時一名六十多歲的女子正在整理乾洗衣物的票券，她的黑捲髮像是一頂難看的假髮。

「葛林太太嗎？」我問。

她的嘴皺起，五官的線條馬上變得銳利，彷彿只能表現出少數幾種情緒，而其中沒一個是正向的。

「我們來這裡是想談談尤金。」我說。

「你們當然是了。」她諷刺地說，接著繼續處理發票。

「我和警方合作辦案，了解到妳曾經在尤金的喪禮上和哈密許．惠特莫談話？」

「你了解到？」她笑著說，故意用上流社會的語氣說話。

「他在重新審視尤金的判決，某件事驅使他對這個案子重啟調查。」

她噘起上嘴唇。「那為什麼你不去問他？」

「如果可以的話我會，但他九天前去世了。」

這則消息有一瞬間令她不安，我注意到她的左手抓著右手手腕的動作，彷彿在阻止自己做某件事。她望向莎夏，然後又看著我。

「怎麼死的？」

「被謀殺的。」

她不再具有攻擊性，最後的防衛也卸下了，成了一個脆弱的年邁女人，有著被藥物破壞的臉，牛仔褲鬆垮地掛在她骨感的臀部，宛如掛在曬衣繩上。

莎夏把以鉸鏈轉動的工作檯抬起，走了進去，帶著葛林太太往一張椅子走去。我們三人擠進後方狹小的空間，這裡聞起來有乾洗化學藥劑和熨燙噴霧的味道。

「我不過是幾星期前才跟他說過話。」葛林太太說，她的呼吸不規律，我注意到她有肺氣腫的早期症狀。「哈密許從來不會評斷我。他是想幫忙。」

「為什麼他要評斷妳？」我問。

她蹙起眉毛。「你知道的吧？」

「什麼事？」

「我做過不光采的事，對尤金而言是如此，對我也是，可是我無法逃避過去。」她看著莎夏，眼裡透出不願受批判的意志。「我以前是性工作者，現在大家都這麼稱這份工作，不叫它妓女、流鶯或應召女郎了。這名詞讓它聽起來好像是一份真正的工作，可是到頭來還是在做一樣的事：為了錢把兩腿張開。這有嚇到你們嗎？」

莎夏似乎不確定該如何回應。

「那就是為什麼他們把尤金從我身邊送走，當時他還是個嬰兒。他們說我不適合也不會是稱職的母親，因為我吸毒和從事性工作。我想洗白，有陣子帶他回來，但他五歲時不小心喝到我的美沙酮[12]，

12 美沙酮（methadone）是一種鴉片類藥物，可緩解疼痛，常用於戒除海洛因毒癮。

差點死掉。那是我的最後一次機會。從那時起我三十年都沒見過他。」

「他有來找過妳嗎？」我問。

葛林太太點點頭。

「我收到社工的一封信，說我放棄撫養的兒子想與我聯繫，我記得哭到我的羊毛衫都濕了。起初尤金寫信給我，寄了一張照片給我，然後我們安排見面。我原本期待現身的是一個小男孩，我知道這想法很蠢，當尤金從門後走進來，身材過胖、捲髮、頭髮灰白，我還想會不會是哪裡弄錯了，可是他直直朝我的桌子走來，叫我一聲：『媽？』」

她的眼睛在閃爍。

「他帶了花給我，從來沒有人送花給我。我們在咖啡店坐了好幾個小時，喝了好多杯茶，膀胱都快爆了，可是我不想去廁所，我怕萬一他離開，而我又再度失去他怎麼辦。」

「他當時住在哪裡？」

「就住在里茲。他在開卡車，周遊列國，比利時、德國、西班牙。他以前會從造訪的地方寄明信片給我。每次他回家，也都會順道過來看看我。」她的聲音變得低沉。「他做的是最美好的事情，我不配擁有……」

她開始哽咽啜泣。

「他做了什麼事？」莎夏問。

「他買給我一間公寓，為所有東西付了錢，還把房子登記在我的名下。」

「他怎麼有錢付這些？」我問。

「他說他受了傷，領到保險給付。」

我看過尤金．葛林的檔案，裡面沒提過他領過理賠費用的事。

門上方的鈴聲響起，有一位顧客走到櫃檯，葛林太太趕緊擦了擦眼睛，拿了發票，從後方牆面轟立的架子上拿起乾洗衣物，收完錢之後，她再回到椅子上。

「妳是怎麼聽說尤金被逮捕的？」我問。

「我在電視上看到的，我不想相信他會綁架那些小孩……他會做出那些事情……」

她停頓半晌後再度開口。「我在他還押候審的時候去監獄探視過他，坐在他的對面，就像我和你那麼近，我直視他的眼睛，問他：『你有做這件事嗎？』我原本以為他會對我說謊，也許那也是我想要的，可是他崩潰痛哭，啜泣個不停。他說我應該在生下他時就把他悶死，或把他在澡盆裡溺死。」

她抬起頭看著我們，希望我們相信她說的話。「我知道人們說他是禽獸，可是他對自己的所作所為感到抱歉，而他也不期望別人原諒他。他向我道歉。你能想像嗎？這個我在他還是嬰兒的時候就遺棄的小孩，竟然在向我道歉。」

「他有沒有提過殺人的事？」

「沒有。」

「那有說過其他失蹤兒童的事嗎？」

「我當時並不想知道，但我可以這麼跟你說，我不認為這一切是尤金自己做的。我認為有人在操控他，他是被利用的。」

一位中年婦女進入洗衣店，拿著用拉繩袋裝著的髒衣物。她把裡面裝的東西倒成一堆，開始把白色和有顏色的衣物放進不同的洗衣機裡，然後從皂液器購買洗衣精。葛林太太知道她的名字，她們點頭招呼，不過沒交談。一台烘衣機在後面轟隆作響，裡面有很重的衣物。

葛林太太咳了一聲，用手帕摀住嘴，然後摺起來放進衣袖裡。

「妳剛剛說尤金是被操控的。」我說。「會知道是誰做的嗎？」

她聳聳肩。「這也是惠特莫警官在查的，就是他出席尤金葬禮的時候。我以為他是來我兒子的墓前落井下石，可是他的態度很莊重。他說他對我的損失感到遺憾，他是唯一這麼說過的人。」

「你們談了些什麼？」

「我告訴他我有一盒尤金的遺物，那盒東西原本放在預先付費的儲物櫃裡，不過尤金入獄後，儲物費用用光了，盒子被寄到我這裡來。主要是一些照片和其他零碎的東西。出生證明、聖餐儀式的勳章，一本聖經，幾張尤金在位於威爾斯的兒童照護之家裡拍的照片。」

「希爾斯達爾兒童之家。」

「對，就是那裡。」葛林太太說。

我在腦中計算著日期、年分、年齡。「照片中的尤金幾歲啊？」我問。

「十四或十五歲。」

「他有沒有提過一個叫泰瑞．波蘭德的男孩？」

「惠特莫警官也問我這個問題，他在看盒子裡的物品，發現有一張是尤金在足球場上，站在球門前面的照片。他站在一個身材較高大的男生旁邊，不是胖，而是體型比較魁梧。他們兩個的名字被寫在照片背後：泰瑞和尤金。

「我一看見那張照片，就想起尤金有談起泰瑞過。他小時候因為體重的問題曾經被霸凌，可是泰瑞一到兒童之家不久就制止了這件事。」

「他們離開希爾斯達爾兒童之家之後有保持聯繫嗎？」我問。

「他們有一次一起去蘇格蘭。」

「什麼時候？」

她聳聳肩。

「那些妳給惠特莫警官的照片，妳有留副本嗎？」

「沒有，怎麼了？哈密許保證會把它們還給我。」

「它們被殺害哈密許的人偷走了。」

「可是那些是我的。」她抗議道。

「妳有保存任何一張嗎？」莎夏問。

「我不認為我……」

她說到一半忽然打住，皺起眉頭時眼睛消失在皺褶之中。她伸手到抽屜裡，拿出一支舊手機。

「這是尤金的。」她說。「我的掉到浴缸裡了，所以他給了我這支，直到我能買新手機為止。」

這支手機有早期的攝影鏡頭，還有電能開機。葛林太太在手機相簿裡滑過一張張照片。

我瞥一眼莎夏，讀她在想些什麼。

「沒有任何小孩的照片。」葛林太太語帶防衛地說。「這些一定是尤金拍的。」她把照片遞給我。

照片裡是一群衣著簡陋的男子站在一座噴水池前面，背景是一個宏偉的鄉間宅邸，有角樓、高塔和攀附圍牆往上蔓生的常春藤。這些男子穿著厚上衣、牛仔褲、毛衣，戴著毛帽，腳踏橡膠長筒靴。其中幾個人拿著棋子和長棍，準備越過高沼，在灌木與樹籬間開出一條路來，獵些松雞果腹。

看著這一排狩獵者，我發現尤金．葛林是右邊數過來第二個。他戴著格子呢軟帽，圍著一條亮色圍巾。我仔細看其他男子，照片最左邊的人打扮類似，不過他的體格不會讓人認錯：泰瑞．波蘭德。

莎夏從我的手中拿過手機，尋找日期或地點。照片上的日期是二〇一二年十二月八日。她又看到第二張照片，這張是從比較遠的角度拍攝同一群人，不過拍到更多房子和附屬建築物的外觀，包括車庫和一系列停在前院的昂貴名車。

我看不清楚車牌，不過其中一輛車的外型獨特，是有紅色皮革座椅的勞斯萊斯銀影。我認得一台一模一樣的車，我也知道這台車的車主是誰。此人自詡為我的守護者，我的乾叔叔，我的朋友。

# 第四十七章

## 艾薇

繩子嘎吱作響、木頭發出低鳴、水花打在船身的嘩啦聲響，我聽著這些聲音醒來，感覺就像受困在一隻野獸的肚子裡，像鯨魚肚子裡的約拿，這是少數我記得的聖經故事。我在黑暗中著裝，躡手躡腳地步出船艙，在桌上放了十鎊給馬帝。他不會收我的錢，除非我讓他別無選擇。

格楚德好奇地看著我，不過在我離開時沒有吠叫。在我踏上陸地時，感覺到運河船因我的重量而搖晃，右側的運河宛如拋光的黑色大理石，反射出曳船道沿路的街燈。運河的一側是原野，另一側則是一座高爾夫球場，此刻全都籠罩在黑暗中。

我在附近的水龍頭洗臉，然後走路進城，在那裡找到一間很早開門的咖啡店，買了一個吐司三明治和一杯茶。櫃臺的男孩一直看我，他和我年紀相仿，也許大我一歲，而我讓他緊張，因為他問了我兩遍我要黑麵包還是白麵包。

我在靠近大門的桌子用餐，看著有些人們往車站走去，有些在巴士站等車；有些女性剛沖澡完頭髮還濕濕的，有些男性穿著西裝和大衣。我可以去任何想去的地方，倫敦、愛丁堡、曼徹斯特。為什麼自由的感覺那麼渺小，像是某件事情結束了，而非才正要開始？

我喝完茶之後臨時決定去倫敦，不過在那之前我想先看看小波。我想先和她道別，因為可能今後再也見不到她了。一小部分的我想見到賽勒斯，可是我怕他會把我送回朗弗德感化院，而且就算他讓我留下來，我也會害他身陷危險。

朗伊頓火車站只有兩個月臺和一道雙向軌道。一位在售票處的女士叫我「寶貝」，告訴我坐車的方向。我得搭從東密德蘭開往畢斯頓的火車，然後在亞歷山卓克雷森路搭一班巴士。

我走到月台的最遠處，遠離清晨的通勤族，他們正從車站售貨亭買咖啡和熱巧克力。我站在開闊的地方時會緊張，覺得一定有人在監視著我。於是我低下頭、戴起兜帽，用指尖數算著口袋裡的零錢。

鐵軌低鳴且開始震動，一班列車駛入後停下來。我踏進半滿人潮的車廂，在靠窗的位子上坐下。火車開始行駛，漸漸加速，經過一處有許多池塘和沼澤的濕地區。我記得在朗弗德感化院時有來過這裡郊遊，這是以電視上那個人來命名的自然保護區，他看起來就像每個人最喜愛的教父。下一站的站名叫艾登堡，這就是那位老人的名字。

這一站只有一人上車，一位身穿寬大西裝的中年男子，他眉毛的顏色比頭髮還深。他埋首報紙，報紙的頭版有一張露比的照片，標題寫著：**青少女於諾丁罕的照護之家死亡**。下面有較小的字：**有另一名女孩失蹤**。

我靠近一些，伸長脖子，想讀底下的文字，可是那男子發出哼的聲音，然後啪地闔上報紙，瞪著我看。他沒再繼續看報紙，而是一直盯著我，彷彿我們以前見過。我低下頭，身子移遠一些。當我再抬頭看他時，他正在手機上打字，而且不斷注意我。事情不對勁。

我站起來背對他，這時卻感覺到他在我身後。

「妳想要這個嗎？」他把報紙拿向我，我沒回應。

「隨妳便吧。」他把報紙夾到腋下。

「我要。」我脫口而出。

當我伸手要拿時，他忽然攫住我的手腕，令我叫出聲，我不是痛，而是驚訝。

「妳就是她！」

「什麼？」

「新聞上的那個女生，警察在找的就是妳。」

「不是。」

我試圖把手抽走，可是他又把我抓得更緊，還給我看報紙上的一張照片。我的臉正回望著我，是朗弗德感化院幫我拍的臉部快照，讓我看起來像吸安非他命的癮君子或連續殺人犯，或者兩者都有。

「那不是我。」我說。「拜託，讓我走。」我用小女孩的無辜聲音說。

「我已經報警了。我們要在這一站下車。」

火車慢下來，緩緩駛入火車站。月台上人們的臉不斷閃過，門打開了。男子還緊握著我的手腕，我倒在地上大喊：「阻止他！這是強暴！他在傷害我。救命啊！」

那男子低聲咒罵，叫我起身。一名穿皮夾克的時髦鬍子男率先做出反應，他要那男人放開我。

「你搞錯了。她是警察的通緝犯，我已經報警了。」

「他想強暴我。」我啜泣。「他到我身後，把手臂架住我的喉嚨。」

「我沒碰她。」

「噢！噢！你弄痛我了。」

「放開她，我們再來把事情搞清楚。」時髦男說。

「他猥褻我……他摸我的胸部。」

「我沒做那種事！」老男人抗議說，聽起來喪失了一點自信。

「你不能把她帶下火車。」時髦男說。

「警衛在哪裡？」一名女子說。

「我們應該封鎖車廂。」她的同伴說。

「你搞錯了。」老男子說。「她的照片就在……」

他說到一半被打斷，因為有人從他背後用手臂擒住他的頭，同時時髦男使出空手道砍劈，直到他放開手。

一名女子協助我起身，同時她的朋友拿起那份報紙，在她正要看頭版的同時，我拔腿就跑，低身躲過手臂、閃避人群，跑出車廂後沿著月台奔去，對後面叫喊的人們充耳不聞。

胖總管[13]正氣喘吁吁地朝我跑來，我橫跨一步輕鬆躲開他，直直往柵門奔去，踏上階梯，再穿過行人橋。我鼓起勇氣回頭看一眼，看見乘客正在月台上爭執。

我穿過一個小型停車場，扯了扯鎖在鐵欄桿上的腳踏車，希望能找到一輛沒上鎖的，可惜沒找到。我又繼續跑，經過建築工地、幼兒園、汽車修理廠、酒吧……

到下一個路口時，我聽見警笛聲，停下腳步仔細聽聲音，然後朝聲音傳來的反方向跑，在街道裡左右迂迴，沒心思查看經過的是哪一條路。

最後警笛聲漸歇，我在一座公園停下腳步，彎下腰來猛烈咳嗽，像是我在早餐前就抽了十幾支菸一樣。我找了一張公園長凳躺下來，望著樹枝，等胸口不再疼痛為止。在那之後，我找個水龍頭，用雙手捧水喝。

此時令我想起在泰瑞死後，我從水管和水龍頭喝水的記憶。我吃狗食、廚房剩菜和能從垃圾桶和堆肥裡覓得的任何東西。

有時人們的花園棚屋、車庫或甚至是家門沒上鎖，我會去拿些必要的東西。首要之務是食物，幫狗兒們和我自己拿的。有看到錢的時候，我會小心只拿一點點，不拿太多以免讓人發現錢被偷。後來我會拿些喜歡的東西，像是有珍珠手把的牙刷、大象形狀的瓶子、一本《哈利波特》，和裡面有銀色亮片的艾菲爾鐵塔水晶球。

我逐漸擅長在黑暗中搜刮一間又一間屋子，避開臥房、只待在一樓，而且會在進屋子前確保每個

---

13 胖總管（the Fat Controller）是英國動畫《湯瑪士小火車》裡的角色名。

人都睡著了。有一晚我差點被一位老婦人逮個正著，她住在轉角那間屋子，有孫子女會在週末來探視她，我會看見他們在她的花園裡玩耍：鋪地墊開午茶派對，還會有杯子蛋糕和甜果汁飲品。她有隻叫艾爾菲的灰貓，每次她想要他晚上進屋子裡時，都會輕輕敲打一罐貓食。

我在她家後院階梯旁的一個花園守護神雕像底下找到一個備用鑰匙，那天是星期一清晨，我偷溜進屋裡，在她的冰箱裡找到杯子蛋糕。我吃了一個，留一個晚點再吃。我提起裙襬當籃子，拿了貓食、焗豆和水蜜桃罐頭。正要離開的時候，那位老婦人出現在門口。她穿著白色睡袍、頭髮上了髮捲，臉上還抹著面霜，看起來好像鬼。看到我的那一瞬間她似乎傻眼，不過沒尖叫。等她摸到電燈開關打開燈時，我已經躲在桌子底下了。廚房變得明亮，我雙手抱膝，看著她穿拖鞋的腳經過我身邊，在水槽前停下腳步，倒了一杯水，然後又轉身朝向樓梯。

「妳真是搞得一團亂。」她說完忽然在我的上方停下來。我的心臟快跳出來了。

她拿起一條抹布，把麵包屑掃進手掌，然後撥進垃圾桶裡。當她轉回來面向門時，我注意到她的脖子上用鏈條繫著一副厚眼鏡。她一邊哼歌一邊關燈，然後慢慢走上階梯。

日子一長，我探索的範圍就離屋子愈來愈遠。我發現在主要幹道上有一間二十四小時營業的加油站，大約離我家四條街之遠。那裡會用五彩繽紛的燈光裝飾，像個遊樂場一樣，還有放滿日用雜貨和點心的架子。平日每天晚上都是同一個男孩值班，不過到了週末就會換人。那名男孩是亞洲人，手肘之間總是擺著一本敞開的書，而每次他看書時，厚厚的黑髮總會垂到前額上。

多數的顧客都是摩托車騎士來買汽油，不過偶而會有青少年來買點心、汽水或調味牛奶。每次自動門打開時，我都會聞到派和香腸捲的味道，那些就放在一個銀色的大保溫櫃裡。

有一天晚上我鼓起勇氣進去，走向櫃檯買一個派，努力讓自己聽起來像成年人。

「是自助式的。」男孩說話時依舊埋首書本，頭都沒抬一下。

我等在那裡，沒動作。

他停止閱讀。「妳從保溫櫃裡拿一個派出來，放進其中一個袋子裡。」他指向鉤子上掛著的一疊白色亮面紙袋。

我站在保溫櫃前面，納悶要怎麼拿派才不會燙傷手指，這時我看到了食物夾。我把櫃子的玻璃滑開，選了一個最飽滿的派，塞進紙袋裡。

「妳要醬嗎？」他問。

「什麼？」

「要番茄醬還是棕醬。」

「不用了，謝謝。」

他的頭髮以一種奇怪的方式往外長，看起來就像頭頂上有一根黑色羽毛一樣。如果他把頭髮剪短，看起來會成熟一些，我心想。

「五鎊。」

我數著硬幣，硬幣在我手裡黏黏的。

「妳年紀這麼小，怎麼這麼晚還沒睡覺？」他說。

「我媽媽需要牛奶。」

他看著我空空的雙手。「妳忘了拿牛奶。」

我小聲咒罵，來到銀色的大冰箱前面。我不知道我的錢夠不夠，所以選了最小瓶的牛奶。

「那是巧克力牛奶。」

「這就是她想要的。」

「她叫妳凌晨兩點來買巧克力牛奶？」

「還有一個派。」

我又把更多零錢推向櫃檯的另一邊。他加總數目之後，把其中一枚硬幣退還給我。「那是澳幣。」

「啊？」

「那旁邊有一隻袋鼠，有看到嗎？」

「那個女士的頭呢？」

「那是女王，不過這是澳洲的錢幣，他們用的是澳幣，不是英鎊。」

「我沒錢了。」

他的大眼睛微微瞇起。「這次就算了，只要妳保證會直接回家。對小女生來說這麼晚還在外面很不安全。」

「我比你想的還大了。」我說。

「幾歲？」

「十五。」

「妳才沒有十五歲。」他嗤之以鼻地說。

「我的體型比較小。」

「像最弱小的仔畜。」

「什麼？」

「睡覺時間過了，快直接回家。」

又過了幾晚我才回來這裡。這次我帶了更多錢，也編了一個更有說服力的說法。我說我媽媽在家裡陪我剛出生的弟弟，走不開。

在我第三次或第四次造訪時，那男孩已經習慣我買狗食、派和香腸捲。他叫阿傑，在唸書想當工程師。

「工程師會做什麼？」我問。

「很多事，會搭橋梁和設計東西。」

書上的圖表看起來像一種不同的語言，充斥著數字和符號。

他問我名字，我隨便編了一個。

「品克。」

「和那種洋芋片同姓？」

我點點頭。

「那名字呢？」

「潘妮。」

「妳叫潘妮．普林格？」他笑了。

我覺得自己的臉熱了起來，所以改變話題，指向櫃檯的機器，那裡面都是彩色的液體，用一個金屬螺旋槳攪拌著。

「那是思樂冰機器。」他解釋道。「它是弄碎的冰塊和糖漿調味飲料，妳想喝喝看嗎？它會讓妳的頭腦凍僵。」

「為什麼我會想讓頭腦凍僵？」

阿傑拉下手把，倒了半杯。「妳可以喝這杯，請妳。」[14]

我抬頭看天花板。

「這只是請客的一種說法。」他說，把我當笨蛋。

我喝了一口，絕妙的滋味在我的嘴裡爆開來。我一定表現得很明顯，因為阿傑咧嘴笑了。

「妳上哪一間學校？」他問。「我猜妳一定讀坎伯恩，沒有制服、功課、固定的睡覺時間、大提

---

14 阿傑對艾薇說這杯思樂冰是on the house「免費；商家請客」，但艾薇聽不出這句話的意涵，以為是字面上的「在屋子上面」之意。

琴和小提琴課。妳是那間學校的學生嗎？」

「不是。」我說，他說的話有一半我都聽不懂，可是我不喜歡他說話的方式。

「我讀默頓男子高中。」他說。「以前我們會揍扁像妳這樣的小孩。」

「為什麼？」

「因為妳有上流口音。」

「什麼是上流口音？」

他笑我，更仔細地看我。「妳說得對，妳看起來並沒有那麼上流。誰幫妳剪的頭髮？」

「我的頭髮怎麼了？」

「我分不出妳是男生還是女生。」

「我是女生。」

「我現在知道了。」他在櫃檯把玩著原子筆。「妳真的就住在街角嗎？」

「對。」

「和妳媽媽一起？」

我點點頭。

我從他的眼神看出他不相信我。

「聽著，明天我會清冰箱，丟掉一些已經過期的食物。我每週五都會做這件事，通常我會直接把東西丟進垃圾桶，不過我可以把它們留給妳。」

「你有丟過狗食嗎？」我問。

「通常沒有，不過我會看看情況。」

我嚐到嘴裡的銅味，也從他的嘴角看出些什麼。他在說謊，可是我無法分辨這個謊言是關於狗食還是別的事情。

「妳明天會來吧？」

我點點頭。

「同一時間？」

「對。」

隔天晚上我躲在對街的花園裡，看到有一男一女和阿傑交談，他們好像在等某人，等我。我沒看到他們離開，因為到那時我已經回到家，和席德跟南西窩在一起，做著派餅和香腸捲的夢。

# 第四十八章

## 賽勒斯

上午十點左右，諾丁罕郡警局位於謝伍德巷的總部在做案情簡報。蘭妮下了新的指令，尋找艾薇的行動要縮小範圍，因為她已經「逃出警方的天羅地網」，而現在重心轉為調查謀殺露比．道爾的兇手。

朗弗德感化院的攝錄影像經過加強處理，找來一位語言專家聽影像裡的聲音，試圖由歹徒的說話口音聽出他的地緣關係，或任何能協助辨認殺手的線索。與此同時，警方利用那位造訪朗弗德感化院、詢問艾薇資訊的男子影像來登錄臉部辨識系統，試圖查出他的身分。那照片的畫質很差，而且是從側面拍攝的，不過也許還是能查出某個名字。

簡報結束後，我跟著蘭妮走到她的辦公室，她在聽一堆電話留言訊息，決定哪些是緊急事件，哪些能晚點再處理。不知道她是否故意對我視而不見，或者她真的忘了我就坐在她的對面。

「這是哈密許．惠特莫的。」我說完把哈密許的筆記本滑到桌子另一端給她。

蘭妮揚起一側眉毛。「而你一直自己留在身邊。」

「幾天前才到我手上的。」

「幾天前？」

「這是在他女兒的車裡找到的。哈密許向蘇西借她的速霸陸四天，我認為他知道自己被跟蹤了。」

「這是基於？」

「直覺。他謊稱那天他的瑪莎拉蒂要去維修。」

「你告訴過我心理學家不相信直覺。」

「不是，我是說我們不會完全依賴直覺。」

蘭妮對於筆記本的事情很不高興，不過還是繼續聽我解釋對於那些筆記的解讀——飛行日誌、無線電台呼號和公司名稱。這能解釋那些失蹤兒童是怎麼在國內運送，以及個人是如何利用空殼公司和境外的地址隱瞞身分。

當我一提到菲力普・埃佛里特這個名字的時候，蘭妮明顯變得緊繃。

「妳認識他嗎？」

「他名氣很大。每次辦案涉及某個大人物或有政治關係的人都讓我有過敏反應。」

「妳不畏懼階級的。」

「是不會，可是我剛好也喜歡我的工作。」

我跟她說造訪慈善機構「放逐者」的事。「我問過他們，尤金・葛林或泰瑞・波蘭德是否曾為那個慈善機構做事，但他們不願意談論曾雇用的更生人。我所能確定的是，哈密許・惠特莫和我問過同樣的問題，而他在四天後就死於非命。」

「你不能就這麼說一個慈善機構和這件事有牽連。」她說。「你甚至不能確定『這件事』到底是什麼。」

「放逐者可能是個幌子，是能招募特殊技能人才的最佳方式——不正派的會計師、圍事者、撬竊保險箱的盜賊、毒品販子、贓車司機……就在泰瑞・波蘭德死前一年，他因為搶了曼徹斯特一間郵局而被逮捕。攝影機拍到他當時負責駕駛贓車的畫面，也在失竊的錢上查到他的指紋，但就在他被起訴之前，一位大律師突然出現，讓波蘭德逃過一劫。有人讓這整件事當作沒發生過。」

蘭妮嘆了一口氣。「賽勒斯，這樣還不夠。」

「尤金・葛林和泰瑞・波蘭德在青少年時期就彼此認識了，他們一起待過威爾斯的同一間兒童照護之家，我有證據他們有保持聯繫。」

我在考慮是否要給她看那張照片，不過在把吉米．維比奇涉入這件事之前，我想先和他談一談，這是我欠他的。十七年來，他一直都是我的朋友，甚至更甚於朋友。在我爸媽死後，祖父母竭盡所能地養育我，然而是吉米把我從自我毀滅的道路中拯救出來，從自殘、毒品和酒精裡將我一把救起。沒有他，我可能不會讀完中學，也不會上大學。我根本不可能在這裡。

吉米當時和泰瑞．波蘭德與尤金．葛林在同一個地方。他就是這樣認識天使臉女孩的嗎？我無法想像他可能涉案，我應該給他證明自己清白的機會，可是一想像他當時也在場還是令我反胃。

儘管吉米行事高調也喜歡獲取關注，但他其實對私生活極其保密。多年來他和一堆美女交往過，舉凡女演員、模特兒、女繼承人都有，但他總是對結婚的謠言一笑置之。只談感情，不給承諾。偶而我會猜想他會不會可能是同志，因為他具有某些既定的特徵，例如非常整潔的衣著、喜愛炫耀和對藝術的熱愛，但吉米對每個人來說都有不同面向，他可以坐便宜的座位，也能坐高級包廂；手裡可以拿一瓶便宜啤酒，或也有可能是一杯香檳。

蘭妮打斷我的思緒。

「賽勒斯，我很想幫你，可是我不能光是依照你告訴我的資訊就啟動調查，警長會笑掉大牙。記得密德蘭行動嗎？」

她說的是針對一個性虐待兒童集團的指控，裡面牽涉許多擁有高知名度的政治人物、軍官和外交官。此案是基於單一證人的證據就開啟調查，而事後證實那位證人是在說謊。一場歷時兩年的偵查行動最後因無法找到任何支持這些指控的證據而失敗，許多人因此生活變調、身敗名裂，而最終竟發現整場事件都是一場騙局。那位證人卡爾．畢奇以妨礙司法公正罪被起訴，警方還得低姿態致歉，支付高達數百萬元的補償金。

「這件事也是一樣。」蘭妮說。「你的證人只有一個。」

「而此證人就是對方想殺的人。」

「對，可是如果她打從一開始就與警方配合，告訴大家她的名字和遭遇，那些人老早就可能被逮捕到案了。如果她真的想阻止威嚇她的人，那她現在就不會一直躲著我們了。」

「她很害怕。」

「我們可以保護她。」

「就像你們保護露比那樣？」

最後一句話對她不公平，而我也從蘭妮的眼中看出她很受傷。

「賽勒斯，你離開可能比較好，在我們毀掉彼此的友誼之前。」

蘭妮把門敞開著，我應該就此打住，可是我還想再問一個問題。

「星期二早上，露比被謀殺的那天，提摩西．海勒－史密斯出現在朗弗德感化院。他是怎麼得知這場謀殺案的？」

蘭妮蹙起眉頭。「一定是總部有人通知他。」

「這不會很不尋常嗎？堂堂一位警察局副局長在早晨七點鐘出現在犯罪現場？」

「海勒－史密斯是工作狂，他可能床邊就擺著一個警用無線電。這樣又怎麼了嗎？」

我沒回答。她對我搖搖手指，說：「賽勒斯，不要跟我鬼扯。」

我想在自己越界太多之前住口，可是理性終究戰敗。

「我不小心聽到海勒－史密斯在朗弗德感化院講電話，他告訴某人：『他們該死的搞錯女孩了。』他就是這樣講的。」

「他們的確搞錯人了啊。」蘭妮說。「這是你自己說的。」

「你告訴海勒－史密斯她可能是歹徒預期的目標，僅此而已。」

蘭妮用力揉了揉眼睛。「賽勒斯，不要再講了，你從來都不是那種想法過時的老頑固或陰謀論者，可是現在你一直喋喋不休地說些關於戀童癖集團和無名男子的陰謀論。我讀過艾薇．寇梅克的檔案，她說謊成性，可是你卻相信她告訴你的每一句話。這件事必須停止了，否則你在諾丁罕警局當諮詢顧問的身分就止步於此。」

她斬釘截鐵的結語讓我把爭執的話語嚥下肚裡，我想道歉，但蘭妮把我推到走廊。

她用比較和緩的語氣說：「賽勒斯，回家吧，睡一下，你看起來糟透了。」

# 第四十九章

## 艾薇

走小巷子的缺點就是我很容易就迷路了，這裡的屋子看起來都一模一樣，道路又像迷宮。這是我第二次經過一位穿卡其色襯衫的女子，她坐在一台除草機上，在一個草地滾球場上來回除草，草地看起來簡直比撞球桌還光滑。她到底是在除草還是在熨草皮啊？

我大喊，她把引擎關掉，摘下耳罩。

「我想去沃勒頓公園。」我說。

「從這裡嗎？」

「對。」

她把一塊口香糖從嘴裡一側移到另一側。「那要走很遠。」

她開始幫我指路，說些我絕對不會記得的路名，也伸手在空中比來比去。最後她說：「等妳到一個街角有間酒吧的大圓環路口，妳就會知道快到了。」

過了一小時再加上幾次轉錯彎的路程之後，我站在米勒與卡特牛排館對面的沃勒頓谷。賽勒斯的家就在離這裡兩條街遠處，可是我不會冒險從大街上接近房子，以免有人在監視。我走進沃勒頓公園，沿著池塘而行，再穿越一片藍色花圃，朝正長出新葉的高大橡樹走去。等我來到標誌出公園界線的高牆後，我再沿著牆走，仔細看對面房子的屋頂輪廓線，直到我認出一個熟悉的屋頂。

我攀上一棵樹，蹲坐在能俯瞰院子的樹枝上。如果賽勒斯不在家，他就會把小波留在外面的院子裡。我很快就看見牠了，因為我知道牠最喜歡的位置。牠正在廚房的窗戶底下曬太陽，在磚頭前面像有了保護色。

我小聲地叫牠的名字，牠抬起頭，耳朵豎起，嗅了嗅空氣。我再叫牠一次，這次牠往我的方向走來，鼻子一邊聞著地上一邊以之字形探索院子。等牠來到風化的石牆邊時，牠抬起頭，發現我在樹枝上之後低聲吠一聲，然後跳起來用後腿站立，前爪搭在石牆上猛力搖尾巴。牠可以再明顯一點。

我叫牠安靜，結果牠又開始吠叫。

我沿著樹枝滑下來，壓低身子走在牆上，像個走鋼索的人在長了青苔的磚塊上平衡。我把包包丟進院子，雙腳慢慢往下探，直到碰觸到地面。小波欣喜若狂，在我身邊跳來跳去。接下來的十分鐘我把煩惱都拋在腦後，我們忘情地奔跑追逐，在草地上抱著打滾，直到我們都累壞了，我往後躺下來。小波從碗裡喝水之後也重重地趴在我身旁。

我應該趁賽勒斯到家之前離開的，可是我還沒打算走。我知道他在電表箱上面放了備用鑰匙，我可以自己開門進去上個廁所，或者拿點東西吃。

我拿到鑰匙的時候小波跟在我後面，不過我要她在院子裡等著。走進屋裡時，我想起上一次見到屋子內部的模樣——當時到處都是塵土、煙和火焰。廚房已經重建和裝潢過，有個新冰箱和新火爐。他終於買了洗碗機，也該是時候了。水槽裡有兩個咖啡杯、兩個盤子。一定是莎夏．赫普威爾還借住在這裡。我討厭那帶給我的感覺。我走上樓，看見我以前的房間裡有些她的衣物，枕頭底下有睡衣。床是賽勒斯買給我的那張，而且牆面是我油漆的。忽然間我有點生氣，想著要不要在她的牙刷上小便，或把她的睡衣拿來擦馬桶，不過我其實又沒那麼討厭她。我一點也不恨她，也不喜歡自己這樣忌妒她。

我來到賽勒斯的房間，他的睡衣皺成一團，雙人床的枕頭隨興地扔在床頭。我幫他擺整齊，也把他的慢跑鞋收起來放好，還有把牙膏的蓋子蓋上。

接著我爬上通往閣樓的窄梯，那裡放滿了紙箱、木盒和舊的行李箱，裡面裝載著賽勒斯的童年。

我看過其中幾個紙箱裡的東西，發現一些他的家族照片和學校的畢業紀念冊，還有些學校話劇的節目單。我特別想找的是賽勒斯在家人被殺之前的照片，試圖看看悲劇如何改變了他，或是否為他帶來改變。那時他看起來比較沮喪嗎？他是否迷失自我？人們在我身上也看到那些特質嗎？

我把箱子推到一旁，爬到箱子之間，背倚著櫃子豎耳聆聽從屋外傳來的聲響——有人在和郵差聊天、有個媽媽催促著要一個學步兒走快一點、電鑽聲，還有音樂從汽車音響大聲播放的聲音。

我蜷著身子躺在地上，閉上眼睛一會兒，不是在睡覺，只是休息，鼻子吸進孤獨與樟腦丸和泛黃紙張的味道，聽著屋子發出嘎吱嘆息聲，對我訴說它的祕密。

泰瑞的屍體味道實在太難聞，所以我不再上樓去了。我用空氣清淨機除去臭味，也用殺蟲劑噴殺蒼蠅。過了幾週後，我注意到泰瑞房間正下方的天花板開始有汙漬。

不時會有人來按電鈴或敲門，可是我從不去應門。後來我會看到有信件從信箱閘口推進來，大多是過期的帳單，威脅要切斷瓦斯和電力，或者有些除草服務的傳單，和問我人生是否需要神的小冊子。

有一天，隔壁鄰居把所有樹葉耙集成堆，也修剪前院的雜草。他先是敲門，而後從信箱閘口大喊是否有人在家。他沒清理後院，因為他可能害怕席德和南西。

我清楚知道現狀無法維持太久，要不就是那些人會回來，要不就是這間房子的屋主會想收回房子。我不知道還可以怎麼做，泰瑞告訴我不能相信任何人。他說警方會把我送回叔叔那裡，因為他們和他是一國的。我不知道什麼是一國，可是泰瑞很顯然和我是一國的。

有一天早上，我聽見席德和南西在吠叫，有些男人在前院外面爭執。門鈴響起，有人敲門並大聲喊叫。很多張臉孔從窗戶往內窺探。我跑上樓，爬回我的密室，把鑲板密合關好。

大門打開了，我聽見有一名男子在抱怨被撕毀的地毯和坑坑巴巴的牆面。靴子重踏在階梯上產生回音。有人罵髒話，大喊出聲。其他人來了，這裡的味道令他們作嘔。他們打電話大聲說出指示。

又有更多人來了。我知道是警察，因為我聽見無線電的聲音，從他們的對話內容也可得知他們的身分。他們開始討論該如何把泰瑞的屍體運下樓。他們不知道泰瑞的名字，也不清楚他死多久了，不過他們在翻找他的東西，把衣櫃架上的衣服推向一邊，打開抽屜查看。

過了很長一段時間，房子陷入寂靜，我從密室裡爬出來。泰瑞已經不見了，席德和南西也是。黃帶子圍在每道門上，每個平滑的表面似乎都覆蓋一層細緻的黑色粉末，毛毯和床墊也都被帶走了。我走到廚房的窗邊，望著外面空無一物的狗屋。

我沒有狗需要餵食了。沒有人生目的，也沒有活下去的理由了。

我聽到鑰匙轉動門鎖的聲音，門打開了，是一個女子的聲音，莎夏在廚房裡和小波說話。她打開櫥櫃又關起，把日用雜貨拿出來放好，填滿冰箱。我被困住了。也許如果等她上樓或去院子裡時，我可以偷偷溜走。而在此同時，我得先待在這裡。

我已經習慣了等待，也習慣躲藏，再多等幾個小時又何妨？

# 第五十章

## 賽勒斯

吉米．維比奇沒接電話。我在他手機的語音信箱和家用電話的答錄機裡留言，還打到他的辦公室至少十次，可是他都沒回我。吉米通常把電話視為第二生命，這代表他蓄意迴避我，或者有事情不對勁。

我快到他的辦公室時，呼叫器響了。是朗普頓醫院傳來的訊息，要我立刻與他們聯繫。我把車停在安琪羅路上的一處電話亭附近，在螢幕上撥打電話。電話自動轉接，直到有人不耐煩地接起，是一名忙碌的男子被電話打斷了手邊的要務。

在我自我介紹之後，他的語氣和緩了些。

「我是強納森．貝里醫生，你哥哥的專案人員。埃利亞斯昨晚疑似受到感染而入院治療，醫生幫他施打廣效抗生素，不過他的反應不如預期，而且情況惡化了。」

「你說惡化的意思是？」

「他的腎臟沒有作用。」

我聽見自己結巴地問：「怎麼會？為什麼？」

「我們懷疑他吃下某種損害身體系統的東西。」

「還有別人生病嗎？」

「沒有。」

「他可能吃了什麼？」

「我們還在釐清。」

「你們一定知道他吃過什麼。」

「我們尚未排除他自殘的可能，這也許是自殺未遂。」

「那太荒謬了，我一星期前才見過埃利亞斯，他比以前任何時候都還樂觀。」

「他這種病況可能會改變得很快。」貝里醫師說，他聽起來有點分心，正在和其他人說話。我聽

見「血液透析」這個詞，感覺到心思被掏空，十分震驚。

「我這就過去。」

朗普頓的醫院側廳是分開的附屬建築，從大門走一小段路就會到。貝里醫師和我在訪客的等候室會面。他是精神科醫生而非內科醫生，有修剪得很短的落腮鬍，頭髮理成耳上的三分頭。

「他還好嗎？」我問。

「稍微恢復了，目前有意識。」貝里醫師說，示意要我跟著他走。「他們在使用活性碳加速排除任何可能的毒物，可是除非知道他食用了什麼毒素，否則要有效治療會很困難。」

「那長期來說呢？」

「他的腎臟剩下百分之二十的效用，不過如果傷害並未加劇，這是可以恢復的。」

我們穿過很多道門，走上一段階梯。

「會有可能是意外嗎？」

「那要看是什麼毒物，醫院裡其他人都沒有任何症狀，埃利亞斯也沒和外面的人有交流，除了你和薩克先生。」

「誰？」

「他的老同學。他昨天有來探視他。」

埃利亞斯根本沒有老同學。

「這個人以前來過嗎？」我問。

「據我所知是沒有。那是電話預約的會面，他在抵達時再補填了文件。」

「他有提出身分證明？」

「當然了。」

「我可以看認證資料嗎？」

貝里醫師借用附近的電腦終端機登入系統，螢幕立即更新頁面，他往後退一步，讓我看顯示的頁面。那位訪客名叫湯瑪士．薩克，他提供駕照作為身分證明，上面列出他的生日為一九八三年十月四日，和位於西倫敦奇斯威克的地址。照片顯示出一名理平頭、尖下巴的男子。他的嘴唇看起來幾乎不存在，嘴角往下彎。我回想朗弗德感化院的攝錄影像，眼前這是同一名男子嗎？我不確定。

在標示「來訪目的」的欄位，他寫著：「老朋友。」

「難道你不覺得奇怪，為什麼湯瑪士．薩克現在才來看他嗎？」我問。

這個問題聽起來有指控意味，使貝里醫師防衛性地說：「他們似乎認識彼此。」

「你有看到他們相處嗎？」

他點點頭。「所以我知道他們沒有互給對方東西，就只有握手而已。」

「他們有喝茶嗎？」

「有，不過那是我們這裡的餐車供應的。」

「你有測試那些杯子嗎？」

我的問題開始激怒他。「為什麼這個人會想毒死埃利亞斯？」

我沒理會他，繼續問話。「他們談了什麼？」

「他們提到以前在學校的時光還有以前的老師，埃利亞斯提到要讀書成為律師的事，也提到你的名字。」

「在談到什麼的時候提到我？」

「薩克先生記得埃利亞斯有個弟弟，埃利亞斯說你是心理學家，住在祖父母位於諾丁罕的房子。」

「就這樣嗎？」

「我想是吧，怎麼了？」

「我得和我哥談話。」

貝里醫生勉為其難地同意了。我們離開職員室後進入病房區，走廊兩側有幾間單人病房，其中一間有一名警衛坐在門外，身體倚著一張椅子，腰帶掛著一根伸縮警棍，旁邊還放了一疊摩托車雜誌。房間裡有一部分是暗的，埃利亞斯躺在一張狹窄的鐵床上，有幾條管子連著他的手臂和下體，我注意到他的胸前還束著一條彈力帶。

「真的有必要這樣嗎？」

貝里醫生毫不猶豫地說：「你哥哥的藥物無法發揮效用，因為他的體內正在清洗排毒。」換句話說，他們擔心他會精神病發，變得暴戾。

埃利亞斯睜開眼睛，露出微笑。

「一週兩次，我真幸運。」他口齒不清地說，可能是因為還在半夢半醒之間，或者被施以大量的鎮定劑。

「你知道是什麼讓你生病嗎？」我問。

他搖搖頭。

「你有吞下什麼東西嗎？藥丸？」

「我一直都在吞藥丸啊。」他繼續含糊地說。「白色、藍色、黃色都有。」

「有吞下你平常沒吃的藥嗎？」

「沒有。」

「貝里醫生說你有訪客，是一位老同學。」

「湯姆，我們以前一起上數學課。他還記得葛姆雷老師、鮑威爾老師和朗斯塔夫老師。」

「是你提到他們的名字還是他？」

「什麼意思？」

「那些老師，是誰先提起他們的名字？」

「這有關係嗎？」

「我不記得我們學校以前有人叫湯姆．薩克的。」

「你當時年紀還太小。」他語帶防衛地說。「你知道，我可以有朋友。湯姆說他還會再回來，下次我們會一起下西洋棋。」

「你說的對。」我說。「我很高興你找到朋友了。」

我給埃利亞斯一點時間喘息，然後問他湯姆．薩克是否知道為什麼他會被送到朗普頓來。

「他不在乎。」

「他有問起我嗎？」

「沒有，沒什麼問。他已經知道了。」

「真的？怎麼知道的？」

「他說他有開車經過你家，說你當時在整理院子。」

我的喉嚨忽然哽住，說不出話來，吞嚥令我感到疼痛。「他告訴你的？」

「對。」

我想像莎夏在院子裡工作的樣子。此人當時也在場，監視著她。我立刻轉過頭去問貝里醫師湯瑪士．薩克開的是什麼車，但我已經知道答案了。黑色的荒原路華。

埃利亞斯睏得眼睛睜不開，沒聽見我向他道別。我在外面的走廊上告訴貝里醫生，請他不要讓湯瑪士・薩克再來朗普頓。

「他是誰？我該報警嗎？」

「我會負責這件事。」

蘭妮在鈴聲響起的第二聲接起電話，她在車上用免持聽筒。

「妳可以說話嗎？」

「可以。」

「那輛停在我家外面的荒原路華又出現了。」

「在哪裡？」

「朗普頓醫院。昨天下午有人來探視埃利亞斯，聲稱是他的老同學。他說他叫湯瑪士・薩克，提供一張駕照作為身分證明。」我快速背出在奇思維克的地址和他的生日，但出於直覺，我知道這兩個資訊都是假的。「埃利亞斯在那之後幾小時就病倒了，他在醫院做血液透析。警察認為他吃到某種毒物。」

蘭妮又問更多關於那輛車和駕駛的問題。

「我會寄給妳認證資料和駕照。」我說。「我認為那和去探視艾琳・惠特莫，還有到朗弗德感化院找艾薇・寇梅克的是同一人。」

蘭妮小聲地咒罵。「他為什麼要毒害埃利亞斯？」

「他在傳遞訊息給我，告訴我他可以找到我或任何與我親近的人。」

「為什麼？」

「他想要艾薇・寇梅克本人，而且他認為我知道她在哪裡。」

# 第五十一章

## 賽勒斯

人類大腦最佳的能力就是拆解和劃分，正因如此我們才能同時處理多重需求，這也是我們應付痛楚和創傷的方式。在我爸媽和妹妹們遇害之後，我被帶去看一堆治療師、悲傷輔導和心理醫師。其中一人告訴我，我得把我的記憶帶走，將它們鎖進一個箱子裡，用粗鍊條和掛鎖牢牢鎖上，然後把這個箱子扔進深海裡，讓它沉入數百萬噸的海水之下。

有一陣子我試過這個方法，但不管用。回憶仍舊形影不離，就像狼群追著我穿梭在森林裡。我已經在林中的空地劈下灌木叢，燃起火堆，試圖阻止牠們靠近，但卻也必須不斷收集木柴，否則火會熄滅，狼群會緩緩朝我靠近。

吉米．維比奇不是狼群之一，當我的父母和妹妹們過世，是吉米安排他們的葬禮。他負責處理教堂、禮車、埋葬地點和事後的賓客接待事宜。棺木被運出教堂時，吉米一手搭在我的肩上，說：「賽勒斯，如果有任何需要，你都來找我。」

我現在就需要他，需要他的答案。為什麼他那輛銀影會停在一間鄉間小屋，同時尤金．葛林和泰瑞．波蘭德也在那裡拍下照片？他是怎麼知道天使臉女孩在諾丁罕的一間兒童照護之家？如果他有告訴別人這件事，那會是誰？

吉米的辦公室是諾丁罕最新穎的建築之一，是一棟邊緣有著玻璃鏡面的閃亮高塔，能鳥瞰特倫特河。這棟建築旁邊還有第二棟，相同的大樓仍在建造中。水泥和鋼筋骨架都已就位，從泥濘的工地高聳入天，就像是一組巨大的麥卡諾建築模型，等著外牆的零件就定位。

吉米有個看起來剛從模特兒伸展台走下來的個人助理，皮膚、妝容和身材都完美無瑕，她叫娜歐蜜，堅持說吉米整天都在開會，無法見我。我直接從她身旁走過，無視她的抗議，衝進吉米的辦公室後看見裡面空無一人。

「我等他。」我說完坐到吉米的椅子上。「打電話給他，跟她說我在這裡。」

「我要叫警衛了。」

「告訴他吧，也跟他說我被逮捕了。」

她怒視著我，身體語言完全改變，現在她雙手插腰，往後轉走回她的辦公桌，拿起電話。我把雙腳搭在吉米的桌上，欣賞眼前的風景。

娜歐蜜回來了。「維比奇先生同意見你，他在工地。」她比向窗外毗連的大樓，有好幾組穿著工作背心、頭戴工地安全帽的工班坐在離地好幾百呎的平台和鷹架走道上。

建築工地的周圍有安全圍籬，上面貼了亮面的彩色圖像，顯示建築完成後的外觀樣貌。我登記進入工地辦公室，被告知要戴黃色安全帽和穿上紅背心，表示我是此地的訪客。一位工頭帶我走到升降吊籠，沿途經過一些男子正把水泥倒在金屬模板上。在我搭乘吊籠往上來到建築的側翼時，他們在我的腳下漸漸遠離我，吊籠的門開啟。

「他在那裡。」工頭說完回到吊籠裡，消失在眼前。

在我正前方立著許多間距相等的金屬柱，還有支撐水泥屋頂的鉚接鋼梁。建築的外緣是開敞的，等待玻璃嵌板運抵。

我往前走在一袋袋瓦礫堆和成疊的石膏板之中，聽見鉚釘槍的鑽動聲和機械的噪音，但似乎沒人在這層樓工作，工人都在樓上或樓下。

「賽勒斯，在這裡。」吉米說。

我循著吉米的聲音走去，發現他正站在建築的邊緣處，一腳搭在一個放銅管的貨架上。我往下望，心震了一下。

「你在做什麼？」我問。

「欣賞風景。」他回道。

「很令人讚嘆。」

「我可以幫助你住進這裡的公寓，這裡還沒全部賣出去。」

「對我來說太貴了。」

「如果你賣掉你那座皇宮就不算貴。」他笑了，露出他美白過的牙齒。這笑容很不自然，完美到讓人懷疑是否為真。「什麼事那麼急，讓你衝進我的辦公室，還惹娜歐蜜生氣？」

「我的電話你都沒回應。」

「我是個大忙人。」

「你是怎麼知道天使臉女孩的事？」

「你已經問過我這個問題了。」

「再告訴我一次。」

他小口嘆氣，然後在一疊石膏板上坐了下來。「我已經當市議員十二年了，兒童照護之家又是郡裡的責任，我聽說天使臉女孩被送來諾丁罕郡，不過並不知道確切地點是哪裡，也不知道她用的是什麼名字。」

「所以你是猜的？」

「我只是根據現有的情況推論而已。以你的背景，我心想你可能遇到她了。」

「什麼叫『我的背景』？」

「你和她有某些地方很像。」

「我從來沒被性虐待或監禁過。」

「你失去家人，而她的家人從沒被找到。」

吉米想皺眉，但他的額頭仍然保持光滑，無法顯露情緒，是醫美注射物和肉毒桿菌的關係。

「賽勒斯，你為什麼來這裡？」他問。

「艾薇·寇梅克失蹤了。」

「誰？」

「天使臉女孩。」

他遲疑一陣，不知該作何反應。

「另一個在同一間兒童照護之家的女孩被殺了，露比·道爾。」

「我在收音機裡有聽到這個消息。」吉米詫異地說。「我已經要求議會重新檢視朗弗德感化院的安全設備。」

我把手伸進外套口袋，摸到裡面的照片——從尤金·葛林的手機裡翻拍的那些。我已經把影像放大印出來，這麼一來臉部和汽車都更容易辨識。鮑伯·曼肯曾經指控哈密許·惠特莫在追查一個無底洞，那就是我正在做的事嗎？我已經危害到與蘭妮之間的友誼，而現在我又要控訴某個同樣親密的人涉案。

我從口袋裡拿出那些照片，給吉米看第一張。吉米很快地瞄了一眼，充滿自信。就在他準備要別開視線時，目光忽然定在那群狩獵者身上，他們聚在一間鄉間宅邸的草坪上，等著要開始狩獵。他認得這間房子，我從他的眼裡看得出來。

「我在看些什麼？」他問道，聲音聽起來有點不一樣。

「那名男子是尤金·葛林。」我說。「他犯有綁架與殺害至少三名孩童的罪刑。」我指向照片裡的另一個人。「而那是泰瑞·波蘭德，他被折磨至死，天使臉女孩就住在同一間屋子的密室裡。」

「你為什麼要給我看這個？」

我拿出第二張照片，是同一群人，不過不同角度。照片的背景有許多車輛。吉米的眼睛掃視照片，像在尋找一些不同的細節。他找到了，那輛銀影。

「這是在那裡拍的？」我問。

「賽勒斯，你得要相信我。我只是個客人，受邀在週末赴約。」

「在哪裡？」

「我和那些男人毫無關聯。」他小聲說，聲音乾而粗啞。「我不知道……」

「在哪裡？」

「那不重要。」

「那很重要。」

他來回踱步，接著又停在建築物的邊緣，望向側翼的一群工人，和在七層樓底下的機械器具。

「賽勒斯，不要問我，把照片燒掉，遠離這一切。」

「我辦不到。」

「這些人……他們會毀了你。」

「他們是誰？」

風變大了，颼颼地吹在我們身上，吉米像把身子靠在風上一樣，讓風支撐著自己直立。

「他們會毀了我。」他低聲說。

「你有做錯事嗎？」

「不像你想的那樣。」

「那你什麼都不用怕。」

他苦笑一陣，想吐一口口水，但口乾舌燥。

「他們是你的朋友嗎？」我問。

「不是。」

「生意上有往來的人？」

「沒有直接往來。」

吉米只要再往前踏幾吋就會墜落。

「不要站在那裡。」我說。「坐下吧，來和我說話。」

他沒有移動。

「那房子在哪裡？」

「蘇格蘭。」

「那個週末有什麼？」

「是一場聚會，一個介紹會，一次邀約。」

「那是什麼意思？」

「我們之中有些人要接受測試。」

我等著他解釋，但他就只是盯著底下的地面。「賽勒斯，你知道有多少人治理這個國家嗎？」

「你是說政治人物嗎？」

「噢，當然不是！」他苦笑。「我們選出來的代表其實不握有實權，他們只是選舉時的傀儡，是一些根本搞不清楚狀況的機會主義者和極端自我主義者。偶而他們會做出某個重要的決定，不過通常會把事情搞砸。你看看一敗塗地的脫歐政策，我們被一群智障統治著，賽勒斯，可是我們還是能忍受，有些人甚至能享有榮華富貴。

「這在哪裡都一樣，你看美國，美國內部就在鬥爭，一分為二。政客來來去去，而行政機構才是永久的，那些官僚、政要和常務秘書，這些才是真正能左右當權者和影響重要職位任命的人。陰謀論者相信這些非經民選的公僕都牽涉一些罪惡的勾當，也就是所謂的『深層政府』，把那些好的、高尚的、虔誠基督徒的希望全盤否定。要不是這樣，就是他們認為社會正被一群富可敵國的陰謀集團掌控，他們在達沃斯[15]或波西米亞格羅夫[16]精心策畫如何讓自己致富，而方法包括汙染地球、偷走人們的存款、把工作機會轉移到海外，或捏造氣候變遷的緊急狀況。像漫威漫畫裡的橋段，還有詹姆士·龐德的小說內容。」

又一陣強風吹在吉米身上，他幾乎快失去平衡，黑皮鞋的前緣已經伸到建物之外，我想伸手把他往後拉，可是又怕這麼做反而可能會害他重心不穩而跌下去。

「真正的權力屬於握有資訊的人。」他一邊說仍一邊望著下方的地面。「那些人把事情壓下來、解決問題、翻轉新聞和植入假消息，他們是我們社會裡的糞金龜，把卵藏在我們的糞便裡，將排泄物轉化為肥料。那些人解決事情、收拾善後、顛倒輿論，那些人有辦法建立聲譽，也有辦法毀了一個人的名聲，端視開支票的人是誰。知識是他們的力量，他們不計一切查出細節，尋找影響力。如果你有弱點，有某種偏好或不為人知的惡習，他們會找出來。如果你是不公開的同志，或者你喜歡年紀小的男孩、偏好綑綁式性交、沉迷強暴想像或羞辱別人，也許你有偷窺癖、喜歡跨性別扮裝、角色扮演或享受被戴綠帽。你可能想讓子彈穿過一隻山地大猩猩或黑犀牛的腦子。不管你的性癖好或祕密幻想是什麼，都有人能讓它成真或引誘你的行為。他們……」

他沒把話說完。

「吉米，告訴我這張照片裡的事。」

他把進到眼睛裡的沙抹去。「賽勒斯，你打不贏這些人，你無法與他們抗衡，贏不了的。」

15 達沃斯（Davos）是位於瑞士規模最大的渡假勝地，也是著名的會議中心，幾乎每年舉辦世界經濟論壇。

16 波西米亞格羅夫（the Bohemian Grove）是位於美國舊金山的私人紳士俱樂部，每年七月中旬都會為世界上最傑出的人物舉辦為期兩週的營地活動。

「告訴我這間屋子的事。」

「如果我告訴你……如果你去追查，那他們會毀了你。他們會毀了你所愛的一切。」

「沒有人能凌駕於法律。」

吉米笑了。「你錯了。這些人就是法律，沒有他們動不了的人，警察、檢察官、法官、陪審團……你以為我們活在一個有規則的文明世界，可是這才是真實世界，他們才是制定規則的人。」

「你在那間屋子裡做什麼？」

「我是被邀請的。我沒做錯事，我向你保證。」

「誰邀請你的？」

「不要問我。」

「我必須得問。」

「我有發誓過絕對不說，那是協議。那裡不能有相機，我們的手機、電腦和平板都被沒收。」

「是誰安排那個週末的活動？」

「我不能告訴你。」

「那好。我會把這些照片帶去給蘭妮．帕維爾，或者要更有效率的話，我可以把這些照片交給媒體，看看報紙會怎麼寫。你可以對他們解釋你是怎麼在蘇格蘭的鄉村宅邸和尤金．葛林和泰瑞．波蘭德共度週末的。」

他的聲音變得沙啞。「我沒見到他們。」

「你有被恐嚇嗎？」

「不是那回事。」

「那就告訴我。」

「賽勒斯，拜託你，在我做了這些之後……」

「這些照片是在哪裡拍的？」

他頓時語塞，後來再試著開口說：「靠近格倫科的道捷帝旅舍。那是一間私人旅館，訂房時間以週為單位。」

「那週是誰訂房的？」

「我不知道。」

「誰邀請你的？」

「佛瑞瑟．曼寧。」

我花了一點時間才想起他是誰，我們在他位於曼徹斯特的辦公室見過面，他維護監獄的慈善事業，是埃佛里特基金會的董事之一。

「埃佛里特議員當時也和你們一起在蘇格蘭嗎？」我問。

「沒有。」

「你是說是曼寧計畫那週末的聚會？」

「對。」

「當時還有誰在那裡？」

吉米搖搖頭。「我已經給你一個名字和地點了，別再追問了。」

「道捷帝旅舍裡有小孩嗎？」

吉米轉頭看我，眼眶泛淚。「我絕對不會去碰孩子，我不會去傷害小孩。」

「你看到什麼了嗎？」

他想說話，但話語哽在喉嚨說不出來，只發出長而痛苦的呻吟聲。

「請離開建築物的邊緣。」我說。

他的下巴前後移動，皮膚下方的骨頭清晰可見。他往外張開雙臂，宛如正在鋼索上平衡。

「握住我的手。」我向他伸手，但他沒有動。

「你不懂這是什麼感覺……被別人擁有的感覺，受他們擺佈。」

「那就解釋給我聽。」

「我所做的每件事，我努力的事業……我會被藐視、遭人厭惡，在每個派對都變成不受歡迎的賓客、害群之馬、罪犯。」

「如果你犯了罪，那你……」

「這已經超越犯罪，我自己的家族都會和我斷絕關係。」

「把手給我，往後站。」

「沒人會原諒我。」

「你可以補償，可以從現在開始。」

「從現在開始。」他小聲說，低下頭。

天色暗了下來，吉米的身子又開始晃動，直到此時我才意會過來，就在他的腳跟離開水泥地的時候。我伸手要抓他，但手指只拂過他的襯衫，我要抓住他的皮帶，但卻晚了一步。

他無聲地墜落，在那同時我身邊的一切似乎都靜止了。這就好像有人按下「暫停」鍵，讓畫面定格，唯獨一個小地方——一人的身影從空中墜落，最後發出駭人的砰聲，跌在七層樓之下的紅土上。

那聲音消逝後，世界又開始運作，而且是加速運行。人們在奔跑、吼叫、叫救護車。我轉身走回吊籠，按下按鈕，把門打開，踏了進去，往下降。

工頭在一樓等我，他用右拳攫住我的襯衫正面，拽住我用力抵著牆。

「發生什麼事？」

「他……他……掉下去了。」

「怎麼會這樣？」

「我不知道。」

我聽見遠方傳來鳴笛聲，愈來愈接近。警察、護理人員、消防車。吉米的屍體面部朝下躺在泥濘中，一條腿以不自然的角度扭轉在身體下方，頭部底下有一灘血。

我不需要看他的屍體，我只需要了解為什麼。我想把他抱起來搖晃他，想把他抱在懷裡輕輕搖著。

工人們都盯著我看，無語地問著我同樣的問題。我無法與他們視線交錯，因為他們看我的眼神裡有藐視。

接下來的七個小時我都在接受警方偵訊——猜測、質疑、控訴到宣布無罪。我一次又一次敘述事發過程，反覆回答每個人事時地物的問題，每一次的說法都一樣。吉米在向我介紹風景，結果他站得太靠近邊緣，腳滑了，這是一場意外。

我沒提到那些照片和我們最後的談話內容，這是我欠吉米的。我不相信他會在知情的情況下涉入綁架和虐童案，可是他是個自我意識脆弱的人，很容易受到逢迎諂媚，而且自信到有點自傲的地步。十七年來，他一直都是我的朋友、支持者和心靈導師。他照看著我，拾起碎片。單就這件事，我就要保護他的名譽。我會一直問問題，尋求答案，直到我發現吉米的名字不再值得保護之前都不會罷休。

在我從警局開車回家的路上，這些念頭在我的腦海裡環繞。時值午夜，我尋找家裡的鑰匙，把門打開。莎夏看起來沒生氣，而是鬆了一口氣。

「我真討厭你沒手機。」她說。「我要買一支給你。」

她往後站一步，我在經過她身邊時走路跌跌撞撞的。她撐住我，扶著我的手臂。

「怎麼了？發生什麼事？」

我的情緒潰堤，勉強開口說出話來。

「他死了。」

「誰？」

「我的朋友。」

「巴杰？」

「吉米。」

她領我到廚房，幫我倒了一大杯威士忌。我雙手捧著玻璃杯，告訴她故事的零碎片段，忽然間，這一切在我的腦海裡變得支離破碎，像是某個考古學家必須把一片片的古陶器拼湊起來。

「你有點語無倫次了。」她說完帶我上樓，把淋浴蓮蓬頭轉開。「你自己可以嗎？」

我點點頭，她離開了。

我爬到蓮蓬頭下方，蹲在角落雙手抱膝，讓水沖在我身上，我渴望被沖洗乾淨。

# 第五十二章

## 艾薇

我醒來時聽見賽勒斯到家了，他和莎夏在說話，可是我聽不見他們在說什麼，不知道是否與我有關。我不該為此竊喜，可是我確實有點高興。我希望賽勒斯想念我，我希望他能四處找我，希望他在乎。

現在他在沖澡，我會等到他們都睡著再溜下樓，不能冒險走前門，免得那些人在監視這間屋子，而沃勒頓公園的柵門現在這個時間已經鎖上了。我可以躲在公園裡，或翻越那些柵門。

水管已經不再嘎嘎作響，賽勒斯沖完澡了。我等著他房間的燈熄滅，再給他二十分鐘入睡，然後才把紙箱推到一旁，爬出我的藏身地點。我悄悄地下樓，避開倒數第三階，因為我知道那會發出嘎吱聲響。

賽勒斯的房門關著。我想像他躺在糾結成團的被單下，赤裸的上身和皮膚上刻的鳥兒：蜂鳥、知更鳥、老鷹和渡鴨。我有一次夢到牠們在他睡著時活了過來，就在他的皮膚裡移動，在他的四肢跳躍飛翔，彷彿他的手腳是一棵禿樹上的樹枝。

我跨越樓梯平台，正要往階梯下走，這時我聽見有門打開的聲音。我彎下身子，從樓梯欄杆後方窺探。莎夏走出我以前的房間，她穿著一件睡衣上衣，沒穿褲子。我以為她是要去廁所，可是她沒有，而是繼續往前走，小聲地敲著賽勒斯的門。

「你醒著嗎？」她問。我沒聽見他回答，可是她轉動門把，溜了進去。他們在交談，門是開著的。

「你確定嗎？」他問。

她要他不要說話，床單開始發出沙沙聲，有身體移動的聲音。他們在做愛。我想停止這些聲音。好噁心。她是騙子。她說一套做一套。她保證會留下來，但最後又會離開。我覺得心裡好空虛，好受傷，好憤怒。

我不該在乎的，可是我在乎。我想拿刀割那個賤女人，想看著她肚破腸流。我想把賽勒斯的陰莖一片片切下來，他就和其他男人沒兩樣，按捺不住自己。他幫不了我。他不能擁有我。他不想要我。我是瑕疵品。骯髒，沒人愛，碰不得的垃圾。

# 第五十三章

## 賽勒斯

「你有聽到嗎？」我說。那聽起來像門關上、把門閂扣回原處的聲音。

莎夏正躺在床上，頭倚著我的肩膀，一腿搭在我身上。我可以感覺到她在我脖子上呼出的氣息，還有她大腿間的濕潤。

我從她身旁滑走。

「你不睏嗎？」她喃喃地說，轉而抱住我的枕頭。

我穿上四角褲後走下樓，想查看門窗。小波在洗衣間尾巴搖得好用力，一直打到洗衣機。她用爪子扒抓後門，發出呻吟。

「ㄚ頭，外面有什麼啊？」我說。「妳聞到狐狸的味道了嗎？」

我確認所有門窗都鎖著之後走回廚房，發現水龍頭在滴水，一個玻璃杯放在晾乾板上，還是濕的。我舉起杯子朝向光看，看見指紋和唇印。小波還在搔抓後門。

這時我聽見身後傳來腳步聲，莎夏倚著門邊，身上穿著我的睡袍。

「你餓了嗎？」她問，手指向冰箱旁一個空的塑膠密封盒。「我原本有留了一些義大利麵給你。」

「我沒吃那個。」

我沉默一陣之後馬上開始動作。

「怎麼了？」莎夏問。

「艾薇！」我說。

「什麼？在哪裡？」

我一次兩階爬上樓梯，到閣樓時把箱子推到一旁，尋找艾薇的身影，可是她不在這裡。也許是我搞錯了。我更仔細尋找，注意到舊防塵套被束在兩個木箱中間。我把防塵套拿近鼻子，想像自己可以聞到她的味道，那個躲在密室的女孩，存活下來的女孩。

「為什麼她會來這裡？」莎夏問道，她一直跟在我後頭。

「小波。」

我再度經過她身邊，以更快的速度下樓。

我在電表箱裡放了備用鑰匙，或者是艾薇自己開鎖的，她從朗弗德感化院裡學到了這個技能。她當時就在我們樓上。她有聽到我們的聲音嗎？她會作何感想？艾薇可能會產生忌妒，因為她不喜歡和別人分享，以前她也對我表達過好感，誤以為我和她之間超出友誼的界線，以為我們有更深一層的關係。

我再到洗衣間，打開後門。小波立刻衝下階梯，跑進院子裡。她在草坪上以之字形前進，鼻子探著地面，走到遠離光線的地方。她在花園棚屋駐足，嗅著門，我推開棚屋的門。

「艾薇，妳在嗎？」

我掃視最黑暗的角落，望向放滿花園工具、盆栽土和肥料的金屬架之間。我想起在另一間房子裡的棚屋，那裡曾有個少年穿著被血浸濕的襪子，蹲在架子後面靜靜聽著警笛聲愈來愈近。

小波又開始動作，她左右探詢，最後來到後牆邊，她在那裡用後腿站起，爪子撐著磚牆，抬頭望向樹上的樹枝。我沿著她的視線往上看，除了長出的新葉和遙遠的星星之外什麼也沒看到。

後來我的眼睛適應光線了，就在這棵橡樹其中一根較粗的樹枝與樹幹相接處，我看見一團小小白色的東西。那可能是鞋子或靴子，也可能什麼也不是。我變換角度，小波在吠叫。

「艾薇，我看到妳了。」

一片寂靜。一陣微風吹拂，樹葉沙沙作響。

「蠢狗狗。」她咕噥說。

「妳在那裡做什麼？」我問。

「賞鳥啊。」她語帶諷刺地說。

「妳被困在上面了嗎？」

「天殺的我才沒被困住。」她氣呼呼地說。「你以為我爬得上來卻下不去嗎？」

我等著，但艾薇沒有動作。

「妳要來嗎？」

「不要。」

「為什麼？」

「你會把我送回去。」

「不管妳在樹上還是在下面，我都可以把妳送回去。」

「不要煩我。」

「妳還餓嗎？」莎夏問。「我可以做鬆餅給妳吃。」

「關妳屁事。」艾薇說。

「這樣不是很有禮貌。」我說。

「禮貌！」她嗤之以鼻。「我聽到你們兩個……像兔子一樣做愛，在那邊呻吟，噢……噢……嗯……好舒服……就是這樣……」

她模仿出聲音，我默默感到臉紅。

「妳闖進我家。」

「我來看我的狗。」

「妳要下來嗎？」

「不要。」

小波一邊叫一邊搖尾巴。艾薇已經往旁邊挪動身體，望向地面。

「我可以幫忙妳下來。」

「滾開啦！」

她解開肩膀上的小背包，把背包甩到旁邊的樹枝上。此時我看出她的困境，她爬得太高，導致她的腳幾乎搆不到正下方的樹枝。往上爬沒問題，但要下來比較困難，因為她得要雙手掛在上方的樹枝上，再用腳尖去探下方樹枝的位置。

我左右張望，看到必定是她用來爬上牆的棚架。我也照做，往上攀之後雙臂張開以保持平衡。我在那棵樹下面，抓住頭頂上方的一根樹枝後身體往側邊擺，讓自己就在艾薇的正下方，如此一來我才能伸手摸到她的腳，幫她把腳放到下面的樹枝上。等她踩穩了，她放開手，我以兩隻手環抱住她的大腿，讓她倚著我的身子往下滑，最後我們抱在一起，她的臉靠在我旁邊。

「你現在可以放手了。」她氣呼呼地說。

「妳會跑走嗎？」

「嗯。」

「答應我妳不會跑。」

「我答應。」她在我鬆手時把我推開。「你身上都是她的味道！」

我在圍牆上方晃動雙腿後跳進院子，轉身朝艾薇伸出雙手。她不讓我幫忙，而是自己跳到地面上。

「我們應該趁有人看見妳之前進屋裡。」我說。

「他們在監視嗎？」

「之前有。」

「他們殺了露比。」

「我知道。」

回到院子裡之後，小波走到我們所有人旁邊，對事情的進展很興奮。艾薇說她不餓，但莎夏還是在做鬆餅，因為她想幫點什麼忙。

艾薇在生悶氣，不過可能是故意表現給我們看。她看起來沒受傷，也不是太痛苦，不過露比的死肯定對她影響至深。

「對不起我之前不相信妳說的話。」我說。「我應該聽妳的。我錯了。」

艾薇不想花費力氣接受我的道歉。「我不能留下來，我得走了。」她說。

「外面不安全。」

「這裡也不安全。」

她吃了四片鬆餅配奶油和楓糖漿，還偷偷在桌子底下餵小波。她知道我不會讓她這麼做，可是對此我不會說什麼。我很高興她安然無恙，但我們不能待在屋子裡，他們還在找她。

「要是我能找到安全的地方呢？可以有個人照顧妳。」我說。

「不要是警察。」

「不會是警察。」

莎夏插話道：「哪裡是她可以……」話還沒問完她自己就有了解答。「巴杰。」

「我們可以在早上偷偷帶艾薇出去。」

「怎麼辦到？」

我比向院子。「就和她進來的方式一樣。」

# 第五十四章

## 艾薇

我做了個不同的夢，不是夢到泰瑞，也不是賽勒斯，而是夢到我在一間冰冷房子裡的溫暖床鋪上醒來，聽到爸爸從媽媽身旁悄悄溜下床，躡手躡腳地經過我的房門。他點燃火爐，用茶壺燒水，然後穿上工作服，褲子、背心、襯衫、開襟毛衣，還有媽媽織給他的厚毛衣。

泡茶之後，他切了兩片麵包，塗上果醬後獨自一人在黑暗中進食，然後套上厚重的靴子，在廚房椅子上綁鞋帶。他褲腳的翻邊因為沾了血而變得硬邦邦的。

我又睡著了，醒來時聽見鐵鏟把煤塊鏟進桶子裡的聲音。爸爸蹲在我們的葫蘆形火爐前面，把較大的煤塊放到爐架的中間，較小塊的排在外圍。「這是升煤火的藝術。」他告訴我，那時他正拿著一張報紙放在火爐前面，幫助火焰燃燒冒煙。

爸爸生火不是為了自己，因為他要去工作了，他是為了在那之後的一小時，當我一下床，整間屋子都會暖烘烘的好舒服，把附著在窗上的冰都融化。

我和姊姊艾格妮莎同睡一張床，她比我大六歲，而且不是很喜歡人類，因為她說人類總是說些不會遵守的承諾，可是她從沒特別說過她指的是哪些承諾。

星期天我們可以賴床到教堂的鐘聲響九次，在那之後艾格妮莎得把我身上的毛毯抽走，因為我不想起床。她會幫忙我穿衣，梳頭，幫我做果醬麵包和奶茶。媽媽還在床上，要過一會兒才會起床。她會很心煩，吃很多藥丸，裡面也有她的特效藥，她買來那個特效藥時就只有半瓶，而且會放在睡袍的口袋裡，或藏在屋子的各個角落。

媽媽不是一直都在生病，冬天的病情比較糟，因為冷冽與黑暗。她說那會滲進她的骨頭裡，說那讓她沮喪。

爸爸說總有一天他會帶我們去美國，我們會造訪好萊塢的那條步道，上面有和天頂一樣的星星。那就是為什麼我們得學英語，而且每天都要練習，聽錄音帶、看美國的電視節目。他要我們晚上在練習本裡寫句子，而且正反兩面都要寫，因為紙很貴。

媽媽喜歡美國電影，尤其是音樂劇。貓王是我最喜歡的演員，我好想嫁給他，但後來米娜說他已經死了，而且他是在馬桶上過世的。我不相信她，直到她在學校用電腦給我看一則新聞報導。米娜是我最好的朋友，她是羅姆人[17]，所以不是每個人都喜歡她。

媽媽在生病之前非常美麗，她十七歲時贏得了選美比賽，他們給她購物禮卷和一份模特兒合約。一位攝影師幫她拍照之後說她會變得很有名，可是她不喜歡那些人提供的工作。

「那些工作怎麼了？」我問。

「他們要我脫衣服。」

「為什麼？」

「好讓他們賣照片。」

我當時聽不懂她的意思，不懂男人喜歡看裸體的女人，性對我來說還是個謎，就像三位一體和耶穌死而復生一樣。

媽媽並未成為知名模特兒，而是在十八歲時懷孕，嫁給爸爸。他們是在採水果時認識的，為一位想娶媽媽為妻的有錢男子工作，但媽媽沒答應他，而選擇了爸爸。艾格妮莎就是媽媽當時懷上的孩子，長成了一隻天鵝。六年後我出生了，但我是隻醜小鴨，個子比同年齡嬌小，遺傳到爸爸糾結成團

---

17 羅姆人（Roma）也稱為吉普賽人，為起源於印度北部，散居全世界的流浪民族。

的頭髮、尖下巴和熊貓眼，因為我太早出生了。「還沒煮熟。」爸爸說。「妳當時還沒等微波爐發出叮一聲就出來了。」

我不喜歡當最小的，因為艾格妮莎總是一直使喚我。擦嘴巴、洗手、把鞋帶綁好、嘴巴裡有東西時不要講話。

當我七歲時，我在商店後面的垃圾桶裡發現一瓶還包著塑膠套的指甲油，不過有人已經把標籤撕掉了。艾格妮莎當時十三歲，很想得到我找到的東西。我們吵架，她推了我，我跌倒後手骨折了。從醫院回到家時，艾格妮莎幫我塗了指甲油，把每片指甲塗成像瓢蟲的模樣。

有個聲音打斷我的夢，我掙扎著想繼續夢到艾格妮莎和那些瓢蟲，但賽勒斯在搖我的肩膀，小聲地說話。

「該走了。」

「天還是黑的。」我咕噥說。

「對，不過馬上就天亮了。」

我穿著和前一天相同的衣服，和他們在樓下會合。莎夏正從書房窗戶查看外面的道路。

「警察還在那裡。」她說。

「我們會穿過沃勒頓公園。」賽勒斯回覆道。「巴杰會和我們在大學會合。」

「誰是巴杰？」我問。

「一個朋友。」

「他知道我是誰嗎？」

「不知道，但他是好人。」

又是這個詞：「好人」。好人都做些什麼？他們和一般男人有什麼不同？還有所謂的紳士，或除了泰瑞、賽勒斯和爸爸以外的其他「男人」有哪裡不一樣？

我指向莎夏。「她會來嗎？」

「她會假裝我們都還在這裡，負責收信、買牛奶，如果有人來按門鈴時她會應門。」顯然他們已經討論過這件事，趁我在睡覺的時候擬好計畫。這就像回到朗弗德感化院，別人總會擅自幫我決定事情。我已經記不得上一次我一覺醒來後，能完全掌控自己的生活是什麼時候了。

莎夏親吻賽勒斯，我發出乾嘔的聲音，他們假裝沒聽見。

「我要怎麼聯繫你？」她問。

「我會打電話。」

「你又沒手機。」

她拉開外套的一邊口袋，拿出一支手機，是有上掀螢幕的舊式手機。

「我在當鋪買的。」她說。「這不是非常智慧型，不過你至少可以用來打電話和傳簡訊。」她把手機遞給賽勒斯。「我已經在手機後面刻上電話號碼，也把我的手機號碼輸入通訊錄了。」

賽勒斯翻開手機，看著螢幕，找到莎夏的名字後按下通話鍵。她的手機在口袋裡發出吱喳的響聲。賽勒斯也把他的車鑰匙交給她。「剎車疲軟，而且打二檔有點困難，不過她還是一台好車。」

「她有名字嗎？」莎夏問。

「我叫她小紅。」

「那是史賓賽．德利希幫凱薩琳．赫本取的小名。」

「我知道。妳讓我想起她。」

莎夏發出噗嗤的聲音，不過我知道她還是被奉承得很高興。我完全不知他們在說什麼，這很惱人。

外面的天色已經不是全然的黑暗，已能看出院子的輪廓。我們開門進入洗衣間時，小波在我的腳邊跳來跳去。

「她怎麼辦？」我問。

「莎夏會照顧她。」

「我們不能把她帶著嗎？」

「這次不行。」

我看著莎夏，這也許是從她重回我的生命以來，我第一次正眼看她。

「妳發誓會照顧她。」

「我發誓。」

賽勒斯把我舉高，先讓我攀上牆，接著他再自己爬上來。我們越過牆來到牆的另一端，穿越有著露珠的草地，露珠讓草地看來就像被一百萬顆寶石覆蓋一樣，但卻又在我們的靴子底下被壓毀。我們穿越橡樹群，沿著一條被封鎖的小路來到沃勒頓公園對面。

我努力和賽勒斯維持一樣的大跨步，問他昨天發生了什麼事。

「我失去了一個朋友。」

「怎麼會？」

「他自殺了。」他的聲音聽起來很遙遠。「他以前幫過我，在我需要幫助的時候。」

「在你家人被殺的時候？」

「對。」

「那就是為什麼你沖澡時在哭嗎？」

「對。」

我想問他會不會為了我哭泣，可是那聽起來好像很需要關懷又可悲，總是在說我自己，只關心自己。

「他叫吉米・維比奇。」賽勒斯說完瞥我一眼，好像這名字應該有某種意義一樣。「等我們到巴杰家，我會給妳看他的照片。我還有其他照片要給妳看，其他一些名字要跟妳說。」

我沒回應。

「該是我們對彼此坦誠一切的時候了，這件事已經超出掌控範圍了。」

「超出掌控範圍。」我重複他說的話。他說的是距離嗎？幾英里，幾光年。我像是一直都在移動，而從來不曾有人來到我的生命中，或者來的那些人，都是魯莽地擅闖我的人生，告訴我他們可以修補原本就沒有壞的東西，但前提是我得先做出犧牲。

「我知道妳認為保持沉默就是在保護我。」賽勒斯說。「可是情況已經不同了。」

他令我惱怒，我說：「你一開始就不該去挖掘事情，我警告過你的，現在露比死了。」

賽勒斯沒有打算反駁，而這令我生氣，因為我就是想找人吵架，我想毆打某個東西或傷害某人。我想感覺到自己在反擊。

「艾薇，如果妳把一切告訴我，如果妳跟我說真相，我們就能阻止這些人。我們可以解除他們的權力。」

賽勒斯是真的這麼想，而我也想這麼相信。我好希望能隔天一覺醒來時無所畏懼，不感覺孤單，也不用一直回頭看是否有人在監視我。可是泰瑞無法讓我安全，高等法院成為我的監護人，但也不能保證我的安全。朗弗德感化院無法讓我安全，從我有記憶以來向我做出保證的人一個都不守信用。

我們走到公園另一頭時，柵門已經打開，出現第一批慢跑者。我們穿越德比路來到大學校園，那裡的停車場有一輛廂型車在等著。司機看起來像維京人，頂著光頭、留著大鬍子，脖子和手臂上有刺青。車側板上面有類似風格的圖樣，有顏色鮮豔的龍、鳥和老虎。車門上漆了「梅佛林克」的字樣。

「巴杰，這位是艾薇。」賽勒斯說。「艾薇，這位是巴杰。」

維京人舉起手要跟我擊掌，但我沒動作。

「艾薇不喜歡肢體碰觸。」賽勒斯解釋道。「也不喜歡被人一直盯著看。」

「或別人要我屈尊俯就。」我補充說。

「妳知道那個成語的意思嗎？」巴杰問。

「你又知道了？」

巴杰咧嘴一笑。「我喜歡妳。」

我做個鬼臉，不過心裡是高興的，因為他說的是實話。

巴杰滑開車門，把一些活頁夾推到一旁，挪出空間讓我坐。活頁夾裡有用乾淨的塑膠套裝著的刺青設計圖樣，還有好幾頁的手繪和彩色圖案。賽勒斯和他必定就是因此而認識的，他是賽勒斯的刺青師傅，也許他可以幫我刺青。

我們開車到諾丁罕中部，巴杰把廂型車停在一間舊工廠的後巷，附輪的垃圾箱幫他看守著停車格。我們跟在他後面，走上一層又一層的金屬防火梯，最後來到一間公寓，空氣中瀰漫著吐司、咖啡和香等味道。

巴杰的老婆媞爾妲開始忙著幫我張羅，她的頭髮染成彩色，編成穿上珠子的雷鬼頭，穿了一件衣袖和衣領有繡花的粗棉寬鬆長袍。

「她是吉普賽人嗎？」我小聲問賽勒斯。

「我也不確定。」他笑著回答。

媞爾妲和我說話的模樣彷彿我們是姊妹或麻吉，她要借衣服給我，還說：「我們穿的尺寸差不多。」這不是事實，不過我沒說什麼。

吃完早餐後，巴杰有個客人在樓下的工作室等著，媞爾妲也要出門，她說她得去「開店」，然後遞給我一本快樂藥草店的小冊子，上面寫著「就在街角」，而且還說我應該路過時去找她。小冊子上寫著藥草能帶來「能量、放鬆、浪漫與作為吸菸的替代品。」

不一會兒，就只剩我和賽勒斯單獨在廚房裡，坐在桌前用我的濕食指捏起麵包屑。賽勒斯又倒了一杯咖啡，然後從外套口袋拿出一只白色信封。他把信封放在桌上，沒打開。

「艾薇，我了解妳為什麼保持沉默。」他說。「妳想保護別人，也保護自己。我知道妳試著把一些事情忘記，或阻絕回憶，我家人死時我也是這樣。可是妳其實還沒壓下妳的回憶，而且妳也還沒忘記。」

「艾狄娜。」我小聲說。

他沒聽見我說話，於是我再說一遍。

「我真正的名字是艾狄娜。」

我感覺自己湧起一陣情緒，多半是恐懼，但我用力隱忍。

「那妳的姓呢？」他問。

「奧斯馬尼。」

「妳在哪裡出生？」

「阿爾巴尼亞。」

「阿爾巴尼亞的哪裡？」

「山裡的一座村莊，地圖上甚至連個小點都沒有。我在你的書房裡看過地圖集，就是封面有一張世界地圖的那本大書，可是我還是找不到我的村莊。也許現在已經不存在，也許它消失了。」

「妳沒有口音。」

「我九歲就來這裡了。」

「和妳的父母？」

「和我媽媽和姊姊。」

「她們怎麼了？」

「死了。」

「怎麼死的？」

「那不重要。」

他想繼續追問，可是我打斷他。「不是每件事情都很重要。」我說。「你可以問關於我、泰瑞和露比的事，可是不要問我那件事。」

「妳答應我每件事情都可以問。」

「我什麼也沒答應你。」

賽勒斯瞇起眼睛，不過他沒生氣，比較像是失望。

「殺掉露比的那些男人，妳看過他們的臉嗎？」

「沒有。」

「可是妳認得他們其中一人。」

「他的聲音。」我說。「就和殺泰瑞的是同一人，還有來朗弗德感化院找我的那個人。」

「妳確定嗎？」

「你打算質疑我說的每件事嗎？」

「我不是故意要……」

「他們把泰瑞折磨至死，他們拿火燙他，毆打他，一直不斷問他相同的問題：『她在哪裡？你對她做了什麼事？』可是泰瑞就是不告訴他們……他不願背叛我……他會死是因為要救我……」

我無法把原本要說的話說完，話語就在嘴裡蒸發了。

賽勒斯是對的，我什麼也沒忘記，反而清楚記得每一件事。這些是我不時會想起、仔細對待的回憶，我會檢視每個凸起處、刮痕和鋒利的邊緣，那就是為什麼我能回想起那些聲音、臉龐和尖叫聲。世界上根本沒有遺忘這回事。

# 第五十五章

## 賽勒斯

我把信封打開，拿出一張照片後將它滑過餐桌，推向艾薇。那是到朗普頓醫院造訪埃利亞斯的那名男子的駕照影本。

「妳認得他嗎？」

艾薇搖搖頭。

下一張照片是尤金・葛林。

「你以前給我看過這張。」她匆匆一瞥之後說。

我再把另一張照片擺在她眼前，那是吉米・維比奇穿著市長袍的照片，他正站在一個橡木大桌子後面，在他身後的牆上還有一張伊莉莎白女王的裱框照片。

「這位就是我提到的朋友，自殺的那位。」

艾薇用食指拂過他的臉，彷彿如果用指尖碰觸，她也許會認出他。

「我不認為他跟那些人是同夥。」她說，對此我感到鬆了一口氣，不過這仍無法解釋吉米在道捷帝旅舍做什麼，也不能說明他自殺的原因。

我又拿出兩張照片，把它們並排擺在桌上。艾薇低頭看了一下，接著又馬上抬起頭。她的眼裡充斥著恐懼，握緊了拳頭。我輕敲照片，要她看。她鼓起勇氣後看向站在一座噴泉前面的男子。

「那是泰瑞。」她說完指向他。

「這是尤金・葛林。」我說。「他們彼此認識。」

艾薇的雙手在顫抖，不過她怕的不是那些男人，而是後面那棟房子。

「妳記得這裡嗎？」我問。

她點頭時下巴緊繃。

「是泰瑞帶妳去那裡的嗎？」

她又點點頭。

我把最後一張照片滑過桌子，那是派翠克・康柏的照片，他當時十二歲。照片裡的他一腳踏在滑板上，一撮褐髮掉到右眼前方，他微微一笑，露出門牙之間的裂縫。

艾薇望向那張照片，眼眶泛淚。她輕聲說：「他當時也在房子裡。」

「這棟房子？」我指向道捷帝旅舍。

她點頭。

「妳和他說過話。」

「對。」

「那是什麼時候的事？」

「我不記得了，是在我和泰瑞逃走之前。」

「在那之前多久？」

「幾星期，那是在聖誕節之前。」

「這間房子裡發生了什麼事？」

艾薇搖搖頭。我注意到她的雙手正捏著手臂上的皮膚，把指甲深深陷進肉裡，力道之大令她的手臂開始滲血。一滴血從她的手腕上流下來，滴落在桌上。

我得喊停，以免進展得太快，把她逼得太緊。我的催促只會加深她的焦慮，但在這同時，我又需要這些資訊，她和誰見面了？他們叫什麼名字？

「你覺得我會知道他們的名字嗎？」艾薇回道，防衛性地看著我。「那時我被鎖在一間房間裡，他們來帶我走。沒有名字。」

「妳會認得他們的臉嗎？」

她的眼睛睜大，現在顯得更加害怕。

「如果我可以把他們的照片或攝錄影像弄到手，妳會認得出他們嗎？」

艾薇似乎全身都在顫抖，目光從門轉移到窗戶上，彷彿她在尋求某種逃脫路線。我先停下來，幫她倒一杯水。她得用兩手才能把杯子拿穩，手腕還在流血。

「妳通常都住在哪裡？」我問，試圖改變話題。

「在一間大房子。」

「妳有看過那裡有任何路標，或者妳知道村莊的名稱嗎？」

我可以看出她努力在回想。

「那間房子屬於誰？」

「叔叔。」

「是妳的親叔叔嗎？」

「不是。」

「還有誰住在那棟房子裡？」

「昆恩太太，她是女管家。」

「那個妳叫『叔叔』的人，就是他把妳從家人身邊帶走嗎？」

「不是。」

「那是怎麼發生的？」

「有人向媽媽保證在英國會有一份工作，說有一個連鎖大飯店會給她工作，因為她的英文很好。

艾格妮莎可以當房間裡的女服務生，我可以去上學，我們會把錢存下來去美國玩。我想造訪優雅園，那是貓王住過的地方。」

「你們是怎麼到英國的？」我問。

艾薇對這個問題充耳不聞，開始談她最要好的朋友米娜，她和其他的羅姆人家族住在靠近舊鐵路機廠的地方。米娜的爸爸有一匹弓背的馬，他叫她德雷莎修女，因為「她是最有名的阿爾巴尼亞人」。他會駕著貨運馬車走遍大街小巷，收集人們不要的廢金屬，像是銅、鋅或鉛來賣錢。

我再次試著打斷她，可是她的心思已經飄走了。

「米娜在學校坐在我的隔壁，可是我不能在她家過夜，因為媽媽說我會被傳染蝨子和跳蚤。」

她不全然是在說不著邊際的事，可是她的心思也不在這裡。她躲進了自己的安全地帶，也許是某段兒時回憶，讓她感覺自己受到保護、被愛著。

如果我打破她的心理防衛，那我可能會永遠毀了她，所以我先喊停，帶艾薇到為她準備的房間。她在棉被下蜷起身子，讓自己變得渺小。我讓房門開著，以免她會需要我。

確定她睡著了之後，我打電話給朗普頓醫院的貝里醫生，詢問埃利亞斯的狀況。

「他昨晚的狀況比較好了。」他說，聲音聽起來鬆了一口氣。「他的腎臟已經有百分之五十在運作，而且還在持續進步。醫生正在觀察他的血鉀值和肺部裡的液體，不過他應該能完全康復。」

「你們有辦認出是哪一種毒物嗎？」

「還沒。那位訪客湯瑪士．薩克的身分呢？」

「他用的是假駕照，而且那不是他真正的名字。」

「為什麼他會想毒害埃利亞斯？」

「說來話長，而且原因還在釐清。」我說。「不過埃利亞斯不該被牽扯進來。」

「他還會有危險嗎？」

「他在朗普頓會比在其他地方還安全。」

「有這樣的證據之後就不一定了。」他疲倦地說。「內部會展開調查，也會開始實行新的規則。」

「告訴埃利亞斯我很快就會去看他。」

「我會的。」

一小時後，我去看看艾薇，結果發現床是空的。我忽然慌了，心想她大概又逃跑了，直到後來我聽見她的哭聲，在床和牆壁之間的角落找到她。她弓著背蹲在那裡，彷彿在保護自己不被直衝而來的隱形重擊所傷害。

我喚艾薇的名字，她咬緊牙關不讓自己啜泣。這僅只是我第二次看到她真正的哭泣，流下淚水，而我得努力抑制自己抽身逃離的衝動，因為那痛楚是如此錐心裂肺、不加掩飾，像是在聽她的心破碎的聲音。

我把她抱在懷裡，輕撫她的頭髮，可是我的碰觸又讓她哭得更厲害，她的身體在顫抖，連同我的也是，撼動了周遭的一切，地板、土壤、地面……

艾薇一邊啜泣一邊說話。

「媽媽說我天生就有聰明的眼睛，她說我還沒會爬就會說話了，說我還不會說話就會唱歌。她說我很男孩子氣，總是在爬樹、把樹枝當寶劍，把每個遊戲當成競賽。她說我睡覺時會把手指抵著臉頰，就像我在夢裡解決問題一樣。」她抽咽著。「她永遠無法再抱我了，永遠不會再喊我的名字，幫我梳頭髮、把我臉上的泥土抹掉、幫我把手指上的木屑拿出來、唸故事給我聽，或跟我說她愛我。」

我無話可說，沒有任何話語能帶走她的傷痛。我所能做的，就只有把她抱在懷裡，讓她的淚水浸濕我的襯衫，默默發誓我會找到做這件事的人，每一個人，讓他們付出代價。

# 第五十六章

## 艾薇

「我們要去哪裡？」我問泰瑞。

「搭飛機。」

「要飛到天空中？」

「不然呢？」他覺得奇怪地看著我。「妳以前有搭過飛機嗎？」

「沒有。」

「不用害怕。」

「我不會害怕。」

泰瑞已經來廚房接我，昆恩太太打包了一個小行李箱，確保我帶夠襪子、內褲和其他衣物。

「妳要去度假了。」她說。

「去海邊嗎？」

「別傻了，現在去海邊太冷了。妳要去蘇格蘭，妳會見到尼斯。」

「誰？」

「尼斯湖水怪。」

「我不想看到任何怪物。」

她笑了，說那是人們幻想出來的，可是如果妳真的很想看到，它有時候會現身。

「叔叔也會在那裡嗎？」我問。

「當然會。」

泰瑞把賓士車開到機場，轉彎進入布滿鐵網的金屬柵門，車子行駛在柏油路上，來到一架很光滑又長的白色飛機前面，看起來像摺紙做成的。

「是什麼會讓飛機飛在天上？」我問。

「引擎。」

「像火箭嗎？」

「不太一樣。」

爸爸以前說是神把飛機升空的，而且還讓飛機一直飛在天上，可是我再也不相信神了。

飛機上沒有其他人，除了我們以外，就只有兩名飛行員，他們穿著袖子上有翅膀的白色襯衫。飛機起飛時泰瑞握著我的手，因為引擎聲好吵，可是我覺得他比我更緊張。窗外的建築物從眼前一晃眼就過去，我感覺到輪子離開了地面。

「你可以看看世界。」我望向窗外時對泰瑞說。「你想看嗎？」

「不用了謝謝。」

在天空中的感覺就像靜止不動，彷彿我們正懸吊在空中，地球在我們腳下緩緩轉動。在我們穿過雲層時，飛機加速行駛，地面愈來愈靠近，眼前出現像拼布般的田野、嶙峋的岬角和漁船上的燈火。

飛機停了下來，我們走下階梯踏到柏油路面上。泰瑞打了一通電話，接著一台車從停車場閃了車燈。那是一輛老舊的四輪傳動車子，輪胎上有泥巴，車窗很髒。泰瑞把他的包包放到後車廂，然後幫我打開車門，他坐在副駕駛座。駕駛口音很奇妙，他們在聊些打獵和釣魚的事，開著開著天色暗下來，我們轉進一條蜿蜒的窄路時，我開始覺得睏了。我們越過一座橋，經過一戶樓下亮著一盞燈的農家，車子的遠光燈在黑暗中照出一條隧道，有時在路邊會有一對發亮的眼睛望向我們，可能是狐狸、貓或鹿。

最後我們駛入一道柵門，兩旁有成對的石柱，石柱頂端有兩隻雕刻的石獅子。車道在樹林間穿梭，穿過一片草坪後來到一棟獨棟房子，屋裡的每扇窗戶都燈火通明。灰色的建築是石砌的，在星空的映襯下，小塔樓和尖頂的輪廓很鮮明，看起來就像這棟房子是從地底崛起的，一次一顆石子堆疊而成。

我們的車停在屋子後方的車庫，泰瑞帶我進廚房，裡面因為有兩個使用中的火爐而暖烘烘的。叔叔在等著，他親吻我的頭，手往下搭著我的背，拉一下我黏在毛織褲襪上的洋裝。

他沒有和泰瑞打招呼，也沒給我時間向泰瑞道別，我被帶到廚房後方的窄梯，來到一處同樣狹窄的走廊。我經過一道敞開的門時，看見有個男孩坐在床上。有人在幫他梳頭髮，他在我經過時抬起頭，眼睛因為哭泣而紅腫，他似乎原本以為我是別人。叔叔推著我繼續走，我們來到男孩隔壁的房間。

「妳睡在這裡。」他說。「妳可以看電視，可是不能離開這裡，除非有人來帶妳。門會鎖上。」

他拱起右手掌，摸著我的臉要我抬頭看他。他的大拇指和食指陷入我的臉頰，把我的嘴巴扭得不成樣。

「妳要說什麼？」

「叔叔，謝謝你。」

我不想看他的眼睛，所以專注在他頭上的一處，望向他額頭上一塊乾燥的皮膚。他把我往後推到床上，用手指滑過我的脖子。「感覺一下這床單有多柔軟，這都是從活著的鳥身上拔下來最細小的羽毛裝填的，那就是最柔軟的羽毛生長的地方，就是這裡。」他的手指扣住我的喉嚨。「如果妳膽敢違抗我，如果妳試圖逃跑，我會把妳最柔軟的部位挖出來，聽懂沒？」

我的嘴發不出聲音。

「有沒有聽懂？」

我點點頭。

我靜靜等著，直到聽見他的腳步聲踏在階梯上，才去確認門是否鎖上。知道他有鑰匙感覺比較安心，因為我知道叔叔會怎麼樣對我，是其他人讓我緊張。

我的房間裡有一張單人床，架子上有個像盒子形狀的電視機，還有連在牆上的臉盆。我發現床底下有個藍色和白色的陶壺，我知道那是用來做什麼的。

我讓燈開著，爬到床上等人來叫我。我想到隔壁房間的男孩，他看起來和我年紀相仿，也許比我大一些。在那之前，我一直以為我是唯一的一個，可是知道自己並不孤單的感覺很好。這讓我覺得自己很壞，可是我想和他當朋友。

# 第五十七章

## 賽勒斯

「那男人根本是幽靈。」巴杰說完把椅子往後推。我們正在他的工作室裡一張沾到墨水的桌子前，兩台一樣的電腦螢幕在我們的眼前發亮。過去三小時，巴杰一直在搜尋有關佛瑞瑟・曼寧的資訊，可是幾乎什麼也找不到。除了偶有商業文章引用他的話之外，曼寧似乎沒有任何公開的檔案。職場網站或任何其他與職業相關的網站與論壇都不見他的蹤跡。

「怎麼可能堂堂一個慈善機構的董事竟然沒有照片、自傳或歷年來的職業資歷？」巴杰說話的同時再擴大搜尋，把律師管理局和律師協會也囊括進來。曼寧的名字依然不在這兩個網站上。

「他問過我有沒有讀過劍橋大學。」我說，不知道這資訊是否有幫助。

「學生註冊資料應該能查出所有學位的學生，但還是沒有他的名字。」巴杰回道。

我們唯一找到的照片，是在皇家亨利賽艇日拍攝的，多年前這張照片曾刊登在《閒談者》雜誌。曼寧在照片中穿著無尾禮服，頭戴平簷草帽，站在一群狂歡者之中，他們正舉起長型香檳杯準備要乾杯的模樣。在他旁邊有一名沙色頭髮、看不見下巴的男子，他的手臂環繞著一位皮膚蒼白的年輕女子，看起來像個陶瓷娃娃。

「訂婚。」巴杰唸出照片的說明文字。「詹姆士・埃佛里特和莎拉・康娜莉。」

我要巴杰以德倍禮這個英國血統的「聖經」搜尋菲利浦・埃佛里特勳爵。

「三段婚姻，六個小孩。」巴杰說。「他的長子詹姆士・派翠克・埃佛里特，二〇一一年與莎拉・費洛梅納・康娜莉結婚。」

「那就是佛瑞瑟．曼寧和埃佛里特動爵的關聯所在。」我說。「他們是透過埃佛里特的兒子結識的。」

「那還是無法解釋佛瑞瑟．曼寧為什麼像個幽靈一樣，除非……」

「什麼？」

「他改過名字。」巴杰查看改名紀錄。「任何人只要是年滿十六歲就可以改名，只要他們不是因為非法的理由更改姓名，就不必在官方機構登記更名。」他解釋道。「如果他一直在改名字，那我們應該會看到一串名字的紀錄是忽然開始和忽然結束的。」

「我們要怎麼找某個人原本的名字？」

「用淘汰法。」

他花了半小時找到一個可能的配對結果——一位名叫法蘭西斯．李文斯基的男子於一九七〇年八月在倫敦出生，他的父親叫阿爾佛雷德，母親名叫艾拉，他們在芬奇利經營一間炸魚薯條店。法蘭西斯獲得就讀海格特中學的獎學金，之後在劍橋大學菲茨威廉學院攻讀法律。

「那一定就是他了。」我說。「可是為什麼法蘭西斯．李文斯基要把名字改成佛瑞瑟．曼寧？」

「也許他想隱藏自己的猶太血統。」巴杰臆測。

「有必要這麼做嗎？」

巴杰用這個新名字找到另一張照片，照片裡有八名劍橋賽艇隊的舵手在某個河段擺姿勢拍照。他們穿著無袖運動衣和萊卡運動褲，把一位女性舵手橫舉起來，同時他們的賽艇在照片的前景晃動。巴杰把這張照片放大，單獨框起李文斯基的臉，再把其他部分切掉。他剪下照片後貼上，建立一個新檔案。

「我可以用臉部辨識軟體找一下。」他說。「這個人不可能避開所有的相機。」

他上傳這張影像之後開始搜尋。過了十分鐘，約有六張看起來有點像曼寧和李文斯基的照片，但不是同一人。

接著出現一張照片。

「那就是他。」我說。

巴杰唸出照片的說明文字。「不同的名字：佛瑞希爾．納克斯。」

在這張照片裡，有個年輕人在舞台上朝著觀眾咧嘴而笑，他穿著緊身褲和衣領有褶皺飾邊的衣服，像是他在某種諷刺時事的漫畫劇或舞台劇裡飾演莎士比亞。

「這出現在哈佛法學院的系刊裡。」巴杰說。「也許曼寧有個雙胞胎弟弟。」

「不對，那就是他，他就像湯姆．雷普利。」

巴杰一臉茫然地看著我。

「犯罪小說作家派翠西亞．海史密斯創造出叫湯姆．雷普利的角色，一個具有高功能型反社會人格的人，他出生清寒，但很希望獲得權勢，所以他運用個人魅力融入富豪與有權勢者的生活，利用他們來獲取成功、竊取身分、說謊詐騙、殺戮……」

巴杰現在有三個名字要查，接下來的一小時我們把時間軸和關聯性拼湊在一起，曼寧讀中學時父母雙亡，他仰賴獎學金支付學費，在劍橋大學法學系畢業後，他在一九九三年以佛瑞希爾．納克斯這個名字出現在哈佛大學。這和他進入美國紐約的投資銀行貝爾斯登公司當初級分析師時使用的是同一個名字。到了二〇二〇年，他和一名同事創立一間公司，把客戶從貝爾斯登公司一併帶走，在美屬維京群島經營投資顧問公司。沒過多久，他們處理的資產就高達數十億美金，為美國一些最富有的家族服務。

一間邁阿密的報社在二〇〇五年為佛瑞希爾．納克斯做了簡介，稱他是城市裡的黃金單身漢，不過即使是他最親切的朋友，都認為他是個「謎」。另一篇文章幫他取了綽號，叫做「華爾街巫師」，第三篇文章則稱他為蓋茲比和霍華．休斯的結合。

介紹文的風向在二〇〇七年開始轉變，傳言他的公司有流動資金危機，投資者撤回資金，退出合作。

「他們遇到全球金融危機。」我說。

「他和搭檔彼此互告。」巴杰說，可是那還不是唯一值得一提的事。他給我看美屬維京群島的一篇短文，是關於警方盤問一位英國人強暴一位八歲女童的內容。

「是住宿在他家的女傭的女兒。」巴杰說。

「他有被控告嗎？」

「我想沒有。等等，這裡有《維京群島日報》的後續報導，警察局長稱這是一場誤會。」

「強暴怎麼可能是誤會？」

巴杰聳聳肩，再繼續找更多資訊，不過那篇就是最後一則了。

涉及孩童的強暴指控就足以顯示曼寧的性癖好，而且案子被推翻的速度快得令人懷疑。他賄賂誰而能撤銷全案？女傭一家？警方？或者兩者都有。

那就是為什麼佛瑞希爾．納克斯後來變成佛瑞瑟．曼寧。他回到英國，改名換姓，重振旗鼓，擔任律師和投資顧問，運用他從前在大學的人脈在菲利普．埃佛里特勳爵底下做事。

以心理學的角度來看能看得更清楚，曼寧是典型的反社會人格者，渴望權勢和影響力而非出名。當別人注意到世界的美好，他只能從中看到那如何能為他帶來利益。與人建立關係的目的是為了成全他個人的癖好。這無關愛恨，他的慾望就是當個雙面人、行騙與滿足自身悖德的渴求。

巴杰往後靠向椅背，揉了揉眼睛。

「你可以再幫我查一個東西嗎？」我問。「蘇格蘭的道捷帝旅舍，我想知道那裡的持有人是誰。」

網站馬上跑出資料，我從尤金．葛林手機裡的那些照片認出這間房子，只不過這些照片看來光滑又專業，顯示一間灰石砌的大莊園宅邸四周為山巒環繞，籠罩在霧氣繚繞的雨中。

我閱讀首頁文字。

道捷帝旅舍是一間精品旅舍，建於一八八四年，坐落在蘇格蘭高地的絕佳地點。建物面積廣達一萬六千英畝，擁有釣鮭魚、獵鹿、健行與松雞射擊等多種活動。經翻新後更達最高規格，可提供具有彈性的行程安排，和專為公司靜修、企業活動與特殊需求打造的住宿方式。工作人員十分齊全，包括盡責的房屋經理、頂級廚師與管家，衷心為您在道捷帝旅舍帶來難以忘懷的住宿體驗。

我快速地滑過房間、起居室、休閒室和擺好餐具的餐廳照片。

「這裡具備蘇格蘭地主會需要的所有東西。」巴杰說。「而且整整一星期只要花三萬英鎊就有。」

我拿出手機，撥打螢幕上的電話。一位女子接起電話，聽起來像英國人而非蘇格蘭人，聲音彷彿能把銀器擦亮。

「午安，道捷帝旅舍。請問有何需要呢？」

「我代表埃佛里特動爵致電，他想安排八月份的住宿。」

「我們那時恐怕都客滿了。」她回道。

「九月呢？」

「我們十二月初有一週有空檔，那是目前最早的時間。」

「我以前到你們那裡住過，是七年前。」

她沒回應。

「是佛瑞瑟．曼寧安排那週的住宿。」我說。

仍然沒反應。

「我想安排一場重聚大會，算是吧，不過我不記得那場聚會裡一些賓客的姓名，也許妳那裡會有紀錄……」

「我們不洩露賓客姓名。」她說話的語氣彷彿這是再明顯不過的事情。「我們尊重賓客的隱私。」

「當然了，我了解。會不會有可能在我做決定之前先去造訪一下？我很常到蘇格蘭出差。」

「你得要星期日來，我們的賓客在中午時間退房。」

她向我詢問姓名，我遲疑了一陣，心想是否該給她假的名字。不過如果我要取得賓客名單，她會需要我的身分證明文件，現在對她說謊可能不是好的開始。

巴杰在旁邊聽。「你真的要去蘇格蘭？」

「我需要那些名字。」

# 第五十八章

## 賽勒斯

蘭妮從冰箱裡拿出一根紅蘿蔔，咬了一口根部後大聲咀嚼，模樣彷彿是卡通影片裡的兔子。我們在她位於諾丁罕郊區重新翻修的農舍廚房裡，這裡的田野和牧場都被擴展的城市所吞噬。

蘭妮過去二十分鐘都在聽我說話，沒有給予評論也沒發問。我知道她在做什麼，她讓我把自己的論點陳列出來，像是把一台模型飛機用膠水黏合，然後才能確定我能否讓這台飛機成功翱翔。

她的先生尼克從花園裡漫步走進來，他剛才一直在修剪樹籬。他是我看過毛髮最旺盛的男人，也因此蘭妮叫他「大熊」。我喜歡尼克，我想他也不討厭我。他們有兩個兒子（對蘭妮而言是繼子），一位是醫生，另一位是牙醫，他們都把蘭妮當成他們唯一的母親。

尼克倒了一杯水，咕嚕咕嚕大聲喝下，還撒了一點在他的舊襯衫前面。

「我們在忙。」蘭尼一邊說一邊碰碰他的肩膀。

「警察事務。」尼克說完手往下滑到她的背部，拍了拍她的屁股，他以為沒人在看。

「我很快就好。」蘭妮說。

「好，今天輪到妳煮晚餐。」

「我昨晚煮過了。」

「沒有，妳回來晚了，我們叫外賣。」

蘭妮又咬了一口手上的紅蘿蔔。「至少是我付的錢。」

大熊讓我們繼續。蘭妮邊大聲咀嚼邊說話。「你是怎麼把這件事和佛瑞瑟・曼寧聯想在一起的？」

「吉米．維比奇給了我他的名字。」

「在他不小心墜樓之前。」

「那不是意外，他是自殺的。」

對此蘭妮沒反應，有那麼一刻我們兩人像是盤旋在空中的鳥兒，被一陣風阻礙了前進。

「你給了警方錯誤的證詞。」她說。

「我想保護吉米。」

「為什麼他需要保護？」

「自殺會把他生命中的每件事都沾上汙點，所有他成就的事，包括他的公共服務和事業成就都是，而這對他的家人來說更是難以承受。」

蘭妮知道我是對的。她在來回踱步，碰觸各種物品的表面，廚房工作檯、火爐、冰箱。

「你認為曼寧在勒索他。勒索他什麼？」

「我不知道，可是在蘇格蘭確實發生過某件事情，艾薇記得曾經去過道捷帝旅舍。」

蘭妮轉過身，伸手指向我，說：「你和她談過！」

我這才發現自己犯了錯誤，想試著狡辯。「我是在她逃走之前，在朗弗德感化院裡給她看這些照片的。」

「你是在露比．道爾被謀害之後才去拜訪尤金．葛林的媽媽。」

我沒回答。

「她在哪裡？」蘭妮問。

「安全的地方。」

「這不夠。她在哪裡？」

「蘭妮，真的很抱歉，但我不能告訴妳。」

「賽勒斯，不要跟我鬧，她目睹了謀殺案，她可以協助指認兇手，我全國都有警力可以找到她。」

「這件事不是針對妳個人。」我說。「我對妳有絕對的信任，是其他人我信不過。」

「誰？」

「海勒-史密斯。」

蘭妮繃緊下巴，閉上雙眼。這回她的沉默不太一樣，這次她的沉默散發出失望與沮喪。

我沒等她開口就先說：「艾薇在道捷帝旅舍看到那裡有另一個小孩，是個男孩，他就是派翠克．康柏。他從二〇一二年十一月二十九日就在雪菲爾德失蹤了。」

「那是超過七年前的事，艾薇那時候幾歲？十一歲。」

「她很確定。」

「賽勒斯，我讀過他的檔案，我不能相信任何從她嘴裡說出的話。」

「這件事她沒說謊。」

「好，帶她來，讓我問她話。我們會調查她所說的是真是假。」

「妳會逮捕佛瑞瑟．曼寧嗎？」

蘭妮似乎太快就脫口說道：「他是與顯貴人士交情匪淺的政治家專用律師。」

「妳的答案錯了。」

「賽勒斯，你得講道理。」

我試著用和她相同的語氣說話。「佛瑞瑟．曼寧逮到人們不為人知的黑暗面，他勒索那些人，利用那些人的弱點。」

「而這些只出自一個死人的說法。」

「每次有人擋住他的路，那人就會死。哈密許．惠特莫、哈利．帕克、露比．道爾、泰瑞．波蘭德……還有我哥哥被下毒，艾薇被獵殺。妳不能對這件事撒手不管。」

「但我也不能因為一個有嚴重精神障礙的青少女說的話就展開調查。」

「要是我不會對危機視而不見。」

「我認為你是盲目的，我認為這女孩已經蠱惑了你。我一直問我自己這個問題，為什麼？」

「她是受害者。」

「不對，不僅如此。告訴我她在哪裡。」

「不要。」

「我會逮捕你。」

「好啊。」

我舉起雙手等她把我上銬，我們都沒在開玩笑。

蘭妮的臉繃緊，指節因緊握住椅背而發白。

我預期她會大吼大叫，可是她的聲音異常冷靜。「你現在在做的事，是為了這個女孩賭上一切：你的事業、你的名譽，也許還有你的自由。萬一你錯了呢？」

「我沒錯。」

蘭妮不發一語好一陣子，用指尖碰著嘴角，凝視著我。

「你有二十四小時把艾薇・寇梅克交出來，過了那個時間我會逮捕你，以妨礙謀殺案偵查行為控告你。」

「了解，我需要一個忙。」

「你沒立場要我幫忙。」

「我知道。我只是想請妳調查一個名字：艾狄娜・奧斯馬尼。」

「那是誰？」

「是艾薇真正的名字。」

# 第五十九章

## 艾薇

媞爾妲想幫我在頭髮上綁珠子，可是我無法坐著不動那麼久，我的腿一會兒收起一會兒放下，咬著指甲，但願有菸可以抽，雖然現在如果我抽菸一定會吐。我一直靜不下來，從窗邊走到門口，又走去浴室和廚房，彷彿是在一個籠子裡來回踱步。

媞爾妲很會聊天，這讓我想起露比，也讓我難過。她在跟我說巴杰的事，還有她想生小孩，可是巴杰認為世界上小孩已經夠多了，他擔心地球會沒有水、食物或空間。我從沒想過那麼遠的事。

「我們是完全不同的人。」她說。「我是外向者，他是內向者；我家裡很有錢，巴杰則是由單親媽媽撫養長大，他十六歲就去找工作來養他弟弟。他很注重整潔，我很髒亂；他是計畫者，而我做事不打草稿。」

「什麼是做事不打草稿？」

「我走一步算一步。」

我不懂那是什麼意思，不過還是讓她繼續說下去。

「他是太陽而我是月亮，他是陰我是陽，他是起司而我是通心粉。」

我們坐在她家的小客廳裡，這裡到處都是手作的工藝品，像是有曲線的手繪陶器、串珠壁掛，和她在諾福克海邊找到的拋光漂流木。

「賽勒斯說妳是嬉皮。」我說。

「我相信生者可以和死者溝通。」媞爾妲說。

「妳會通靈？」

她笑了，我努力不讓自己生氣。

「那神呢？」我問。

媞爾妲發出小聲的「嗯」，接著說：「我想我們每個人出生時內心裡都有神，可是隨著我們逐漸長大卻漸漸丟失了一些，那就是為什麼人們會去尋找他，但人們是找不到他的，因為他們根本不知道神長成什麼模樣。」

「妳覺得他長成什麼模樣？」

「這個嘛，他絕對不會是一個年紀大的白人，已經有太多這種領導人了。我不認為神是男生或女生，他也不是黑人、白人或其他種族的人。他的頭髮既不直也不捲。」

「也許神是隻狗。」我說。

媞爾妲拍了拍手。「真聰明的見解！」

這次她笑時，我也一起笑了。

「妳希望我叫妳艾狄娜嗎？」她問。

「不用，我現在是艾薇了。」

她聳聳肩，開始談論日本的治病療法，還有靈氣按摩如何能把負能量趕走，釋放情感壓力。「如果妳想，我可以幫妳做。」

「我不喜歡別人碰我。」

「那只是輕輕的，妳幾乎不會感覺到，躺下來吧。」

「我不要脫衣服。」

「衣服可以穿著。」

我在毯子上趴下來，面部朝下，像一塊木板一樣僵硬。我感覺到媞爾妲傾身靠向我，但我幾乎感覺不到她的手，她的聲音平靜又溫柔。

「我有一次還因為摸一個女生的耳垂讓她高潮。」她說。

「那一定超尷尬的。」

「不會啊，那很自然。」

「對妳來說可能是這樣。」

外面的樓梯傳來腳步聲，我趕緊跪坐起來，左右張望尋找地點藏身。接著是小聲的敲門聲。

「是我。」賽勒斯說。

他進門後把門鎖起來。

媞爾妲親他的臉頰。我也要照做嗎？我沒有動作。

「我去和警察會面。」賽勒斯說。「蘭妮．帕維爾保證妳的安全。」

「你答應過我的。」我控訴地說。

「我沒告訴她妳在哪裡。」

我放鬆了些。媞爾妲把茶壺裝滿水，準備泡茶。為什麼人們總以為只要把滾燙的水倒在乾燥的葉子上，事情就會迎刃而解？

「我有另一張照片要給妳看。」賽勒斯說完伸手到外套口袋裡。

我低下頭。心震了一下。

「妳有看過他嗎？」

「有。」

「妳知道他叫什麼名字嗎？」

「不知道。」

「妳在哪裡看到他的？」

我的頭左右搖動，雙臂緊抱在胸前。

「他就是妳說是叔叔的那個人嗎？」

我點點頭。

「他……？是不是他……？」賽勒斯停頓半晌後再度開口，他比我還緊張。「他有強暴妳嗎？」

「強暴」這個詞在這時聽起來好怪，因為我沒有反抗，我也沒說不，這樣會是強暴嗎？還是別的？是在未經許可的情況下，但卻又是某種默然的接受。

「艾薇，我需要妳向我透漏更多，我需要證據才能阻止這些男人。」

「什麼樣的證據？」

「實質的證明，像指紋、DNA、確證。」

我要怎麼取得這些東西？我沒寫日記，沒做剪貼簿也沒記下名字。我存活下來，那就足夠了，我就是證明。

就在這時我忽然想到答案。在我心中有一道微小的窗敞開了，一段記憶流瀉，穿越過去與現在，是我曾遺留在蘇格蘭的東西，那時的我正由小女孩長成女人。

「帶我回去那裡。」我說。「那會幫助我想起來。」

# 第六十章

## 賽勒斯

我們在天亮之前就動身，前三小時在漫漫的雨中駕車前行，沿著M1高速公路往北開，接著繞本寧山的南緣而行。巴杰借我他的廂型車，裡面充斥著他的刺青裝備，也因為車側板上的藝術畫作而吸引許多摩托車騎士行注目禮。

蘭妮給我二十四小時，這對我來說已經超過我應得的。我和她說話時語氣太強勢，說了些令自己懊悔的話。這也讓我想起吉米．維比奇像線被剪掉的木偶般墜落的景象。我的手指緊握住方向盤，像是想伸手把他拉到安全處，但他卻不斷朝反方向墜落，跌落一層又一層樓，直到身體在泥濘的地面上崩解。趁被艾薇看見之前，我眨了眨眼把眼淚消去。

大多數人以為我會當司法心理學家是為了瞭解我的家人為什麼被殺害，為什麼我哥哥會聽從他腦海裡的聲音，而非心裡的話。我不知道這是否就是原因，因為對於人是否能從過去的經驗中學到什麼，我並不能確定。每個世代都會犯相同的錯誤，說著同樣的藉口。

我三十歲了，但我還沒真正愛過。我曾經縱情玩樂，有過一夜情和短暫強烈的熱戀，但從沒有持久的熱忱，沒有真感情。我納悶原因為何？我為什麼不是每天早上醒來時，雀躍地期待今天有哪些可能？為什麼我不把握當下、大膽冒險、從生活中吸取精髓，再把壞事扔到一邊？如果要斷然猜測一個理由，那理由會是：我從不曾遇過任何人對於我的存在是至關重要的，那個比我自己還令我在乎的人，因此倘若人生少了此人，似乎就難以通透理解。當我和艾薇在一起時，我不再去想我的家人發生了什麼事，還有我一路走來是如何承受的。我有了新的關注焦點，往前看，而非往後回顧。救她，我的人生就足矣。

艾薇一路上都很安靜，雙手抱膝坐著，眼睛直盯著擋風玻璃，雨刷像節拍器一樣在玻璃上掃動。

「妳會冷嗎？」

「不會。」

「會不會餓？」

「不會。」

我又問她關於童年的一些事，但她的回答很生硬，嘴角下垂。

「妳爸爸後來發生了什麼事？」

「他死於工作。」

「他是做什麼的？」

「他在屠宰場當屠夫，曾經把幾塊肉藏在外套的內襯裡偷帶回家，大聲放在廚房餐桌上，好像他是Babagjyshi i Vitit te Ri。」

「誰？」

「我們的聖誕老人，不過他是在跨年夜來訪。」

這是第一次我聽到她以從前些微的口音說話，我對阿爾巴尼亞所知不多，頂多知道在地圖的哪裡可以找到這個地方，它位於希臘的北邊和義大利東邊，但我說不出阿爾巴尼亞的首都，也無法舉出半個來自該國的名人。我知道那是共產國家，半世紀以來都與世隔絕，直到一九九〇年才總算開放，當時的第一批記者發現這個國家仍在風靡美國搖滾歌手恰比．卻克和比爾海利與彗星合唱團。

「妳的父親是怎麼過世的？」我問。

「他們說是一場意外，他的手臂卡進其中一台機器裡。」

「妳那時幾歲？」

「八歲。」

「那個妳帶在身上的鈕扣，妳說那是妳媽媽外套上的。」

「那是她最喜歡的外套。」

「她後來怎麼了？」

「我告訴過妳了。」

「她是怎麼過世的？」

「那不重要。」艾薇的聲音透著憤怒，我知道她在警告我不要追問。

接著我們又安靜地開了幾英里路。

艾薇打破沉默。

「你愛她嗎？」

「誰？」

「莎夏。不然你在跟誰做愛？」

「我不認為那是妳要管的事。」我說。

「彼此彼此。」

這回輪到我陷入沉默。艾薇是故意這麼做的，她希望我對她說謊，這樣一來我就和她所知的其他男人沒兩樣，那些利用者、施虐者和騙子。

到了中午時分，我們已經越過格拉斯哥近郊，沿著洛蒙德湖西岸往前行。這時我的呼叫器響了，蘭妮傳來三個字：打給我。

我在一間路旁的酒吧停下來，停車場裡還有一些遊覽車。酒吧的主空間天花板很低，兩側各有兩個火爐。

我打給蘭妮的時候，艾薇去一趟洗手間。

「你和艾薇在一起嗎？」

「妳會追蹤這通電話嗎？」我回道。

下一刻我們都沒說話。

「那個叫湯瑪士．薩克的男人，他是退役軍人，曾經在阿富汗和伊拉克參戰，真實姓名是尚．保羅．貝倫特。」

蘭妮停頓了一下，看看我對這個名字有沒有反應。

接著她繼續說：「我把他的照片拿給艾琳．惠特莫看，得知他就是告訴她哈密許自殺的人。」

「那在朗弗德感化院的櫃檯人員呢？」

「她正在來警局的路上。」蘭妮唸出她寫的註記。「貝倫特原本是陸軍上尉，在二〇〇八年面臨軍事審判，因為他在赫爾曼德的邊境哨站射殺兩名阿富汗女子。他聲稱她們是塔利班的支持者，在布卡罩袍底下藏有引爆裝置，但他未經警告就射殺她們。他因此在德國的軍事監獄裡服刑兩年，接著回到英國服完剩餘刑期。他在二〇一一年被釋放，但未出席與假釋官的第一次會面。在那之後他就不知去向，在中東沉淪，為一間石油公司當安全顧問。」她的意思是傭兵。「在那之後，他受雇為沙烏地阿拉伯利雅德的王室家庭擔任保鑣。」

「有任何證據顯示他和佛瑞瑟．曼寧或慈善機構有關的嗎？」

「貝倫特在伯明罕的監獄待過一年，而那個慈善機構在當地設有更生人的中途之家。」

「他現在在哪裡？」

「行蹤成謎。根據入境資料顯示，貝倫特擁有沙烏地阿拉伯和瑞士的護照，最後的紀錄顯示他六週前從日內瓦搭班機入境英國。」蘭妮的聲音變得低沉。「賽勒斯，他是職業殺手，你必須把艾薇帶回警局，我們可以保護她的安全。」

「妳給了我二十四小時。」

「那是之前。我已經派車過去了。」

「再給我幾小時，她慢慢記起一些事了。」

蘭妮還想繼續爭論，但我已掛斷電話，也把手機關機了。這時艾薇從洗手間出來，她環視酒吧找尋我，我揮揮手，她也揮手回應，看起來鬆了一口氣。

「妳餓了嗎？」我問。

「有一點。」

我點了烤三明治和一碗薯條兩人一起吃。艾薇點了檸檬汽水，而我只喝水。櫃檯後的女孩想和艾薇聊天，因為她們年紀相仿，不過艾薇似乎不知道該如何回應。後來我看到她在觀察酒吧女服務生和其他顧客閒聊的樣子，彷彿在心裡默默記下和人打交道的方法。

儘管艾薇受過那麼多苦難，但我有時會忘記她有多麼天真與缺乏社會經驗。她經歷過的悲劇，比我們大多數人用盡一生時間歷練的還多，但人們卻期待她對他們的協助抱持感激，或抱持更高的理想。她又能在哪裡學到那些？

我們再度啟程，往北越過蘭諾克沼地，此地的景色開闊、風勢強勁，而且有著許多巨石、石楠植被與看起來比石油還黑的池水。雲層露出一道裂縫，一道道陽光斜射向地面，猶如通往天堂的斜坡。

艾薇又陷入沉默，她看著眼前的景色變換，愈漸美麗而不利人居。

距離格倫科還有十英里，我開離主要道路，沿著一條蜿蜒的單向柏油路前行，越過拱橋和涵洞。四周群山聳立，有些山上有著銀色的瀑布從峭壁上滾滾流淌。

「妳記得這段路嗎？」我問。

「那時天很黑。」

每走幾百英里，道路就遇到海灣而變得寬敞。我們把車靠邊停，讓一輛露營車和用拖車拖著獨木舟的車子先走。我把手伸進外套口袋，打開手機，不知道莎夏有沒有傳訊息給我，不過這裡沒收訊，我們身處群山之中。

偶而我們會經過茂密的森林，那裡的松樹是種來當建築用的木材。我們進入另一處叢林，差點就錯過道捷帝旅舍的標示牌。柵門是敞開的，蜿蜒的車道兩旁有成排的松樹，接著車子來到一棟屋舍前面。

我聽見艾薇急促的呼吸聲，我知道我們到了。

圓環車道帶我們繞過一座有個希臘女神浮出水面的石座噴水池，那就是尤金．葛林手機照片裡的噴水池。

我關掉引擎，瞥向艾薇。她的臉色變得很蒼白，就連雀斑都變淡了。一縷髮絲掉到她眼前，她用左手把那縷頭髮撥開。

「妳可以的。」我說。

她吞了一口口水，搖搖頭。

我要她深呼吸，放輕鬆，害怕是正常的，最有力的記憶是重現真相，讓我們一次又一次回到那個場景。我需要艾薇回去……想起一些事情。

「妳可以告訴我派翠克．康柏的事嗎？」

# 第六十一章

## 艾薇

那個男孩，我只和他交談過一次。我在半夜醒來，以為有人敲我的門或叫我出去，回神才發現自己身處在廚房正上方那間房間裡，身上包覆著用鴨羽毛做成的被子，那念頭令我驚恐，但我卻又需要羽毛被帶來的溫暖。

我又聽見那聲音了，來自房間的角落。起初我以為可能是有某種動物和我一起被困在裡面了。我爬下床，擠進衣櫥和牆壁之間，發現有一片金屬製成的方形小鑲板，漆成白色，上面畫了玫瑰和藤蔓。我把身體擠進牆邊，臉貼近那塊鑲板，感覺到臉頰旁有一點空氣，牆壁的另一頭有燈光，那是另一間房間。

我用手指輕敲牆面，哭聲停止了。

我又敲一次，然後等著。

他回敲了一聲。

「是我。」我說。「你還好嗎？」

過了一會兒，那男孩的臉出現在鑲板的另一端，不過我只看得見他的眼睛和鼻子。

「妳是誰？」他問。

「艾狄娜。」

「妳能幫我嗎？」

「我可能幫不了。」

「我想回家。」

他又開始哭泣，我想說些好話，可是卻想不出可以說什麼話來安慰他或回答他的問題。

「你叫什麼名字？」我問。

「小派。」

「是指種米的地方嗎？[18]」

「不是。」他吸著鼻子說。「這是派翠克的簡稱，不過我的家人都叫我尼莫。」

「是那隻魚嗎？」

「對，那有點像是我的小名，我的家人在我出生前就幫我取好了。」

「為什麼？」

「我有一隻手比另一隻短，不過沒有短很多，我還是可以和其他人做一樣的事情，甚至做得比大多數人還好。」

他用袖口擦鼻子，我注意到他的腕錶。我會記得，是因為現在幾乎看不到小孩子戴腕錶了。錶帶上有海馬的圖樣。

「我好怕。」他說。

「我知道，可是我們得安靜。」我小聲說。「我們不能讓他們聽見。」

我以為他可能又會開始哭，所以我開始問他問題。他告訴我他原本和爸爸媽媽住在一起，爺爺在他們家附近有一間房子。爺爺曾經在商船隊上工作，航行世界，和國王與土邦主見面。

「什麼是土邦主？」

「某種印度王子。爺爺在南美洲時，曾經遇過一幫獵人頭的土著，他說他們其實不是獵人頭，而

---

18 艾薇誤以為小派（Paddy）和稻田（paddy field）是同一個詞。

是把那些人縮小。」

「為什麼？」

「他也不確定。」

尼莫不再哭泣了，我跟他說到了早上一切都會好轉，因為爸爸總是跟我這麼說，即使實情並非如此。「一天也許不盡理想。」他說。「但每一天總會有某件好事發生。」

我聽見外面有腳步聲，於是趕緊回到床上。有一道門打開了，不過不是我的房間。在那之後我再也沒看過尼莫，直到賽勒斯給我看他的照片。

旅舍的大門打開了，裡面有位女子走出來，她用手遮住眼睛的模樣，彷彿太陽直射進她的眼睛，但現在是陰天。她年約二十五歲，也許更老一點，穿著窄裙、襯衫和短版海軍藍夾克，這可能是制服。她把頭髮在頭頂上方綁成包頭，用兩個看起來像勾針一樣的塑膠髮夾固定住。

她揮揮手，賽勒斯也揮手回應。

「妳記得她是誰嗎？」他小聲問我。

「不記得。」

他下車和她打招呼。「我是賽勒斯·海文。」

「亞曼達。」她有朝氣地說，接著對我們的廂型車下評論。「很特別的車。」

「是我朋友的。」

「你是從事這行的嗎？」

「不是，我是心理醫生。」

他為什麼要向她透露那麼多？

亞曼達注意到我。「這位是您的……？」

「妹妹，艾薇。」

他的妹妹！

賽勒斯示意要我下車，我不情願地打開車門。

有那麼一瞬間我認為亞曼達好像想和我握手，可是我不想碰到她。

「請四處看看。」她輕鬆愉快地說。「今天大多數的員工都休假，我們的下一批客人會在明天抵達。您提到之前有來這裡住過。」

「七年前。我當時是佛瑞瑟．曼寧的賓客之一。」

他很不會說謊，她一定看出來了。

「當時的工作人員把我們照顧得無微不至，現在還有人繼續服務的嗎？」他問。

「曼寧先生當時自己帶人手來。」她回道。

「這會很罕見嗎？」

「有時賓客會想自己帶特別的主廚、侍酒師或獵鹿專家，不過不常是整組人員都帶來，但即使如此，我相信還是會有這種情況。」

賽勒斯走在我旁邊，我們一起跟著她踏上大石階，來到棋盤花紋地板的入口大廳，牆上掛著掛毯，精雕細琢的橡木階梯向上延伸，兩組盔甲矗立在一個石造壁爐兩旁看守著，那壁爐的大小簡直可以當一間小房間。

「我們的主棟有十一間雙人房，還有一個獨立的小木屋能容納八人，四個成人與四個小孩。」她一邊向我們說明，一邊帶我們從入口門廳進入一個大餐廳，裡面已擺好晚餐用的白色亞麻桌布、餐具和不同形狀的玻璃杯。

「晚餐可供應三十人，而在草坪上能為更多顧客設席供餐，如婚禮等等，當然是在夏天的時候。」

「當然了。」

我伸手觸碰其中一把刀的把手，這時亞曼達像學校老師一樣發出嘖聲，用一條白布擦拭那把刀，把我印在上面的細菌或指紋擦掉。

隨後她又立刻帶我們到另一間房間，那裡有很多棕色的皮革沙發和馬與獵狗的畫像。

「這間房間都沒變過。」她說，期待賽勒斯附和她。

她在和他調情嗎？

「正如我記憶裡的模樣。」他回道。

亞曼達打開一道雙門，那道門通往一間半圓形的日光室，裡面擺放了更多桌椅，窗邊有幾個長凳座位。

「這間是我最喜歡的房間。」她說。「能完美捕捉冬日的陽光。」

我們眺望延伸到河流的草地，白水打在岩石上濺起水花。賽勒斯離我很近。「這些妳有印象嗎？」

我搖搖頭。

亞曼達轉過身來。「我們上樓嗎？」

我們緊跟在她後頭，聽她對我們訴說這棟房子的歷史，還有每一間房間是如何以蘇格蘭史上的知名人物來命名：亞歷山大・弗萊明、威廉・華勒斯、亞歷山大・格拉漢姆・貝爾。

「你還記得當時入住哪一間房間嗎？」她問。

「羅伯特・伯恩斯。」賽勒斯回道。

騙子，騙子，褲子著火了。[19]

「那是我最喜歡的其中一間。」亞曼達說。「景觀雖然不是頂級的，但有個爪腳浴缸。」

賽勒斯一直瞥向我，等我回想起什麼，可是我住的地方沒這麼華麗，我的房間就只有一張單人床、一個洗臉台和一個衣櫃。

「一切都還好嗎？」亞曼達問，她察覺到氣氛不對勁。

「你們有小一點的房間嗎？」賽勒斯問。

「沒有，怎麼了？」

「給小孩睡的。」

「沒有。」她皺起眉頭，愈來愈起疑。

「我尿急。」我說完夾緊雙腿，彷彿在憋尿的樣子。

「妳得到樓上去。」她說。「在餐廳對面的走廊有一間女用洗手間。」

「不要去太久。」賽勒斯說。

我從柯南．道爾房和他們暫別，走原路下了階梯，沿著走道經過餐廳、客廳和遊戲室，裡面有一張撞球桌和飛鏢靶。我在找那間廚房，有著雙火爐、早上飄著培根香味，讓我感到飢餓的那間廚房，儘管我的胃當時在絞痛。

最後一扇門帶我回到那裡。我還記得中島的那張長椅，依稀能想像泰瑞倚著它的模樣。從天花板垂吊著一個木框，上面掛著許多鍋具。有一扇門通往食品儲藏室，很深的架子上面擺放著罐頭食物、袋裝的米、義大利麵和豆類，另一扇門通往置鞋間，那裡有一道狹窄的螺旋樓梯能通往樓上。

我認出這道階梯，我記得走上樓時叔叔在我後面。現在我再度往上攀爬，沿著走道經過第一扇門，然後在第二扇門前駐足。我伸手碰觸把手，門沒鎖。

這間房間沒變，單人床、衣櫃、洗臉台和窗簾都還是一樣，不過味道卻變了，充斥著鬍後水和麝香的氣味。這裡現在是男人住的，衣櫃裡有襯衫和長褲。我瞥向衣櫃和牆壁之間的空間，想起那時是

---

19「騙子，騙子，褲子著火了，吊在電話線上。」（Liar, liar, pants on fire, hanging on a telephone wire.）為孩童的順口溜，表示有人在說謊。

如何擠進裡面的縫隙。這足以攔截我的思緒，帶我回到過去……

那晚發生了很多事，好多我努力忘卻的可怕記憶。我被叫醒，被帶離這間房間，短而硬的毛拂過我的臉頰，挾帶酸味的口氣和急切的手指，壓在我大腿上的重量。那雙手。那股憎惡。等完事後，我被帶回這間房間，我蜷縮著躺在床上。過了一些時候我醒來，胃在翻攪。我以為我必定是餓了，可是那股疼痛愈來愈糟，劇烈又痛苦。他們對我做了什麼？

接著我感覺到雙腿之間濕濕的，我用手碰一下，看見血。昆恩太太曾經告訴我會發生這種事，她說有一天我會流血，而到那時就是我的死期了。

與此同時，我記得艾格妮莎可以早放學的那一天，而且她不在柵門陪我走路回家。媽媽讓她洗很久的熱水澡，在那之後她躺在爸媽的床上，把一個熱水瓶擱在肚皮上。媽媽說艾格妮莎變成女人了。

「妳得對妳姊姊好一點。」她說。「我知道妳們喜歡摔角和跑步，可是她今天不能那樣，妳不能對她那麼粗魯。」

「為什麼？」

「她已經不再是小女孩了。」

這就是她說的那件事。我把身子縮成球狀，手抱著肚子，呼吸急促地搖著頭。這股疼痛還是沒消失，它攀上牆壁，穿過木地板的縫隙之間，藏在床底下的陰影裡。

過了一會兒，我一跛一跛地走到洗臉台，努力把自己清理乾淨，拿廁用衛生紙塞在我的大腿之間，害怕叔叔發現後會處罰我。如果我在流血，他就不會要我了。不會有人要我。

我把內褲拿在手中捲成球狀，想找地方藏起來。窗戶打不開，衣櫃又太高。我用手指摸過暖氣機上方，注意到金屬和牆面之間有個縫隙。我把內褲推進那狹小的空間，用我的牙刷把它卡進肉眼看不見的地方。

時隔七年，我額頭抵著牆，閉起一隻眼，看著暖氣後方一道微弱的光線。那裡還有東西，可是我用手指搆不到。

這時身後的門倏然敞開了，有個男人在說話。

「嘿！妳是誰？」他抓住我的手臂，雙眼明亮又刻薄。「妳在我的房間裡做什麼？」

我想大叫賽勒斯，但卻什麼聲音也發不出來。

# 第六十二章

## 賽勒斯

「你從到這裡開始就在說謊。」亞曼達毫不掩飾自己的憤怒。「你們是要現在搶劫，還是晚點再回來？」

「不要亂說。」

「你是怎樣？現代的某種教唆犯，專門讓小孩來幫你偷竊？」

「我不是小孩。」艾薇反駁。「而且我也沒偷任何東西。」

我們在廚房裡，中島把我們兩組人馬分隔開來。亞曼達身旁有一位體格壯碩、頭戴廚師白帽，而且看起來等不及想揮拳的男子。

「她剛才在碰我的東西。」他說話有濃厚的格拉斯哥口音。

「我沒碰你的東西。」艾薇說。

「這全都是一場誤會。」我說，同時手伸進口袋。

「把手放在我看得到的地方。」廚師說。

「我是要拿名片，我是一名司法心理學家，在為警方辦案。」

我把名片滑過中島的另一端，亞曼達拿起來，一臉狐疑地看著名片上的內容。她把名片翻到背面，彷彿還想看到更多資訊。

「艾薇七年前就在這裡。」我說。「她睡在那間房間裡，就是你找到她的那間。」

「那是員工的房間。」亞曼達說。

「那一週不是。」我說。

「那你為什麼要說謊，偷偷摸摸的？」

「她來這裡並非出於自願，她當時是囚犯。」

現場沒人做出反應。

「當時還有另一個小孩，一個名叫派翠克．康柏的小男孩。他在二〇一二年十一月底被綁架，艾薇看到他在這裡，她和他交談過。」

「我不會相信任何從他嘴裡說出來的話。」廚師說。

「我可以證明。」艾薇說。「我有留下某個東西。」

亞曼達和廚師不確定地對望。

「我認為我們應該報警。」亞曼達說。「他們會把事情查清楚。」

「好主意。」我說。

我的果斷讓她又更遲疑了，接著她做了決定。「證明給我看。」

我們跟著艾薇走上樓，來到那間小房間。廚師站在我身後不遠處，依舊找機會想對我施展拳頭。

艾薇指向那台暖器。「就在那後面，我碰不到。」

亞曼達把頭抵著牆，朝暖氣機後方窺探。「我看到有個東西，從廚房拿一支竹籤來。」

廚師離開，幾分鐘後再回來。

「我來吧。」亞曼達說。「我的手比較小。」

她把那根竹籤滑進牆裡，從側邊勾住一小團骯髒的布。我現在知道這是什麼了，這是一件女孩的內褲，是淺粉紅色的，邊緣繡著藍色花朵。

「不要摸！」我脫口而出。「我需要一個能密封的塑膠袋。」

「我廚房裡有。」廚師說。

亞曼達點點頭，於是他離開房間。

我接過她手上的竹籤，她看起來很茫然。「有什麼我不知道的？」

「那是我的。」艾薇說。「我流血了……」

「這能證明她當時在這裡。」我說。「這可以拿去檢測。」

亞曼達看著那件內褲，然後再看向我。「你是說她被……？她有沒有……？」

「她當時是違反個人意願被關在這裡，是囚犯。派翠克．康柏也是。」

「我認為我應該打給老闆。」

「先報警。這裡現在是犯罪現場了，必須圍起封鎖線。」

亞曼達猶豫了。「不！我得先和老闆說，我們有賓客要來。」幾乎同時間，她說：「我要你們現在離開，把那東西帶走。」她比向艾薇的內褲。

「我需要那一週在這裡入住的賓客名單。」我說。「你們一定會有紀錄。」

「那是一場私人派對，我沒有名單。」

「佛瑞瑟．曼寧是訂房的人。」

「在我和老闆說之前，我不會透漏任何事情。」

「有個男孩失蹤了。」

「請你們離開！」

廚師回來了，我把內褲放進塑膠袋裡密封好。他往前站一步，用力推我的胸口。「你聽見她說的了。」

「你們不了解……」

他再度推我一把。

過沒多久，我就回到廂型車的駕駛座，艾薇坐在我旁邊。我遞給她我的手機。

「報警。」

她看著螢幕，說：「沒訊號。」

「該死！」

我發動引擎，把車開走，繞行噴水池後經過石砌柵門，再把車開上單向車道的柏油路。

「要一直注意手機，一有訊號就打九九九，我來負責說話。」

艾薇沒回應，她在回頭看，有一會兒我以為她想最後再看一眼那棟旅舍，但她雙眼圓睜、嘴巴張大，有個冰冷的金屬物體抵著我的脖子。

「看路，否則你現在就死。」

# 第六十三章

## 艾薇

這名男子頭戴全罩式黑色頭套，只露出眼睛，但他的聲音無法偽裝。他就是到感化院找我的那個人，也是把泰瑞折磨至死並且殺了露比的人。

他左手打了響指後說：「把那支手機給我。」

他看我沒有立刻反應，用力打我的頭側邊，使我雙耳耳鳴、臉頰刺痛。手機從我的手裡滑到車底盤，就在我的腳下。

賽勒斯立刻做出反應，他想保護我，於是我們的車駛離了車道，輪胎陷進泥濘的路邊，車子像在橫向滑行，直到他控制住方向盤，我們才又回到路上，剛才車子幾乎快翻倒了。現在槍變成指在我的脖子上。

「你再這樣我就殺了她。」男子說。「現在把它撿起來。」男子比向車底的手機。

我得把安全帶解開才能湊身往前摸到手機，拿到後他一把搶走，把手機翻開後折成兩半，像折斷樹枝一樣輕鬆。

「把窗戶搖下來。」

我照做，於是他把斷成兩半的手機丟入呼嘯的風中。

「警察要來了。」賽勒斯說。

「你的手機沒訊號，記得嗎？」

「旅舍的人準備要打電話報警。」

「已經來不及了。」

他剛才打我臉的地方熱了起來，我用手指碰了碰臉頰。賽勒斯看我一眼，問：「妳還好嗎？」

「閉嘴。」男子說。

「你傷到她了。」

「他媽的閉嘴！」

賽勒斯兩手握著方向盤，眼睛一直瞥向後照鏡，試圖看清楚那男人的臉。現在他在看側後視鏡，我也一樣。我們後面有一輛車，有一刻我心想也許是警察，或某個能幫我們的人，可是我發現我們是在被跟車，而非追逐。

我的安全帶還沒扣上，我可以打開車門翻滾下車，因為路面很窄，風又很強勁，所以我們的車速不會太快。我跌下去還能存活嗎？或者我會被廂型車的後輪或我們後方的那台車輾死？前方有一輛野營車緩緩在轉彎，賽勒斯要把車開進讓車道。

「不要停，繼續往前開。」戴頭套的男子說。

「沒有空間了。」

「他會把車停下來。」

賽勒斯加速行駛，野營車裡是一對白髮蒼蒼的年邁夫婦，是老婦人在開車，她坐得很高，像坐在公車的駕駛座一樣。她得緊急煞車和急轉彎才能讓出一條路給我們通過。她的先生用嘴型罵髒話，揮動雙手，賽勒斯繞過他們，沒與他們有視線接觸。

「我們要去哪裡？」他問。

「繼續開。」

拿著槍的男子手上戴著皮手套，彷彿是他的第二層皮膚一樣包覆雙手。他伸手到口袋裡拿出另一支手機，手高舉過頭，查看是否有訊號。他瞥了一眼我們後方的車，確認它還繼續跟著我們，接著他打開一個軍用水壺，把頭套下半部拉開後露出嘴唇，喝了幾口水之後沒打算再把頭套拉上。

「我知道你是誰。」賽勒斯說。「約翰・保羅・貝倫特。」

槍手擦了擦嘴，沒回應。

「警方從攝錄影像辨識出你的身分，你現在是三起謀殺案的通緝犯了，或者可能不只。」

「你是律師嗎？」

「不是。」

「聽起來像。」

「警方會監視機場和渡船總站，他們知道你搭私人專機的事。」

他大力打賽勒斯的頭側面，力道之大讓賽勒斯的頭撞到側窗。賽勒斯用指尖碰了碰左耳，查看是否有出血，但他還是繼續說話。

「也許你沒有計畫，那就是大多數人之所以都會被逮到的原因，他們忘了犯罪過後會有什麼後果。」

賽勒斯又被用力打了一下，他的耳朵現在可能已經在流血了，我好希望他住口，不要再講了。

「放艾薇走，你可以讓她下車，我跟你走。」

槍手不理他，而是看著我，忽然對我感興趣的樣子。

「妳當時藏在哪裡？」他問。

我一臉茫然地看著他。

「在那棟房子裡，我們找到泰瑞的地方，妳當時藏在哪裡？」

「在牆裡。」

他露出令人厭惡的笑容。「我就知道妳當時在那裡，我聞得到。」

賽勒斯打斷他。「我們知道佛瑞瑟・曼寧的事。」

「誰？」
「你的老闆。」
「我沒有老闆。」
「一定有人付你錢。」
「你應該放了那女孩，她不是你的。」
「她不是任何人的。」賽勒斯說。「沒有人可以擁有別人，現在已經二十一世紀了。」
他笑了，叫賽勒斯不要再講大道理。
「尤金．葛林替你的老闆綁架孩童。」賽勒斯說。
「和我沒關係。」
「可是你也有份，你和這場陰謀脫不了關係。」
他又笑了，這次是認真的大笑，我可以感覺到脖子後面有飛沫。
「海文先生，你得了解一件事，沒人動得了我們任何一個人。不管她說什麼，都不會改變任何事。」他把槍指著我。「這件事永遠到不了法庭審判，她也永遠無法作證。」
「會有別的證人。艾薇有傷，她被強暴。」
「泰瑞．波蘭德強暴她。」
「那是謊言。」我說。
「誰會相信妳？法官？陪審團？妳只是一個外國小女孩，連自己的名字都不知道。」
又有另一輛車朝我們駛近，司機停到一旁讓我們先過。他閃了一下車頭燈，我注意到賽勒斯在撥弄方向盤上的其中一個操縱桿。
「別想要小聰明。」戴頭套的男子說，他身子彎下來躲在後座，不過槍管持續抵著賽勒斯的左耳。
我們經過那輛車，駕駛揮揮手，我也揮手，並用嘴型說「救命」，但他就只是微笑並把車開過去，我想大叫，但已經太遲了。

有個想法閃過我的腦海，我忽然想起泰瑞在廚房的餐桌上逼我握著槍，要我瞄準他的胸腔、扣下板機的那一幕。他說重要的不是我的速度有多快或多強壯，能瞄得多準也不是重點，一切都要回歸到相信自己。「要用盡全部的生命反抗，因為到時候真的攸關性命。」他說。「要像惡魔一樣反抗，像被逼到牆角的老鼠，困在籠裡的獅子，不要猶豫就是了。」

戴頭套的男子倚向前座中間。「前面有岔路，過了下一個高起的路段之後走右邊。」

「我看不到岔路。」賽勒斯說。「也許我們錯過了。」

「沒有。」

「你可以問問後面那台車的朋友。」

「閉嘴。」

槍手回頭看，賽勒斯碰了碰我的大腿，用嘴型說：「安全帶」。我把安全帶繞過身子扣緊。

「就是這裡！在這裡轉彎。」

賽勒斯一個急轉彎，把車開上一條泥濘的小徑，前方通往一座拱起的石橋，石橋兩側高起，寬度幾乎不夠讓這輛廂型車通過。我們往前行駛，路上的車轍讓我們的車彈跳搖晃，朝山腳下開去。

那輛車依然跟在我們後面。

「我有叫你慢下來嗎？」槍手說。

「這些坑洞可能會弄壞車軸。」賽勒斯解釋道。

「不要唬我。」

「好，你說了算。」

車子在下一個轉角處往前滑行，我抓緊車門上的把手。賽勒斯沒有要減速的意思，甚至還加速往前衝。我們來到一條筆直的下坡小徑，這條路簡直只比車轍再寬一點點而已，前方有一叢叢石楠花和半埋進土裡的巨石。賽勒斯用力踩油門，手指的關節因為緊握方向盤而發白。

「嘿！你在做什麼？」槍手喊道。「減速！」

「是你叫我加速的。」

他試圖拿槍指向我們，但無法瞄準，他得穩住身體。

賽勒斯用力轉方向盤，廂型車一個急轉彎偏離了道路，駛過隆起的暗渠而導致前輪離地，所有沒被安全帶繫著或拴緊的東西都在我們身邊往下飛。刺青模板、一瓶瓶刺青墨水、刺針、洗瓶、消毒器等等。我們在陡峭的下坡路上，每一秒都在加速，朝著一條有白色水花打在岩石上的溪流疾馳而去。

槍走火了，一顆子彈劃破我頭上方的車頂。賽勒斯在努力控制車子，但我們已經完全失控，直衝向露出地面的岩層。這撞擊很可能會要了我們的命，或者我們很可能會受困在車裡，連人帶車墜入河中而溺死。

我們從側面閃過一顆巨石，接著忽然變換方向撞上猶如一輛巴士大小的石頭。周圍的一切發出巨響，我的身子被往前猛拋，這時我看見一道白光，有東西撞擊我的胸腔和臉。在那一刻，所有周遭的一切瞬間都飛到空中，穿過被撞得粉碎的擋風玻璃。瓶子、顏料、粉末、刺針、資料夾和機器，還有一個戴著頭套的男子，他有著一雙藍眼睛，嘴巴張得好大。

# 第六十四章

## 賽勒斯

有一瞬間我失去了意識，醒來時發現安全氣囊在我的大腿上漸漸消氣。我的橫膈膜在抽搐，無法把空氣送進肺部。我轉頭看艾薇，她還在她的座位上，臉上滿是灰色粉末。

我大吸一口氣，吸進汽油味和塵土，開始咳嗽。終於，我勉強能用沙啞的聲音說：「跑！」

艾薇沒有反應，她直盯著碎掉的擋風玻璃外。我試圖移動身體，可是右手臂被車頂崩塌處壓得動彈不得，傷了我的肩膀。我用完好的手抹去眼睛旁的塵土，順著艾薇的視線望去。在撞爛的引擎蓋和冒煙的引擎之外，貝倫特躺在兩顆岩石中間，他的頭彎成詭異的角度，血從他的嘴巴和鼻子汩汩流出。

「快跑！」我又說一次，這次更清楚些。

艾薇把安全帶解開，用肩膀撞開車門。廂型車在她的那一側角度比較高，她掙扎著爬出車外。

「我來開著車門。」她說。

「我動不了。」

「什麼？」

「我的手臂卡住了。」

「你不能留在這裡。」

「妳快走。」

「我不會留下你。」

她身子往車內傾，試圖拉我出去。

「艾薇，我動不了。」

「他們會殺了你。」

「我會沒事。」

「不行。」

一顆子彈擊中她頭附近的金屬而反彈，過了片刻槍響聲才傳來，而且像在山谷裡迴盪。另一位駕駛已經停下車，他位居斜坡的高處，足以把我們擊斃。

「躲在岩石後面，跟著小溪走。」

又一發子彈擊中側照後鏡，把鏡子打破。一道玻璃碎片割傷了艾薇的臉頰。

她氣憤地往後看，滑下廂型車，我看到她彎著身子躲在翹高的輪胎下面，利用車子當掩護緩緩移向前方。我伸長脖子能看見後照鏡，那輛四輪傳動的深色車子就在斜坡的頂端，一個身影正沿著小徑走，試圖取得更好的射擊角度。

貝倫特的槍！它在哪裡？我望向廂型車後方，那裡全是破碎的工具和瓶子。那把槍可能在撞車時被拋出車外了。

艾薇正在我右手邊的一顆大岩石旁緩緩移動，溪水約在她的腳下二十呎處。我望向後照鏡，看到那人影已經離開小徑道路，開始走下斜坡，在岩石之間以之字形行走。

接著他停下腳步，單膝跪地，一手的手掌拱起穩住握槍的那隻手。

「趴下！」我大喊。下一刻子彈就打在花崗巨石上產生火光，距離我剛才看見艾薇的地方很近。

我用力拉扯手臂、來回扭動，袖子被撕破了。我再試另一種方法，身子靠向已被壓皺的金屬，試圖把壓在我肩上的金屬弄彎，讓身體抽離。我想到那位美國溪降運動員在卡進兩顆巨石之間動彈不得後，用一把小摺刀切下自己的手臂。為了救艾薇，我會不惜割斷手臂，我願意和惡魔交易。

鏡子裡的人影愈來愈靠近，他大喊貝倫特的名字，不知道他已經死了。同時我用肩膀推擠壓成皺褶的車門，劇烈痛楚傳遍我的側身。

快啊，快點。我伸手到大腿下方之間，尋找把座椅往後挪的調整桿，那讓我稍稍遠離方向盤，又多出幾吋的空間。我再度扭轉肩膀，這次總算從金屬皺褶之間把手抽出，接著立刻拖著雙腿爬到副駕駛座。我的右手臂完全無法施力，每次移動都感覺到斷骨在皮膚底下互相刮擦。

槍手就快走到廂型車旁，不過他還保持一段距離，繼續尋找貝倫特。我彎下身子，在他愈漸靠近時躲在車窗的高度之下。我的身子滑到後座，尋找那把槍或任何武器。

「我知道你在這裡。」

那聲音聽起來很熟悉，我花了一點時間才想出他的名字。

「我只想要那女孩。」他說。

我從破碎的擋風玻璃上方窺探，看見鮑伯．曼肯正站在貝倫特的屍體旁。我在腦中開始兜起線索，建立連結。正是哈密許．惠特莫的老搭檔跟蹤我到朗弗德感化院，利用我找到艾薇。他曾想把我帶往錯誤的調查方向，暗示克雷頓．康柏雇人殺害尤金．葛林。哈密許．惠特莫的飛行日誌上寫著從利物浦的約翰．藍儂機場飛往蘇格蘭的班機上有七名乘客，其中一人的字首縮寫是「R.M.」，正是羅伯特．曼肯[20]。他那週末也在那裡，就在道捷帝旅舍，和尤金．葛林和泰瑞．波蘭德共處一室。

一發子彈射在我頭上方的薄金屬。

「出來到我看得到你的地方。」他說。

「我無法，我的手臂被壓傷了。」

他愈來愈靠近，槍口指向粉碎的擋風玻璃。「我不會再問一次。」

我倚向副駕駛座的門，背抵著門，再用雙腿把門往外推開。我把門撐著，用完好無傷的手把身子拖出車外，捧著無法施力的右手，跌到潮濕的泥土上。空氣中瀰漫著濺灑出來的汽油味和燃燒塑膠的氣味。

曼肯往廂型車裡看，確認艾薇沒有躲在裡面。他穿著黑色牛仔褲和飛行夾克，平底鞋，沒戴頭套。他看我不具威脅後轉身開始尋找艾薇，往回走到地勢更高的路面，因為那樣更容易看到她的蹤跡。

「你不能這麼做。」我說。「有人會找到你。」

「誰？」

「警察。」

「我就是警察。」

「他們已經在路上了。」我說。

「我知道，是我報警的。」

我的驚訝令他很滿意，他跳過兩顆岩石之間，伸長脖子尋找艾薇。

「等他們一到，我就會告訴他們我找到三具屍體和一台撞爛的廂型車。有槍戰的痕跡，而這把槍到時會在你的手中。」

「那你要怎麼解釋你出現在這裡？」

「我在追一條線索，就和你一樣。哈密許給了我一些名字，我在調查它們。」

他跳到另一顆巨石上，把槍左右搖晃。

「他是你的搭檔……你的朋友。」

「我試過警告過他，我叫他別管這件事了，可是他就是不聽。我們已經把他定罪了，尤金・葛林死了，這事情原本已經結案了。」

---

20 羅伯特（Robert）的小名為鮑伯（Bob），因此這個字首縮寫 R.M. 其實指的正是鮑伯・曼肯。

「那其他失蹤的小孩呢？」

他沒回答。

「你也是戀童癖嗎？」

「我絕對不會碰小孩。」

「是啊，他們都是這麼說。」

他不理會我，拍了一下被蠓蚊叮咬的脖子，接著用大拇指閉起一邊鼻孔，用另一邊用力擤鼻子，使鼻道暢通。

「佛瑞瑟．曼寧逮到你的什麼把柄？」我問。「你的弱點是什麼？」

「我無法抗拒管制藥品和蕩婦淫娃，早期這不成問題，你可以用拉客的罪名逮捕一個妓女，然後安排後續。如果她們可以為了錢和陌生人做愛，那她們也可以和我做愛來換得一點寧靜的生活。」

「你在拉皮條。」

「我只是拿些好處。」

「那毒品呢？」

「那是額外的獎勵，惡習。當一個年輕人擁有太多錢和權力時，就會發生這種事。」

曼肯爬上另一顆巨石，沿著溪流望去。

他大喊：「我知道妳在那裡，我看到妳了。」

他舉起左輪手槍，閉起一眼沿著槍管瞄準。我看到他的手指慢慢扣下板機，槍身猝然抖動，聲音在山谷裡迴盪，回音逐漸散去。

「那是故意的。」他大喊。「下一次我不會打偏。」

一陣寂靜。

他再度瞄準、開槍，射偏後出言咒罵。

槍口這回指向我的方向。「好了，遊戲玩夠了，妳有十秒鐘可以出來，否則下一發子彈會把妳這位帥氣朋友的臉打爛。」

「艾薇，不要理他。」我喊道。

曼肯開始作勢從十倒數，每數一下就停頓半晌。我急切想找周圍有任何東西能讓他分心或卸除武器，就在這時我看到貝倫特的槍，在他屍體附近細長的石楠叢裡，槍的把手在淡紫色的花朵旁清晰可見。我距離那把槍十五碼，也可能是五十碼。

「四……三……二……一……」

曼肯還站在巨石上，這時我聽見艾薇說：「不要射他。」

我發出哀號。*為什麼這女孩就是不肯聽我的話？*

「朝我走過來。」曼肯說，在她爬上斜坡時舉著槍跟著她。我開始在地上滑行，用沒受傷的那隻手抓住地上的雜草，一吋一吋慢慢接近，每個動作都令我劇痛。

曼肯在指示艾薇方向。「不要走那邊，那裡太陡了，回來這裡，從那些岩石中間走上來。」

我再十碼就拿到了……五碼。我聽見曼肯轉身大吼，與此同時，我在地上翻滾，無視已被壓碎的肩膀。我用左手握住槍把，然後迅速轉身躺下，努力穩住手槍、朝他的方向胡亂開槍。

我正要再扣板機時，看見他把艾薇抓到他的前方，拿她當擋箭牌，前臂環繞住她的脖子。艾薇在他扣下板機時掙扎反抗，讓他無法瞄準。子彈使泥土飛揚，也把我腳邊的玻璃射得粉碎。他再度瞄準，但這次艾薇踢他的腳踝，用力抓他的臉，逼得他把艾薇高舉，使她雙腳騰空。

「射他。」她大喊。

「我會打到妳。」

「開槍就對了。」

「不行。」

我放下手槍，讓手槍從手指間落下。曼肯這才放開艾薇，摸了摸臉頰被艾薇留下抓痕的地方。這時艾薇趁勢溜走，逃離他身邊。

「他沒子彈了。」艾薇說。「他已經開了六槍，而且還沒重新上膛。」

「什麼？」

曼肯撲向艾薇，但她已經到他碰不到的地方。

「左輪手槍可以射五到六發子彈，泰瑞教我的。他還沒重裝子彈。」

曼肯發出嗤之以鼻的聲音，把槍指向艾薇的胸口。「我就朝妳這裡開槍，妳這小賤貨。」

「你沒辦法，槍膛是空的。」她說話的時候一直盯著他的眼睛，讀他的臉部表情。

曼肯遲疑了，他不再確定自己是否掌控局勢，且在心裡默數自己究竟發射了幾發子彈。他無法確定，除非他查看槍膛，那會需要時間，足以讓我撿起眼前的手槍。我知道他在想什麼，如果他還有一發子彈，那麼他會先射我，然後再處置艾薇。

「妳確定嗎？」我問艾薇。

「對。」

我彎腰撿起手槍，不理會曼肯的要求。他把槍比向我，扣下板機。我繃緊神經準備迎接爆破與炸裂聲，但什麼也沒有，唯獨擊錘敲在空蕩蕩的槍膛發出喀搭聲。不一會兒，我就用左手拿起槍，瞄準他身體面積最大的部位。曼肯厭惡地看著他的槍，手伸進外套口袋裡拿出一手的子彈，有些掉到他的腳邊。他把彈巢打開，想裝進子彈，但他的雙手在顫抖。

「把槍放下。」我說。

「快射他！」艾薇喊道。

曼肯咒罵自己的笨手笨腳，仍試圖要裝上子彈，但子彈卻不斷從他的手指間掉落。他知道我隨時都可能扣下板機，但他還是繼續這麼做。

「我不要去坐牢。」他說。「我知道他們都怎麼對付不老實的警察。」

「你可以談協議。」我說。「成為證人。」

他笑了。「絕對不可能會有起訴，你根本不知道自己在對付的是什麼角色。」

他脖子上的青筋像電纜一樣突起，一臉猙獰。最後他總算把一顆子彈滑進彈巢，喀搭關起後朝艾薇舉槍。

「要做就做乾淨一點。」他大喊。「不要讓我坐輪椅。」

我讓手槍倚著我的大腿，瞄準他的胸腔。扣下板機後，手上的武器發出爆鳴，於是每樣東西都從我的手中脫離、崩離解體。我不知道是哪個先落地，是那位警官的身體，還是從我手指之間滑落的手槍。

艾薇緊抱著我，臉埋進我的肚子裡，雙手摟住我的腰，我用大拇指把她臉頰上的泥土擦去。

「子彈的事……妳有多確定？」

「我只是很幸運。」

「騙人。」

我感覺到她在微笑。「閉嘴，還有不要再流血了。」

# 第六十五章

## 賽勒斯

疼痛每四小時就讓我清醒，因為麻藥在這時逐漸退去，不過我還是盡量拖長時間按下給藥按鈕。到了最後我會屈服，感覺嗎啡在我的血液裡發揮效用，讓我的思緒開始飄離身體。

外科醫師已經幫我用鈦金屬螺絲和骨釘重建右肩，我幻想自己成為機械人，走出醫院時會像新版的東尼．史塔克一樣，擁有具放射性的心臟和一套法拉利紅色鋼鐵衣。

我的眼皮好沉重，拒絕睜開。我舔了舔食指，把噁心的黏稠物質擦去，轉過頭看機器上的數字，測量心律和血壓的數據。在我的頭旁邊有個鉻合金支架，會顯示明亮的彎曲線條。一袋清澈的液體吊在鉤子上，有一條塑膠管連接而下，消失在環繞我左手前臂的醫用寬膠帶底下。

我的右臂被帶子緊緊束著，避免我移動肩膀，但疼痛就足以讓我不敢動彈了。昨晚我無意識地轉過身去，那感覺就像有人用一把雕刻刀刺我一樣，於是我再也不犯同樣的錯誤。

我深呼吸，非常努力地想著艾薇的臉。自從醫護人員在埃蒂夫湖把我送上直升機，並在我的手臂打了一針之後，我就沒看到艾薇了。直升機降落在那輛被撞爛的廂型車上方的一片空地，我被載往格拉斯哥接受外科手術，接著在三天後轉院到曼徹斯特。

一位護士靜悄悄地穿過門簾，她的聲音嚇了我一跳。

「你醒了。」她說話有可愛的威爾斯口音。「你會口渴嗎？」

我點點頭，她拿起一瓶水，上面插著一根吸管。

「你睡覺時在說夢話。」她說。「艾薇是你的女兒嗎？」

「不是。」

「你一直叫她的名字。」

她把體溫計放進我的嘴裡，幫我重新擺好枕頭，協助我坐起來。「你有一位訪客，她一直在等你醒來。」

那一瞬間我以為會是艾薇，不過是莎夏從門旁邊探出頭來，她問：「你有穿好衣服嗎？」

「想妳的時候沒有。」我說。

她有點臉紅，噓我別說了。護士笑了。

「我以為你可能在床上擦澡。」莎夏說。「我可不想打斷你一天中的美好時光。」

「還真是謝了，不過我可以自己洗。」

「沒那麼好玩囉。」

護士已經確認完機器。「我讓你們獨處吧，不過別讓他心跳加速喔。」

莎夏靠過來，給了我一個長長的吻。我想用沒受傷的手把她抱近一點，不過她閃避我。「你也聽到她說的了。」

我再朝她伸手，她輕輕把我的手拍掉。

「對一個只有一隻手臂可用的男人來說，你很會毛手毛腳。」

「我很無聊。」我回答。「妳有聽說艾薇的消息嗎？」

「他們不讓我看她。」

「她在哪裡？」

「在一個安全的地方，不過一直製造混亂，要求要看你。」

「那佛瑞瑟·曼寧呢？」

她搖搖頭。「沒有任何新聞報導提及他，你也是。」

「報導裡怎麼說？」

「兩名男子在蘇格蘭高地被射殺，其中一名是曾獲頒獎章的警察。《衛報》今天刊出一則報導，臆測曼肯是個手腳不乾淨的警察，並把他的死與哈密許・惠特莫的謀殺案連結在一起，暗示這可能是某種形式的報復。」

「報復什麼？」

她聳聳肩。

「那貝倫特呢？」

「一位讓自己蒙羞的士兵，曾在阿富汗犯下戰爭罪而受軍事審判。他被連結到惠特莫的謀殺案，不過沒提及其他死者。」

自從我來到醫院後，警方兩度偵訊我，我已把所知全都告訴他們，也把尤金・葛林和泰瑞・波蘭德在道捷帝旅舍拍的照片，連同裝在密封塑膠袋裡艾薇的內褲一併交給他們。利用她的血液做的DNA檢測會證明她那個週末也在旅舍裡，鑑識病理學家會以汗跡和布料判定日期，證明事件發生的時間。我陳述事情發生的經過，之後讀我所敘述的文字稿時，十分訝異事情幾乎都拼湊起來了，雖然不是百分之百，但也接近了。

佛瑞瑟・曼寧喜歡把自己塑造成「謎樣的男人」，表面上他是慈善家與低調的成功人士，但實際上他是在蜘蛛網正中央的蜘蛛，用絲製的棺木把人包裹起來，稍後再吞噬殆盡。他利用敲詐與勒索的方式對人們伸出魔爪，舉凡警察、政治人物、企業領袖、外交官和公務員無一倖免，他們全都有曼寧可利用的弱點。有些是戀童癖與孩童猥褻者，有些是非公開的同性戀者，還有性虐待狂、毒癮者、偷窺癖者，或有不為人知的性癖好、祕密從事性或毒品相關的勾當，或患有病態的幻想症，使得他們被很容易被貼上高功能反社會人格者的標籤。

曼寧在十三年前差點被逮，他當時在美屬維京群島強暴了他家女傭的年輕女兒，但他從沒被起訴，而後人間蒸發，在英國建立新身分，用新的名字開啟新事業。他和埃佛里特勳爵的關係讓他得以進入英國上流社會，而監獄的慈善事業又為他提供了像尤金．葛林和泰瑞．波蘭德這樣的步兵。

尤金聽從曼寧的命令綁架孩童，這能解釋他們消失的那幾週時間，以及為何他對於那些孩童被棄屍的地點全然不知，因為他從來就不在現場。

但他卻認罪了。曼寧答應他什麼條件，讓他願意替他頂罪？也許那不是承諾，而是威脅或利誘。尤金給了他的母親一大筆錢，足以在里茲買一棟公寓送給她。

這就是我告訴警方的內容，有些得以證實，而有些則是推斷。我讓艾薇自己決定其餘的事。她可以指認曼寧就是把她囚禁當性奴隸、並將她出借給其他戀童癖的人。她可以告訴警方她在道捷帝旅舍遇見派翠克．康柏的經過，當時就是派翠克於雪菲爾德一間購物中心的停車場被綁架後的幾天。

莎夏碰了碰我的手指，把我的心思帶回醫院病房裡。

「你失神了好一會兒。」她說。「你想要我先走嗎？」

「不用，留下來吧，我剛在神遊。」

我們談了其他事情。莎夏去倫敦見過她的爸媽了，他們看見她開心得不得了，她媽媽打開門時還差點暈過去。

「他們希望我回家。」她說。

「那妳怎麼想？」

「我欠他們一些做女兒的陪伴。」

「妳應該去。」

「你會想我嗎？」

「會。」

她笑了，親吻我的臉頰。「你還有艾薇。」

# 第六十六章

## 艾薇

我坐在院子裡的澀鞦韆上抽菸，賽勒斯會對我很失望，可是我是在懲罰他沒來看我也沒打電話給我。醫院裡有電話，不是嗎？希望他沒事。

只有我抽菸的時候他們才讓我到外頭來，所以這個理由很充分吧。我喜歡光腳踩在潮濕的草地上，感覺寒冷漸漸麻痺我的腳趾頭。黃色水仙花都快凋謝了，可是其他花朵才正要盛開，空中有好多昆蟲在我走路經過時飛散開來。

這棟房子向南，在院子的這個角落曬得到早晨的陽光。這裡還住著一隻叫撒加利亞的貓，是隻尾巴彎曲的虎斑貓。我比較喜歡狗，不過撒加利亞還不錯，因為他喜歡睡在我的床腳邊，用腳爪搭在枕頭上把我吵醒。

我的訪客只有警察、心理醫師和一位幫我開安眠藥的醫生，另外還有個內政部派來的人，我不懂那是什麼意思。她問我在哪裡出生和我如何來到英國。我沒告訴她事情全部的經過，因為每次我說真話都沒人相信。我可以從他們的眼中看得出來，或在嘴裡嚐到那股懷疑的味道。

警察來問話時就是這樣，我看得出來他們幾乎不相信我說的，對我的話無法信以為真。我的動機、我記得的事情、我的行為，一切都受到懷疑。我怎麼可能記得派翠克・康柏，但卻不記得自己和叔叔住的地方在哪裡？為什麼我不知道他的名字？為什麼我在泰瑞死後還持續躲著？為什麼我沒去報警？我是怎麼存活下來的？誰在幫我？誰負責照顧那些狗？

他們不相信像我這樣年紀的人可以照顧自己，還可以照顧席德和南西。他們以為我在掩護某人，一名成年人，當他們問起泰瑞的事情時也一樣，總想把個人意志強加在我身上，說一定是他把我關起來、強暴我。

內政部派來的女人不相信我在阿爾巴尼亞山間的一座村莊裡長大，我向她形容我們的兩房住宅，爸爸在屠宰場工作，我和艾格妮莎一起共用一個房間。我告訴她關於米娜、波莉娜阿姨和房東貝里沙先生的事。

我說她應該去找米娜求證，她住在羅姆人的貧民窟裡，就在鐵軌旁邊，那裡常有狗在垃圾堆旁閒晃，還有鞋子吊在電線上，像觸電死掉的鴿子。

我不知道大家的地址，所以形容米娜的家裡有木地板和鐵皮，其中一面牆是廣告看板，上面有個坐在一輛敞篷車副駕駛座上的美女照片。每次打開米娜的家門，感覺都像是把那位女子的金髮長髮關在絞鍊裡，但儘管如此，米娜仍時常面帶微笑。

我告訴內政部那個女人所有的事，爸爸是如何在屠宰場的一場意外中身亡，然後波莉娜阿姨來住我們家。波莉娜阿姨通常都住在城市裡，每次來訪都帶不同的男朋友。我用車子來辨認他們，法拉利先生、奧迪先生和ＢＭＷ先生。法拉利先生穿皮外套和緊身褲，但付不起汽油費，所以只有在週末或特殊情況才會開車。

波莉娜阿姨總會穿戴最漂亮的衣物，酒會禮服、高跟鞋和有義大利名字的手拿包。大家都知道她是怎麼賺到錢的，不過沒人會跟我說。她每年夏天都去義大利，回來時又有更新、更美的衣服。我爸爸說她是「採草莓的人」，可是我不認為她穿那些洋裝是去採草莓。

爸爸死後，波莉娜阿姨告訴媽媽她在義大利可以得到很多工作。

「我不想做那種工作。」媽媽回道。

「妳可以嫁給有錢人。」

「我太老了。」

艾格妮莎在聽她們說話，她完全知道波莉娜阿姨在說什麼。既然可以認識有錢人，又為什麼要和窮苦人家結婚？我們的房東貝里沙先生有個叫艾強的兒子，他說他愛艾格妮莎，承諾要娶她，可是媽媽說他只想要「一個東西」，而且他打算從艾格妮莎那裡偷走它，一旦被偷走，艾格妮莎就永遠拿不回來。媽媽向貝里沙先生抱怨這件事，但他取笑媽媽。

我們後來沒去義大利。媽媽、艾格妮莎和我賣掉家裡的家具，打包好行李後付錢給貝里沙先生，他安排了一艘開往英國的船，艾格妮莎說那裡到處都是皇宮、王子和公主。我們搭巴士去西班牙，然後趁夜在一個叫作阿維萊斯的地方搭上一艘拖網漁船，非法偷渡。漁夫要我們躲在船身處，那是他們通常存放漁獲和冰塊的地方。那裡擠滿各式各樣悽慘的人，有人嘔吐，有人哭泣，有人不斷禱告，直到五天後我們抵達蘇格蘭。不是所有人都安全抵達，存活下來的只有其中一些。

「妳媽媽怎麼了？」內政部女士問。

「她死了。」

「他們怎麼處置她的屍體？」

「我不知道。」

「那妳姊姊呢？」

「她嫁給一位帥氣的王子，住在皇宮裡。」

「我是認真在問。」

「我是這麼希望。」

內政部女士看著我的樣子彷彿我是怪胎，而且她說大使館有人去過我的村莊，但他們找不到米娜和她家人的蹤影，也找不到波莉娜阿姨，她可能在義大利採草莓了。我不知道她期望找到什麼，我離開阿爾巴尼亞時才九歲。大家都以為我今年九月要滿十八歲，可是其實我已經十九歲了。

我把菸的尾端壓在花圃潮濕的泥土裡，再把菸屁股埋進肥沃的深色土壤中。我的其中一位保鑣是一位女警，她說我應該種點東西。她讓我可以買些種子，可是等它們發芽我就不在這裡了。我已經厭倦這樣，總有一天，我會種點什麼，然後在一旁看著它成長茁壯。

# 第六十七章

## 賽勒斯

蘭妮來看我，她穿著深色長褲和絲質襯衫，把頭髮往後梳得平貼頭皮。我看著她坐下來開始閒聊，彷彿不確定自己在扮演的是哪個角色：警察，或是我的朋友？

顯然事情有點不對勁，但她不知道該如何告訴我。

「尼斯和他的團隊已經從你在道捷帝旅舍裡找到的內褲採到DNA。」她說。「血液是艾薇・寇梅克的。」

「那可以證明她當時在那裡。」

蘭妮沒回應。

「還有其他DNA嗎？」我問。

「沒有。」

「那曼寧的家呢？艾薇在那裡有一間臥房，就在距離曼徹斯特不遠處。妳有拿到搜索令嗎？」

「那間房子七年前就燒毀了。」蘭妮說。「一場電線走火把主要的屋舍和車庫裡六台名車都燒光了，那些名車全都有保險。」

「昆恩太太是那間屋子的管家，她負責照顧艾薇，她會證明一切。」

「昆恩太太已經接受我們的偵訊，她否認艾薇曾經待過那間屋子，說她從沒見過她。」

「艾薇知道她的名字。」

「那還不夠。」

「曼寧一定還有其他房產，妳可以去弄一份搜索令……」我的語氣愈來愈咄咄逼人。

「我們沒有足夠的證據可以取得更多搜索令。」

「可是有艾薇的供詞和她的ＤＮＡ。」

「我們只能證明她待過道捷帝旅舍，如此而已。」

「她看曼寧的照片認出他來，說那男人就是她所稱的『叔叔』。」

「我知道。」

「他強暴她，而且還把她出借給其他戀童癖。泰瑞．波蘭德當時負責開車接送她。」

「艾薇都說了。」蘭妮說。「可是這還不足以構成正當理由，而我正需要那些理由來取得搜查令。」

「讓艾薇出庭作證，讓大家聽她的說法。」

「辯方會把她描繪成說謊成性的人。」

「她沒有說謊。有人想殺她……還有我。」

蘭妮看起來很傷心。「賽勒斯，我相信她，我也相信你，可是法官看了她的少年檔案後，完全不給我們任何空間質疑曼寧或去搜查他的房間、沒收他的電腦。艾薇曾經從寄宿家庭逃跑，也曾因為吸毒和賭博被逮，她會編造故事，還會攻擊人。」

「她現在說的句句屬實。」

「而這還不夠。」

「那派翠克．康柏呢？」

「我們已經查過道捷帝旅舍，也尋找是否有他的ＤＮＡ蹤跡，不過什麼都沒找到。」

「一定還有其他證人，其他工作人員，妳可以讓他們供出真相而享有豁免權。」

「佛瑞瑟．曼寧拒絕提供我們賓客名單，也不願透露那個週末在那裡工作的人員。」

「從利物浦約翰・藍儂機場搭機過去的人，那些字首縮寫……」

「我們全部就只有這些了。」

「你們還有尤金・葛林和泰瑞・波蘭德的照片啊，當時還有其他男子。」

「我們查出其中五人，全是更生人，他們沒有一人記得曾經見過艾薇・寇梅克或派翠克・康柏。」

我沉默不語、氣憤、怒不可遏。

「妳是在告訴我，佛瑞瑟・曼寧是你們碰不得的人。」

「我是在說，我們沒有足夠證據動得了他，現在還沒有，可是我們還在尋找。我有個團隊在調查尤金・葛林的檔案，試圖找出他和曼寧的連結。我們也會回顧其他失蹤兒童的案件，那也許可以帶來新的線索。」

蘭妮想讓自己聽起來有自信，可是我太了解她了。

「妳有壓力要把案子做個了結。」我說。

她沒回答。

「是提摩西・海勒－史密斯。」

她再度沉默。

「或是更高層？」

蘭妮不必回答，我已經知道答案。

我惱怒地說：「我會去報社爆料，我會告訴他們曼寧不為人知的過去。」

「賽勒斯，你心知肚明，這個國家不會有報社敢碰和艾薇・寇梅克有關的報導。」

「曼寧強暴一個八歲小女孩。」

「那項指控已撤回，他從來沒被起訴過。」

「他改名換姓了。」

「而這並不違法。」蘭妮舉起一手，要我停下來聽她說。「賽勒斯，我沒有放棄。我們可以逮到這個人，可是我們得把一個案子的線索全部拼湊完整。那會花上好幾年，可是我們還是可以把他繩之以法。」

「我們沒有幾年的時間，曼寧把哈密許・惠特莫暗殺了，他又派人來殺艾薇，他不會罷手。」

「我們可以確保她的安全。」

「怎麼做？妳要把她當證人保護嗎？還是給她一個新身分？」

蘭妮沒回應。

「我想也是。」

我想大叫，好想大發雷霆，我向艾薇保證過的，是我告訴她真相會保護她的安全……佛瑞瑟・曼寧會被逮捕，成為階下囚。我錯了。我把事情搞得更糟了。

「艾薇知道了嗎？」我輕聲問。

蘭妮點點頭。

「她說什麼？」

「最好由你……」

「告訴我她說什麼。」

「『我早就跟他說過了。』」

# 第六十八章

## 艾薇

## 二〇二〇年十月

這位老人撐著大門，視線望向我身後，彷彿他在期待另外某個人出現，但其實他誰都沒在等。

「不管妳要賣什麼我都不買。」他說。

「我沒有要賣東西。」

「那就走開。」

「請不要這麼無禮。」

他看起來有點驚訝。

我以為他會比較年輕、強壯。要是我告訴他的時候，他忽然心臟病發暈倒怎麼辦？

「妳想幹嘛？」他問。

「我要找派翠克・康柏的爸爸。」

「我是他的爺爺。」

「我要找他爸爸。」

「克雷頓不在了。」

「什麼意思？」

「他死了。」

這句話讓我很震驚，老人見狀後不再那麼壞脾氣，他把門敞開一些。

「妳還好嗎？」他問。

「他是怎麼死的？」我問。「如果你不介意我問的話。」

「他自殺了。」

「因為派翠克嗎？」

老人把頭歪向一邊。「妳為什麼這麼感興趣？」

「我有些訊息要帶給他。」

「也許我可以幫忙。」

「我不這麼認為，你太老了。」

「這樣講不太禮貌。」

「我不是來這裡有禮貌的。」我說，對於事情的發展感到失望。

「妳真的是個很無禮的年輕女士。」他說。「等妳學會禮節再來吧。」

他就要關上門之前，我脫口而出：「我遇過派翠克，你的兒子……我是說你的孫子。」

我原本準備了長篇大論，結果現在卻像貓吐毛球一樣脫口而出。

他的眼睛深陷在皺紋裡。「這是某種病態的玩笑嗎？」

「不是。」

「我猜妳是那種詐騙高手，說服人家讓妳進門，然後洗劫老人，偷他們的養老金存簿、珠寶和戰爭勳章。總之我沒錢，也沒有戰爭勳章。」

「我不是搶匪。」我說。「我花了一整天才到這裡，搭了兩班巴士，還走了一小時。」

「為什麼？妳到底想要什麼？」

「告訴你關於派翠克的事。」

康伯先生揚起一側濃密的眉毛，看起來困惑之情多於憤怒。他轉過身去，拖著腳走進陰暗的走廊，腳上那雙壞掉的格紋拖鞋不停拍打著他的後腳跟。我不確定是否該跟上，直到他回頭喊：「那就進來吧，我來燒開水。」

我看著他慢條斯理地走進廚房，從櫥櫃裡拿出馬克杯，然後打開一包沒開封過的茶包。

「妳幾歲？」他問。

「官方來說我十八歲。」

「那是什麼意思？」

「我其實比那還大一歲。」

「為什麼？」

「說來話長。」

他從冰箱裡拿出一瓶牛奶，看著我往茶裡加一匙匙的糖，數著匙數。

「妳的牙齒會爛掉。」

「我一顆補牙都沒有。」我說，用一隻手指敲了敲牙齒的琺瑯質。「所以我想你不能這麼說。」

「好吧。」他嘆了一口氣。「不要胡扯了，告訴我派翠克的事。」

「我遇過他。」

「哪時候？」

「在他被綁架之後。」

眼淚在老人的眼眶裡打轉。「如果是有人要妳故意這樣說，那這麼做真的很殘酷。」

「人們叫他小派，可是他還有另一個名字。」我說。「一個小名。」

康伯先生像是全身結了凍一樣，充滿皺紋的臉龐僵硬得像厚紙板。

「他的家人叫他尼莫。」我說。「是用電影裡的那隻魚來幫他取名的。他有一隻手臂比另一隻短。」

「妳怎麼可能知道這件事？」老人小聲地說。「誰告訴妳的？」

「他告訴我的，他說他的爺爺就住在他家的街角，說你當過海軍，在世界各地航行，遇過很多王子和獵頭族。」

在我說話時，康伯先生身子往前傾，專注地聽我的一字一句。他的大拇指和食指捏在一起，懸空擺著，彷彿他準備要騰空摘取細節。

「妳在哪裡見到他的？」

「在一間位於蘇格蘭的房子裡，他當時在哭，他想回家。」

康柏先生站了起來，身子忽然失去平衡，他趕緊用兩隻手撐著桌子，穩住自己。

拜託不要心臟病發！

他拖著腳走進隔壁房間，從壁爐上拿了一張照片再回到廚房，把照片遞給我，要我自己拿著。照片裡是派翠克穿著一身足球裝，白色上衣、藍色短褲的樣子。他對著鏡頭咧嘴笑，一手拿著足球。

「這就是妳看到的男孩嗎？」

「對，他當時戴著一支尼莫的手錶，錶帶上有海馬。」

老人把照片拿回去，再度坐了下來，雙手捧著相框，不時用大拇指撫過照片裡小派的臉。我把告訴賽勒斯的事情經過對他複述一遍，說我是如何聽到派翠克的哭聲，隔著牆和他說話的過程。

「他很害怕嗎？」

「對。」

「他們有傷害他嗎？」

「有。」

「妳可以證明嗎？」

我起身，身子往前傾，把上衣拉高，給他看我背後用香菸灼傷的痕跡。康伯先生只看了一會兒就把臉轉走。

「妳為什麼要告訴我這件事？」他問，手抹了抹淚濕的臉龐。

「我認為應該讓你們知道。」

「不知道對我還比較好，我想相信他還活著，還在努力找路回家。」

「我很抱歉。」

「不，妳不必道歉，妳該得到的不只是道歉，妳有所作為，妳存活了下來，妳理應得到更多。」

他伸手越過桌子，握住我的手。我想把手抽走，可是此刻我強迫自己保持不動。他的手長滿繭，而且很乾。

「那個妳叫叔叔的人。他有名字嗎？」

「佛瑞瑟．曼寧。」

「他為什麼沒被逮捕？」

「只有我指控他的證詞，其他沒人相信我，一直到賽勒斯出現才改變。」

「我見過妳說的那個賽勒斯，他似乎是好人。」

「對，他是。」我說，終於明白好人是什麼意思。

我的茶變涼了，茶包在水槽邊變得硬邦邦的。

「我該走了。」我說。

「去哪裡？」

「回家。」

「妳家在哪裡？」

「賽勒斯讓我睡在他家的客房，我們相處起來還可以。他不喜歡我說謊，可是他自己總是在說謊。」

「說什麼謊？」

「他告訴我他很高興看到我，他喜歡我煮的菜，還有我的倒車技術有進步。他在教我開車。」

老人笑了。「那些聽起來是善意的謊言。」

他陪我走到門口，幫我開門後撐著門，我經過他身邊時，他向我鞠躬。

「謝謝妳告訴我派翠克的事。」他說。「還有謝謝妳在他需要安慰的時候陪著他。」

「我可以再來看你嗎？」我問。

「當然可以。」他回道。

這是善意的謊言。

# 第六十九章

## 賽勒斯

艾薇在院子裡，正用戴著手套的雙手挖掘肥沃的深色土壤，為明年春季種下球莖。這是她的主意，不是我的。我不認為艾薇是那種有耐心做園藝的人，不過她在安全避難屋學會了種花。

我坐在後院的階梯上喝咖啡看報紙，尋找是否有任何故事可能讓我重拾對人性本善的信心。最近的新聞一直都是黯淡無光，不過或許是我的心情使然。

艾薇自從一個月前法定滿十八歲之後就住在我家，我雖說「法定」，但其實日期是由高等法院訂定的，那時沒人知道她的真名或真實年紀。九月六日是她在北倫敦那間房子的密室裡被找到的日子。

在蘇格蘭高地的槍案事件發生後，艾薇就沒回到朗弗德感化院了，而是一直待在一間避難屋，直到蘭妮無法再用名義向上級申請費用為止。從那時起我就採取特別的警戒措施，在家裡安裝保全系統，也給艾薇在鑰匙圈上放一個防狼警報器，並在她的手機裡安裝定位系統追蹤程式。

她又回到樓梯頂端那間她以前住過的房間，我知道她會趁我睡著之後偷偷把小波帶上樓，可是我已經學會和艾薇共處的模式了。每一件事都需要協調，即便有時她口頭上與我爭論、有所堅持或直呼我的全名，我都知道她有在聽。像是她叫我納粹時，我就向她解釋高德溫法則，此法則是指當你在爭執中提到希特勒的名字或納粹這個名詞時，你當下就輸了這場爭論。

艾薇不是很常離開家，只有在她遛小波的時候才會出門。有時我會和她一起去，發現她總是在往後看或檢視周遭，保持警戒不過又不到偏執的地步。有時在深夜，我會聽見她把五斗櫃推到房門前，好讓自己安心。

每天早上我都會問她睡得好不好。

「還好。」

「有做惡夢嗎？」

「沒有。」

「妳覺得怎麼樣？」

到了第三個問題時，我就會遭到白眼，她會說：「不要窺探我的想法，你不是我的心理醫生。」

我在教她開車，這可能會帶來糟糕的後果，不是她會偷我的車去開，就是她會直接把車開去撞倒在公車站排隊的人，因為她每次都不聽勸告，也不減速。艾薇說公路法是為笨蛋而設的。「在內線超車有什麼不對？誰說公車就該有先行權？為什麼有喇叭還不能用？」

她沒和我說過在蘇格蘭和在那之後發生的事，包括警察的偵訊和問話、警方缺乏行動力，還有我的失敗。我向她保證過的，是我告訴她真相會把虐待她的人繩之以法、讓她自由。但我錯了，我太天真，全都是我不好。

艾薇沉默起來比發脾氣還糟糕，她的感受很簡單，幾乎可說是線性的。當她感覺受傷，她會起而反擊；當她害怕，她會逃跑。這些是防衛，而非反應，但當她選擇完全不說，我可以感覺到她的心在崩解。

知道別人在對自己說謊，那會是什麼感覺？人總是會說謊，每天、每小時都有。我們對愛的人說謊，也對陌生人、朋友和家人撒謊。我喜歡你的新髮型；你看起來很不錯；天啊，真高興見到你；那好有趣；我再五分鐘就到了；我只會喝一杯啤酒就好；我本來想打給你的；我是趁特價時間買的……對我們的存在而言，說謊是最基本的事，它就內建在我們的ＤＮＡ裡，那就是為什麼小寶寶一歲就學會假哭，兩歲就會吹牛，到了四歲就可能是個熟練的騙子，五歲時，小孩還會知道太誇張的謊話比較不可信。

人們常會出於各種適當的理由說謊，縱然有時本意良善，像是為了讓家人感情和睦，或為維護彼此的感情、友誼以及使人開心，這些都是善意的謊言，並不卑劣邪惡。

儘管知道這些，但我還是想了解艾薇的感受，總是能聽出欺騙會是什麼感覺。像「我愛你」這樣簡單的三個字能為任何一段關係帶來巨大的力量，但要是那是謊言呢？像是「我好想你」、「我永遠不會離開你」或是「你好美」也都有相同作用。

那就是為什麼我為她感到擔心，因為我知道她永遠無法擁有一段正常的關係或真正的友誼，她無法和陌生人閒聊，也無法打動一個素昧平生的人，因為無論他們說話的語調聽起來多麼愉悅無邪，聽在艾薇的耳裡都會多一層意義，她當下會聽到的，比她想知道或期望聽到的還多。

人們總以為自己想得到真相，但其實他們根本不想。誠實的話語既無情、無禮又醜陋，反而說謊可能會是比較親切、柔軟而且更有人性的做法。人們要的並非誠實，而是體貼與尊重。

我的手機響起，我把手機放在廚房餐桌上，螢幕顯示莎夏的電話號碼。

「你有看新聞嗎？」她急切地問。

「沒有，怎麼了？」

「打開電視。」

艾薇選在這時從院子進到屋裡，在水槽裡洗手。我按下遙控器，轉到英國廣播公司新聞台。螢幕上出現救護車與警車封鎖道路的畫面，橫幅的字卡寫著曼徹斯特。記者在現場直播報導：

「那輛汽車從位於丁斯蓋特街的地下停車場駛出，遇到紅燈停下來，這時槍手接近，開始用橡皮刮水器和一瓶水幫該輛車清洗擋風玻璃。接著他敲了敲那位駕駛的車窗，和駕駛座的人交談一陣後從水桶裡拿出一把手槍，從敞開的車窗開了三槍。」

背景畫面有警察正在那輛車門敞開的豪華名車周圍立起白布簾，駕駛座上有一個人垂倒的身影。

「該名嫌犯稍早曾試圖從地下停車場進入丁斯蓋特街的此棟建築，不過在進貨梯前被保全攔下。

此辦公空間是由埃佛里特基金會所承租，內有一間法律顧問公司、一間投資銀行以及數個與該知名基金會有關的慈善機構，其執行長為菲力普·埃佛里特勳爵。」

艾薇站在我的旁邊，我還在和莎夏講電話。

「死者是誰？」

「佛瑞瑟·曼寧。」

「妳確定嗎？」

「我剛和專案小組的人通過電話，曼寧當場被宣告死亡。」

記者仍在街角急促地報導：「一位目擊者拍下槍手在開槍射擊後不久遭警方逮捕的畫面。」

新聞畫面切換到搖晃的錄影影像，人們在大街與人行道上奔跑，有些人在尖叫。許多汽車駕駛丟下自己的車倉皇逃走，彎低身子躲在其他車輛後方迂迴前進，加入閃避的人潮。手機的持有人繼續實況報導，把焦點擺在那輛在紅燈前停下的奢華名車上。一個穿著寬鬆運動上衣、頭戴兜帽的人站在那輛車旁邊，手槍在他的右手上顯而易見。

有人在喊著要他放下武器，他朝那聲音轉過身，相機鏡頭因手機的主人躲到一輛停在旁邊的車輛後方而晃動。他把手機高舉過頭，就算眼睛沒看著影像仍繼續錄影，畫面因此傾斜，且槍手的位置偏離中央，不過仍拍到他舉起雙手，手中不再握著槍。

「你有炸彈嗎？」一個聲音喊道，是警察。

「什麼？」

「炸彈，你有穿裝了炸彈的背心嗎？」

「沒有。」

「把你的上衣脫掉。」

那位槍手緩緩移動，把運動衣從肩膀和手臂脫下。他的帽子落下，露出克雷頓·康柏的一頭灰捲髮和滿是皺紋的臉。

「跪到地上。」那位警員說。

康柏費力地跪下，手攙扶著引擎蓋當作支撐。艾薇倒吸一口氣，手伸向螢幕，彷彿想幫助他。

「趴下。」警員大喊。

過不了多久，康柏就被人群圍繞。一位警員抵住他的背，另一名警員按住他的雙腿。警員將他搜身、上銬之後拉著他站起來。攝影鏡頭停止，那位記者切回現場播報，拍攝空無一人的街道，鑑識人員的帳篷現已遮蔽那輛車和屍體。

莎夏在電話中對我說：「那個稻草人。」

「什麼？」

「我們在克雷頓．康柏的菜園和他談話的時候，那個稻草人身上就穿著那件運動上衣，是同一件。」

我想起來了。

「他說他什麼都不會做。」莎夏說。

「不過他是怎麼知道的？」

艾薇已經不再看電視了，她的眼神越過我，凝視著我身後，彷彿眼前的廚房已消失，而她的視線能望向遠方尋找，尋找一個躲在密室裡的孩子、蹲在拖網漁船船身裡的孩子、在一間位於蘇格蘭的屋舍樓上房間裡瑟瑟發抖的孩子，還有那個儘管存活下來，但仍像隻躲在牆壁縫隙裡的老鼠一樣看待世界的孩子。

「艾薇？」

她沒在聽。

「我們應該談一談這件事。」

「我得去幫種子澆水了。」

我看著她走開，回到院子裡，小波跟著她走到水龍頭旁，在她用澆花壺盛水時喝著流淌的水。

我不確定我是否能拯救艾薇，再多的愛、溫柔或時間都無法將她從前的恐懼抹去，但她仍在這裡，像受困牢籠裡的獅子一樣頑強戰鬥著，像有著天使的臉孔和一千道隱形傷疤的女孩那般奮力求生。

臉譜小說選 FR6591

# 謊言誕生的房間

When She Was Good

原著作者　邁可・洛勃森 Michael Robotham
譯　　者　江莉芬
書封設計　蕭旭芳
責任編輯　廖培穎
行銷企畫　陳彩玉、林詩玟
業　　務　陳紫晴、林佩瑜、葉晉源

出　　版　臉譜出版
發 行 人　凃玉雲
總 經 理　陳逸瑛
編輯總監　劉麗真
城邦文化事業股份有限公司
台北市中山區民生東路二段141號5樓
電話：886-2-25007696　傳真：886-2-25001952

城邦讀書花園
www.cite.com.tw

發　　行　英屬蓋曼群島商家庭傳媒股份有限公司城邦分公司
台北市中山區民生東路二段141號11樓
客服專線：02-25007718；25007719
24小時傳真專線：02-25001990；25001991
服務時間：週一至週五上午09:30-12:00；下午13:30-17:00
劃撥帳號：19863813　戶名：書虫股份有限公司
讀者服務信箱：service@readingclub.com.tw
城邦網址：http://www.cite.com.tw

香港發行所　城邦（香港）出版集團有限公司
香港灣仔駱克道193號東超商業中心1樓
電話：852-25086231　傳真：852-25789337

馬新發行所　城邦（馬新）出版集團 Cite (M) Sdn Bhd
41, Jalan Radin Anum, Bandar Baru Sri Petaling,
57000 Kuala Lumpur, Malaysia.
電話：603-90563833　傳真：603-90576622
電子信箱：services@cite.my

一版一刷　2022年11月
I S B N　978-626-315-205-2

售價：480元
（本書如有缺頁、破損、倒裝，請寄回更換）

國家圖書館出版品預行編目資料

謊言誕生的房間／邁可・洛勃森（Michael Robotham）著；江莉芬譯. -- 初版. -- 臺北市：臉譜出版：英屬蓋曼群島商家庭傳媒股份有限公司城邦分公司發行, 2022.11
面；　公分. --（臉譜小說選；FR6591）
譯自：When she was good.
ISBN 978-626-315-205-2（平裝）

887.157　　111014853